文津

做有传承的书

李鹏飞 著

长安回望
汉唐文言小说考论

北京出版集团
文津出版社

图书在版编目（CIP）数据

长安回望：汉唐文言小说考论 / 李鹏飞著. 北京：文津出版社，2024.8. -- ISBN 978-7-80554-918-7

Ⅰ.I207.41

中国国家版本馆CIP数据核字第2024ST9128号

策　　划：高立志	责任编辑：许庆元
责任营销：王绍君	责任印制：燕雨萌
装帧设计：杨宇胩	

长安回望 汉唐文言小说考论
CHANGAN HUIWANG

李鹏飞　著

出　　版	北京出版集团
	文津出版社
地　　址	北京北三环中路6号
邮　　编	100120
网　　址	www.bph.com.cn
总 发 行	北京伦洋图书出版有限公司
印　　刷	河北鑫玉鸿程印刷有限公司
开　　本	880毫米×1230毫米 1/32
印　　张	16.25
字　　数	320千字
版　　次	2024年8月第1版
印　　次	2024年8月第1次印刷
书　　号	ISBN 978-7-80554-918-7
定　　价	108.00元

如有印装质量问题，由本社负责调换
质量监督电话　010-58572393

目录

自序 / 001

"小说"观念的演变与汉唐小说的研究 / 007

唐代小说繁荣的原因新探 / 045

唐人小说的"事实性虚构"特征及其成因 / 101

论唐代谐隐精怪类型小说的渊源与流变 / 132

中国古代小说"变形"母题的源流及其文学意义 / 174

中国古代复仇观及其在小说中的表达 / 237

干宝的态度
——释"亦足以明神道之不诬" / 268

从"志怪"到"纪闻"
——对牛肃《纪闻》的重新审视 / 289

从《梁四公记》看唐前期小说创作的自觉意识
　　—— 兼论小说主题、创作背景及创作动机 / 313

《游仙窟》的创作背景及文体成因新探 / 335

汉魏六朝隋唐小说在日本的传播与接受论考
　　—— 以《今昔物语集》为核心进行考察 / 351

试论日本文学中"变形"题材作品的因袭与创造
　　—— 兼论其与中国古代"变形"题材小说的关联 / 408

"鹤睫分光照始真，纷纷世上少全人"
　　——"使人现出原形的动物毛发"母题的分布及其演变 / 469

"蛇缠水缸（或钟）致人死命"类型故事的源流及意义 / 488

各文原始发表刊物 / 511

后记 / 513

自序

清人莲塘居士在《唐人说荟·例言》中引宋人洪迈的话说："唐人小说，不可不熟。小小情事，凄惋欲绝，洵有神遇而不自知者，与诗律可称一代之奇。"这话虽不一定真是洪迈说的，但此观点把唐人小说跟唐代最具标志性的文学形式——诗歌相提并论，还是颇有见地的。不过，有些可惜的是，尽管三百多年前的清人就已经提出了这一看法，直到今天它也并未成为一种普遍共识。在一般人心目中，唐人小说既不如唐诗那么声名显赫，也并不是必不可少的文学素养。

而对唐人小说的研究，也不过是最近二十年来才开始受到学界的重视。多年前，笔者初入这一领域，了解有关的研究成果时，除了刘开荣、王梦鸥、程毅中、李剑国、李宗为等几位前辈学者的著作，其他的就只有一些零星的论文了。唐代小说的选本则除了鲁迅校辑的《唐宋传奇集》、汪辟疆校录的《唐人小说》和张友鹤选注的《唐宋传奇选》之外，就几乎举不出别的书来了。而且，这些书也只是"渺沧海之一粟"的选本而已，要系统研究唐代小说，还只能靠一部宋人编的《太平广记》。

但二十年过去，局面已经大为改观。无论是对唐代小说文献的考订与辑佚，还是对唐代小说的历史、艺术与理论的研究,都取得了很大的进步。笔者虽因教学之需,研究重心有所转移,但也一直保持着对唐代小说的关注和思考。眼前这部菲薄的论文集,就是这些年思考之所得。集中所收论文所涉之时代,上及先秦,下至明清,而以汉唐为重;所涉之文体,则包括文言小说与白话小说,而以文言小说为重;故名之曰"汉唐文言小说考论"。而重中之重则仍然是在唐代小说。

或许是因为我的疏懒孤陋,闻见不周,这些年唐代小说研究的成果虽然已经颇不少了,但一些根本性的问题也并未得到真正的解决。比如,唐代小说为何会发展到如此繁荣的地步,以至成了中国古代小说(尤其是文言小说)发展的第一个高峰?唐代小说繁荣的时间为何没有出现在初盛唐,而是在中晚唐?这是令不少研究者都感到困惑的问题,就跟唐诗研究界曾困惑于盛唐诗歌为何会成为中国古典诗歌的黄金时代一样。这个问题或许是一个难解之谜,就跟我们去追问森林中一棵最高的树为何会成为最高的那棵一样。从根底处说,是因为它的生物基因决定了这样一个自然的结果。对于生物的基因,今天的科学界已经可以有十分真切之了解。但唐代小说的"生命基因"是什么呢?这一问题离其解答之日恐怕还比较遥远。但我们还是可以努力先来搞清楚唐代小说的"生命"特征,以及这些特征之所以形成的内部或外在的原因,以期离那真正的谜底更近一步。

此外,还有唐代小说是否有意虚构的问题:从明代胡应麟最初提到唐人"始作意好奇",到鲁迅明确断定唐人"始有意为小说",并故意显示出那事迹的虚构以见作者想象的才能,一直到今天的学界有关这一论断是否正确的争论——这一问题算是被谈论了四百多年了,是一个真正的老问题,自然也是一个根本性的问题,但看来也还并未获得学界的一致认识。笔者多年来也一直在思考这个问题,我的基本看法是:对小说虚构性的明确认可至少明代中后期就已经出现了,到清末民初,因受到西方纯文学性的小说观念之影响,遂使鲁迅那一代人格外重视虚构性这一特点,于是要追寻它的起源与发展的历史路径,这一初衷是完全合情合理的。应该说,从人类思维发展的根源来看,虚构的行为必定是早就有了的,但它如何进入叙事作品之中,又如何成为一种自觉的文学创造手段,前人对这一行为的态度又是如何变化的?这的确是一个值得深入探讨的、真正重要的学术问题。至于说到"小说"这一概念,鲁迅那一代人也不是没有意识到它有古今之分,内涵与外延之变("传奇"一词也同样如此),只不过他们感兴趣且要加以研究的,并非原初的那个"小说"罢了。

本论文集中凡从小说的概念演变、历史发展、艺术特色和表现手段诸角度所进行的研究,大体都属于以上两个方面,亦即历史和理论研究的层面。

此外的那一部分论文,则要算一些意外收获:笔者十多年前赴日访学时,翻阅了不少日本古代和近代的小说(自然以中译本居多),发现它们跟中国古代小说,尤其是唐代小说,竟然有着如此深厚的血缘关系,于是顺带着做了一些粗浅的探讨。还有,笔者对当代小说的业余爱好也意外催生了两篇谈唐代故事之当代影响的小文。这都要算是唐代小说接受与传播层面的问题了。而这，也正证明着唐代小说强大而不朽的生命力！

最近二十年来，随着唐代小说文献整理成果的陆续出版，我们发现它们的数量真是十分惊人的，其整体面貌、艺术成就和文学、文化意义也仍有待于继续深入认识。很多年前，笔者曾读过一批初盛唐诗人的别集，从中看到了一个清新刚健、乐观爽朗、诗酒风流的唐朝，一个飞扬着少年精神、蓬勃着盛唐气象的伟大时代。但随着对唐代小说的反复阅读和深入了解，我心中日益盘桓着一个奇怪的感觉，我不断地问自己：这些小说中的唐朝和那些诗歌中的唐朝，它们竟然是同一个时代吗？到底哪一个才是真正的唐朝呢？当我想到，撰写《冥报拾遗》这种"传鬼神明因果"的小说的郎余令，跟著名诗人王勃和卢照邻竟然都是好友；初盛唐时代有名的大手笔、诗文兼长、出将入相的张说，竟然写过《梁四公记》这样的志怪小说；而亲身经历了整个盛唐时期的牛肃，则写了一部规模颇不小的《纪闻》，其中所载的神异故事大都发生在开元、天宝时代；还有从盛唐进入中唐的戴孚，写了一部专讲怪力乱神的《广异记》，也收录了不少初盛唐时期的怪异之谈、鬼神之事——我实在看不出，这些小说中的大唐，跟那个群星璀璨的诗的国度有多少相似之处。然而，它们当然就是同一个时代！这不由得让我猛醒了：过去那么多年，那么多唐诗研究者笔下的那个唐朝，其实是并不完整也并不完全真实的唐朝啊！真实的唐朝，她的物质的、日常的根基难道不正是这些小说中所写到的柴米油盐、鸡零狗碎、婚丧嫁娶与因果鬼神之谈吗？为《广异记》作序的著名诗人顾况，一口气提到了那么多六朝隋唐的志怪传奇小说，这些小说所反映的唐代社会，不仅仅是他自己，也应该是李白、杜甫、王维这些大诗人也置身其中的那个社会吧？我尝试着把诗歌的唐朝跟小说的唐朝重新组合拼接在一起，虽然这重组远不可能是正确而全面的，但所得到的图像却是如此地陌生而新奇，然而也令人感到更为真实而且丰富了。

正如笔者在另一篇小文中曾经说过的，相对于唐代诗文这些内容比较抽象宽泛的文类而言，唐代小说乃是一种内容比较具体细致的文类。而相对于唐代的正史而言，它们又主要表现普通人的追求希冀与遭际命运。因此，存世数量庞大的唐代小说便为我们打开了一扇了解唐代社会生活的深邃而细密的窗户。

笔者大学时代曾看过当代诗人海子一首叫《传说》的诗，前面的序言中有一段话，这些年每当重读唐代小说时，总会在我的脑海中闪现：

> 回忆和遗忘都是久远的。对着这块千百年来始终沉默的天空，我们不回答，只生活。这是老老实实的、悠长的生活。磨难中句子变得简洁而短促。那些平静淡泊的山林在绢纸上闪烁出灯火与古道。西望长安，我们一起活过了这么长的年头，有时真想问一声：亲人啊，你们是怎么过来的，甚至甘愿陪着你们一起陷入深深的沉默。

读唐代诗文，我们看到的更多是唐人的情感、思想与精神世界，但他们究竟是如何实实在在地度过他们的日常人生的呢？这一问题从诗文中不大能找到答案，从小说中却能得到颇为丰富的启示。跟任何其他时代的小说相比，唐人小说都留下了对自己时代最全面、最翔实，也最生动的记叙，这既是唐代小说的无穷魅力，也是我们去深入研究它们的意义之所在了。

「小说」观念的演变与汉唐小说的研究

"小说"究竟是指什么？如何理解这一概念的内涵与外延？这是古代小说研究领域长期以来争论不休的难题。对这一问题的回答，将直接影响到古代小说研究中的具体操作（比如如何选题、如何确定研究对象的范围，以及能否提出真正的学术问题等），与相关研究的最终成效（比如能否有效地解决所提出的问题等）。这里只拟综合学界的相关研究与我个人的粗浅思考，对这一问题做一个简要的探讨。

　　一般认为，"小说"这一概念，其含义主要有两个方面：

　　第一个方面，作为一个普通词语与批评术语来使用，"小说"与"大道"相对，指一些小道理、小知识，意义不大的话语，或指那些与经史大道不可同日而语的浅薄谬悠之论，其所指的范围很宽。这一含义自《庄子·外物》首次使用以后（"饰小说以干县令，其于大达亦远矣"）便长期保持着稳定，一直到明清时期的很多文献提到这个词语也都还是具有这一含义[1]。近来则有学者更进一步指出：周秦时期，诸子皆

---

[1] 参见程毅中《小说的名称和起源》，收入《古体小说论要》，北京出版社2017年版，第3页。罗宁《中国古代的两种小说概念》，收入其专著《汉唐小说观念论稿》之"附录"，巴蜀书社2009年版，第321页。谭帆、王庆华《"小说"考》，载《文学评论》2011年第6期。

称自家学说为"经说"("经"是对"说"的概括提要,"说"是对"经"的解释说明),而贬低他家学说为"小说"。到两汉时期,"经"的概念得到强化,目录学家在整理传世文献时,便借用"小说"一词泛指所有不本于经典的论著。①

第二个方面,"小说"是指古代目录学上的一个学派及其著述形式,这一含义应该跟上述第一个含义有着密切的关系②。程毅中先生指出,小说成为一种文类③,一种学派,大概是从汉代刘歆《七略》的"诸子略"里设置了"小说家"才开始的,而刘歆可能还是秉承他父亲刘向的意见。刘向的《新序》和《说苑》都记载传闻故事,实际上就是原生态的小说;而刘向所编的另一部书《百家》则是他编《新序》《说苑》所删汰下来的"浅薄不中义理"的"丛残小语",更是"小说"了。④《百家》被《汉书·艺文志》列入"小说家"(今已佚),自然应该算是"小说",但《新序》和《说苑》算不算"小说"还值得商榷,至少《汉书·艺文志》将二书列入了儒家类,这说明班固是不把它们视为"小说"的。

程毅中先生认为"小说家"始于刘歆,是从文献学角度

---

① 参见刘晓军《中国小说文体古今演变研究》,上海古籍出版社2019年版,第55、56页。
② 参见罗宁《中国古代的两种小说概念》。
③ 笔者不太赞同将《七略》和《汉书·艺文志》"诸子略"的"小说家"所著录之"小说"视为"文类",说详后。
④ 参见程毅中《小说的名称和起源》,收入《古体小说论要》,第3、7、14页。屈守元先生也持类似看法,见其为向宗鲁《说苑校证》所撰序言,中华书局1987年版,第3、4页。

所作的推断。实际上,"小说家"一词最早是由东汉的桓谭(他略晚于刘歆)提出来的:

> 若其小说家,合丛残小语,近取譬论,以作短书,治身理家,有可观之辞。[1]

有学者认为桓谭这里所说的"小说",乃"说之小者也",先秦诸子书中的神话、传说、寓言、故事,无一不是小说。[2]这大概还是从《庄子》中的"小说"一词引申出来的看法,未必中肯。另有学者则指出:桓谭所谓的"小说"乃是方士与史卜之官所造的"奇怪虚诞之事",先秦诸子所载的寓言和神话也属于此类。[3]

时代略晚于桓谭的班固,在《汉书·艺文志》的"诸子略"中,于诸子九家之后列"小说家",并著录了十五家"小说":

《伊尹说》二十七篇(其语浅薄,似依托也)

《鬻子说》十九篇(后世所加)

《周考》七十六篇(考周事也)

《青史子》五十七篇(古史官记事也)

《师旷》六篇(见《春秋》,其言浅薄,本与此同,似因托之)

《务成子》十一篇(称尧问,非古语)

---

[1] 参见朱谦之校辑《新辑本桓谭新论》卷一"本造篇",中华书局2009年版,第1页。
[2] 参见周楞伽辑注《殷芸小说》"前言",上海古籍出版社1984年版,第1页。
[3] 参见刘晓军《中国小说文体古今演变研究》,第62、63页。

《宋子》十八篇（孙卿道：宋子，其言黄老意）

《天乙》三篇（天乙谓汤，其言殷时者，皆依托也）

《黄帝说》四十篇（迂诞依托）

《封禅方说》十八篇（武帝时）

《待诏臣饶心术》二十五篇（武帝时）

《待诏臣安成未央术》一篇（颜师古注：应劭曰，道家也，好养生事，为未央之术）

《臣寿周纪》七篇（项国圉人，宣帝时）

《虞初周说》九百四十三篇（河南人，武帝时以方士侍郎，号黄车使者）（《史记》云：虞初，洛阳人）

《百家》百三十九卷（笔者案：刘向《说苑序奏》云：除去与《新序》复重者，其余者浅薄不中义理，别集以为《百家》。《新序》乃刘向所编的历史故事集）

右小说十五家，千三百八十篇。

他又在此后所附之小序中云：

小说家者流，盖出于稗官。街谈巷语、道听途说者之所造也。孔子曰："虽小道，必有可观者焉。致远恐泥，是以君子弗为也。"然亦弗灭也。闾里小智者之所及，亦使缀而不忘，如或一言可采，此亦刍荛狂夫之议也。①

---

① 《汉书》卷三十，中华书局1962年版，第1744、1745页。

因为《汉书·艺文志》是据刘歆《七略》"删其要"而成，故程毅中先生认为其所著录的书目和这段小序大概都是承袭自刘歆。① 而对这段小序的理解，历来分歧颇多，此处难以备述，其中比较新的一种观点认为，这段话指明了"小说家"与"小说之书"的来源："小说家"作为跟儒家、道家并提的学术门派，是从"稗官"这一群体中产生出来的（稗官是秦汉之际官僚系统最基层的小吏，负有"采言传语"的职责），而"小说"则是"闾里小智者"之所为②，正是"稗官"们搜集记录了这些"小说"（最初应是口头性质的），而形成了"小说之书"（成为书面文本），这些记录者也因此被称为"小说家"③，成为一个居于九家之末的不入流的学派④。

　　很显然，这里提到的"小说"一词，既不应被视为文体

---

① 参见程毅中《小说的名称和起源》，收入《古体小说论要》，第3、5页。
② 汉末荀悦《汉纪》之"孝成皇帝纪二卷二十五"云"又有小说家者流，盖出于街谈巷议所造"，把"小说家"跟其所撰述之"小说"混为一谈了，把"小说"内容的来源跟"小说"之书的生成也混为一谈了。见《两汉纪》之《汉纪》，张烈点校，中华书局2002年版，第437页。
③ 参见陈广宏《小说家出于稗官说新考》，本文对"稗官"的研究史做了追溯，又据当时新出土秦汉律简资料，对"稗官"的身份和职责做了更深入细致的考证，载《中国典籍与文化论丛》第十二辑，凤凰出版社2010年版。另，鲁迅《中国小说史略》第二篇也曾指出："然稗官者，职惟采集而非创作，'街谈巷语'自生于民间，固非一谁某之所独造也。"人民文学出版社1973年版，第7页。
④ 段江丽《中国古代"小说"概念的四重内涵》一文也认为两汉之际的"小说"是一种学术流派、学术思想。载《文学遗产》2018年第6期。

名[1]，也不应被视为文类名（与诗歌、戏剧、散文相对而言），而是一类学术著述的名称：它既然被归入"诸子略"，跟儒家、道家、墨家等诸子学的著作并列，自然也跟这些著作一样，是被汉人视为学术性著作的一个门类，并属于"子书"的范畴的。[2]如果我们将其视为文类，则儒家、道家、墨家的那些著作也应被视为文类，这显然是不合乎历史实际的。在《汉书·艺文志》的学术体系中，六艺略、诸子略、诗赋略、兵书略、术数略、方技略显然都只是学术门类的区分，属于每一略之下的各家各派也只能是著述门类的区分，而不会是文类的区分，这一点是毋庸置疑的。如果我们一定要认为它们是文类，那也只能说是"文"、"诗"或"赋"，或者说是叙事性文类、说理性文类、文学性文类、实用性文类等等，而绝不存在所谓的"小说"这一文类。由此看来，后代目录学著作所著录的"小说"，在大多数情况下也不应该被视为"文类"，而仍然只能被视为或属"子部"或属"史部"的一类著述形式了。

正因为"小说"在《汉书·艺文志》中只是一类著述形式，从《汉书·艺文志》"小说家"名下所著录的著作以及其后的小序中也难以获得对这一类著述特点的明确认识，后人

---

[1] 就这一点，学界已基本达成共识，因为"文体"是就文本的形式特征而言的，而《汉志》所录的那些小说显然不是以它们的文本形式特征作为归类标准的。

[2] 刘晓军《中国小说文体古今演变研究》指出，班固以"小说家"作为文献类目，承续了儒家、道家、墨家等九流的分类思想，第98页。

的理解便难免发生一些分歧。鲁迅《中国小说史略》第一篇指出:"惟据班固注,则诸书大抵或托古人,或记古事,托人者似子而浅薄,记事者近史而悠谬者也。"①"似子"与"近史"这两大特点比较符合《汉书·艺文志》"小说家"的著录情况,也指出了"小说"在后代目录著录中游移于子、史之间的根源。另有当代学者则指出,被《汉书·艺文志》归入"诸子略·小说家"类中的著作也应具有一般子书"述道见志"的特点,即使那些具备明显叙事性的著作也是如此,只不过它们所载述包含的"道"乃是"小道",被当时的人所轻视而已。(这正如班固所云:"诸子十家,其可观者九家而已。")②既然存在这些理解上的分歧之可能,这就给后代目录学家对这一类著述的判定与归类造成了困难,导致不同时代的公私目录在著录小说类著作时出现了一些比较复杂的情况。

大体而言,从《汉书·艺文志》"诸子略"的"小说家"到《隋书·经籍志》《旧唐书·经籍志》子部的"小说家",反映的小说观念是属于同一范畴、同一性质的。《旧唐书》虽然为五代后晋人所修撰,但其"经籍志"完全抄自开元时期毋煚所撰的《古今书录》,其"小说"观念仍跟《隋书·经

---

① 参见鲁迅《中国小说史略》,第3页。刘晓军《中国小说文体古今演变研究》则认为《汉志》所著录的小说和后代的同类著作主要以说理、叙事、博物等方式阐述思想学说,因此衍生出小说家的三种体例,即论说体、故事体、博物体。第98页。
② 参见王齐洲《在子史之间寻找位置——史志所反映的中国传统小说观念》,载《国学研究》第十卷,北京大学出版社2002年版,第303页。

籍志》一脉相承，大体上都是把记载琐言与逸事的书视为小说，这跟《汉书·艺文志》的"小说家"也是一脉相承的，梁代殷芸所编的《小说》一书也是符合这一标准的。[1]但《隋书·经籍志》还把一些讲艺术、器用的书（如《鲁史欹器图》《器准图》《水饰》）也归入子部的"小说家"类，这一做法虽然更多地偏离了"子书"的特征要求，但应该仍是将这些书籍视为谈论"小道"（或雕虫小技）的著作这一观念所导致的结果。[2]鲁迅认为，这一些被归入"小说"类的记载琐言与逸事的著述一般是不记叙神仙鬼怪内容的，而主要是记人事，文笔简洁，大抵排斥虚构。[3]这一说法有一定道理。但当时一些尚难以归类的著作似乎也被权宜地归入了子部"小说类"，比如前面提到的《鲁史欹器图》《器准图》，以及《旧唐书·经籍志》子部"小说家"中所著录的《释俗语》《酒孝经》《座右方》等书，应该都不是记人事的书。

按鲁迅先生的说法，六朝的"小说"是不记叙神仙鬼怪

---

[1] 参见罗宁《汉唐小说观念论稿》第三章第二节以及"附录五"对殷芸《小说》的讨论。
[2] 程毅中先生特别强调了《隋书·经籍志》对小说地位的提升，引述了其子部的总结中所说的"儒、道、小说，圣人之教也"一语来证明这一点，并解释说这是因为唐代道教成为国教，儒家地位动摇，讲"怪力乱神"的小说趁机升级了。见《中国小说的变迁》，收入《古体小说论要》，第57—59页。但拿《隋书·经籍志》小说类所著录的二十五种著作跟《汉书·艺文志》"小说家"所著录的十五种著作对比，令人不得不对《隋书·经籍志》的这一论断感到困惑，这一问题还有进一步探讨之必要。
[3] 参见鲁迅《六朝小说和唐代传奇文有怎样的区别？》，收入《鲁迅全集》第六卷《且介亭杂文二集》，人民文学出版社2005年版，第335页。

内容的,而六朝时代产生了一大批记叙了很多神仙鬼怪内容的著作——志怪书,那这些书在当时是被视为哪一类著作的呢?这一问题从当时的目录书中找不到答案,但从志怪书的代表作——东晋干宝所纂辑的《搜神记》的序中可以一窥端倪:

> 虽考先志于载籍,收遗逸于当时,盖非一耳一目之所亲闻睹也,又安敢谓无失实者哉。卫朔失国,二传互其所闻,吕望事周,子长存其两说。若此比类,往往有焉。从此观之,闻见之难,由来尚矣。夫书赴告之定辞,据国史之方册,犹尚若此;况仰述千载之前,记殊俗之表,缀片言于残阙,访行事于故老,将使事不二迹,言无异途,然后为信者,固亦前史之所病;然而国家不废注记之官,学士不绝诵览之业,岂不以其所失者小,所存者大乎。今之所集,设有承于前载者,则非余之罪也。若使采访近世之事,苟有虚错,愿与先贤前儒分其讥谤。[1]

从干宝将《搜神记》跟前代史书相提并论来看,他理应是视《搜神记》为历史类著作的。六朝之后的一些史志目录正是如此来看待这类志怪书的。如《隋书·经籍志》和《旧

---

[1] 参见李剑国辑校《新辑搜神记》,中华书局2007年版,第19页。

唐书·经籍志》，就把《王子年拾遗记》《列异传》《搜神记》《幽明录》《齐谐记》《续齐谐记》《山海经》《十洲记》《神异经》《西京杂记》这些书归入了史部的"杂史"、"杂传"或"地理类"。《隋书·经籍志》曾明确表示：尽管这类书中不免"杂以虚诞怪妄之说"，而"推其本源，盖亦史官之末事也"。[1]这些著作，从其性质来看，正是符合鲁迅所说的"近史而悠谬"的特点的，那么《隋志》为何没有延续《汉志》的做法，把它们归入子部"小说"类中去呢？这或许是因为它们的叙事性更强，也不主于说理，不具备一般子书"述道见志"的特点，所以被初唐的史家归入了史部中去了。

但初盛唐之际的史学家刘知幾的做法又略有些与众不同。他在《史通·杂述》中将《搜神记》《幽明录》之类的志怪书归入了作为"史氏流别"（他共分其为十类）的"杂记"类下，视之为"能与正史参行"的"偏记小说"，乃史流之杂著。[2]这当然还是将这些著作视为"史部"的一个分支，然而又冠以"偏记小说"这么一个他新造的名目。这一新名目中的"小说"二字，跟《汉志》"小说家"中的"小说"二字，取义应该相近，仍包含小家珍说、浅薄悠谬之义。所以后文他批评"杂记"类著作的流弊时就说"及谬者为之，

---

[1] 参见《隋书》卷三十三"经籍二"，中华书局1973年版，第980、982、983页。《旧唐书》卷四十六"经籍上"，中华书局1975年版，第1995、2005页。
[2] 参见〔唐〕刘知幾著、〔清〕浦起龙通释、王煦华整理《史通通释》，上海古籍出版社2009年版，第253、255页。

则苟谈怪异,务述妖邪,求诸弘益,其义无取"了。[1]此外,如前所述,《汉志》中著录的"小说"原本就包含了"记事者近史而悠谬"的成分,跟历史类著作也很难说全无瓜葛。

在唐代,跟刘知幾这样,把"小说"跟历史牵扯到一起的还颇不乏其例,如李肇《唐国史补·序》云:

> 《公羊传》曰:"所见异辞,所闻异辞。"未有不因见闻而备故实者。昔刘餗集小说,涉南北朝至开元,著为《传记》。予自开元至长庆,撰《国史补》。虑史氏或阙则补之意,续《传记》而有不为。言报应,叙鬼神,征梦卜,近帷箔,悉去之;纪事实,探物理,辨疑惑,示劝戒,采风俗,助谈笑,则书之。[2]

在李肇看来,刘餗的《传记》就是"小说",而他的《国史补》则是为续刘餗的《传记》而作,以补史氏之阙的,看来他也是视"小说"为史的了。还有高彦休《唐阙史·序》也说:

> 故自武德贞观而后,吮笔为小说、小录、稗史、野史、杂录、杂纪者多矣。贞元大历已前,捃拾无遗事。大中咸通而下,或有可以为夸尚者,

---

[1] 参见〔唐〕刘知幾著、〔清〕浦起龙通释、王煦华整理《史通通释》,第256页。
[2] 〔唐〕李肇撰、聂清风校注《唐国史补校注》,中华书局2021年版,第1页。

资谈笑者，垂训诫者。惜乎不书于方册，辄从而记之。①

他把"小说"跟"稗史"、"野史"并提，视"小说"为历史著作的意识就更明显了。后来《新唐书·艺文志》的序言则干脆认为："传记、小说，外暨方言、地理、职官、氏族，皆出于史官之流也。"②这虽然是北宋人的说法，却跟刘知幾等唐人颇有一致之处，且更进了一步。我们由此可以看到，在唐代，"小说"跟历史发生了交集，六朝志怪书的性质也出现了"小说"跟历史的重叠，这就更明确地预示了这类著作未来在子、史两部之间游移的处境。

除了六朝志怪，唐代也产生了大量单篇传奇文，以及众多的志怪集、传奇集和杂俎集，那这些作品和著作又被当时人视为何种性质的著作呢？因为唐代（尤其中晚唐）的书目类著作几乎都没有流传至今，所以我们只能从一些其他文献中来窥测一下这个问题的答案。晚唐陆希声为段公路的《北户录》所撰序中说：

噫！近日著小说者多矣，大率皆鬼神变怪荒唐诞妄之事。不然，则滑稽诙谐，以为笑乐之资。离此二者，或强言故事，则皆诋訾前贤，使悠悠

---

① 参见陶敏主编《全唐五代笔记》第三册，三秦出版社2012年版，第2329页。
② 参见《新唐书》卷五十七，志第四十七"艺文一"，中华书局1975年版，第1421页。

者以为口实。此近世之通病也。①

他这里所说的"小说",从其"鬼神变怪荒唐诞妄""滑稽诙谐"的内容来看,应该是包括了唐代的志怪集、传奇集和史料笔记的,范围相当广。五代孙光宪《北梦琐言》则提到"近代朱崖李太尉、张读侍郎小说,咸有判冥之说",又说"唐韩文公愈之甥,有种花之异,闻于小说"②,他这里提到的三种小说分别是《戎幕闲谈》《宣室志》《酉阳杂俎》,说明当时的文人把它们都称为"小说"。至于《酉阳杂俎》,段成式自己也曾说这是一部"志怪小说"。③至于他们认为这种"小说"是属于子部还是史部,则难以遽断。

到北宋太平兴国三年(978年)李昉等人编纂的《太平广记》中,不少唐代单篇传奇文名篇都被归入"杂传记"类中,即《太平广记》卷四八四至卷四九二,一共十三篇。其中既包括《李娃传》《莺莺传》《霍小玉传》等现实性很强的人物传记体作品,也包括神仙鬼怪题材的《冥音录》《灵应传》《周秦行纪》《东阳夜怪录》等作品,而它们同被归入"杂传记"类,看来编纂者也是把它们都视为历史性文献的。

---

① 参见陶敏主编《全唐五代笔记》第三册,第2128页。
② 参见孙光宪《北梦琐言》卷七、卷十,中华书局2002年版,第152、224页。"朱崖李太尉、张读侍郎小说"分别指韦绚《戎幕闲谈》(乃记李德裕谈话而成)与张读《宣室志》;韩愈外甥"种花之异"见于段成式《酉阳杂俎》前集卷十九"广动植之四"。
③ 参见陶敏主编《全唐五代笔记》第二册,第1529页。

到北宋人编纂《崇文总目》(1041年),首次将六朝的志怪书(如《博物志》《搜神记》等)与唐代的众多小说集(除了前面提到的《戎幕闲谈》《宣室志》《酉阳杂俎》之外,还有《玄怪录》《续玄怪录》《纂异记》《传奇》《异闻集》等)归入"子部"的"小说类"。此外被收入"小说类"的还有一些家训、琐语、植物、器物、酒令、考订类的著作。其后成于嘉祐六年(1061年)的《新唐书·艺文志》子部"小说类"所收录的著作范围跟《崇文总目》"小说类"大体接近而略有删削,主要去掉了一些考订、器物类著作。而值得特别提到的则是,后来被鲁迅视为"唐代传奇文"(唐人或并不称之为"传奇",详后)的一些单篇作品也被《崇文总目》"小说类"著录,比如《补江总白猿传》《离魂记》两种;或被《新唐书·艺文志》"小说类"著录,如《补江总白猿传》《开元升平源》《还魂记》;而收录多篇唐代单篇传奇文的小说集《异闻集》(晚唐陈翰辑)则在《崇文总目》与《新唐志》的"小说类"中也都被著录了。[①]因此,我们可以看到,到这两种宋代官修书目中,"小说"的范围已经变得非常广,既包括了《隋志》《旧唐志》的"小说家"所著录的著作,也包含了《隋志》《旧唐志》归入史部"杂史""杂传"类的六朝志怪,还包括唐代的很多志怪、传奇小说集与单篇传奇文。

---

① 参见《丛书集成初编》本《崇文总目》卷三,中华书局1985年版,第149、152—154、157—159、162—166页。

南宋晁公武的《郡斋读书志》(1151年成书)与陈振孙的《直斋书录解题》(大约1294年前成书)在著录"小说"的做法上跟《新唐书·艺文志》子部"小说类"的做法基本上是一脉相承的,只是著录的具体篇目有些参差。元人所撰《宋史》"艺文志"的子类(相当于子部)"小说"类下收录著作的标准也与上述宋人书目大体一致,尤其近于《崇文总目》,把六朝的志怪书、唐代的志怪集、传奇集和杂俎集以及宋代的志怪集和传奇集大都收入,也收了少量器物类和谱录类著作。①

南宋郑樵的《通志·艺文略》(1161年)则在"艺文略第三·史类·传记"下的"冥异"类著录六朝至唐代的志怪书、小说集以及单篇传奇文,比如《搜神记》《搜神后记》《齐谐记》《玄怪录》《续玄怪录》《宣室志》《纂异记》《甘泽谣》《补江总白猿传》《离魂记》《虬须(髯)客传》等都被著录,著录范围接近于《新唐书·艺文志》的子部"小说类",而其"艺文略第六·小说"(其"艺文略第六"相当于"子部")类下除了著录《隋书》与《旧唐书》的"经籍志·小说类"所著录的一些书籍之外,又著录了唐代的《会昌解颐录》《潇湘录》《乾𦠅子》《酉阳杂俎》《原化记》等书。②这样的归类法就基本回到《隋书》与《旧唐书》的"经籍志"的

---

① 参见《宋史》卷二〇六"艺文五",中华书局1985年版,第十五册。
② 参见〔宋〕郑樵撰、王树民点校《通志二十略》,中华书局1995年版,第1567、1568、1657页。

老路上去了。但是，唐代的《玄怪录》《续玄怪录》《宣室志》等书和《潇湘录》《乾䐉子》《原化记》等书的体例和内容其实很相近，却被郑樵分别归入了史部和子部，这就显出了分类原则的不统一了。

此后，明代胡应麟的《少室山房笔丛·九流绪论下》上承《汉志》之说，认为"小说"是"子书流也"。但他一方面认为班固所称之"小说"跟后世的博物、志怪等书迥别；另一方面却又将"小说"分为六类：志怪、传奇、杂录、丛谈、辨订、箴规，其中"传奇""志怪"两类列举的著作主要是六朝的志怪书、唐代的志怪传奇集与单篇传奇文，如《搜神记》《述异记》《宣室志》《酉阳杂俎》《莺莺传》《霍小玉传》等。①这说明，他不但继承了《汉志》的"小说"观，而且极大地扩大了它的外延。他还对这一类著述难以辨别和归类的特点做了精辟的论述：

> 小说，子书流也。然谈说理道，或近于经，又有类注疏者；纪述事迹，或通于史，又有类志传者。……至于子类杂家，尤相出入。郑氏谓古今书家所不能分有九，而不知最易混淆者小说也。必备见简编，穷究底里，庶几得之。②

---

① 参见胡应麟《少室山房笔丛》，上海书店出版社2001年版，第280、282页。
② 参见胡应麟《少室山房笔丛》，第283页。

至清代的《四库全书总目》子部"小说家类"总序,则将小说分为三派:一为叙述杂事,一为记录异闻,一为缀辑琐语。其所收书的范围比《崇文总目》《新唐志》有所删略,尤其是将器物、考订类著作删汰殆尽,六朝、唐、五代小说集如《搜神记》《搜神后记》《续齐谐记》《博异记》《宣室志》《甘泽谣》《剧谈录》《酉阳杂俎》(以及《太平广记》)等,都被归入"小说家类"的"记录异闻"一类,《幽(玄)怪录》《续元(玄)怪录》则被收入"小说存目类",《大业拾遗记》《海山记》《迷楼记》《开河记》等单篇作品也被收入"小说存目类",其他的一些著名传奇文则均未被收入。① 从小说观念上来说,这是对《汉志》小说观的回归,从其"小说家类"的序看得很清楚:

> 班固称:"小说家流,盖出于稗官。"如淳注谓:"王者欲知闾巷风俗,故立稗官,使称说之。"然则博采旁搜,是亦古制,固不必以冗杂废矣。今甄录其近雅驯者,以广见闻。惟猥鄙荒诞、徒乱耳目者,则黜不载焉。②

　　概而言之,传统目录学一直坚定不移地把"小说"置于四部分类中的"子部",但其在"小说类"下所著录的具体

---

① 参见《四库全书总目》卷一四〇、卷一四二,中华书局1965年版,第1182、1227页。
② 《四库全书总目》卷一四〇,第1182页。

著作则在不断变化，尤其是对于汉魏六朝隋唐的志怪书、志怪传奇小说集、单篇传奇文这一类著作的处理态度显得游移不定，有时归入史部"杂传类"（或其他类中），有时则归入子部"小说类"，在唐、宋时期的公私目录中大抵如此，到明、清时期则主要归入子部"小说类"。目录学家们对这类著作内容的虚妄怪诞特点基本持批评态度，这以《四库全书总目》"小说类"表现得尤为突出。

这里需要特别指出的一点乃是：到明代，"小说"这一概念的含义发生了一个重大变化，有一些文人已经明确地表示"小说""须是虚实相半"，也是可以涉于"怪诞"的[①]，嘉靖时期的洪楩和郎瑛、万历时期的谢肇淛等人均表达了类似观念。[②]应该说，这一小说观念跟西方近现代的小说观念也是基本一致的。但这一观念并没有被目录学家所接纳，而符合这一观念的大量宋、元、明、清时期的通俗小说也没有被传统目录学著作所著录。

因此，在笔者看来，中国传统目录学上的小说概念在盛唐以前所指最为狭窄，主要包含琐语、逸事类著作，偏重实录，排斥虚构，那些志怪书则被归入史部"杂传类"，并被斥为虚诞怪妄，其地位是很低微的。中晚唐至明代的小说概念所指范围则最为宽泛，既包括一些符合近现代小说标准的

[①] 参见〔明〕谢肇淛撰，韩梅、韩锡铎点校《五杂组》卷十五"事部三"，中华书局2021年版，第513页。

[②] 参见石昌渝《中国小说源流论》，三联书店1994年版，第9、10页。

著作，也包括很多不符合近现代小说标准的著作，还包括很多处于两者之间模糊地带的一些著作（当然都是文言的），虽然当时的文人学者对小说并不很看重，但小说的范围是很宽广的。如此众多不同类型的著作之所以或先或后都被归入小说类，其理由就在于它们都是表述不符合经史大道的所谓"小道"，都是浅薄谬悠之言。清代的小说概念虽较唐、宋、明三代所指范围有所缩减，但仍然比初盛唐以前的小说所指范围要宽泛不少。而近现代以来被广泛接受的西方纯文学意义上的小说观念（其实跟明代谢肇淛等人的小说观念是基本一致的）则随着中国现代学术体制的建立[①]，很快成为一个重要的衡量标准。这一标准的使用对于古代小说研究有利有弊，其利主要在于使原本不受重视的虚构性叙事作品，尤其是宋、元、明、清的通俗小说获得学界的空前重视，成为学术研究的重要对象，一百年来，取得了丰硕的研究成果，其文学与文化的价值获得了比较充分的认识。其弊端则将在后文专门加以讨论。

与"小说"概念相联系的还有"志怪"与"传奇"两个概念。这两个术语也早就出现了。

"志怪"一词最早见于《庄子·逍遥游》（"齐谐者，志怪者也"），六朝时成为某些文集的名称，如祖台之、孔氏、

---

① 宋莉华对纯文学意义上的小说观如何确立和被强化的过程有比较详细的论述，请参见其《中国古代"小说"概念的中西对接》一文，载《文学评论》2020年第1期。

曹毗等人的《志怪》，殖氏《志怪记》，等等。胡应麟《少室山房笔丛》分"小说家"为六类，第一类就是"志怪"，列举《搜神记》《述异记》《宣室志》《酉阳杂俎》四种小说集。鲁迅《中国小说史略》第五、六两篇篇名为"六朝之鬼神志怪书（上、下）"，第七篇则以《世说新语》为核心，论及逸事与琐语类的小说（或称"志人"小说），此后"志怪""志人"小说差不多就成了六朝小说的代名词。如前文已经论及的，在古代目录学的体系中，六朝的志怪书先是被归入史部的"杂史""杂传"类，后来又被归入子部的"小说类"。而以《世说新语》为代表的志人小说虽算不上古小说的大宗，也同样发生了在子、史之间游移的情况。① 按照近现代的小说标准，这两类小说还只能算是小说的雏形。

"传奇"一词最早则应出现于晚唐裴铏的小说集《传奇》（也有学者不同意这一说法）。宋元明人使用"传奇"一词的情况很多，如南宋谢采伯《密斋笔记》自序云："经史本朝文艺杂说几五万余言，固未足追媲古作，要之无抵牾于圣人，不犹愈于稗官小说、传奇志怪之流乎。"② 将志怪、传奇并提，也提到稗官小说，故其志怪、传奇应指六朝至唐、宋时代的鬼神志怪书与唐代的传奇一类书。南宋罗烨《醉翁谈录》的"小说开辟"的"传奇"一类提到十八种作品，都

---

① 《世说新语》在《隋书·经籍志》中归入子部小说类，刘知幾在《史通·杂述》中则将其列为"偏记小说"的第四类"琐言"。
② 参见《丛书集成初编》本《密斋笔记》，中华书局1985年版，第1页。

是讲述爱情故事的，第一种是《莺莺传》，此外还有《李亚仙》《崔护觅水》，这三种应该都是唐代故事，其余的则大都是宋代故事。①元代虞集《道园学古录》卷三八《写韵轩记》则提到唐人"想象幽怪遇合、才情恍惚之事，作为诗章答问之意，傅会以为说，盍簪之次，各出行卷，以相娱玩，非必真有是事，谓之传奇"。②陶宗仪《南村辍耕录》卷二五"院本名目"云"唐有传奇，宋有戏曲、唱诨、词说"。③明代的杨慎则云"诗盛于唐，其作者往往托于传奇小说、神仙幽怪以传于后"。④胡应麟的"小说"六类的第二类就是传奇，列举的唐代作品是《崔莺莺传》《霍小玉传》⑤；臧懋循则创"唐人传奇"一词。⑥这些地方提及传奇时，或仅于此名目下列出一些作品，不进行任何说明；或者仅提及传奇名目并稍作说明，但又不列举作品，如虞集；故颇难以知晓其定名与归类的具体标准。后来鲁迅编纂《唐宋传奇集》，均收唐、宋时期的单篇作品，题材则主要是鬼神与爱情两类。其《中国小说史略》于唐代部分未论及志怪：其第八、第九两篇

---

① 参见《醉翁谈录》甲集卷一，古典文学出版社1957年版，第4页。
② 参见国家图书馆藏明嘉靖四年（1525年）刻本《道园学古录》卷三八。
③ 参见《南村辍耕录》卷二五，中华书局1959年版，第306页。
④ 参见《秋林伐山》卷一七"唐人传奇小诗"条，国家图书馆藏明万历三十四年（1606年）刻本。
⑤ 参见胡应麟《少室山房笔丛》卷二九"九流绪论下"，第282页。
⑥ 参见《负苞堂集》卷三《弹词小序》，古典文学出版社1958年版，第58页。另，此处对"传奇"这一术语的介绍借用了李剑国《唐五代志怪传奇叙录》（增订本）的有关论述，中华书局2017年版，第8—12页。

为"唐之传奇文（上、下）"，专论单篇传奇；其第十篇"唐之传奇集及杂俎"，则以《玄怪录》《续玄怪录》《杜阳杂编》《唐阙史》《剧谈录》《北里志》《云溪友议》《传奇》为传奇集，以《酉阳杂俎》为杂俎类。其第十一篇则论"宋之志怪及传奇文"。鲁迅于《中国小说史略》第八篇"唐之传奇文（上）"中虽对传奇的艺术特征及其源流都作了论述[①]，但对于数量巨大、构成复杂的唐代小说而言，其论断也并不是很准确，而且究竟哪些作品是传奇或传奇集，志怪与传奇到底如何区分，鲁迅也没有提出明确的标准，这导致了后来研究中的一些混乱。比如有的学者受《唐宋传奇集》的影响，只把唐代的一些单篇作品称为传奇，现在也仍有学者在坚持这一看法，这就忽略了鲁迅所提及的"传奇集"这一类著作，虽然鲁迅对传奇集的判定也未尽合理（比如《唐阙史》《北里志》就很难被视为传奇），但唐代的众多小说集中确实包含了不少跟"单篇传奇文"性质十分相近的篇目，如果因为收在小说集中而将其排除在"传奇"之外，恐怕也是不太妥当的。

此外，唐代的所谓"传奇"特受鲁迅的推重，鲁迅的《中国小说史略》论及唐代小说也基本只论"传奇"而不及

[①] 鲁迅《中国小说史略》第八篇"唐之传奇文（上）"中说："小说亦如诗，至唐代而一变，虽尚不离于搜奇记逸，然叙述宛转，文辞华艳，与六朝之粗陈梗概者较，演进之迹甚明，而尤显者乃在是时则始有意为小说。""传奇者流，源盖出于志怪，然施之藻绘，扩其波澜，故所成就乃特异，其间虽亦或托讽喻以纾牢愁，谈祸福以寓惩劝，而大归则究在文采与意想，与昔之传鬼神明因果而外无他意者，甚异其趣矣。"第54、55页。

其他，也导致后人一提"唐代小说"就会想到"唐传奇"，以为唐代小说就只是唐传奇，从而获得一种片面乃至错误的印象。如果考虑到唐宋时代官私目录对六朝唐代小说的著录情况，倒不妨直接用"唐人小说"这一同样也是古已有之的名称来指称全部唐代小说——南宋的洪迈或明代的桃源居士就用过这一说法，汪辟疆也用之作为唐代小说选集的名称①，这至少可以包括志怪、传奇以及其他被古人视为"小说"的全部唐代著作，也能包括符合近现代小说标准的那些作品（集）在内，显得包容性更强一些。

应该说，随着时间的推移，以上这些概念的内涵和外延都在不断发展变化，再加上古人和今人对它们的理解和使用都有比较随意之处，遂导致其意义复杂难明，人言言殊，从而对文言小说的研究造成了一些不利影响。这首先体现在汉

---

① 清人陈世熙（莲塘居士）在《唐人说荟·例言》中说："洪容斋谓'唐人小说，不可不熟。小小情事，凄惋欲绝，洵有神遇而不自知者，与诗律可称一代之奇'。旧本为桃源居士所纂，坊间流行甚少。……"见丁锡根编著《中国历代小说序跋集》下册，人民文学出版社1996年版，第1793页。程毅中先生指出，这几句话出自明刻本《唐人百家小说》卷首桃源居士的序，但我们从洪迈的《容斋随笔》中却找不到这几句话。不过，洪迈倒是提到过"麻沙书坊桃源居士"这个人。因此，程先生判断《唐人百家小说》可能出自宋代麻沙书坊旧本，桃源居士的序可能也有所本。见其《桃源居士与唐人小说》一文，收入《程毅中文存续编》，中华书局2010年版，第294、295页。最近则有学者指出，桃源居士是明末书坊主，其所言乃伪托洪迈，却是从洪迈《容斋随笔》卷十五中一段话引申而来："大率唐人多工诗，虽小说戏剧，鬼物假托，莫不婉转有思致，不必颛门名家而后可称也。"参见李小龙《鲁迅对〈唐人说荟〉的破与承》，载《鲁迅研究月刊》2023年第7期。

唐文言小说文献的考订、整理方面，这里只从汉唐小说全集的编纂方面来初步谈一下这个问题（暂不涉及明、清人所编纂的前代文言小说丛书）。

六朝小说文献的整理始自鲁迅所辑之《古小说钩沉》[①]，此书辑校收录了包括《列异传》《齐谐记》《幽明录》《冥祥记》等著名的六朝志怪书在内的36种古小说，另有未完成的"小说备校"，包含《神异经》《十洲记》《搜神记》《搜神后记》等7种书。[②]鲁迅在《古小说钩沉》的序中说：

> 余少喜披览古说，或见讹夺，则取证类书，偶会逸文，辄亦写出。虽丛残多失次第，而涯略故在。大共琐语支言，史官末学，神鬼精物，数术波流；真人福地，神仙之中驷，幽验冥征，释氏之下乘。人间小书，致远恐泥，而洪笔晚起，此其权舆。况乃录自里巷，为国人所白心；出于造作，则思士之结想。心行曼衍，自生此品，其在文林，有如舜华，足以丽尔文明，点缀幽独，

[①] 《鲁迅全集》第十卷《古籍序跋集》收录一篇《〈古小说钩沉〉序》。序后的注释说："本篇据手稿编入，原无标点。最初以周作人的署名发表于1912年2月绍兴刊行的《越社丛刊》第一集；1938年出版的《鲁迅全集》第八卷《古小说钩沉》中未收。《古小说钩沉》，鲁迅约于1909年6月至1911年底辑录的古小说佚文集，共收周《青史子》至隋侯白《旌异记》等36种。1938年6月首次印入鲁迅先生纪念委员会编辑的《鲁迅全集》第八卷。"人民文学出版社2005年版，第4页。

[②] 参见《鲁迅辑录古籍丛编》第一卷，人民文学出版社1999年版。

盖不第为广视听之具而止。然论者尚墨守故言。惜此旧籍，弥益零落，又虑后此闲暇者鲜，爰更比辑，并校定昔人集本，合得如干种，名曰《古小说钩沉》。[1]

据有人统计，鲁迅据以校订的古书有80种左右，参以此序，可见其辑校态度十分严谨。另外，这篇序也说明鲁迅当时所认定的"古小说"范围是比较广的，对其内容、性质和意义的认识也有一些全新的进展，这里暂不能详论。遗憾的是，鲁迅的辑佚未能最终完成，也远远谈不上详备，长期以来也未见有后继者再加以补充完善。笔者只看到过李剑国先生所撰《唐前志怪小说辑释》[2]，收录了唐代以前的志怪小说200余篇，并对一些志怪书的时代、撰人、著录、版本等问题进行了比较深入的考证，但该书并非六朝小说的全编，而只是一部学术性较强的选本。后来，上海古籍出版社曾出版《汉魏六朝笔记小说大观》（1999年版），收书20种，跟《古小说钩沉》重出者4种，二书可以互为补充。此外，六朝志怪书单本书的辑佚整理也陆续出版了不少成果，这一问题非本文主旨，这里不拟多说了。近年来，已有学者在重辑汉魏六朝小说，反映出学界越来越重视鲁迅视为后来小说之

---

[1] 参见《鲁迅辑录古籍丛编》第一卷，第3、4页。或见《鲁迅全集》第十卷，第3页。
[2] 上海古籍出版社1986年初版，2011年修订再版。

"权舆"的"古小说"了。

相对而言，学界对唐代小说的辑佚整理与全集编纂付出了更多的努力，也作了更多的工作。这方面的代表性成果主要有：王汝涛先生编校的《全唐小说》[①]、李时人先生编校的《全唐五代小说》[②]、陶敏先生主编的《全唐五代笔记》[③]、李剑国先生辑校的《唐五代传奇集》和《宋代传奇集》（此书这里先不谈）[④]。这几种唐代小说全集的出版无疑大大地有功于学界，这无须多说，这里也主要只谈一下存在的问题。

这几种唐代小说或笔记的全集所面临的一个首要问题就是如何对小说或笔记的范围加以界定，只有先界定清楚了，才能对文献加以取舍。而要对这一范围加以界定，就必然要先把小说、志怪、传奇等概念的内涵与外延辨析清楚。然而，因为每位学者对同一概念的理解都颇有些不同，根据各人所理解的概念去取舍具体文献时更难免一定的主观性，故几种全集的面貌各异，存在的问题也各不相同，但一个共同的问题则在于：所谓全集其实并不全（当然，有些书并未以全集相标榜），很多尚存的、可以收录的书或作品也未被收录，让研究者仍然无法将其当成完备的资料全集来加以使用。

[①] 山东文艺出版社1993年版。
[②] 陕西人民出版社1998年初版，中华书局2014年修订再版。
[③] 三秦出版社2012年版。
[④] 二书分别为中华书局2015年版、2001年版。

王汝涛先生的《全唐小说》"前言"提出：不应该完全按照近代小说概念去选择作品，而应按照唐代的小说概念去选择作品。因此，他将唐代小说分成"传奇""志怪""杂录"三大类，又说为了使执近代小说标准的人便于研究唐代小说，又另设"辑佚""疑似"两部，在两部之下再各分"志怪""杂录"两类。"传奇"类则按照鲁迅《唐宋传奇集》的选文标准，只收单篇传奇文。"志怪"类收记鬼神怪异之事的小说集。"杂事"类则收记人事的小说集。这就在分类与编纂体例上造成了一些混乱：首先，鲁迅虽然在《唐宋传奇集》中只收唐代单篇传奇文，但他在《中国小说史略》中却将多部唐代小说集都称为传奇集，把《酉阳杂俎》列入"杂俎"类，没有提到"志怪"一类。鲁迅论唐代小说不提志怪类，确实颇令人困惑，这或许说明鲁迅认为唐代志怪跟六朝志怪已经不太一样，不好再继续称为志怪了。《全唐小说》的"传奇"类只收单篇作品，将小说集都归入"志怪""杂录"类，相当于又建立了一个新的归类标准。该书"凡例"又提到《法苑珠林》《广古今五行记》中的有些篇目虽然故事性很强，但全书实在很难算得上是小说，故不予收入。《广古今五行记》一书在《宋史·艺文志》中被归入"小说类"，大部分条目皆具明显故事性，若不予收入，则颇有些取舍不当。而作为白话小说早期形态的变文则被王先生认为不足以称为定型的白话小说，也未予收入，似乎又迁就了后起的小说观念（当然，变文是否应该纳入唐代小说范围，还可以讨论）。另外，"辑佚""疑似"两部的设立也有些叠床架屋、多此一举之感。虽然有这些问题，但王先生主张按照唐代小说观念（虽然唐代小说观念究竟是什么，也并不是那么明确）去选择作品的思路还是值得赞许的。而且他在单篇传奇文之外的"志怪""杂录"两类中，尽量将整本书（当然是现存的）收入，这一做法也颇值得称道。这部书共收单篇传奇49篇，专集138种，若跟后来李剑国先生的《唐五代志怪传奇叙录》所录作品（或作品集）相比，单篇作品要少大约66种（《唐五代志怪传奇叙录》约收115种），专集则要多57种（《唐五代志怪传奇叙录》大约收81种），数量也不算少了。

此后到1998年，又有李时人先生编校的《全唐五代小说》出版，根据此书前言，其选择作品的依据完全是近代小说的"文体规范"与"美学要求"（具体体现为何满子先生提出的十条细则）。李时人先生明确反对以古代的小说观念去界定古代小说，但在具体操作时又考虑到为了便于学者研究而适当放宽尺度，另在"正编"之外又设"外编"，收入了一些他认为还没有达到小说标准而又具备一些小说因素的作品。对于敦煌变文，他也按照同样的原则分类收录。全书分为正编100卷，收入1313篇作品；外编25卷，收入801篇作品。这样处理的结果是即使同一作者的同一部书中的作品，也被按照上述标准加以甄别筛选，并分置于"正编"与"外编"两处。因此正如陈尚君先生所言，这部书在一定程度上近于选本了。①

　　由陶敏先生主编的《全唐五代笔记》则主要收笔记,据笔者统计,该书共收唐人著作143种(内含5种因存争议而被列入"附录"的),包括史料笔记、考订笔记与小说类笔记,被后世视为志怪、传奇集的《广异记》《玄怪录》《续玄怪录》《酉阳杂俎》《纂异记》《三水小牍》等书都被收入,但裴铏的《传奇》、袁郊的《甘泽谣》、陈翰的《异闻集》等书则未被收入。笔者曾就此向陶先生求教,陶先生答复说本来是要把小说与笔记区分开来,但最后看来也无法截然分开,因为唐代正是笔记与小说分流的时代。实际上,在笔者看来,这也还是因为笔记、小说之类文体的界限模糊不明,难以完全区分,故导致操作上出现难以圆通的矛盾。另外,还有一些在《太平广记》中被收入的唐代笔记,王汝涛的《全唐小说》也收入了,而陶先生主编的此书却未收,如《唐年小录》《茶经》等书(当然,也有些书被《全唐五代笔记》收录了,而《全唐小说》则未收)。此外,此书因为只收笔记,故完全未收单篇传奇文。若能设置一个"外编",把这些未收的资料也全部收入,则似更完备矣。

　　在唐代小说的考证研究方面,代表作则主要有李剑国先生的《唐五代志怪传奇叙录》,根据书名以及该书前面的

---

① 参见陈尚君《断代文学全集编纂的回顾与展望》,收入《汉唐文学与文献论考》,上海古籍出版社2008年版,第21页。

"唐稗思考录"来看，李剑国先生也是按照近现代小说的标准来确定研究对象的，因而主要只涉及传奇（集）和志怪（集），而完全不涉及"杂录"一类（可参见其为王汝涛《全唐小说》所作的序言）；而且李先生努力要从创作意识与审美特征来区分志怪与传奇，但最终也无法获得一个明确的区分标准，只好主张在涉及具体作品或作品集时有时只能作大概的、直观的判定，甚至作一些也许并不合理的人为的规定。[1]李先生由此而把唐代小说集划分成传奇集、志怪集、志怪传奇集、传奇志怪集、志怪传奇杂事集。正因为以这样一些难以准确定性的概念，尤其是近现代小说的概念作为标准去确定研究的对象，故此书所考证研究的也只是唐代小说的一部分（当然，是很重要的那一部分），而不是全部。不过，此书在作者生平、作品传播的考证上所取得的成就是巨大的，嘉惠学林，居功至伟，对此已毋庸赘言了。

李剑国先生辑校的《唐五代传奇集》则是在他的《唐五代志怪传奇叙录》之后，根据《叙录》前言所确定的小说标准所辑之书。此书"专取传奇"，凡辑校唐五代传奇作品692篇，作者可考者98人，阙名者近30人。李先生在"凡例"中谈到了如何甄别、选择"传奇"作品的烦难之处：

> 传奇作品或单篇传世，或载于小说丛集。亦有少数作品先以单篇行世，复编入丛集者。唐五

---

[1] 参见李剑国《唐五代志怪传奇叙录》（增订本），第7页。

代小说丛集以传奇小说集及志怪传奇小说集（或亦含有杂事）为大宗，传奇之作每每杂厕其间，本集依传奇文体之特征择而校录。杂事小说集数量较少，多为遗事轶闻，小说意味多有不足，然中亦有格近传奇者，亦酌情采择，如《本事诗》《云溪友议》《鉴诫录》等。顾志怪、杂事与传奇之体，涉及具体作品二者每难区别，时或首鼠两端，颇费思量，是故取舍或有不当，自属难免。①

李先生又说"此中或有遗漏，然其总貌足堪观一代之奇也"，很显然，他的目标是编一部唐五代的"传奇"总集，然而哪些篇目符合"传奇"的标准，这要从创作意识、审美特征等方面来判断，着实是一件烦难之事（他所依据的其实正是鲁迅所说的标准，见《叙录》"代前言"②）。从实际操作的情况来看，最令人疑惑的乃是如何从小说集中挑选出符合要求的篇目来，比如初盛唐时代牛肃的《纪闻》一书，现存约126篇③，李先生仅从中选出了20篇收入《唐五代传奇集》（卷九到卷十一），还不到全书的六分之一，如《田氏子》《淮南猎者》这样一些很受注意的篇目也未被收入。如果跟

---

① 李剑国《唐五代传奇集》"凡例"，中华书局2015年版，第1、2页。
② 参见李剑国《唐五代志怪传奇叙录》（增订本），第6、7页。
③ 此据李剑国辑校《纪闻辑校》统计，中华书局2018年版。另据陶敏主编《全唐五代笔记》所收《纪闻》统计，则为125篇，另有附录2篇，被认为非出自《纪闻》。

李时人所编校的《全唐五代小说》中所收的《纪闻》篇目（50篇）相比，李剑国先生的选择标准显然更为严格，只选传奇，连志怪都不再选录了。

从以上的概述可以看出：由于学者们执定于一些原本并不清晰、颇难界定的概念，遂致目前的每一种唐代小说或笔记总集的编纂都不能说是完全的，在取得巨大成就的同时也留下了明显的遗憾。在笔者看来，避免这些缺憾的途径或在于摆脱概念的纠缠，采取一个更广大、更宽泛的标准，一个足以囊括全部唐代叙事性、笔记性资料的概念（正史、诗文自然要除外），来编纂一部资料总集。或者仍然可以采用"小说"这一概念，但应尽量扩大其外延，将符合古代小说观念的资料要全部收入，符合近现代小说观念的资料自然更要收入，也不必根据任何标准对这些资料进行归类与拆分，而按其原始面貌收入，一些原本归入史部或子部的书，只要跟小说有关，或对小说研究有价值，也可以全部收入或列入存目。这样一来，庶几可以编纂出一部比较完整的唐代小说总集。

"小说""志怪""传奇"等概念的理解除了对汉唐小说的文献考订、整理出版有影响之外，也对小说史研究产生了很大影响。这一问题近些年学界讨论得比较多，这里只简单谈一下我的看法。

从晚清到民初，原本就很复杂的古代"小说"概念受到西方传入的纯文学观念之影响，其内涵进一步发生变化，虚构性和娱乐性的特点被大大地强调，也更受重视了。这里要特别指出的一点是，对小说虚构性与娱乐性的认同并非完全从西方传入，实际上从明代中后期开始，当时的文人（如谢肇淛）就已经有了这种认识。只不过到晚清民初，西方的文学观和美学观传入后，这种认识更被极大地强化了，并对中国古代小说的研究产生了很深的影响，这既具有积极的意义，也产生了一定的负面作用。当时，跟纯文学观一同传入中国的，还有著名的生物进化论思想，这一思想对文学研究的影响也很大，鲁迅的中国古代小说史研究就受到了这一思想的影响。

在《中国小说史略》这部开创性的著作中，鲁迅对汉魏六朝至唐代小说史的论述中应该就隐含了近现代小说观和文学进化论的一些观点。比如他很重视"意识之创造"或"有意为小说"这一点[1]，显然是对自觉虚构意识的一种强调。鲁迅明言他这一观点来自胡应麟的一段话：

> 凡变异之谈，盛于六朝，然多是传录舛讹，未必尽幻设语，至唐人乃作意好奇，假小说以寄笔端，如《毛颖》《南柯》之类尚可，若《东阳夜怪录》称成自虚，《玄怪录》元无有，皆但可付之一笑，其文体亦卑下无足论。……本朝新、余等话本

---

[1] 参见鲁迅《中国小说史略》第八篇《唐之传奇文（上）》，第54页。

出名流，以皆幻设而时益以俚俗，又在前数家下。①

胡应麟两次提到的"幻设"一语，以及"至唐人乃作意好奇，假小说以寄笔端"一句话，鲁迅认为"即意识之创造矣"，也就是自觉虚构之意。有学者指出鲁迅对胡应麟的话有一些误解，笔者认为，鲁迅这一理解应该是没有问题的：胡应麟所说的"幻设"，是相对于带有实录意味的"传录"一词而言的，含有想象、假设、虚构之意。六朝志怪多记变化奇异之事，胡应麟认为这是当时一些以讹传讹的传闻被如实记录下来了，但唐人则有意创造或虚构这一类故事来表达其思想情感。鲁迅从这段话中得出唐人"始有意为小说"的判断，并不存在任何误解。而他进一步指出唐人传奇"大归则究在文采与意想，与昔之传鬼神明因果而外无他意者，甚异其趣矣"，这就显然是从纯文学性的小说观出发所作的一种引申，未必尽合唐代小说的事实了。由此可见，鲁迅对中国小说史的建构和论述的确是以自觉的虚构创造作为一个标尺的。带有实录性质的六朝志怪，作为唐代传奇的渊源，得到了一定的关注。但从唐代开始，鲁迅就很少再论及志怪类的小说了，更不必说既非传奇也非志怪的那些古"小说"了。

因为受时代文学思潮的影响，鲁迅那一代人特重小说的虚构性与娱乐性，因此他也特别注意去发掘小说史上虚构意

---

① 参见胡应麟《少室山房笔丛》卷三六"二酉缀遗中"，第371页。

识的起源与发展,这本身就是很有学术意义的课题。但鲁迅的研究格局客观上也导致了对实录性的或者虚构性不那么强的小说种类的忽视,对后来的研究者也产生了一定的影响,对此有学者已作了比较深入的研究[1],这里就不再多说了。

此外,从六朝志怪的"非有意为小说"[2],到唐人的"始有意为小说",也就是从重视实录、排斥虚构发展到有意地、自觉地进行虚构,甚至往往故意显示着这虚构以见作者想象的才能,鲁迅认为这是六朝小说和唐代传奇文的一个重大的区别[3],且两者之间"演进之迹甚明"。[4]他在《古小说钩沉》的序中也说六朝小说乃"人间小书,致远恐泥,而洪笔晚起,此其权舆",则是视六朝小说为后代小说的萌芽了。这些说法的背后显然都隐藏着文学进化论的影子。

而与进化论相伴随的往往就是若隐若现的历史目的论,即以后代小说作为目的,似乎前代小说都是朝着这么一个目的在发展演变。这就很容易导致对某一时代小说独特性与主体性的忽略,把前代小说视为萌芽和源头,视为后代小说发展历程的初始阶段,忽视了小说仍然是作为一个并未完结的历史过程而存在的本质,更忽视了小说的现代意义与长远意

---

[1] 参见刘晓军《中国小说文体古今演变研究》,第227—231页。
[2] 参见鲁迅《中国小说史略》第五篇《六朝之鬼神志怪书(上)》,第29页。
[3] 参见鲁迅《六朝小说和唐代传奇文有怎样的区别?》,收入《鲁迅全集》第六卷《且介亭杂文二集》,第334、335页。
[4] 参见鲁迅《中国小说史略》第八篇《唐之传奇文(上)》,第54页。

义。在这方面最典型的表现乃是学界对六朝小说的态度。长期以来,我们都是将其看作中国小说的雏形,对其独特的历史价值、审美价值与文化价值认识不够。例如如下一则故事:

> 楚文王少时好猎。有一人献一鹰,文王见之,爪距神爽,殊绝常鹰。故为猎于云梦,置网云布,烟烧张天,毛群羽族,争噬竞搏。此鹰轩颈瞪目,无搏噬之志。王曰:"吾鹰所获以百数。汝鹰曾无奋意,将欺余耶?"献者曰:"若效于雉兔,臣岂敢献?"俄而,云际有一物凝翔,鲜白不辨其形。鹰便竦翮而升,蠢若飞电。须臾,羽堕如雪,血下如雨,有大鸟堕地,度其两翅,广数十里,众莫能识。时有博物君子曰:"此大鹏雏也。"文王乃厚赏之。①

这是一篇标准的六朝志怪,虽然简短,但文笔是精细的、曲折的,所叙之事也有首尾和波澜,场景阔大,形象生动,叙事手法相当高妙。六朝和唐代的志怪集中,这样的作品还有不少。有的还对后代小说创作产生了影响,比如六朝志怪对于唐传奇,以及对于现代作家的影响,如《列异传》

---

① 唐代《初学记》引《孔氏志怪》,文字较简,宋代的《太平御览》引《幽明录》,文字较详,此依后者所引。参见《鲁迅辑录古籍丛编》第一卷《古小说钩沉》所收之《幽明录》,第179、180页。

的"干将莫邪"故事对鲁迅《铸剑》的影响;唐代志怪对于当代作家的影响:唐代《逸史》中的"鹤睫毛"故事演变成后代的民间故事,并对当代作家莫言的长篇小说代表作《檀香刑》有过启发[①];《酉阳杂俎》中的"飞头民传说"则为当代作家张悦然的《宿水城的鬼故事》直接化用[②];香港现代著名作家刘以鬯的小说则从古代精怪小说中汲取了不少手法和素材。

这些例子说明,即使是简短的志怪作品,其重要性与独特性都不容忽视,它们仍属于一个活着的传统,具有强大的生命力。现在问题的关键在于学界需要找到恰当的角度与方法去研究这些不符合后代小说标准的"古小说"。

应该说,站在历史的立场与站在后代的立场去研究古代小说,各有其合理性:前者是为了厘清古代小说的基本史实,寻觅其发展变化的轨迹;后者则可以更多地关注古代小说一些重要特征的形成历程与尚未被发现的新义。二者应该是既彼此独立,又相互涵容的。研究者只要对各自研究的立场、动机与对象有着清醒的认识,即不致陷入纠缠、模糊与矛盾的困境。

---

① 参见《太平广记》卷四百六十《李相公游嵩山》,注出《逸史》,中华书局1961年版,第3768页。
② 参见《太平广记》卷四百八十二《飞头獠》,注出《酉阳杂俎》(收入前集卷四),第3970页。

唐代小说繁荣的原因新探

一

关于唐代小说繁荣的原因，以往学界有过一些笼统的但是很有影响力的说法，这些说法因为由一些著名学者提出，虽然年代已经很久远，但迄今仍被学界普遍接受。因此，我们有必要先对以往有关这一问题的观点予以回顾和梳理。

概而言之，以往关于唐代小说繁荣原因的讨论，有宏观与微观层面两大类。

宏观层面上主要是从唐代的阶级矛盾、阶级结构、经济背景、文化风气的变化等角度来展开讨论，这以刘开荣完成于1945年的《唐代小说研究》（1947年出版，1955年修订）为典型代表，后代的很多小说史（比如吴志达的《中国文言小说史》）都受到此书观点之影响，基本观点也大同小异。这一类讨论往往是受到当时流行的文艺思潮或社会科学理论的启发而出现的，并未从唐代史料中获得多少具体的、直接的证据，因此他们所认定的这些因素对唐代小说的影响其实都是似是而非、没有经过深入论证的，其失误也是很明显的，在此也没有必要对这些说法进行详细的分析[①]。

微观层面上最有代表性的一些看法是由缪荃孙（1844—1919年）、郑振铎与鲁迅等人所提出。

缪荃孙的《醉醒石·序》提出"进士行卷说"（指唐代举子以小说投献名公或主司，冀其称誉，以求在科举考试中获胜），鲁迅在《中国小说史略》第八篇、《且介亭杂文二集》中也提出相同的看法[②]，后来刘开荣的《唐代小说研究》第二章、程千帆的《唐代进士行卷与文学》第八节都专门阐述了进士行卷风尚促进唐传奇勃兴的观点。

郑振铎在《插图本中国文学史》第二十九章《传奇文的兴起》中则明确指出：在大历、元和年间开始繁荣的唐代传奇文是古文运动的一支附庸，促成其生长者，古文运动"与有大力焉"[③]。刘开荣的《唐代小说研究》第二章也持同样的看法。

[①] 参见杜晓勤《隋唐五代文学研究》下册"唐代小说兴盛的原因"一节对相关内容的概述，北京出版社2001年12月版，第1385页。

[②] 《六朝小说和唐代传奇文有怎样的区别？》一文中说："唐以诗文取士，但也看社会上的名声，所以士子入京应试，也须豫先干谒名公，呈献诗文，冀其称誉，这诗文叫作'行卷'。诗文既滥，人不欲观，有的就用传奇文，来希图一新耳目，获得特效了，于是那时的传奇文，也就和'敲门砖'很有关系。但自然，只被风气所推，无所为而作者，却也并非没有的。"

[③] 陈寅恪认为唐人小说对于古文运动之兴起有推动之功（云古文之兴起，乃因当时古文家以古文试作小说而能成功之故），而古文这种文体便于创造，也促进了小说的发展。参见《元白诗笺证稿》之"长恨歌"条或《韩愈与唐代小说》一文。但在笔者看来，小说自六朝以来就一直是以古文写作的，似乎并不存在古文家专以古文写小说之事。且陈寅恪先生所说的当时最佳之小说作者，亦古文运动之中坚人物，也跟史实不符。

缪荃孙、鲁迅、刘开荣、程千帆的看法分别来源于北宋钱易《南部新书》甲卷与南宋赵彦卫《云麓漫钞》卷八所提到的唐人以小说行卷之风的记载[①]。但实际上，这些说法之错误，早已有一些学者进行了有力驳斥，已经一再被证明是难以成立的，比如王运熙的《试论唐传奇与古文运动的关系》认为：唐传奇的语言、风格与文体是上承汉魏六朝志怪，同时受到同时代的民间通俗文艺（如变文、俗曲）之影响而形成的，而跟韩、柳所提倡的古文有很大不同，因此传奇文体不是受到古文运动之影响而出现的，古文运动也不是传奇兴起的动力[②]。吴庚舜的《关于唐代传奇繁荣的原因》也驳斥郑振铎、鲁迅等人的观点，该文指出：早在唐代古文运动兴起之前，小说创作就已经蔚成风气了[③]。虽然吴庚舜所理解的"小说"跟郑振铎、鲁迅等人所说的"传奇"并不完全一致，但他指出在"古文运动"发生之前已有很多小说出现，这一点还是符合历史事实的。吴文同样也反驳了"行卷说"之谬误：他首先指出赵彦卫《云麓漫钞》中的

[①] 北宋钱易《南部新书》甲卷云："李景让典贡年，有李复言者，纳省卷，有《纂异》一部十卷。榜出曰：'事非经济，动涉虚妄，其所纳仰贡院驱使官却还。'复言因此罢举。"中华书局2002年版，第9页。南宋赵彦卫《云麓漫钞》卷八载："唐之举人，先借当世显人，以姓名达之主司，然后以所业投献，逾数日又投，谓之温卷，如《幽怪录》《传奇》等皆是也。盖此等文备众体，可以见史才、诗笔、议论。……"中华书局1996年版，第135页。
[②] 1957年11月10日发表于《光明日报》，收入《汉魏六朝唐代文学论丛（增补本）》。
[③] 载《文学研究集刊》第一册，人民文学出版社1964年版。

那一段记载本身就是不符合事实的,既不符合当时进士行卷的历史事实,也不符合唐代小说本身的实际情况(因为大多数可以考知创作时间的小说都创作于作者考上进士之后,而不是在考进士之前。他也顺带驳斥了陈寅恪对这一段材料的误解),其实这一段记载反倒足以说明当时拿小说行卷是不会获得应有的效果的(因为曾有举子拿小说行卷,但被驳回了)。在吴庚舜之后,当代著名唐代小说研究专家李剑国先生在其《唐五代志怪传奇叙录》的长篇序言《唐稗思考录》中也专门深入地驳斥了"行卷说",其看法与吴文基本一致;李剑国也反对古文运动是传奇繁荣动力的说法。吴庚舜与李剑国也反对了一些其他的意见,比如社会经济状况、诗歌发展、宗教观念对唐传奇发展的推动等等。可以说,经过很多学者的深入讨论之后,我们可以认为:"行卷说"与"古文运动说"这样一些长期被学界普遍接受的观点其实是站不住脚的,应该完全放弃,或者至少应该重新加以批判性的审视,而不要当作定论予以引用。

但是,在以往关于唐代小说繁荣原因的讨论中,也有一些意见是颇具启发性的,或者是可以被我们所认同的。对这一些说法也应该加以总结,作为我们进一步深入讨论这一问题的前提与基础。

周潜发表于1936年的《论唐代传奇》一文的第二节"传奇之来源及其背景"简要概括唐代传奇兴起的背景为:"唐初承六朝之弊,士尚清谈,此其一也。其后天下承平,帝皇恣于淫乐，艳迹秘闻，民间羡称，此其二也。天宝以后，藩镇开府，奇人术士，如川归壑，各以技术干禄，于是剑侠之事，津津乐道，此其三也。小说之动机，不外乎感触，唐代思想极为自由，且贵族与平民，时有接近之机会，而宫廷间对于民众娱乐之需求，亦较前代为多，……或感于盛衰之靡常，借小说以寄其感喟；或感于阶级之殊异，借小说以发其咨嗟；或假托鬼神，寓其惩劝；或摭拾谐浪，恣其侃调。文不一体，意不一途，分道扬镳，各树一帜，此其四也。当时达官如褚遂良、牛僧孺；文人如韩愈、柳宗元；诗人如杜甫、白居易等，皆有小说之述作。是小说已为一般文学人士所垂青……传奇作品，已为一般人所乐道，此其五也。综观上述五原因，传奇之来源及其凝成之背景之梗概略真矣。"[1]虽然这一段论述涉及的一些基本事实不免有些失误（如褚遂良、杜甫作小说之说就不知其何所据），但其第三、第四、第五等三个原因的归纳很有启发性，虽然其表述极为简略，也未作任何具体论证，但这些意见基本上都是可取的，也比较符合唐代小说史的实际情况，有的观点还被后代学者的研究所进一步证实了，比如他指出中唐时期的藩镇开府对于小说发展的影响这一点，即可谓极富见地，后来戴伟华教授的研究即证明了周潜的这一看法。

李剑国的《唐五代志怪传奇叙录》之序言《唐稗思考录》

---

[1]《民钟季刊》第二卷第4期，第107页。

也对唐代小说繁荣的原因进行了深入讨论，提出唐代小说繁荣的根本原因应当从小说本身去找，从小说的传统中去找。他认为唐代以前，小说就已经积累了丰厚的传统，而唐代文人对这一传统具备非常充分的了解与较高的认同。其次，唐人继承了六朝的"剧谈""说话"风气，并因为唐代社会思想活跃，言论自由，更加强了这种风气，唐代很多小说便都是经由口头传播进入书面记载或文人创作而产生的。唐代实行科举，官员调动频繁，士人流动性极大，导致他们见多识广，也有利于故事的交流与搜集。此外，唐代民间俗讲、说话风气的兴起也加强了文人之间的剧谈与说话风气，并促使其质量的提高，这成为唐代小说繁荣的重要基础。而在小说创作环节上，与传奇小说的兴起发达密切相关的因素则是人情化、兴趣化、诗意化、情绪化等美学因素的出现。而在小说观念的层面，唐人尽管一方面继承了汉魏六朝的小说观念，但是同时也发生了重要变化，即从以功利为核心的观念转变为以审美为核心的观念，一些优秀的小说家已经以真正小说家的心态来进行创作了。李剑国先生的讨论虽然主要瞩目于唐代小说中符合近现代"小说"标准的那些作品，但他提出的这些原因都更为具体，更贴近小说本身，因此大都具有说服力或启发性。但是，其中也有一些说法不够深入，缺乏具体论证，尚有继续讨论之必要，比如人情化等美学因素的出现恐怕并不能说是小说兴起的原因，而只能说是小说兴起后的结果或表现。我们需要追问的恰恰是这些新的美学因素何以会在唐代发生？

周勋初的《唐代笔记小说的崛兴与传播》[1]一文对笔记小说（主要是史料笔记以及有关的小说）这一特殊文类在唐代的兴起作出了一番很有见地的解释，他指出：唐代笔记小说的创作其实主要是从开元、天宝盛世以后才开始的（笔者案：这一说法虽然有些绝对，但大体上是可以成立的），其原因正在于大唐盛世由盛转衰这一历史转折所引发的人事沧桑之感，在在触动士人心弦，从而产生一系列稗官野史。这种围绕一个中心而出现的创作盛况，前此从未出现过。该文列举了一系列笔记小说与传奇小说，诸如《次柳氏旧闻》《明皇杂录》《开天传信记》《东城老父传》《长恨歌传》等，都跟这一段历史密切相关。周勋初的这一观察虽然主要是针对某一类特殊题材的史料笔记与小说，但这一发现其实可以进行一定范围的推广，亦即在这一类笔记小说之外，还有很多小说的出现也都与开元、天宝盛世的衰落有关。此外，大量其他题材小说的出现虽然不一定都跟这一因素直接有关，但它们主要也是出现于盛唐以后，尤其是出现于贞元、元和之世，这一点周先生没有提到，当然也未能进行任何解释，但这一问题若能得到透彻解释，或许就能说明唐代一大部分小说产生的原因了。

最后值得重点提及的则是戴伟华先生的有关研究。其

---

[1] 收入周勋初《唐人笔记小说考索》，江苏古籍出版社1996年版，第28页。

《唐代幕府与文学》(现代出版社1990年版)与《唐代使府与文学研究》都对唐代小说的兴盛与节度使府这一机构的密切关系进行了讨论,尤其是后者,对这一问题的研究更为全面深入。唐代小说的繁荣与藩镇节度使府的设置有关系,这一观点民国时期的周潜曾极其简单地提到过(主要提及侠义类小说跟使府之关系),但未作任何论证。李剑国先生也注意到唐代官员、士人的流动性大大增强与小说的兴起有关系,但也没有进行任何论证。还有更多的学者都注意到很多著名的唐人小说都是在旅途中"征奇话异"的结果,但也只涉及少数名篇,而未能说明这一结果之所以发生的原因。戴伟华先生的研究则从藩镇使府机构的设置与其用人制度入手,详细深入地说明了这一制度在"安史之乱"以后的普遍推行如何导致士人与官员的流动性大大加强,也说明了他们如何因此而被大量集中到一些藩镇使府之中去的具体过程与具体情形。正是在人员的流动中,发生了大量故事的传播、交流、搜集与写作,也正是在藩镇使府的特殊生活方式(如大量的宴饮活动)的推动下,出现了在特定时空讲故事或记录故事的风气。《唐代使府与文学研究》一书列举出十二种著名唐代小说或小说集,其产生都跟上述的因素有着极其密切的关系[1]。戴伟华先生的这些结论因为建立在实证研究的基础上,所以具有很强的说服力,可以用来解释相当一部分唐代小说

---

[1] 参见戴伟华《唐代使府与文学研究》(修订本),广西师范大学出版社2007年版,第194—200页。

与小说集产生的原因。当然，我们还不能以这一结论来解释全部唐代小说出现的原因。因为唐代小说其实是一个复杂的整体，这一复杂整体中的不同部分的产生原因可能都会有所不同，我们应该分别加以考察，才更为合理。

二

说起唐代小说的繁荣，应该是从数量与质量两个方面综合言之，而且是跟前后时代的小说成就相比较之后所得出的结论。笔者根据李剑国先生的《唐前志怪小说史》、《唐五代志怪传奇叙录》与《宋代志怪传奇叙录》三部书的著录，对汉魏两晋南北朝隋代、唐代与两宋及辽金元三个时段内的文言小说（这里指基本符合近现代"小说"标准的小说）数量加以不完全统计（笔者根据自己的判断对其中少量小说有所取舍，另外，已经散佚的古代小说也当不在少数，但这些在此无法计入）之后得出以下数据：

两汉426年，现存小说大约11种；
魏晋南北朝隋代398年，现存小说不到30种；
唐代290年，现存小说185种，其中单篇作品110种，小说集75种；
两宋及辽金元时期共319年，现存小说206种（不包括话本小说）。

从这一大致统计可以看出，唐代小说与前代相比，在数量上占据绝对优势，质量上也绝对超过前代。如果跟两宋辽金元相比，唐代小说在数量上略少，但唐代的时间长度也比两宋辽金元短三十年，综合两者来考虑，则双方小说的数量其实是大体相当的。但唐代小说名篇佳作如林，对后代（包括两宋）小说、戏曲的影响也极大，这两个方面均远超宋代。即使再把宋代的话本小说也算上，宋代小说的整体成就也还是不如唐代。因此，我们说唐代小说出现过一个高度的繁荣，这一说法是完全可以成立的。

但在唐代290年的时间内，小说发展的情况并不是完全均一的，如果我们根据《唐五代志怪传奇叙录》一书所划分的发展阶段来统计各阶段的小说数量及其具体情况，可以获得如下的大概数据：

初兴期（唐初到大历末，618—779年，共162年），单篇作品17种，小说集41种；

兴盛前期（建中初到大和初，780—827年，共48年），单篇作品57种，小说集5种；

兴盛后期（大和初至乾符末，827—879年，共53年），单篇作品24种，小说集31种；

低落期（广明元年到唐亡，880—907年，共28年），单篇作品12种，小说集25种。

仅从作品数量来看,除兴盛前期以62种略占优势之外,似乎前三个阶段差别不大。但是如果从各段的时间跨度来分析,我们就可以发现,初兴期共162年,是兴盛前期与兴盛后期时间跨度的三倍多,而作品数量反倒不如兴盛前期,比兴盛后期也只略多数种而已。以单篇作品的数量而言,兴盛前期则占据了绝对优势。而且,从小说艺术成就而言,兴盛前期与兴盛后期囊括了唐代小说绝大部分单篇名篇与著名小说集,在质量上占据绝对优势。因此,我们如果要探讨唐代小说繁荣的原因,应该把焦点放在前三个阶段,尤其是要特别关注第二个阶段的变化及其特点。为了便于对第二个阶段的变化与特点进行具体分析,现根据《唐五代志怪传奇叙录》一书的著录对第一阶段和第二阶段的全部小说加以系年排序(笔者又根据程毅中先生的《古小说简目》与袁行霈、侯忠义先生的《中国文言小说书目》增补了若干条目):

隋末唐初,《古镜记》一卷,王度
隋末唐初,《般若经灵验》,萧瑀
高祖朝,《搜神记》一卷,句道兴,敦煌所出俗文学
641年(贞观十五年)之后,《补江总白猿传》一卷
653—659年,永徽四年前后,《冥报记》二卷,唐临
663年之后(龙朔三年),681年之前,《冥报拾遗》二卷,郎余令
?,《地狱苦记》,阙名,李剑国认为出于唐临之后

702年前,《王氏神通记》十卷,王方庆

702年前,《神仙后传》十卷,王方庆

则天朝,初盛唐之际,《志怪录》

674—703年之间(高宗上元至武后长安),《晋洪州西山十二真君内传》一卷,胡慧超

681—684年(高宗或中宗朝),《游仙窟》一卷,张鷟(658—730年)

中宗至开元时,《异物志》三卷,沈如筠

武后朝至玄宗朝人,《神怪志》,孔眘言

初盛唐时人,卒于开元年间;《金刚般若经集验记》三卷,孟献忠

722年,《兰亭记》,何延之

730年前,《朝野佥载》二十卷,张鷟

开元时人,《梦书》四卷,卢重玄

667—731年,《梁四公记》一卷,张说

《镜龙图记》一卷,张说

《绿衣使者传》,张说

《传书燕》,张说撰,以上三篇均见于《开元天宝遗事》,颇有可疑之处

开元时期人,《广古今五行记》三十卷,窦维鋈,与张说等人有交往;杂记征验妖怪事

732年(开元二十年)之后,《唐晅手记》,唐晅

开元时人,《后仙传》,蔡伟

745年前,开元时人,《神仙记》二十卷,张氲

754年,《放鱼记》,万庄,曾任泾阳令;载放鱼获恩报事

755年,成于天宝末,《定命论》十卷,赵自勤(天宝秘书监)

755年后,《会粹》,郑虔,开元天宝时人,与杜甫有交往;书记异闻,见于《封氏闻见记》

758年以后,《纪闻》十卷,牛肃(开元天宝时人)

天宝以后,《杂异书》,佚名,陶敏《全唐五代笔记》有辑佚,记开元事

天宝以后,《异杂篇》,佚名,陶敏《全唐五代笔记》有辑佚,记开元事

唐肃宗时,《神异书》,玄真子(张志和,唐肃宗时待诏翰林)

(?)天宝中事,《达奚盈盈传》,宋,王铚《默记》卷下录其梗概

762年(宝应元年)尚在世,《续神异记》,南巨川,记张叔言判冥事

763、764年,《广德神异录》卷数、撰人不详,仅《广记》收入十六则,均唐代事

《神异录》卷数、撰人不详,仅《广记》录入十二则

764年之后,《杜鹏举传》,萧时和,入冥观命运簿册

《天宝故事》,郑审,开元、天宝人,书成于上元、大历间;见陶敏《全唐五代笔记》所辑

766年,大历初,《高力士外传》一卷,郭湜存

771年,大历六年,《仙游记》,顾况存,仿《桃花源记》

《报应传》三卷,法海(天宝时人,书前有皎然序)

《沈氏惊听录》一卷,沈氏

《南岳魏夫人传》,颜真卿

大历时期,《续仙传》改常(代宗时道士)

779年,大历末,《离魂记》一卷,陈玄祐

781年,《任氏传》,沈既济

《枕中记》,沈既济

785年之后,贞元年间,《柳氏传》,许尧佐

大历或建中,《周广传》,刘复,叙开元名医周广事,含神异内容

787年卒,贞元三年,《李牟吹笛记》,李舟

787年前,《洽闻记》一卷,郑常,地理博物志怪

780—789年,建中末贞元初,《广异记》二十卷,戴孚

788、789年,贞元四、五年间,《灵怪集》二卷,张荐

793年以后,《通幽记》三卷,陈劭

793年十一月,《梁大同古铭记》一卷,李吉甫

795年八月,贞元十一年,《李娃传》,白行简(约776—826年)

798年左右,贞元年间,《洞庭灵姻传》(《柳毅传》),李朝威

贞元间,《魂游上清记》,赵业

798年前后,贞元间,《楚宝传》一卷,杜确

800年前(?),《崔山君传》,谈氏撰;韩愈《杂说》第三篇提及之;记怪神之事

800年,贞元十六年,《稚川记》,郑伸,游仙事

800年,贞元十六年以后,元和初以前,《李章武传》,李景亮

801年底或802年初,《还魂记》一卷,戴少平

802年,贞元十八年,《南柯太守传》,李公佐

804年,贞元二十年,《莺莺传》,元稹

806年底或807年,元和初,《长恨歌传》,陈鸿

元和初,《蜀妇人传》,李端言,记侠女事,取自当时事

元和初,《开元升平源》一卷,陈鸿

806—810年,《毛颖传》,韩愈(768—824年)

809年以后,元和四年,《三梦记》,白行简(约776—826年)

809年以后,元和四年,《感梦记》,同《三梦记》第二梦,元稹自撰

810年，元和五年,《东城老父传》，陈鸿祖

811年，元和六年,《庐江冯媪传》，李公佐

812年，元和七年,《石鼎联句诗序》，韩愈

时间不明,《李赤传》，柳宗元（773—819年）

《河间传》，柳宗元

814年，元和九年,《古岳渎经》，李公佐

814年,《记异》，白居易,《全唐文》卷676，6913页，鬼故事

815年，元和十年六月,《王义传》，其年诸进士撰之；王义，裴度遇刺时以捍刃而死之

815年，元和十年,《异梦录》，沈亚之

816年，元和十一年,《谪仙崔少玄传》二卷，王元师

816年，元和十一年,《崔少玄传》，王建

817年，元和十二年,《卢陲妻传》，长孙巨泽

817年，元和十二年,《谢小娥传》，李公佐

写作时间不明,《燕女坟记》，李公佐

时间不明，但在沈亚之《湘中怨解》之前,《烟中怨解》，南卓

818年，元和十三年,《东阳夜怪录》

818年,《湘中怨解》，沈亚之

818年之后,《杨媛征验》，弘农公，曾官岳州刺史

元和中,《卢逍遥传》，李象先，罗浮山处士

元和中,《客僧传》，杜氏

元和中,《上清传》,柳珵撰,贞元八年事

元和中,《刘幽求传》,柳珵撰,武后朝事

《镜空传》,柳珵

(?)大概在827年,大和(一作太和)之前或元和末,《金刚经灵验记》三卷,《酉阳杂俎》续集卷七提及此书,其时代亦有可能更早,然不当早于初唐

元和末长庆初,《昭义军别录》一卷,卢弘止撰,记女伶孟思贤私奔被杖而死事

813—821年,元和八年至长庆初,《韦丹传》,无名氏撰

元和长庆之际,《三女星精》,郑权

814年或819年之后,元和中,《冯燕传》,沈亚之

《感异记》,沈亚之(?)

820年,元和十五年,《崔徽歌序》,元稹

822年,长庆二年,《瞿童述》一卷,温造撰,记神仙事

长庆三、四年间,《曹马传》,污蔑影射裴度欲篡唐事

长庆宝历间,《柳及传》,孟弘微撰,记梦兆征验事

823年,《昭义军别录》一卷,卢弘正(止),记女伶孟思贤事

824年之后,长庆四年,《集异记》三卷,薛用弱

约827年,大和元年,《霍小玉传》,蒋防撰,任翰林学士、中书舍人、潭州刺史等职

827年，大和初年,《秦梦记》，沈亚之撰

从以上这个目录可以看出：

首先，从初兴期到兴盛前期的最大变化是小说的出现由前一阶段的零星稀疏状态变得极度密集，这一点大概是毋庸置疑的客观事实，而造成这一结果的原因也正是需要加以解释的。

其次，则是兴盛前期大量出现的单篇小说的题材种类变得多样化了，在艺术上全面具备了鲁迅所指出的"叙述婉转，文辞华艳"与"有意为小说"这些特征。相对而言，前一阶段的小说题材主要集中在报应、征验与神仙等三大类，叙述上也大都比较简单平实，有意创作的特征不明显，也不普遍。

第三，就小说题材的性质而言，从初兴期到兴盛前期，纯现实性的题材与非现实性的题材前后阶段都有，尤其是如果考虑到前一阶段出现过大量"杂传记"类文献（《新唐书·艺文志》著录在"史部"的唐代"杂传记"类文献有一多半都是大历以前出现的，这些文献在性质上其实跟《莺莺传》《柳氏传》《霍小玉传》是颇为相近的），则从前一阶段到后一阶段，小说题材的性质基本上是一脉相承并无本质变化的。如果要说有变化的话，那就是对具体题材的选择与艺术处理发生了变化：前一阶段现实题材小说（包括杂传记）主要以一些重要人物为表现对象，后一阶段则较多地选择普

通的小人物作为表现对象，更重视小人物的奇言异行与他们的奇特故事；前一阶段的神鬼仙怪故事仍主要是被简要地加以讲述，对其奇异性表现出自然而适度的爱好，而后一阶段出现的同类题材小说则表现出极为强烈的炫奇尚异的取向，作家们大都会对神怪题材进行特别细致的描写，甚至将神怪题材作为表达一些旧有的常规主题的特殊手段，对奇异性本身也表现出刻意追逐的强烈兴趣。

第四，如果再从小说文体角度来观察的话，则两个阶段的前后相承性更为明显，也就是正如有学者已经指出的，唐代的绝大部分小说在文体上其实都跟史传文体（尤其是杂传体）比较接近，唐代小说的绝大多数都可以说是人物或神灵鬼怪的传记[1]。

此外，在小说内部的这些变与不变之外，初兴期与兴盛前期这两个阶段之间还有一个极其重要的外部变化，那就是经过"安史之乱"以后，大唐王朝发生了由盛转衰的巨变。唐代小说的迅猛发展与高度繁盛虽然并非紧随着"安史之乱"而出现，但毕竟是在这一场战乱结束以后仅十七年的贞元时期就出现了，实际上，这一迅速发展的苗头早在大历时代就已经萌发了。因此，我们也有必要考虑"安史之乱"这一重大历史事件对唐代小说的发展所可能产生的影响。

---

[1] 参见王运熙《简论唐传奇和汉魏六朝杂传的关系》，原载《中西学术》第二集，复旦大学出版社1996年11月版。收入其《汉魏六朝唐代文学论丛（增补本）》，复旦大学出版社2002年版，第477页。

只有在全面考虑以上所有这些变与不变因素的前提下，我们或许才能更合理地解释唐代小说在贞元、元和时期进入全面繁荣阶段的原因。而在解释了贞元、元和时期小说繁荣的原因之后，我们可能还需要更进一步解释从大和至乾符这五十年间唐代小说继续繁荣的原因。而且，在宏观的解释之外，我们可能还需要对一些更具体、更细微的问题加以解释。以往对这一问题的很多讨论之所以缺乏说服力，一个很重要的原因乃在于它们都只就整个唐传奇或唐代小说泛泛而谈，没有深入到唐代小说史的细部去考察问题，所以会得出很多似是而非的结论。

三

"安史之乱"以后，唐代社会格局所发生的最重要变化莫过于藩镇林立局面的出现。藩镇的行政机构为节度使府，其构成较为庞大，其中包括众多文武僚属。这些僚属的辟署一般是由节度使自行聘请并报请朝廷批准。士人入幕供职，可以享受比较优渥的待遇，并经受更多实际才干上的锻炼，以后由幕府入朝为官的机会也会大大增加。这成为唐代正常科举制度之外十分重要的选拔与任用人才的形式。这种形式在"安史之乱"以前就已经存在，不少著名文人都有过在节度使幕府任职的经历，不过并不是很普遍。但"安史之乱"爆发的第二年（天宝十五载，756年），玄宗皇帝在普安（今四川

剑阁)颁布的《幸普安郡制》却使这一状况逐步发生了改变:

> ……应须兵马、甲仗、器械、粮赐等,并于当路自供。其诸路本节度采访支度防御等使虢王巨等,并依前充使。其署官属及本路郡县官,并各任便自简择,五品以下任署置讫闻奏,六品以下任便授已后一时闻奏。其授京官九品以上,并先授名闻,奏听进止。其武官折冲以下,并赏借绯紫,任量功便处分讫闻奏。其有文武奇才,隐在林薮,宜加辟命,量事奖擢。①

这应该是节度使与藩镇正式拥有财权与辟署权的开始,"安史之乱"以后,众多的节度使府大量征辟人才,这就使大历以后的文人普遍都跟幕府发生了紧密联系②。中晚唐与唐代以后的文人都已经注意到这一现象,如白居易《温尧卿等授官赐绯充沧景江陵判官制》云:"今之俊乂,先辟于征镇,次升于朝廷。故幕府之选,下台阁一等,异日入为大夫公卿者十八九焉。"③权德舆《送李十弟侍御赴岭南序》云:"士君

---

① 〔清〕董诰等编《全唐文》卷三六六,中华书局1983年版,第3719、3720页。
② 吴宗国先生指出:元和前后,进士及第后迅速升迁的渠道由原来的制科和科目选转变成藩镇辟举,因此晚唐士大夫为了迅速升迁,都必须先到幕府任职。参见《唐代科举制度研究》第十二章第二节"辟举与进士科的结合",北京大学出版社2010年版,第235—237页。
③ 〔清〕董诰等编《全唐文》卷六六二,第6734页。

子之发令名,沽善价,鲜不由四镇从事进者。"①北宋欧阳修的《集古录跋尾》卷八《唐武侯碑阴记》云:"唐诸方镇以辟士相高,故当时布衣韦带之士,或行著乡间,或名闻场屋者,莫不为方镇所取,至登朝廷,位将相,为时伟人者,亦皆出诸侯之幕。"②明代胡震亨的《唐音癸签》则已经从文学角度去考察文人入幕这一现象③,其云:"唐词人自禁林外,节镇幕府为盛。如高适之依哥舒翰,岑参之依高仙芝,杜甫之依严武,比比而是。中叶后尤多。盖唐制,新及第人,例就辟外幕,而布衣流落才士,更多因缘幕府,蹑级进身。要视其主之好文何如,然后同调萃,唱和广。"④据戴伟华先生统计,中晚唐文人十之八九都有过入幕供职的经历⑤,这对于造成中唐文学的繁荣具有重要意义。具体到小说而言,已经有很多学者都指出:唐代很多著名小说都是文士们在旅途或使府"征奇话异"与"宵话征异"之后加以记载的结果,之所以会有如此众多孕育产生于旅途或使府的小说出现,跟当时文士的流动性较初盛唐时期大大增加有很大关系。而文士流动性的增加正跟藩镇使府大量征辟士人入幕的时代风气密

---

① 〔清〕董诰等编《全唐文》卷四九二,第5019页。
② 《欧阳修全集》卷一百四十二,中华书局2001年版,第五册,第2291页。
③ 参见戴伟华《唐代文学与幕府关系的研究》,载《淮阴师范学院学报》2000年第2期。
④ 参见《唐音癸签》卷之二十七《谈丛》三。上海古籍出版社1981年版,第285页。
⑤ 参见戴伟华《唐代幕府与文学》,现代出版社1990年版,第51、88页。

切相关。士人们在朝廷与藩镇之间、藩镇与藩镇之间的流动变得更加频繁，也使他们相互交流奇闻趣事的机会大大增加了。如果统计一下中晚唐小说作者的生平经历，就会发现绝大部分人都有过入幕任职的经历，比如李公佐、沈亚之、牛僧孺、段成式这些著名小说家都是如此，他们的小说写作正跟这一经历有着紧密的联系。文士进入幕府以后的生活也对小说的传播与产生发生过直接影响，中唐时期沈亚之的《异梦录》为此观点提供了十分典型的例证：这篇小说的主要内容是沈亚之根据他的使主——泾原节度使李彙的讲述而记载成文的，当时在座的听众都觉得这个故事很好，亚之便"退而著录"。次日，又有其他文士到访，沈亚之"因出所著以示之"。来客姚合看过之后，便即兴给众人讲了一个他的友人王炎"夕梦游吴"而为西施作挽歌的故事。后来沈亚之又从这个故事受到启发而创作《秦梦记》，讲述自己"昼梦入秦"，娶弄玉，弄玉去世后，他也为其写了挽诗。

这个例子既让我们看到使府中讲故事并被人记录成文的具体情形，也让我们看到讲故事的活动是如何带动了文人的小说创作，而这后一方面也很有代表性，因为唐代很多小说在流传过程中都出现了多种变体或模仿之作，其中最著名的无过于《谢小娥传》与《尼妙寂》，《柳毅传》与《灵应传》，其他例子颇多，无烦赘述。

但在这里需要更进一步追问的一个问题乃是：为什么中晚唐文人，尤其是贞元、元和时期的文人会产生要把听到或看到的故事或传说加以记载、改编以至再创作的强烈热情？幕府生涯带来的士人流动性主要为小说的孕育提供了大量机会，但要把小说大量地记载或创作出来，变成书面的作品，或许还需要其他的动力。这些动力中，笔者认为至少有三个力量是最重要的：一是为了增加谈资，以应付某些闲谈场合讲故事的需要；二是史官文化传统之影响；三是贞元、元和时代的文坛与社会风气使然，尤其是元和时代"尚怪"风习的形成对小说的大量涌现具有十分重大的推动作用。

关于第一个原因，戴伟华先生的《唐代使府与文学研究》已经作过详细论证：他指出中唐时期从朝廷到藩镇使府普遍存在的闲谈风气成为小说产生的基础，而反过来，小说也成为这些士人群体之间最重要的谈资之一。因此，一些专记闲谈话题与故事的小说或小说集便应运而生，最典型的莫过于韦绚所撰《刘宾客嘉话录》与《戎幕闲谈》，这两种书便分别记载了他在刘禹锡（长庆元年任夔州刺史）与李德裕（大和年间任剑南西川节度使）幕府中所听到的故事。同时，在这样的氛围里也出现了一些"闲话材料的汇编"，比如李商隐所撰的"可资戏笑"的《杂纂》一书便是其例[1]。在此，笔者还可以补充一条更重要的材料，可以更加直接地证明当时的文人为了应付在闲谈场合讲故事的需要而有意识地搜集编撰小说集这一现象是确实存在的，这就是郑还古的《博

---

[1] 参见戴伟华《唐代使府与文学研究》（修订本），第194—196页。

异志·序》(武宗会昌年间，841—846年，撰于国子监博士任上)：

> 夫习谶谭妖，其来久矣。非博闻强识，何以知之。然须抄录见知，雌黄事类。语其虚则源流具在，定其实则姓氏罔差。既悟英彦之讨论，亦是宾朋之节奏。若纂集克备，即应对如流。余放志西斋，从宦北阙。因寻往事，辄议编题，类成一卷。非徒但资笑语，抑亦粗显箴规。[1]

大概正是这种普遍的雅聚闲谈风习促使唐代文人去有意地收集异闻，以备不时之需，这就是他们在各种小说集的序言里反复提到的纂集异闻以资谈柄这类说法的实际意义。不过，在这里有一点需要注意的是，在戴伟华先生所提及的例证中，有一部分是唐代小说已经进入繁荣时期一段时间以后的作品，笔者所引述的《博异志》的这篇"序"可能也是唐武宗会昌年间以后才出现的，主要只能用来说明中唐以后唐代小说继续繁荣的原因，而可能难以解释贞元、元和时代唐代小说就已经开始繁荣的原因。如此，我们就有必要从上述第二、第三个方面来寻找更有说服力的理由。

上文已经提到，唐代小说的文体绝大部分都是接近于史传的，尤其是跟汉魏六朝以来大量产生的杂传这一文体有着

---

[1] 侯忠义主编《中国文言小说参考资料》，北京大学出版社1985年版，第232页。

密切的亲缘关系,这一点已经有很多学者(如王运熙、李剑国、孙逊、潘建国[①])指出并予以论证了。而且很多研究者也已经指明初盛唐文人(也包括北宋人)一般都把我们今天视为"小说"的那些文献(包括志怪、传奇)归入史部杂传(或杂传记)类,也就是说,这种叙事性文体乃是被视为历史传记的一类。在唐代,史学之发达与被重视的程度都大大超过以往的任何时代,这主要表现在初唐时朝廷组织大量人力来全面编撰南北朝历朝正史,与贞观时期朝廷正式设立史馆以纂修国史的这些举措上。史官之荣耀与尊贵在唐代也为文人们所极度艳羡,刘知幾的《史通·史官建置》对此有过明确论述,前揭孙逊、潘建国论文也专门论述过这一点。但能够进入史馆参编国史的机会毕竟只有少数人可以获得,大部分人便只好退而求其次,通过撰写杂史、野史之类近似正史的文体来显示自己修史的才能。据晚唐人高彦休的《唐阙史·序》云:"自武德、贞观而后,呫笔为小说、小录、稗史、野史、杂录、杂纪者多矣。贞元、大历以前,捃拾无遗事。"从《新唐书·艺文志》史部的"故事类"、"职官类"、"杂传记类"与"谱牒类"所著录的唐人著作来看,其中包括大量人物志、名臣故事、官场载记以及世家族谱,其中"杂传记"一类的大约五分之三都产生于大历以前。李肇的

[①] 参见李剑国《唐五代志怪传奇叙录》之序言《唐稗思考录》,南开大学出版社1993年版,第19页。另见孙逊、潘建国《唐传奇文体考辨》,载《文学遗产》1999年第6期。

《唐国史补》卷中所记载的一个出现于元和十年的事例，也可以说明这种写作杂史、野史的风气到了元和时代也仍然很盛行：宰相裴度曾遭遇刺客，其仆王义为保护他而死，这一年"进士撰《王义传》者，十有二三"。以上提及的这些杂录、杂史、野史等文类其实跟贞元、元和时期大量出现的单篇"传奇文"颇为近似，或者说，贞元、元和时期大量单篇"传奇"小说的出现其实也正是这种写作杂史、野史风气的一条支流。除了文体上的血缘关系之外，在写作意识上，这些单篇小说的创作也蕴含着强烈的史传写作意识或者补史之阙的意图，这一点孙逊、潘建国的论文也曾指出。比如《梁大同古铭记》《长恨歌传》《东城老父传》《开元升平源》《冯燕传》这些小说便极为符合这一情形，更不必说那些史料性质的笔记小说了。

但对于那些以鬼神精怪等非现实性题材为主的小说而言，仅仅从史传意识来解释其产生缘由及其艺术特点还是不太有说服力。比如《枕中记》《柳氏传》《南柯太守传》《谢小娥传》《李娃传》《霍小玉传》这一类小说，固然也具备很明显的史传文的文体特点，但作者的写作意识显然已经绝不再是要补史之阙，或者认为自己是在写野史与杂史了，更不要说《三梦记》《柳毅传》《东阳夜怪录》《异梦录》《秦梦记》这类非现实性很强的作品了——而这一类作品恰恰在贞元、元和时期问世的57篇单篇小说中占了大约四分之三的比重（在初盛唐的17篇小说与大和至乾符年间的24篇小说中，这类非现实题材作品所占比重也很大，都大大超过了现实类题材的小说），那么这一批作品产生的原因到底是什么？为什么当时的作者们会如此青睐这一类怪异的题材呢？笔者以为：其原因应该与贞元、元和时期的文坛风尚有一定关系。据李肇（主要活动于贞元至开成年间）的《唐国史补》（此书大约作于穆宗长庆年间）卷下载：

> 元和以后，为文笔则学奇诡于韩愈，学苦涩于樊宗师；歌行则学流荡于张籍；诗章则学矫激于孟郊，学浅切于白居易，学淫靡于元稹。俱名为"元和体"。大抵天宝之风尚党，大历之风尚浮，贞元之风尚荡，元和之风尚怪也。

李肇这一段话显然主要是针对元和时期的诗文风格所作的一个概括，故一直受到唐诗研究界的高度重视，元和诗坛"尚怪"的具体表现也获得了深入研究与广泛共识。一般说来，"韩孟诗派"的主要诗人孟郊、韩愈、张籍、贾岛、卢仝、李贺的诗歌创作确实显示出非常明显自觉的求新求怪的特点，尤其孟郊、韩愈、卢仝、李贺的诗歌表现出更为强烈的怪异色彩。韩愈在他的一首《寄卢仝》诗中说卢仝"往年弄笔嘲同异，怪辞惊众谤不已。近来自说寻坦途，犹上虚空跨绿駬"。晚唐诗人杜牧在《李贺集叙》评论李贺诗歌时云"鲸呿鳌掷，牛鬼蛇神，不足为其虚荒诞幻也"，明代谢榛在《四溟诗话》卷四评论孟郊、李贺诗时则云其"险怪如夜壑风生，暝岩月堕，时时山精鬼火出焉"。由此可见，包括韩愈等人自己以及后代的论者都看到了这一批诗人刻意追求怪奇的特点。具体到他们的诗歌创作，韩愈的《陆浑山火和皇甫湜用其韵》，李贺的《秋来》《南山田中行》《神弦曲》《溪晚凉》《罗浮山人与葛篇》，卢仝的《月蚀诗》等诗歌便都是表现怪奇风格的代表作①。这些诗歌的共同点是在刻意追求奇怪的语词表达方式之外，更大力追求怪奇的题材与意象，比如鬼怪、山魈、精魅、神仙、狐狸、神话人物等都成为诗歌表现的对象，成为诗歌语汇意象的重要成分，而这些成分恰恰是自六朝以来的小说最喜欢表现的。这就让我们看到一个十分值得思索的现象：那就是韩孟诗派的诗人在追求怪奇风格时，在大量地向以前或当时的小说取材，从而在特定题材领域来实现其怪奇风格之追求。而这一追求怪奇风格的做法在当时恐怕不会只局限于诗歌这一文体内部，而应该是社会的普遍风尚。从李翱著名的《答李生第一书》与《答李生第二书》来看②，当时的文章写作显然也很重视怪奇效果之追求。而据学者考察，当时的书法、美术领域也同样弥漫着跟韩孟诗派相似的艺术趣尚③。而在社会上一般文人的

---

① 参见罗宗强《隋唐五代文学思想史》第八章的第一、二节的有关论述，中华书局1999年版。
② 均载〔清〕董诰等编《全唐文》卷六八五。
③ 参见孟二冬《韩孟诗派的创新意识及其与中唐文化趋向的关系》，载《中国社会科学》1989年第6期。

行为与心态上，竟然也表现出类似的"险怪"特征，如韩愈的《谁氏子》一诗所云：

> 非痴非狂谁氏子，去入王屋称道士。白头老母遮门啼，挽断衫袖留不止。翠眉新妇年二十，载送还家哭穿市。或云欲学吹凤笙，所慕灵妃媲萧史。又云时俗轻寻常，力行险怪取贵仕。……

由此看来，我们完全有理由推断：当时社会上这种普遍的"尚怪"风气必然也会影响到小说的创作，使原本就喜好搜奇记异的小说在追新逐异这一点上获得迅速发展，也使一些好奇之士更加汲汲于小说的搜集、传播与创作。这一点已经由很多当时的小说序言或跋文的"夫子自道"所证明了，所谓的"昼宴夜话，征其异说"（《任氏传》）、"宵话征异，各尽见闻"（《庐江冯媪传》）这类说法，便都是极为有力的证据，在此无须多举。如果说，这种"搜奇记异"的爱好乃是从六朝志怪以来一以贯之的小说的固有传统，那么贞元、元和之世的作家将怪异题材加以全心全意的深入经营（如《东阳夜怪录》），尤其是将题材之怪异性加以反复玩赏的态度（如《三梦记》《异梦录》《东阳夜怪录》等），以及将怪异题材作为表达牢愁、劝惩、讽喻等主题的重要载体的做法（如《枕中记》《南柯太守传》《柳毅传》等），就已经十分明显地体现出一个"尚怪"的时代风气对小说创作的巨大影响了。如果不是对怪异的小说题材表现出超过以往时代的更为强烈的兴趣，则不会发生这一时期大量鬼神精怪题材小说普遍出现细节化、文学化的趋向，更不会出现以过去的怪异故事为结构框架来重新表达一些固有的主题思想的做法了。像《枕中记》与《南柯太守传》这些小说所表现的思想主题，其实在先秦诸子以及其后的辞赋、诗歌里都曾被反复表达过了，现在被唐代作家改用梦幻与精怪的题材来重新予以表达，这就显示出小说作者们对这一时代普遍追求怪奇风格趣尚的文坛风气的独特回应。换句话说，这一时代普遍的"尚怪"的风气促使非现实性题材的小说得到了更迅速的发展，从而促进了中唐小说的繁荣。

四

唐代进士阶层的出现与小说兴起的关系也早就有人注意到了。冯沅君的《唐传奇作者身份的估计》（1948年）一文指出：

唐代盛行科举，而"举人"以传奇猎取功名（笔者案：这一点主要根据《云麓漫钞》所载唐代举人以小说行卷之说来立论，前文已经说明这一材料不可靠）；传奇名家牛僧孺，同时又是重科举的政党的党魁；该文又根据对48位传奇、杂俎作者（案：作者未说明是哪些人，也未说明统计资料的来源）身份的统计指出，其中确曾举进士者15人，举明经的1人，擢制科的1人，应进士试而落第者1人，推测可能是进士或制科出身的3人,共21人;其他27人中,24人不知是否应举,3人可以确知无科名。而更值得注意的一点是:唐传奇的杰作与杂俎中的知名篇目多出进士之手。因此,作者假定:唐传奇的发达颇得力于唐科举,换句话说,唐传奇的作者多是唐科举制度所造就的人才,尤其属于唐科举所造就的进士集团这一阶层。该文进一步指出,进士这一新阶层的生活态度浮薄、欠严肃,强烈地追求官能的刺激,浪漫的气味特重,这对唐传奇题材的获得、作品的完成与作品内容惟奇是尚特点的形成都有着不容漠视的作用。此外,进士科试杂文、律赋、律诗的写法跟唐传奇的关系也不应轻易抹杀[1]。

冯先生从进士阶层的崛起这一角度来说明唐传奇的兴起,应该说是很有道理的,尤其是从这一阶层的生活态度来解释唐传奇的来源及其特点,很有启发性。但是她对一些问题并没有真正说清楚:如果说唐传奇的兴盛跟科举的推行与进士阶层的崛起有关的话,那为什么这一兴盛发生在中唐及其以后的时期,而不是在初盛唐呢?如果说进士阶层的浮薄、浪漫的生活态度对唐传奇的兴起有影响的话,那么为什么这一阶层会具备这样一种生活态度呢?这一态度为何又能推动小说的发达?下面笔者将尝试着来对这一系列疑问加以探究,希望能对冯先生的观点予以必要的补充和更深入的说明。

---

[1] 参见《冯沅君古典文学论文集》,山东人民出版社1980年版。

首先，我们来看一看唐代小说的作者跟进士科到底是一种什么样的关系？为了说明这一点，笔者从两个方面来作进一步的统计：

先以李剑国先生的《唐五代志怪传奇叙录》所考查过的唐代小说作者作为统计依据，以《广异记》的作者戴孚登进士第的至德二载（757年）为界分为前后两个段落——前一段落140年，后一段落150年，在前一段落中，小说尚未进入兴盛期，作者约30人，其中以进士或其他科目登第者7人，可能为进士登第者4人，其中张说、张鷟又兼有文名或诗名；在后一段落中，小说进入兴盛期，作者约81人，能确知中过进士或参加过进士考试者共39人，但还有不少因资料缺乏难以确证者，根据其为官履历，也很可能中过进士，因此进士的实际数量应该不止39人，其中又以诗文闻名者8人，包括顾况、元稹、韩愈、柳宗元、沈亚之、张祜、罗隐、温庭筠。

再从清人徐松撰、今人孟二冬和王洪军补正的《登科记考》来统计[①]，也以戴孚进士及第这一年（757年）为界分为前后两个阶段，在前一阶段登第的进士中包括了至少58位诗人，初盛唐时期的著名诗人如杨炯、王勃、杜审言、沈佺期、宋之问、陈子昂、贺知章、王维、崔颢、王昌龄、常建、李颀、岑参、高适、刘长卿等人都在其中；但这一阶段

[①] 这里主要以孟二冬《登科记考补正》和王洪军的《登科记考再补正》为统计依据，前者由北京燕山出版社2003年出版，后者由广西师范大学出版社2010年出版。

的进士中，小说作者很少，只有郎余令、张说、梁载言、张鹭、南巨川等5人。在后一阶段，进士群体中包括至少44位著名诗人或散文家，如韩愈、柳宗元、刘禹锡、孟郊、张籍、白居易、元稹、杜牧、李商隐等人；小说作者的数量则迅速上升至25人，其中比较著名的有戴孚、沈既济、许尧佐、李公佐、韩愈、牛僧孺、陈鸿、白行简、元稹、沈亚之、房千里、卢肇、张读、蒋防、郑还古等人，另外，著名诗人白居易和李商隐也进行过小说的写作或小说集的编纂。

对以上统计结果加以分析，大致可以得出以下结论：第一，唐代前半段的进士中，著名诗人的数量大大超过小说作者的数量，而在小说作者中，中过进士的人很少，同时兼具诗人与小说作者身份的人就更少了，几乎可以忽略不计。第二，唐代后半段的进士中，诗人的数量仍然很多，而小说作者的数量则迅速增多，其中著名小说作者的数量也不少，兼具诗人与小说作者身份的人也比前一阶段有所增加，只不过，其绝对数量并不算多。

而对以上结论再加以分析，我们还可以进一步获得以下的更大的判断和更深的疑问：

第一，从唐代前半段到后半段，进士群体没发生多大变化的一个方面是诗人的数量比较稳定，发生了较大变化的方面则是小说作者从数量极少变得比较多了。那么为什么唐代前半段的小说作者考中进士的这么少，而后半段的进士群体中小说作者的数量却会陡增呢？

第二，以往学界曾认为，唐代前期进士科考试的杂文试考诗赋推动了诗歌的高度繁荣，但后来这一结论遭到了学界的广泛质疑，有历史学家指出进士杂文试诗赋曾断续地实行于开元年间，至天宝年间进士的杂文考试才专用诗赋[①]。因此，笔者更愿意接受这样的观点，即进士杂文试诗赋乃是唐诗的发达在政治上的反映，而不是唐诗发达的原因[②]。但我们也不能就此完全否定进士科对于唐诗的繁荣应该会有一定的推动作用，毕竟进士科长期把诗赋作为其考试内容。不过，因为这一问题在学界还并没有得出最后的结论，这里不再多论了。在此，笔者最关心的乃是：进士科考试对唐代小说的发展有没有起到过什么作用呢？从以上的统计结果，我们看不出唐代前半期的进士科考试对唐代小说的发展曾有什么实质性的推动，既然如此，那么我们还能否断定唐代后半期的进士科考试就推动了小说的繁荣呢？对此若要做出肯定的回答，那么首先需要解释的就是：唐代后半期的进士科考试究竟发生了什么样的变化，使之推动了小说的繁荣？

第三，我们可以看到，不管是前半段还是后半段，兼具诗人与小说作者身份的人的数量其实都很少：前半段这一数字几乎可以忽略不计，后半段比前半段有所增加，但若跟诗人和小说作者的总数相比，这一数字仍然很少。也就是说，

---

① 参见吴宗国《唐代科举制度研究》第七章第二节，第 136 页。
② 参见侯外庐主编《中国思想通史》第四卷上册，第一章第四节，人民出版社 1959 年版，第 96 页。

从总体而言，擅长诗歌写作的人并不擅长小说写作或者说不从事小说的写作，而擅长小说写作的人也不擅长诗歌写作或不从事诗歌的写作。而在唐代后半期，文学领域的一个突出现象就是：擅长小说写作而不擅长诗歌写作的人突然开始大量涌现出来。那么，这一现象发生的原因是什么，这一变化又意味着什么呢？

要对以上这些疑问做出彻底的解答恐非笔者能力之所及，这里只能试着谈一谈我的初步思考。

根据现存文献来判断[1]，六朝时期，志怪、志人小说以及杂史杂传的作者从其出身而言，大部分都是属于寒士阶层的文人，张华、葛洪、干宝和陶渊明不必说了，像《幽明录》和《世说新语》这样的志怪、志人小说的编撰者刘义庆，虽然是刘宋皇族中人，但论其出身，也不能算是士族。在门阀士族势力占据着文化、政治、经济特权的六朝时期，士族为了保持家族的地位，会对子弟进行严格的儒家经典与礼仪教育，以使其养成深厚的学识与稳重典雅的言行，从而让自己与庶族寒士区别开来[2]。在这种情况下，我们很难想象出身世家大族的士人会从事"怪力乱神"的小说的编撰。如果我们说六朝的学术文化、诗歌与骈文创作整体上具备浓厚的

---

[1] 这里主要根据鲁迅辑《古小说钩沉》所录小说作者与李剑国《唐前志怪小说史》所考证过的小说作者来进行讨论。
[2] 参见〔日〕谷川道雄著、朱彪译《中国中世社会与共同体》第四编第五章"贵族主义的身体表现"，上海古籍出版社2013年版，第300—303页。

贵族色彩[①]（这跟陶渊明、鲍照等少数著名寒士文人的出现并不矛盾），那么六朝小说则从一开始就显示出寒士阶层的学术与文学趣味，这正如东晋干宝在《搜神记·序》中所提到的"及其著述，亦足以明神道之不诬"的观念与"游心寓目而无尤也"的趣味，都无不表现出寒士阶层的特点。鉴于这一阶层在六朝时代备受压抑的政治与经济地位，代表着他们的文化与文学趣味的小说这一文体也就只能在夹缝中求生存，不可能有很大的发展。

南朝之后，由隋入唐，中国社会的一个重大变化就是：自魏晋以来形成的门阀制度逐步被消灭。关于唐代究竟还存不存在门阀制度的问题在史学界有过长期的争论，但目前得到比较广泛认可的观点还是认为：经过南朝末年和隋末的两次大的战乱，江南、河北、山东地区旧有的门阀士族或者基本被消灭，或遭到沉重打击，入唐之后，门阀作为制度在唐代已经被消除了，其政治经济基础也已经不复存在，作为门阀制度最后堡垒的关陇军事贵族集团在高祖、太宗朝曾是被倚重的政治力量，经过武周革命之后也基本上崩溃了。但因为门阀制度从魏晋以来经过数百年的发展，在社会上的影响已经根深蒂固，因此这一制度虽被消灭，其在意识形态上的影响则长期残留着，残存的门阀家族在社会上仍具有特殊地

---

① 参见林晓光《王融与永明时代——南朝贵族及贵族文学的个案研究》，上海古籍出版社2014年版。

位,仍然受到大家的尊敬,婚姻也还有士庶之别。直到唐末农民大起义之后,唐代门阀的残余势力才被彻底清除了。而在抑制门阀势力、扩大政治基础方面,唐代(尤其是初唐时期)的最高统治者也采取了很多具体措施,比如取消士族曾经享有的政治特权,确立按照官品高低来获得某些特权的规则;发展科举制,尤重进士科。唐中叶以后,只有通过科举,尤其是进士出身,才能做大官,也只有进士科才能享受特权[1]。这两项措施的推行所造成的一个重要结果就是:出身中小地主阶层甚至更寒微阶层的读书人开始越来越多地通过科举进入仕途,甚至逐步成为高级官僚的重要来源[2]。崛起的寒士阶层势力与门阀残余势力的并存、角力与消长是一个漫长的过程,这对文化与文学发展格局的影响也是十分复杂的。

有历史学者指出:唐初的统治,依然是门阀士族的统治。在高祖时代,除了重用关陇贵族,还重用了山东士族和江南贵族中的一些人。太宗贞观时期,处于统治集团核心的仍是关陇贵族,同时重用了一批南朝名臣后裔和一般地主出身的所谓"山东豪杰"。这一局面到武则天时期才最后结束[3]。在武则天即位之前的七十年间,唐代统治集团的上述

---

[1] 参见唐长孺《魏晋南北朝隋唐史讲义》第八章"士族门阀制度",中华书局2012年版,第212—215页。以及吴宗国《唐代士族及其衰落》一文,收入《唐史学会论文集》,陕西人民出版社1986年版。

[2] 前揭吴宗国《唐代科举制度研究》第八章第一节"进士科与高级官吏的选拔"对此有十分详细的论述。

[3] 参见吴宗国《唐代士族及其衰落》一文,收入《唐史学会论文集》。

结构特点应该对初盛唐时期的文化与文学发展趋势有着很大的影响，其具体表现则在于唐初的文坛上宫廷文人的文学活动十分活跃，他们继承六朝诗文的艺术风格，并予以发展。他们的诗歌创作对推动崇尚诗歌风气的形成、对奠定此后盛唐诗歌繁荣的基础应有不容忽视的意义[1]。在此笔者要特别强调的是：正是这些宫廷的诗歌创作活动所继承六朝文学而来的贵族趣味与他们所营造出来的特别重视诗歌的氛围，使整个初盛唐时代成为诗歌趣尚以及诗歌创作占统治地位的时代（从六朝沿袭下来的骈文同样占据着重要的地位，这里且不论），从而压抑了作为寒士文学形式的小说在这一时期的发展。下面笔者将对这一观点进行更深入的说明。

首先，从初唐宫廷文学风气的兴盛及其特点来看，颇受齐梁遗风之影响。在齐梁陈隋宫廷颇多宴饮赋诗的文会（宫廷之外也有文会，但比较少），至初唐，这类文会在朝野都变得比较普遍，在这类聚会上，人人都要限韵作诗[2]。从贞观前期两次较大规模的宴集赋诗情形来看，其诗篇从取材到艺术表现都是沿袭齐梁的传统[3]。宫廷诗歌创作的风气从太

---

[1] 葛晓音先生《论宫廷文人在初唐诗歌艺术发展中的作用》一文，全面论述了初唐宫廷文人诗歌创作的盛况及其发展历史，该文收入《诗国高潮与盛唐文化》，北京大学出版社 1998 年版。

[2] 参见葛晓音《创作范式的提倡和初盛唐诗的普及》，收入《诗国高潮与盛唐文化》，第 248 页。

[3] 参见葛晓音《论宫廷文人在初唐诗歌艺术发展中的作用》一文，收入《诗国高潮与盛唐文化》，第 27 页。

宗、高宗、武周至中宗朝日趋兴盛，比如武则天曾率王公大臣游嵩山，君臣同作七律以唱和①；中宗则游幸、宴集无度，每令随行的近臣学士赋诗属和，"于是天下靡然争以文华相尚"②。著名才女上官婉儿结彩楼品第群臣诗作高下的佳话就是发生在此时③。当时的宫廷文人歆羡诗人文采风流的心理则从以下这一则逸事可以清楚地看出来④：

> 高宗承贞观之后，天下无事，仪独持国政。尝凌晨入朝，巡洛水堤，步月徐辔，咏诗曰："脉脉广川流，驱马历长洲。鹊飞山月曙，蝉噪野风秋。"音韵清亮，群公望之，犹神仙焉。

此外，有学者已经指出：唐初选拔文化人的地域主要是山东和江左，当时以文学著名的李百药、杜正伦、岑文本、上官仪等人也都来自山东或江南⑤。唐初君臣从收拾战乱之后文化残破局面的特殊需要出发，充分肯定江左文化的繁荣（这里的"江左"包括东晋和南朝），并从吸取前朝亡国

---

① 参见葛晓音《论初唐的女性专权及其对文学的影响》一文，收入《诗国高潮与盛唐文化》，第55页。
② 参见葛晓音《论宫廷文人在初唐诗歌艺术发展中的作用》，收入《诗国高潮与盛唐文化》，第35页。
③ 参见计有功《唐诗纪事》卷三"上官婉儿"条下。
④ 参见计有功《唐诗纪事》卷六"上官仪"条下。
⑤ 参见葛晓音《创作范式的提倡和初盛唐诗的普及》，收入《诗国高潮与盛唐文化》，第246页。

的教训出发,对梁陈以后文学的颓靡趋势做适度的批评,唐初的诗文创作基本上承江左余绪,这表现在初盛唐诗歌的题材、体制、声律、语言等各个方面都渊源于江左文学,初盛唐诗人在学习创作时模拟《文选》、模拟六朝文学作品、进士试赋的题目也来自南朝诗人的名句等各个方面[1]。这里仅以咏物诗的创作为例略作说明:这一题材本是齐梁诗的大宗,唐初宫廷继承齐梁余风,应制诗的题材也多为咏物,唐太宗本人便是一位咏物诗的大家,仅《初学记》引他的作品便达四十九首之多。在宫廷应制之外的其他场合,咏物诗的写作也十分普遍[2]。

对于唐初宫廷诗人的诗歌成就,历来评价不高,但笔者以为他们的历史贡献不应从文学成就的角度来着眼,而应该主要看他们对齐梁陈隋宫廷崇尚诗歌风气的延续和发扬,他们把南朝诗歌所具有的贵族文学的气质延续到了唐代,此外也还要看他们对初盛唐时期整个社会崇尚诗歌风气的形成所具备的奠基性意义。在初唐时期,诗歌创作已经成为娱乐、举选、交游等众多社会生活场合中不可或缺的重要组成部分,可谓真正达到了"不学诗,无以言"的地步,诗歌成为

---

[1] 参见葛晓音《江左文学传统在初盛唐的沿革》一文,收入《诗国高潮与盛唐文化》,第258、261、262、263页。

[2] 参见葛晓音《创作范式的提倡和初盛唐诗的普及》,收入《诗国高潮与盛唐文化》,第239、240页。

文人阶层的普遍爱好与必备技能[1]，甚至成为文雅风流的精神生活的重要标志，在盛唐时代更是如此。但盛唐诗坛的具体情形已为学界所熟知[2]，这里不再赘述。

在崇尚诗歌风流的初盛唐时代，我们看到大量有关诗歌创作发生在宴饮、交游场合的记载，却看不到任何有关在这种场合讲故事的记载，也看不到在这种场合讲述的故事在事后被润色成文的记载。但这并不意味着在这一时期的文人中没有从事故事或小说写作的人，而是因为小说的写作确确实实被诗歌的强劲势头给压下去了，在一个弥漫着超逸绝俗的诗歌氛围（可以再加上骈文）的时代，小说这种文体基本上被人们忽视了。由初唐进入盛唐的著名文人张说，跟苏颋被并称为"燕许大手笔"，乃是初盛唐之际著名的文坛领袖，他曾把诗人王湾的名句"海日生残夜，江春入旧年""手题于政事堂，每示能文，令为楷式"[3]，引导着初盛唐之际诗歌的正确发展方向。他的诗歌名篇《邺都引》中有句云"昼携壮士破坚阵，夜接词人赋华屋"，表现了一位儒将即使在激烈战事的间歇也不忘跟诗人们赋诗唱和的文采风流。但其实张说也写过一些小说，今可考知者尚有《梁四公记》《镜龙图记》《绿衣

---

[1] 葛晓音指出初唐时期出现了不少诗法入门之类的著作以及专讲诗歌社交功能的著作，又对初唐文人社交生活中广泛借助诗歌这一工具的情形问作了详细论述，参见《创作范式的提倡和初盛唐诗的普及》一文，收入《诗国高潮与盛唐文化》，第247—249页。

[2] 参见葛晓音《论开元诗坛》，收入《诗国高潮与盛唐文化》。

[3] 参见计有功《唐诗纪事》卷十五。

使者传》《传书燕》等四篇,其中《梁四公记》有若干片段被保存在《太平广记》中,顾况的《戴氏广异记序》也提到过这篇小说,但他的这些作品看来既不被他本人也不被当时的文人所重视,也几乎没有发生过什么影响。另一位跟张说大体同时而略晚的张鷟,以写骈体的判文而著称于时,他也写过一篇小说《游仙窟》,讲述男女艳遇的故事,是以骈文和大量诗歌(尤其是咏物诗)交错行文而构成的奇特文体——这正说明了当时占统治地位的两种文体对他的巨大影响——但这篇小说同样被人们所忽视,既没有留下任何有关此文的记载,也没有留下此文的片言只语,开元年间此文流传到日本之后被完整地保存下来,至清末才被中国人所访知,否则我们根本不知道张鷟写过这么一篇作品。还有,隋末或唐初产生的《古镜记》以及贞观年间产生的《补江总白猿传》[1],也未对初盛唐时期的小说创作产生什么影响。此外,唐初唐临的《冥报记》(此书在日本流传颇广)、郎余令的《冥报拾遗》也未见时人推重,著名诗人王勃在其《宇文德阳宅秋夜山亭宴序》提到"友人""中山郎余令,风流名士"[2]——郎余令擅画而不擅诗,出席这种以"诗酒"为主题的宴集("诗酒"一词

---

[1] 《补江总白猿传》的产生年代不明,学界有各种不同的意见,笔者比较认同李剑国先生的看法,认为此文当出现于贞观年间欧阳询生前或去世后不久。参见李剑国《唐五代志怪传奇叙录》(增订本),中华书局 2017 年版,第 16 页。

[2] 参见〔唐〕王勃著、〔清〕蒋清翊注《王子安集注》卷七,上海古籍出版社 1995 年版,第 220、221 页。

见于王勃序），恐怕也只能勉力从众作诗，而不会给众人讲他搜集的故事（当时《冥报拾遗》应已写完[①]），即使讲了，大概也不会如中晚唐时期那样为人传颂，并记录成文。另外，笔者也注意到，六朝志怪在初盛唐时代的社会上相当流行，已成为文人知识学养的一部分，但多被用为诗文中之典实[②]，而未成为文人模拟的范本，推动这一时期小说之发展。就此看来，初盛唐时代作为诗歌与骈文的统治时代，是基本没有小说能迅速发展的合适土壤的。

如前所说，初盛唐时期浓厚的诗歌氛围乃是由初唐君臣在继承六朝文学传统之后奠基并推动形成的，君主的诗歌爱好，来自前朝的旧臣及其后裔中的文人的诗歌创作，现实政治力量的推动，都是这种诗歌氛围得以形成的重要条件。初唐的诗歌原本就携带着她的母体——六朝贵族文学的基因，而在宫廷环境与宫廷文人圈子内的发展又让这一基因得以长期保留。虽然通过科举制度（尤其是进士科）的选拔，越来越多的寒士文人进入诗人的行列，而且他们的参与既改变着初盛唐诗歌发展的具体方向，也代表着初盛唐诗歌的主要成就，但他们没有也难以改变已经根深蒂固的崇尚诗歌的文学

[①] 李剑国先生推定《冥报拾遗》当成于龙朔三年（663年），参见《唐五代志怪传奇叙录》（增订本），第172页。王勃的《宇文德阳宅秋夜山亭宴序》作于咸亨元年（670年），参见《王子安集注》附录刘汝霖撰《王子安年谱》，第682页。

[②] 参见笔者硕士论文《初盛唐小说研究》（1999年），藏北京大学学位论文阅览室，第3、4页。

氛围与文学趣味。而诗歌作为贵族文学的基本特点在这些寒士诗人笔下也并没有消失，而是以各种变体的形式继续存在着。归根结底，诗歌这一文学形式在整个初盛唐时期都具备强烈的清新脱俗、超逸高迈的精神气质与风神爽朗、气骨健举的美学特质，从更宽泛的意义来说，这就是一种高雅的仍不脱贵族精神的文学趣味。这种文学趣味的强大存在对从六朝以来就极具世俗趣味的志怪小说必然会产生很强的抑制作用。此外，初盛唐时期重史学的学术背景与盛唐时期重礼乐建设的文化政策对小说的发展也应该会有一定的抑制作用[1]，对此本文就不再多论了。

唐代社会的阶级、阶层构成，政治状况，学术风气与文学艺术趣味一直都在发生变化，开始或不明显，但"安史之乱"的爆发却成为一个分水岭，使此前此后的唐代社会出现了明显的不同，而这不同绝不是由盛而衰这样的简单说法所能涵括的。当然，我们并不能机械地把唐代前后期变化的节点确定在"安史之乱"的若干年间，史学界有学者提出所谓"唐中叶变革说"，其主要看法可以概括为：唐代中叶，唐代社会的阶级构成、生产关系、官制、兵制、税法、科举制都发生了深刻的变化。尤其是旧门阀士族地主退出历史舞台，衣冠户（考中进士者）的登场，科举制逐渐成为入

---

[1] 参见葛晓音《盛唐"文儒"的形成和复古思潮的滥觞》一文对初盛唐学术风气与文化政策变迁的论述，收入《诗国高潮与盛唐文化》一书。

仕主要途径等变化都发生于唐中叶[1]。这一理论的提出是为了纠正日本历史学家内藤湖南所提出的"唐宋变革论",但内藤的"唐宋变革论"虽然认为中国古代社会的重大变革发生在唐宋之际,但其具体观点中也注意到唐中叶所发生的变化,尤其是学术文艺的性质所发生的明显变化,比如对经书旧有注疏的怀疑、韩柳古文的兴起,都发生在中唐,诗歌的变化和词的出现则在盛唐或唐末,文学的总的发展趋势是从原来的重形式变得更自由、更通俗,从曾经属于贵族一变成为庶民之物[2]。他们都没有论及唐中叶文学上的另一重要变化——即小说的兴起[3],在笔者看来,正是"安史之乱"以后唐代社会所发生的诸多重大变化造就了更适合小说发展的土壤,从而使小说在战乱过去后不久即迅速进入繁荣期。

在唐中叶所发生的诸多变革中,跟文学(尤其是小说)的变化密切相关的应该说是进士科的变化。从史学界的研究来看,进士科的变化主要表现在以下几个方面:一、"安史之乱"以后,人们开始反思进士科考试方法之弊,认为进士

---

[1] 参见张泽咸《"唐宋变革论"若干问题的质疑》,收入《中国唐史学会论文集》,三秦出版社1989年版,第23页。

[2] 参见〔日〕内藤湖南《概括的唐宋时代观》,黄约瑟译,收入《日本学者研究中国史论著选译》第一卷,中华书局1992年版,第16、17页。

[3] 陈寅恪先生曾指出唐代小说兴起于贞元、元和之世,但他认为韩愈等人之所以创作小说,乃是为了尝试古文之写作而进行的练习,又指出当时最佳小说之作者也是古文运动的中坚人物,这些说法明显不符合史实。参见《元白诗笺证稿》第一章"长恨歌",上海古籍出版社1978年版,第2、4页。

杂文试诗赋，策论重文华，导致进士不习经史[1]，缺乏实学，虽富诗才，却缺乏实际行政能力。因此，从贞元时期开始，进士科开始重视对经史之学与政治才能的考察。二、"安史之乱"以后，中小地主和中下层官僚子弟念书的增多了，出现不少贫寒之士经苦读成名的，贞元前后涌现出很多这类文士。三、从贞元、元和之际开始，进士科稳定地成为高级官吏的主要来源，这一情况终唐之世未再变化，并能获得比较可靠的统计数据的支持[2]。四、唐中叶以后只有进士科才能享受特权（如荫庇家族），他们被称为衣冠户[3]。从以上这些变化之中，我们可以看出一些隐藏在背后的变化，即诗赋文才的重要性被削弱了，经史学问与实际行政能力的重要性得到了强调；进士阶层成为新的特权阶层，也成为一股新的政治力量；进士中出身寒微的人数增加了。这些变化必然带来唐代社会生活状况的全面变化，但本文无法全面讨论这些变化，只能就其对小说发展理应产生影响的几个方面展开进一步讨论。

首先我们要论及在当时备受非议的"进士浮薄"这一现

---

[1]《新唐书》卷四十四《选举志上》载，宝应二年，礼部侍郎杨绾上疏言："进士科起于隋大业中，是时犹试策。高宗朝，刘思立加进士杂文，明经填帖，故为进士者皆诵当代之文，而不通经史，明经者但记帖括。"中华书局1975年版，第1166页。

[2] 参见吴宗国《唐代科举制度研究》第七章、第八章，第142—149、157—158、161—165页。

[3] 参见唐长孺《魏晋南北朝隋唐史讲义》，第215页。

象。最早明确攻击"进士浮薄"的是唐文宗宰相郑覃,武宗宰相李德裕也"尤恶进士",宋代史家也指出"进士科当唐之晚节,尤为浮薄,世所共患也"①。陈寅恪先生指出,出身庶族地主阶层的这一批进士"异于山东之礼法旧门者,尤在其放浪不羁之风习","然则进士之科其中固多浮薄之士,李德裕、郑覃之言殊未可厚非,而数百年社会阶级之背景实与有关涉,抑又可知也"。②如果我们翻检一下《旧唐书》,则其中对进士德行之批评可谓俯拾即是,诸如张𬸦"性褊躁,不持士行,尤为端士所恶""语多讥刺时""言颇诙谐"③;崔颢"有俊才,无士行,好蒲博饮酒。及游京师,娶妻择有貌者,稍不惬意,即去之,前后数四"④;王昌龄则"不护细行,屡见贬斥"⑤;萧颖士"狂率不逊""诞傲褊忿"⑥;元载"兄弟各贮妓妾于室,倡优猥亵之戏,天伦同观,略无愧耻",又指斥元载、杨炎、王缙"三子者咸著文章,殊乖德行"⑦;元

---

① 参见《新唐书》卷四十四《选举志》,第 1168、1169 页。
② 参见陈寅恪《唐代政治史述论稿》中篇"政治革命及党派分野",上海古籍出版社 1997 年版,第 90 页。
③ 《旧唐书》卷一百四十九、列传第九十九《张荐传》,中华书局 1975 年版,第 4023 页。
④ 《旧唐书》卷一百九十下、列传第一百四十下《崔颢传》,第 5049、5050 页。
⑤ 《旧唐书》卷一百九十下、列传第一百四十下《王昌龄传》,第 5050 页。
⑥ 《旧唐书》卷一百九十下、列传第一百四十下《萧颖士传》,第 5048、5049 页。
⑦ 《旧唐书》卷一百一十八、列传第六十八《元载传》《王缙传》《杨炎传》,第 3414、3427 页。

稹"性锋锐，见事风生"，然"素无检操，人情不厌服"[1]；顾况"能文，而性浮薄，后进文章无可意者"[2]；李商隐、温庭筠和段成式"俱无持操，恃才诡激，为当涂者所薄"[3]；杜牧则"恃才名，颇纵声色"，好狭邪之游[4]。诸如此类，不胜枚举。总之，进士阶层因为出身庶族地主甚至更贫寒的阶层，跟出身于讲究家教礼法的门阀士族者不同，其整体行为风格多浮薄，无德行，不拘细节，恃才傲物，这是过去史家的一个共识。不过，正如有学者所指出的，唐人对于进士阶层的这种带有鄙薄意味的评价难免没有带上豪族对庶族的偏见甚至仇视[5]，后代史家受其牢笼，仍然坚持这类看法，不过对其背后的原因已经有了更深的认识。其实，我们如果摒弃这些评价的过分道德化的色彩，那么就可以如冯沅君先生那样获得对进士阶层行为方式的更为中性的认识，即他们的生活态度欠严肃，热烈地追求官能的刺激，浪漫的气味特重。从这一角度也可以对《唐国史补》卷下所说的"大历之风尚浮，贞元之风尚荡，元和之风尚怪"作出一定的解释。

---

[1] 《旧唐书》卷一百六十六、列传第一百一十六《元稹传》《白居易传》，第4327、4336页。

[2] 《旧唐书》卷一百六十六、列传第一百一十六《元稹传》《白居易传》。第4340页。

[3] 《旧唐书》卷一百九十下、列传第一百四十下《李商隐传》，第5078页。

[4] 参见〔宋〕王谠撰、周勋初校证《唐语林校证》卷七"补遗"，中华书局1987年版，第624页。

[5] 参见侯外庐主编《中国思想通史》第四卷上册，第一章第四节，第96、97页。

这样一个新阶层在贞元以后的大规模崛起，不仅带来社会风气的转变，也造成文坛风气的变化，造成新的审美与文学趣味。李肇《唐国史补》卷下所云"元和以后，为文笔则学奇诡于韩愈，学苦涩于樊宗师；歌行则学流荡于张籍；诗章则学矫激于孟郊，学浅切于白居易，学淫靡于元稹"，就说明了文坛风气的这种变化。李肇在这段话里没有提到小说这一文体的变化，但他在《唐国史补》卷下的另两处分别提到了沈既济的《枕中记》、韩愈的《毛颖传》和李公佐的《南柯太守传》，认为前二者"真良史才也"，而后者则"以传蚁穴而称"，被视为"近代文妖"，这两则材料很值得注意，因为它们正好指向贞元、元和间小说这种"新文体"的兴起这一重要现象[1]，"文妖"这样的说法正说明这一新文体迥异于前的特质及其所代表的新的文学趣味，那就是对怪奇之美的爱好，而"良史才"的评价则说明这一新文体所代表着的新的文学才能的一个重要方面，那就是叙事的能力。

前文已经提及贞元以来进士考试更重经史之学，有学者也指出进士杂文试诗赋的做法也屡次被人提议应停辍[2]，虽然这一提议并未被采纳，但贞元以后统治上层及一般文人对经史之学的看重必然要超过初盛唐，因此，跟史传有着紧密血缘关联的小说（尤其是"传"或"记"类小说）的兴起未

---

[1] 陈寅恪先生曾指出："是故唐代贞元元和间之小说，乃一种新文体，不独流行当时，复更辗转为后来所则效……"参见《元白诗笺证稿》，第4页。
[2] 参见吴宗国《唐代科举制度研究》，第141—143页。

必不跟这一观念的发生有着一定的关系。当时的文人大概也有必要显示自己的撰史才能：

> 裴晋公为盗所伤刺，隶人王义扞刃死之，公乃自为文以祭，厚给其妻子。是岁进士撰《王义传》者，十有二三。①

进士们撰写的是"传"，而不是诗，这透露出他们重史的观念。当撰史的才能获得普遍重视，尤其还跟利禄相连的时候，具备这一能力的文人便会积极地表现这种才能。笔者注意到张荐、沈既济、韩愈、牛僧孺都有充任史馆修撰或监修国史的经历，也就是说他们都有撰史之才，或者说具备较高的叙事天赋，这种才能和天赋在中唐时期特定的文化氛围里被引向了小说的创作。

而从贞元以后进士阶层的文学趣味来看，他们也表现出对于讲故事的普遍爱好。《莺莺传》的作者元稹在其《酬翰林白学士代书一百韵》中有联云"翰墨题名尽，光阴听话移"，联下小注提到他跟白居易"尝于新昌宅说一枝花话，自寅至巳，犹未毕词也"②，这里的"话"就是故事之意。韩愈喜欢赌博，又"以驳杂无实之说为戏"，友人张籍责怪他"多尚驳杂无实之说，使人陈之于前以为欢，此有以累于

---

① 李肇《唐国史补》卷中，参见陶敏主编《全唐五代笔记》第一册，三秦出版社2012年版，第830页。
② 参见元稹撰、周相录校注《元稹集校注》，上海古籍出版社2011年版，第303页。

令德",希望他"绝博塞之好,弃无实之谈"①,韩愈答复云"昔者夫子犹有所戏,《诗》不云乎:'善戏谑兮,不为虐兮。'《记》曰'张而不弛,文武不能也',恶害于道哉?吾子其未之思乎"②,认为这是一种正当的爱好。这里所说的"驳杂无实之说"虽难以确知具体指什么,但大概是指当时开始流行的小说这一类作品。韩愈自己也写过一些此类作品,但这里不当指其本人之作。他所撰《毛颖传》流传之后,有人"大笑以为怪",柳宗元特意撰文为之辩护:

太羹玄酒,体节之荐,味之至者。而又设以奇异小虫、水草、楂梨、橘柚,苦咸酸辛,虽蜇吻裂鼻,缩舌涩齿,而咸有笃好之者。文王之昌蒲菹,屈到之芰,曾皙之羊枣,然后尽天下之味以足于口。独文异乎?韩子之为也,亦将弛焉而不为虐欤!息焉游焉而有所纵欤!尽六艺之奇味以足其口欤!③

从唐人小说名篇如《离魂记》《任氏传》《古岳渎经》《李娃传》《异梦录》《东阳夜怪录》以及很多收入小说集中的作

---

① 张籍曾两次给韩愈写信责怪他好驳杂无实之说,参见〔清〕董诰等编《全唐文》卷六八四,第7008、7009页。
② 韩愈也写了《答张籍书》《重答张籍书》两次回复张籍,为自己辩护。参见韩愈撰、马其昶校注《韩昌黎文集校注》,上海古籍出版社1986年版,第130—136页。
③ 《柳宗元集》卷二十一,中华书局1979年版,第570页。

品对故事来历的交代来看,当时文人相聚时讲故事的风气十分盛行,这都是为学界所熟知的基本事实,不必一一征引。凡此种种,都可以看出一种新的文学趣尚的形成,而且这一趣尚确实是跟进士阶层紧密相连的。应该说,正是这一阶层的崛起,造成新的文学趣尚,并导致新文体产生并迅速发展。虽然我们不能把出身阶层跟文学趣味绝对画上等号,但总体上来说,六朝以来严守礼法门风的世家大族跟"讥戏不近人情""事非经济,动涉虚妄"的小说创作显然是格格不入的[1],只有未受到礼法约束的庶族地主出身的文人才会讲述、创作并热爱这种跟传统经典与文学精神有了很大距离的文体,并为自己的爱好作辩护。我们看到元稹公然把自己带有始乱终弃嫌疑的恋爱故事写成小说并公开传播,而且他的朋友还把这故事写入诗篇[2],李景亮也公然把李章武勾引有夫之妇的艳遇故事写得哀感顽艳,李益负心遭报复的故事也成为小说的核心题材,牛僧孺以宰相之尊大写玄怪故事,便确确实实感到这只能是一个在观念上比较放荡不羁的文人群体才会有的行为。他们所创作的这类作品虽然仍用文言作为载体,看上去也显得比较典雅,但其中的生活内容与审

---

[1]《旧唐书》卷一百六十、列传第一百一十《韩愈传》云:"又为《毛颖传》,讥戏不近人情。"第4204页。钱易《南部新书》甲卷"李景让典贡举年"条,中华书局2002年版,第9页。

[2]《莺莺传》之作,乃元稹托名张生自叙早岁经历,这一点经自宋代以来历代学者考证,基本已成定谳,详参前揭李剑国《唐五代志怪传奇叙录》(增订本)之"莺莺传"条。

美趣味则已经脱离贵族文学的牢笼，彻底走上世俗化的道路了。其实，在中唐以后出现的众多小说集中所收集的那些来自民间草野的志怪、传说更多地与底层民众的日常生活与信仰联系在一起，这也正说明起自底层的庶族文人最熟悉的还是世俗生活，因此他们的文学趣味中出现世俗化的一面并不奇怪。

笔者感到，"安史之乱"以后，唐代社会的变化在文学上的表现就是世俗化趋势的出现：盛唐诗歌的热烈氛围被战乱扫荡之后变得比较暗淡，也出现了"元轻白俗""郊寒岛瘦"这样的彻底洗去贵族色彩的平民化风格。而小说这种新文体、新娱乐与新趣味的兴起则更代表着平民文化力量的崛起，代表着平民文学的一种重要形式即将登场，后来宋元时期市井风格已经变得极为明显的话本小说大量从中晚唐小说取材，正进一步说明了这一文学形式的世俗化与平民化趣味。而从明清一直到现当代小说的发展历程来反观唐代后半期的这一变化，其意义之重大是无论怎样估计都不为过的。

唐代小说的繁荣除了以上详细讨论的这些原因之外，其实跟作家秉承六朝以来的神道设教观念也很有关系，像《般若经灵验》《冥报记》《冥报拾遗》《金刚经灵验记》为代表的一大批具备明显教化意图的作品便皆是如此，还有其他众多小说集，虽然表面上看不出其教化意图，但实则其中包括的很多篇目也都是表现因果报应之类观念的。还有，前代作家对后代作家的影响也导致一些小说与小说集的问世，比如

《冥报拾遗》即受《冥报记》的影响,《续玄怪录》和《纂异记》则受牛僧孺的《玄怪录》之影响而作,这一类作品的数量也不在少数。这些问题只能留待以后再继续讨论了。

唐人小说的『事实性虚构』特征及其成因

一

所谓"事实性虚构"乃是将"事实性叙事"与"虚构叙事"两个理论术语融合缩略而成,"事实性叙事"原本是指跟"历史叙事"相对应的对于现实形象的精确叙述,可以统称"纪实小说""非虚构小说""写实文学"等文学体裁[1],主张对现实进行精确记录,追求真实效果。笔者在此将其与"虚构叙事"一词融合而成"事实性虚构"这一新术语,用以表示将精确事实与完全虚构的叙事因素融为一体的叙事性文体。在这一术语中,"事实性"与"虚构"首先可以被理解为并列关系,从而能够将其对应于一般所认为的叙事性虚构文体所具备的虚虚实实、虚实交融的性质:在纪实中总会有虚构,在虚构中也总会包含真实。同时,"事实性"与"虚构"也可以被理解为偏正关系,即将"事实性"视为对"虚构"的限定,表示这类文体在虚构时强烈追求真实效果的倾

---

[1] 参见卢波米尔·道勒齐尔《虚构叙事与历史叙事:迎接后现代主义的挑战》,收入《新叙事学》一书,〔美〕戴卫·赫尔曼主编,马海良译,北京大学出版社2002年版,第197—198页。

向。因此，这一术语的含义是极为丰富也极为灵活的。笔者构造这一术语，主要是为了用来描述唐人小说中一个重要而普遍的现象：那些表现虚诞怪妄内容的小说使用当时的真实人物担当主人公，甚至将这一人物的真实事迹置入作品，成为小说整体叙事的重要组成部分[①]。"事实性虚构"跟史传叙事在叙述真实人物事迹方面颇为相似，但其与史传叙事的本质差异在于："事实性虚构"并没有完全套用史传的程序，只是借用某一真实人物的部分事迹来跟完全虚诞怪妄的内容相结合以完成小说叙事。"事实性虚构"跟自传体叙事或自况性叙事也完全不同[②]："事实性虚构"除了偶尔将作者自身真实身份与经历写入小说之外[③]，一般都采用无关乎作者自身的其他人及其事迹入小说，自传体或自况性叙事则分别以完全纪实或完全虚构的方式将作者自身的经历与思想融入作品。"事实性虚构"在唐代以前与唐代以后的小说中都是存在的，在唐以后，尤其是到明清时代，这一叙事方式在性质上也发生了一些变化。因此，这一特征在唐代最为普遍和典

[①] 程毅中先生也曾指出："唐代小说的特点之一，就是有意识地把真人真事和艺术虚构相结合，还往往采用自述手法，加强了作品的真实感。"参见《唐代小说史话》，文化艺术出版社 1990 年版，第 148 页。

[②] "自况性"这一术语出自王进驹《乾隆时期自况性长篇小说研究》，中国社会科学出版社 2006 年版。

[③] 如唐代李公佐的《谢小娥传》《古岳渎经》《庐江冯媪传》，沈亚之的《秦梦记》，托名牛僧孺的《周秦行纪》（一般认为是韦瓘所作，这是将被伪托者的真实身份与经历写入小说，乃是这类小说的一种变体），以及清代黄瀚的《白鱼亭》等。

型。而且唐人小说的"事实性虚构"自有其特殊的表现与成因，对唐代小说的整体艺术风貌也有其独特影响，因而值得加以深入研究。

"事实性虚构"最重要的特征乃是以真实人物作为虚诞怪妄事件的行为主体，这一做法从《穆天子传》《汉武帝别国洞冥记》等战国秦汉时期的早期小说就已经开始了。在魏晋六朝的志怪小说中，这一情形更是屡见不鲜。但因为我们一般认为唐以前的小说具有非创作性的实录特点，所以一般也不将其中的真实人物视为志怪小说的"主人公"。到唐代出现大量真正意义上的小说作品，并且这些往往具备荒诞怪妄情节的作品大都会用一位或几位真实人物作为主人公，而这些人物又大多是帝王后妃、名公巨卿或高人雅士，且有相当一部分都是被两《唐书》的列传所收载的人物。这一现象在唐代显得极为突出，进入宋代后就大大减弱。鲁迅即曾敏锐地指出"讳其本朝之过，始盛于宋"，并说宋人传奇"多托往事而避近闻"，或"大抵托之古事，不敢及近，则仍由士习拘谨之所致矣"[①]。

唐人小说以真实人物为主人公这一现象唐人即已指出，主要活动于宪宗至武宗朝的郑还古在其传奇集《博异志》的"序"中说：

---

① 参见鲁迅《中国小说史略》第十一篇、第十二篇，人民文学出版社1973年版，第87、84页。

> 夫习谶谭妖，其来久矣。非博闻强识，何以知之。然须抄录见知，雌黄事类。语其虚则源流具在，定其实则姓氏冈差。①

这里明确地提到纵使"习谶谭妖"，也会很重视小说内容的渊源有自与主人公的确有其人。当代也有学者曾指出：唐人小说"涉真人仕历必班班可征，此唐稗家之习"。又云：唐人小说虽或备极荒渺，然所涉事实多可补史传之不足②。我们只须将一些小说主人公姓氏、经历等内容跟相应正史列传稍作对比，即可证明这一点：比如《三梦记》中的刘幽求③，《灵应传》中的周宝④，《河东记》与《会昌解颐录》中的韦丹⑤，《玄怪录》中的郭元振（郭代公）、萧志忠⑥，《续玄怪录》中的李靖⑦，《博异志》中的马燧⑧，《秦梦记》中的沈

---

① 参见侯忠义主编《中国文言小说参考资料》，北京大学出版社1985年版，第232页。
② 参见李剑国《唐五代志怪传奇叙录》，南开大学出版社1993年版，第303、433页。
③ 参见〔清〕董诰等编《全唐文》卷六九二，中华书局1983年版，第7101页。
④ 参见《太平广记》卷四九二"杂传记九"，中华书局1961年版。
⑤ 《太平广记》卷三五、卷一一八分别引录两则关于韦丹的不同故事。
⑥ 参见程毅中点校《玄怪录·续玄怪录》，中华书局2006年版，第18、66页。《旧唐书》卷九十三、《新唐书》卷一百二十三《萧至忠传》均作"萧至忠"，《玄怪录》殆因音近而讹，当非有意篡改。本篇凡引《旧唐书》《新唐书》，皆依中华书局1975年版点校本，若非必要，不再另注。
⑦ 参见程毅中点校《玄怪录·续玄怪录》，第194页。
⑧ 参见《太平广记》卷三五六"夜叉一"。

亚之[1],《宣室志》之李徵化虎故事中的袁傪[2],《甘泽谣》之圆观故事中的李源[3],《三水小牍》之王知古遇狐故事中的张直方等人物[4],其基本行迹都可以从正史传记中获得不同程度的印证。也就是说,这些内容极为虚诞怪妄、绝无真实性可言的传奇小说的主人公都是唐代社会的名人。

唐人小说在涉及真实人物方面纵然有力求真实的倾向,但其毕竟带有口传性,即使有些已经写定成文的作品,也会进入口头或非口头的传播途径,这意味着它们往往会具有较大的不稳定性。但唐人小说纵使发生变异,其以真实人物为主人公的做法也仍保持不变。这大致上包括两种主要的情况:一是作品的主人公完全改变,但只是从一个真实人物换成另一个真实人物,其情节则会发生局部变化;二是主人公不变,而情节发生局部变化。第一种情况的最典型代表是《玄怪录》的《齐饶州》(或《齐推女》)一篇。就其本身而言,就有两个不同版本:明代陈应翔刻本《玄怪录》所收的"齐饶州"一篇讲述饶州刺史齐推之女嫁给湖州参军韦会,临蓐被厉鬼梁朝陈将军所杀。韦会哀求一位异人田先生将齐氏魂魄从冥间放回,竟然生儿育女,与常人无异。小说结尾

---

[1] 参见《沈下贤集》"杂著",上海古籍出版社1994年版。另见鲁迅辑《唐宋传奇集》,收入《鲁迅辑录古籍丛编》第二卷,人民文学出版社1999年版。
[2] 参见《太平广记》卷四二七"虎二",题《李徵》。
[3] 参见《太平广记》卷三八七"悟前生一",题《圆观》。
[4] 参见《太平广记》卷四五五"狐九",题《张直方》。

交代说此事"余闻之已久，或未深信"，后遇韦会表弟鄜王府参军张奇，具言其事，在座的还有富平尉宋坚云云。就其形式而言，完全符合唐人小说的叙述惯例，应属于较早的版本。①《太平广记》所记载的《齐推女》情节则与此颇为不同，人物也有变化：韦会变成了李某，厉鬼变成了西汉长沙王吴芮。尤其是结尾交代故事来历的文字也没有了。②此一故事后来变化最大的版本乃是晚唐五代尉迟偓《中朝故事》所载的郑亚、郑畋一事③，其基本情节跟前二者大体相同，但也出现了一些重要变化：首先是故事的主人公完全改变了，变成了僖宗朝宰相郑畋与其父郑亚④；其次是情节也有变化，说郑亚妻临产被恶鬼所杀，郑亚哀求一僧从冥间放还亡妻之魂，几年后生下郑畋，故世人皆说郑畋是鬼胎。可以看到，这一篇作品的主人公在传播中虽几经改变，但基本上都是真实人物，而且变得越来越有名。另一组同样具备代表性的例子乃是《广异记》中的《张纵》，《续玄怪录》中的《薛伟》，《酉阳杂俎》中的《韩确》三文⑤，都是讲述某人梦中变成鱼被熟人或朋友买走并斫杀之事，情节虽因相互沿袭而十分雷同，但也被分别冠以互不相同的真实人物——《薛伟》一文

---

① 参见程毅中点校《玄怪录·续玄怪录》，第 85—88 页。
② 参见《太平广记》卷三五八"神魂一"。
③ 参见陶敏主编《全唐五代笔记》之《中朝故事》，三秦出版社 2012 年版，第 3009 页。
④ 《郑畋传》见《新唐书》卷一百八十五。
⑤ 分别见于《太平广记》卷二八二、卷一三二、卷四七一。

显然是创作的小说,也不例外;《韩确》一文则是段成式记录他的书吏沈郢在其家乡越州"目睹"之事。符合这类情形的小说在唐代数量相当多,段成式的《酉阳杂俎》(续集卷四)就搜集了十二组内容相近而主人公分别为不同的真实人物的小说(其实,说这些小说是传说也许更恰当一些)。所有这些例证都告诉我们一个确凿无疑的事实:那就是唐人在口头或笔头讲述故事时,不管那故事有多么荒诞无稽,大都会给它们加上自己熟悉的真实人物来担当这故事的主人公。第二种类型,也就是人物不变而情节局部改变的情况也不少见,比较有代表性的例子如沈亚之的《异梦录》,此文被郑还古的《博异志》转录,对内容进行了删减,但没有改变人物;又如《广异记》中的《张嘉佑》①,云嘉佑为后周大将军尉迟迥改葬骸骨,因而获其阴魂庇佑;到五代李绰《尚书故实》所载尚书张宾护的谈话则将这一故事当成了其高伯祖张嘉佑的真实逸事来加以讲述,并将故事情节进行了大幅度删改②。这方面最著名的例子乃是李公佐的名篇《谢小娥传》③,此文后被李复言《续玄怪录》转述④,保留了李公佐这一最重要的人物,但将谢小娥、段居贞改成叶氏与任华,这一改

---

① 参见《太平广记》卷三百"神十"。
② 据《尚书故实》自序云:与李绰谈话者乃尚书张宾护。陶敏先生《〈尚书故实〉中张宾护考》一文认为张宾护当为张彦远(该文载于《中华文史论丛》第七十六辑)。这一说法很有道理,当可从之。
③ 参见《太平广记》卷四九一"杂传记八"。
④ 参见《太平广记》卷一二八"报应二十七",题《尼妙寂》。

变应是随意的，大概是因记忆有误所致。但对《谢小娥传》最有意味的引述则是《新唐书·列女传》的"段居贞妻"一段。①很显然，欧阳修和宋祁等北宋史学家把这篇小说完全当成了真事来看待，自然也就把里边的人物全都当成了真实人物，因此便将其堂而皇之地载入了史册。不过，谢小娥和段居贞究竟是否真实人物，因为找不到其他材料进行佐证，其答案尚在未定之数。但由此看来，唐人以真实人物充当小说主人公这一普遍做法最终酿成了一种强大的暗示力量，连再精明的史学家也难免不被这一力量所左右。

那么，为什么唐人小说会倾向于以真实人物作为虚诞怪妄故事的主人公？这些人又为什么会被选中而成为虚诞怪妄故事的主人公呢？编撰这些虚诞怪妄故事的人是如何知道那些主人公的翔实的生平经历的？这类虚诞怪妄故事又何以会产生？这对唐代小说的面貌与艺术特征造成了什么样的影响？这一小说创作方式又具有什么样的意义？概而言之，也就是唐人小说"事实性虚构"特征的成因、实现途径及其文学意蕴究竟是什么？后文将针对这些问题尝试着提出笔者本人的一些思考和解释。

二

唐人小说"事实性虚构"这一特征虽然并不能完全等同

---

① 参见《新唐书》卷二百五。

于史传叙事,但应该受到过史传叙事观念的影响。如果从大部分唐人小说的来源往往具备口传性这一点来看,"事实性虚构"的特点大概形成于口传阶段。这一阶段的讲述者如果是文人,则其仍然会受到史传叙事观念的制约;如果讲述者是普通民众,则也会受到民间传说追求真实性这一特征的影响。应该说,"事实性虚构"的基本意图也主要在于追求真实性与可信度。但具体到某一事实究竟为何会与某一荒诞内容相结合,则其原因又是颇为复杂的,需要仔细考辨。

从目录学的角度来看,魏晋六朝志怪最初是被著录于《隋书》与《旧唐书》"经籍志·史部"的"杂传类"。《隋志》"杂传类"的小叙指出《列异传》等志怪书的一个基本特征就是"序鬼物奇怪之事"且"又杂以虚诞怪妄之说"[①],并认为"推其本源,盖亦史官之末事也"[②]。而《旧唐书》虽然为五代后晋人所修撰,但其"经籍志"完全抄自开元时期毋煚所撰的《古今书录》[③],对志怪书的归类法跟《隋志》基本一致。由此看来,初盛唐时期的史学家认为志怪类的书虽然其内容"虚诞怪妄",但在性质上仍属史传。自大历以后才大量出现的唐人小说则被著录于北宋人所修撰的《新

[①] 参见《隋书》卷三十三,志第二十八,乃是对《列异传》一类志怪书特征的概括。中华书局1973年版,第982页。
[②] 参见《隋书》卷三十三,志第二十八,第982页。
[③] 参见《旧唐书》卷四十六"经籍上",第1966页。另参见余嘉锡《目录学发微》,上海古籍出版社2001年版,第111页。

唐书·艺文志》，与魏晋六朝志怪一起被归入子部"小说类"，而不再归入史部"杂传类"，这一变化应该反映了中晚唐五代文人对于大历以后出现的志怪传奇类作品的看法。段成式的《酉阳杂俎·序》将"志怪小说"这一名称与"诗书""史""子"并提，似乎已经表明他不再将"志怪小说"置于"子"或"史"之列。五代孙光宪的《北梦琐言》（卷七）提到"近代朱崖李太尉、张读侍郎小说，咸有判冥之说"、卷十提到"唐韩文公愈之甥，有种花之异，闻于小说"[1]，则将《戎幕闲谈》、《宣室志》与《酉阳杂俎》都称为"小说"，而恰恰《新唐书·艺文志》的子部"小说类"将这三种重要的唐代志怪传奇集都予以著录了。其实，将志怪书称为"小说"已见于初盛唐之际的史学家刘知几的《史通·杂述》，其将《搜神记》《幽明录》之类的志怪书归入"偏记小说"的"杂记"类，将其视为"能与正史参行"的"史氏"之旁系。而《新唐书·艺文志》则将魏晋隋唐的志怪传奇作为"小说"归入"子部"，这大概是考虑到晚唐五代人对这类著作的看法（即视之为"小说"），并依照《汉书·艺文志》将"小说家"归入"诸子略"的做法所进行的归类。

那么，从以上所述可以看到：对于志怪传奇这一类著作，不同时代史学家的看法是颇为复杂而微妙的。初唐的史

---

[1] "朱崖李太尉、张读侍郎小说"分别指韦绚《戎幕闲谈》（乃记李德裕谈话而成）与张读《宣室志》；韩愈外甥"种花之异"见于段成式《酉阳杂俎》前集卷十九"广动植之四"。

学家一方面指出这些著作包含"虚诞怪妄之说",一方面又将其视为"史家之末事"而将其归入史部"杂传类"。刘知幾则一方面指责唐人修《晋书》不应从《搜神记》《幽明录》等书取材(见《史通·采撰》),一方面又认为"阴阳为炭,造化为工,流形赋象,于何不育,求其怪物,有广异闻",而将《搜神记》《幽明录》之类的书归入"偏记小说",视为"史氏"之"流别"(见《史通·杂述》)。北宋的欧阳修等人则一方面认为"传记、小说","皆出于史官之流"[①],一方面又将魏晋隋唐的志怪传奇均归入子部"小说类",这是在文体名称上采纳唐五代人的看法,而在归类上则回归《汉书·艺文志》的立场。这些正反映出史学家面对这一类著作时的矛盾游移态度:说其是史,其中又杂有虚诞成分;说其不是史,其内容又是叙事性的,而且多少有些真实性,或者有可能还具备人们尚不了解的真实性[②]。但不管怎样,这一矛盾游移态度之中都包含着贬斥这类著作虚诞不实、鄙俚浅薄之意[③]。因此,如果要说史志目录所表现的小说观念对唐代作家有所影响的话,应该主要从这一角度来看:正因为史

---

① 参见《新唐书·艺文志》卷五十七"志第四十七·艺文一"之总叙,第1421页。
② 跟刘知幾持类似看法的还有晚唐的苏鹗,他在《杜阳杂编》的序中云:"尝览王嘉《拾遗记》,郭子横《洞冥记》及诸家怪异录,谓之虚诞。而复访问博闻强识之士或潜夫辈,颇得国朝故实。始知天地之内,无所不有,或限诸夷貊,隔于年代。……"
③ 石昌渝先生对此一点有过深入论述,参见《中国小说源流论》,三联书店1994年版,第3—4页。

学家不满于志怪传奇的虚诞不实，才促使作家要尽力增加其真实性，而采纳真人真事入小说自然会成为一个重要手段。同时，因为志怪书曾被归入史部，也会促使作家按照史传的要求来写作志怪传奇[1]。尤其是按照史传的实录原则去如实地记载那些荒诞不经的传闻。比如中晚唐时期卢肇的《逸史·序》即提到他记载那些神仙交化、幽冥感通之事乃是持"摭其实，补其阙"的态度，并且将其书"目为《逸史》"。[2]《唐国史补》《次柳氏旧闻》《开天传信记》《唐阙史》等史料笔记的序言皆标榜实录，而又都记载了一些神异荒诞之事。

不过，唐人小说具备"事实性虚构"特征的原因或许更应该从小说的来源去考察。如前所述，以真实人物为描述对象的做法在唐以前的古小说中早已普遍存在了。应该说，早在史志目录著录志怪书之前，志怪小说包含真实人物的现象就已存在了。史志目录对志怪书的著录与评判只是对那一既成事实的真实反映。因此，我们不妨抛开隋唐史志去考察一下志怪的最初来源。鲁迅在论及六朝志怪时有过一个著名论断："须知六朝人之志怪，却大抵一如今日之记新闻，在当

---

[1] 当代也有学者曾提出过一些富于启示性的意见：魏晋六朝隋唐人以小说为"史官之末事"的观念造成了小说家的历史意识，促使他们以史传的体式来写小说。参见程毅中《唐代小说史话》，第4页。李剑国《唐五代志怪传奇叙录》，第20页。
[2] 参见张宗祥重校《说郛》（百卷本）卷二十四，上海古籍出版社1988年版《说郛三种》第一册，第435页。

时并非有意做小说。"[1]这一说法不仅仅符合魏晋六朝志怪的编撰情况,其实也在相当程度上符合唐代小说的实际情况。只是以前大家都更重视胡应麟、鲁迅所说的"至唐人乃作意好奇"或"唐人始有意为小说"的论断[2](这一论断自然没有错,笔者对此并无任何异议),而忽略了唐代小说在注重"实录"这一点上跟六朝志怪仍然有很深的渊源。这一点在讨论前引郑还古《博异志·序》之"语其虚则源流具在,定其实则姓氏罔差"一语时已经约略提及了。根据笔者的粗略统计,在志怪传奇集或笔记小说如《冥报记》《酉阳杂俎》《续玄怪录》《乾馔子》《三水小牍》《尚书故实》《玉堂闲话》等书中都有大量内容虚诞怪妄的作品具备凿凿有据的渊源,一些著名的传奇文如《离魂记》《编次郑钦悦辨大同古铭论》《任氏传》《古岳渎经》《庐江冯媪传》《李娃传》《异梦录》《秦梦记》《飞烟传》《冥音录》等也都是如此。也就是说,在这些作品被文人记载、变成书面形态以前,曾经历过一个口头流传的过程,这一情形在唐代具有很大的普遍性,那些没有交代来历的作品也大都属于这种情况[3]。而文人在记载这些口述传说时,有时难免会有润色增饰,如《任氏传》这一类

---

[1] 参见鲁迅《中国小说的历史的变迁》第二讲"六朝时之志怪与志人",收入《中国小说史略》"附录",第276页。

[2] 参见胡应麟《少室山房笔丛》卷三六"二酉缀遗中",上海书店出版社2001年版,第371页。鲁迅《中国小说史略》第八篇"唐之传奇文(上)",第54页。

[3] 参见李剑国《唐五代志怪传奇叙录》很详细地谈到了这一点,第15页。

长篇传奇文，其记载者也积极参与了创作；有时则应基本忠实于所听到的传说的原貌，比如《酉阳杂俎》《戎幕闲谈》《尚书故实》《玉堂闲话》中的很多作品即是如此，严格地说起来，这些作品的作者应是其最初讲述者，而不是其记录者。而无论属于哪种情况，这些作品的主人公作为现实生活中的真实人物这一点应该都不会有多少改变。因此，我们可以进一步确定：唐人小说的"事实性虚构"特征在大量传说的口传阶段就已经出现了。不过唐人小说在篇首或篇末交代的那个讲述者未必就是最初的讲述者，我们要找到某一个传说的最初讲述者其实是很困难的。既然如此，要确定这些传说的最初讲述者选取真实人物作为主人公的原因也就比较困难。但也不是全无办法。这里只能根据笔者所见材料作一些初步探讨（为了不造成混乱，后文的讨论仍然使用"小说"一词，而不使用"传说"这个词，好在古代的"小说"原本就具有"街谈巷语、道听途说者之所造"这些含义）。

一般说来，选取众所周知的真实人物作为小说的主人公自然是为了增强小说的真实性，尤其某些特定的小说类型更是如此，比如以《冥报记》《冥报拾遗》为代表的大批表现因果报应主题的小说，其目的就是加强世人奉佛行善的信念，所以必须让人相信其小说内容和情节的真实性，于是自然要选用真实人物作为小说主人公，其中有些人物原本就很有名望，有些人物虽是市井小民，但其故事的讲述者则很有名望。还有一种包括了大量作品的表现命运前定主题的小说类型(《前定录》《录异记》《云溪友议》等小说集便都收了很多这类作品),也很喜欢以真实人物为主人公,尤其是表现仕宦前定主题的亚型,多将故事系之于唐代的名宦达官(如宰相、名将、节度使),比如《前定录》中之各篇即大抵如此。据作者钟簵在该书序中云:他乃是"从乎博物君子,征其异说。每及前定之事,未尝不三复本末,提笔记录""庶达识之士知其不诬,而奔竞之徒亦足以自警云尔"。这些传说最初之所以产生的原因大概不完全如钟簵所云乃是为了止息士人们在仕途上的奔竞之心,恐怕更表达了很多人对高官厚禄的无限歆羡,对命运的揣测与期待,还表达了一些人仕途失意的无奈与自我宽慰。不过,钟簵的自序说明这些传说的内容都是被视为真人真事的。真事虽无可能,真人却是凿凿有据。这一类传说也只有系之于真实人物,才会契合唐代文人真实的欲望与强烈的关注,虚拟的人物大概是不会引起他们的任何兴趣的。追求真实性乃是古典小说的重要特性之一,而获得真实性的手法也多种多样,唐人小说的手法则主要是尽力使故事主人公的身份与行迹都真实无误,并将其与荒诞内容相结合。这局部的高度真实便造成全局的真实感,让人(尤其是跟作者同一时代的人)不由得也会去相信那些荒诞的内容,或至少会将信将疑(即使后代的人,也会发生真实的幻觉)。

将"事实性"与荒诞性相结合的另一重要动机则应是加强小说的奇异性与吸引力。单纯的荒诞不经并不太奇异,最奇异的乃是众所周知的真实人物经历或做出了极荒诞、极不可能之事。从唐人小说本身所提供的资料来看，唐代人确实普遍具备其他任何时代的人所不具备的强烈好奇心，对各种奇闻异事充满热爱，并热衷于谈论。《任氏传》《庐江冯媪传》《异梦录》《续玄怪录·张老》《乾𦠄子·孟妪》《三水小牍·王知古》等作品，以及《戎幕闲谈》《开天传信记》《松窗杂录》《剧谈录》《开元天宝遗事》《前定录》等书的序言，均提供了唐人喜欢谈论和收集奇闻异事以广闻见、以助谈资的明确记载。比如《戎幕闲谈·序》所提到的情形即颇具代表性：

> 赞皇公（笔者案：指李德裕）博物好奇，尤善语古今异事。当镇蜀时，宾佐宣吐，亹亹不知倦焉。乃谓绚曰："能题而纪之，亦足以资于闻见。"绚遂操觚录之。①

翻阅现存《戎幕闲谈》之遗篇可以看到：其中内容多涉怪异，而其主人公则多为帝王将相，如张说、韦皋、畅璀、窦参、杨国忠、郑仁钧、颜真卿等。唐代社会生活中文人官僚聚会畅谈或宴饮的场合极多，在这些场合除了饮酒行令、观赏歌舞之外，一个重要的内容应该就是谈论各种奇闻异事。李肇在《唐国史补》卷下提到"长安风俗，自贞元侈于游宴"，又说"贞元之风尚荡，元和之风尚怪"，这两种

---

① 张宗祥重校《说郛》（百卷本）卷七，《说郛三种》第一册，第138页。

风尚大概正跟唐传奇的高度繁荣联系在一起①。普遍的尚怪风习与娱乐需求甚至还促使唐代文人有意地收集异闻以备不时之需,这就是他们在各种小说集的序言里反复提到的纂集异闻以资谈柄这类话的实际含义。对此,郑还古的《博异志·序》说得再明白不过了:

> 夫习谶谭妖,其来久矣。非博闻强识,何以知之。然须抄录见知,雌黄事类。语其虚则源流具在,定其实则姓氏固差。既悟英彦之讨论,亦是宾朋之节奏。若纂集克备,即应对如流。余放志西斋,从宦北阙。因寻往事,辄议编题,类成一卷。非徒但资笑语,抑亦粗显箴规。②

从《博异志》现存三十四篇小说来看③,其内容全都属于荒诞怪妄之列,但也多以真实人物为主人公,其中著名的人物有王昌龄、岑文本、沈亚之、马燧以及郑还古本人。其中岑文本、马燧、王昌龄的事迹便都见诸史传,若将其与《博异志》所记的怪异故事两相对比(如岑文本遇到古铜钱精怪、马燧遇到夜叉与异人胡二姐),我们将会感受到十分鲜明的奇异感与趣味性。唐人与这些人时代距离更近,这样的感受一定会比我们更为强烈。这就是这一类以"事实性虚

---

① 学界公认的唐代小说的第一个兴盛期正是建中初到大和初,即780—827年之间。
② 侯忠义主编《中国文言小说参考资料》,北京大学出版社1985年版,第232页。
③ 根据陶敏主编《全唐五代笔记》之《博异志》(李德辉整理)统计。

构"为主要特征的小说所能造成的特别的吸引力。

如前文所言，运用"事实性虚构"的唐人小说绝大部分都采用跟作者或讲述者本人无关的其他人担任小说主人公。但也有少数作品将作者本人作为主人公或重要人物，如前述的李公佐与沈亚之。这两类做法的动机大概都有可能是作者想把小说这一文体当成史传来加以运用，以让他人或自身随着一则奇异故事的流传而广为人知，甚至传诸后世。至少李公佐就是一个这样的例子，他原本只是一位名不见经传的人物，却靠着他的数篇小说而被后人所熟知[1]。一般而言，在古代社会，文人是不能为自己作传的，至少唐人还秉持着这一观念。比如范摅的《云溪友议》卷中提到史官刘轲欲记载自己早年因得怪梦而变得敏悟的异事，然因"不可身为传记"而未能措手，韩愈乃曰："待余余暇，当为一文赞焉。"[2]这一事例至少可以说明两个问题：一是采用"事实性虚构"的这一类小说是可以被视为与传记具备相近功能的[3]；二是因为文人一般不为自己立传，所以"事实性虚构"作品的主人公绝大部分都是作者以外的其他人。不过，如果作者非要

---

[1] 宋代陈振孙《直斋书录解题》卷五"杂史类"著录唐李公佐撰"《建中河朔记》六卷"（《宋史》卷二〇三"艺文志二"同），今不传。故有学者指出："至于李公佐，现在不得不说小说就是他的全部。若非他在自己的小说中记下了当时自身的情况，那么他的事迹就会全部失考。"参见内山知也《隋唐小说研究》（查屏球编，益西拉姆等译），复旦大学出版社 2010 年版，第 232 页。

[2] 参见《太平广记》卷一一七《刘轲》，第 817 页。

[3] 这一观点曾得到竺青、崔际银两位先生提示，特此致谢。

将自身置入小说这一特殊形式之中，或许还不至于太遭时人非议，因为小说毕竟不能完全等同于史传。

　　唐人小说"事实性虚构"这一现象背后应该隐藏着更为复杂多样的心理原因与社会原因，纵然我们可以从宏观的层面进行一些解释，但只要遇到具体作品，总会让人无比困惑：那些如此荒诞离奇的内容究竟为什么会跟某一个具体的真实人物联结到一起呢？在有的时候，我们可以通过对比人物传记资料与作品内容获得有关的蛛丝马迹。比如《唐国史补》卷上、《河东记》、《会昌解颐录》都记载过元和名臣韦丹的传说[1]，前二者大致说他早年未遇时曾在洛阳桥用所乘之驴救下一只鼋，这鼋乃是神龙所化，它为了报答韦丹，便从天曹抄录韦丹一生官禄行止，并助其成名，后来韦丹一生经历果然跟天曹的记载完全吻合；后者则说韦丹好道，历经人间富贵之后被一位道者黑老接引成仙。前一个传说在被《唐国史补》与《河东记》记录之前应该已另有专文传述[2]，可知这一传说已经在民间流传开来了。如果进行粗略推算还可以发现，这一传说被记录成文的时间离韦丹去世可能只有

---

[1] 后二者分别见于《太平广记》卷一二八与《太平广记》卷三五。
[2] 《唐国史补》卷上在简略引述韦丹故事前半部分之后云："后报恩，别有传。"李剑国先生认为《唐国史补》与《河东记》所引述的就是那篇原传，但《唐国史补》只是陈述大意，而《河东记》则比较完整地录入原传。参见李剑国《唐五代志怪传奇叙录》，第432页。

十三年①。从《新唐书·循吏传》的《韦丹传》来看，他是一位所到之处仁化大行、深受百姓爱戴的清廉官吏，尤其是他担任江南西道观察使期间政绩斐然，以至江西百姓在韦丹"殁后四十年，仍思之不忘"，而在他之后镇守江西的官员也对他众口称颂。由此看来，将韦丹之名冠于当时广泛流传的动物报恩、仕途前定、得道成仙的故事之上，完全反映了民众对他的深刻感念。这一点应该是毫无疑问的。

但更多的时候我们却找不到任何明显的线索去解释内容虚诞的作品为何会以真实人物为主人公。比如《玄怪录·郭代公》写到初盛唐时期名臣郭元振早年剿除为患一方的猪精、救出即将被迫嫁给猪精的少女；《续玄怪录·李卫公靖行雨》写到初唐名将李靖微贱时打猎迷路，夜入深山龙宫，替龙行雨，获赠一奴，预示着他将来会成为名将。这两文都表达了仕宦前定的观念，但其引人注目之点还在于以真实人物来写荒怪之事。那么，是因为传说者或作者出于对他们的特别敬仰而将其附会到这样的神奇故事之上呢（所谓非常之人必能行非常之事），还是因为先有这一类故事流传，为了增强其真实性与奇异性而特意挑选两个著名将相作为其主人

---

① 据《河东记》所载《韦丹传》，韦丹卒于元和八年（813年），另据《新唐书》卷一百九十七《韦丹传》推算，其卒年也应该是元和八年前后，因此我们可以相信《河东记》对韦丹卒年的记载。而《唐国史补》的成书年代根据其序与署名来看，大概是敬宗宝历元年（825年）。

公呢①,抑或是作者通过这类故事以蕴含着对这两个人物的一种评价呢?揆诸二人传记,似乎也看不出两个人物的生平、个性与这两个故事之间有明显的契合点。或者,二者之间的结合就是出于纯粹的偶然性?在唐代小说中,这一类令人困惑的作品是数量巨大的,对其进行全面深入研究,或许就能找到理解唐人小说艺术奥秘的钥匙。

三

唐人小说的"事实性虚构"涉及作为主人公的真实人物的家世、仕宦经历甚至交游时多准确无误,而且往往于史有征,或比史传更翔实。以笔者所见,最典型的例子莫过于涉及韦丹、李揆、李源、李行修与王仲舒等人的数篇作品(对韦丹之事李剑国先生已作详考,此处不重复)②。其中的李揆

---

① 人类替龙行雨的故事从南北朝到唐代一直流传不辍,钱锺书先生即曾指出《幽明录》中的《曲阿人》、《唐年小录》中的《王忠政》(参见《太平广记》卷三九五)、《广异记》中的《颖阳里正》(参见《太平广记》卷三百四)跟《李卫公靖行雨》这一传说所讲述的乃是同一故事。参见《管锥编》第二册,中华书局1986年版,第796页。但两相比较之后可以发现,《李卫公靖行雨》乃是直接借用了《颖阳里正》这一传说,只是将主人公换了。

② 关于韦丹传说与其本传之比较参见李剑国《唐五代志怪传奇叙录》,第432—433页。"李揆"故事笔者所见共三则,分别见于《前定录》与《宣室志》(载于《太平广记》卷一百五十、卷四七四,《稗海》本《宣室志》卷十),李揆本传见于《旧唐书》卷一百二十六。李源与圆观故事见于《甘泽谣·圆观》(《太平广记》卷三八七引),李源与武十三故事见于《独异志》(《太平广记》卷一五四引),李源本传见于《旧唐书》卷一百八十七下、《新唐书》卷一百九十一。(转下页)

官至相国,深受肃宗器重,《前定录》云揆早年以进士集京师,卜者王生云揆当得河南道一尉,数月后当为左拾遗。不久,李揆果补汴州陈留尉。王生与一缄书,嘱其授左拾遗之日再开视之。揆至陈留,为采访使倪若冰(《新唐书》卷一百二十八作倪若水)遣往京师上书,适遇上尊号,他替宗长李璆代撰表章,为玄宗所重,乃命宰臣试文词,撰赋、书、表三篇,其表文涂八字,旁注两句。翌日授左拾遗。乃发王生所授书视之,三篇皆在其中,涂注者亦如之。《宣室志》所载两则李揆故事则云揆乾元初为中书舍人,一日退朝归,见一白狐捣练庭中石上,有客云此乃祥符,至明日果选礼部侍郎。此后又一日忽见一只巨型蛤蟆伏于堂上,客又曰此月中之物,乃天使,当有荣命。后数日,果拜中书侍郎平章事。这三则故事的内容自属荒诞无稽,但其中所述及的李揆际遇以及拜官次序均基本与《旧唐书·李揆传》相吻合[①],甚至连玄宗命宰臣试文章这样的细节都完全相同(《前定录》则连三篇文章的篇名都罗列出来了)。而《甘泽谣·圆观》与《独异志·李源》两篇则均述投胎转世之神异故事,其中所涉李源事迹都跟《旧唐书·李源传》(附于其父李憕传后)所载基

(接上页)行修与王仲舒故事见于《续前定录》(《太平广记》卷一百六十引),李行修正史无传,仅见《唐摭言》卷八之"及第后隐居"条提及他曾任殿中侍御史,王仲舒本传见于《旧唐书》卷一百九十《文苑列传(下)》与《新唐书》卷一百六十一,另有零星记载见于《旧唐书·穆宗本纪》与《新唐书》卷一百四十六《李墉传》等处。

① 仅《李揆传》言其授右拾遗,与《前定录》所云略有不合。

本一致，并有可以互补之处。①《续前定录》所载李行修前后娶王仲舒两女之事，内容极荒诞，然涉及李、王二人仕履、交游之处均颇真实，比如该文提到李行修曾任东台御史（即东都洛阳御史台之御史），其时正逢汴州军将李介驱逐其节度使。核诸史传可知：长庆二年（822年）汴州军人骚乱，驱逐汴州刺史、宣武军节度使李愿，立牙将李介为留后。②而《唐摭言》则正好也提到长庆中李行修曾任殿中侍御史（当即东都御史台之殿中侍御史），二者也正相吻合。可见《续前定录》所载李行修仕履及其传说的历史背景都是十分准确的。又该文提到李行修曾担任淮南节度使李墉与某名公两家亲事的傧相，据《新唐书·李墉传》可知李墉与李行修岳父王仲舒颇友善，故李行修与李墉有此交往亦极合乎情理。应该说，类似的情况在唐人小说中颇具普遍性，在此无须一一考证与罗列。那么，以上这类传说或作品的创作者究竟是怎样获得关于主人公的如此翔实的信息的呢？从时间上来看，这些人物去世与这些作品写定成文的时间距离一般都在四五十年左右，相隔如此久远，仅靠口耳相传很难保证基本事实与细节的准确性。在笔者看来，这些创作者必定是利用了唐代的各种史传类文献，并从中获取了必要的创作素材。

据《旧唐书·李源传》记载：李德裕曾向穆宗上表举荐

---

① 相较而言，《独异志·李源》一篇所载李源事迹较为含混简略，亦有失实处。
② 参见《旧唐书》卷一百三十三《李晟传》所附《李愿传》。

李源之忠孝贞烈，穆宗诏命征源为谏议大夫。可以看到，李德裕的荐表对李源的行止作了详细的描述。《独异志·李源》一文结尾则提到宪宗读《国史》，感叹李憕、卢奕之事（二人皆因全力抵抗安禄山叛军而被害），于是有人举荐李源，宪宗"遂以谏议大夫征"（二者所记略有出入，这一点可暂置而不论）。《新唐书·韦丹传》结尾也提到宣宗读《元和实录》，"见丹政事卓然"，便向大臣垂询韦丹的事迹。从这些资料能看出：当时的著名宰臣及其后人的事迹会载入唐人修撰的《国史》与《实录》等史籍中（大臣表章自然也会收入《国史》或《实录》）。而从种种迹象来看，这些《国史》或《实录》不仅皇帝与朝官能够阅读，一般人也可以看到，这一点据唐赵璘《因话录》卷五所载可知①：

> 有人撰集《怪异记》传云："玄宗令道士叶静能书符，不见《国史》。"不知叶静能中宗朝坐妖妄伏法，玄宗时有道术者乃法善也。谈话之误差尚可，若着于文字，其误甚矣。

而据《唐会要》"修国史"之"至德二载"条载：因《国史》《实录》及《起居注》数千卷在战乱中被焚烧，史馆官员提议令各府县向民间搜访：

---

① 赵璘（约802—约872年）的《因话录》非成于一时，大概最终完成于咸通时。参见陶敏主编《全唐五代笔记》对该书之说明。

有人收得《国史》《实录》，能送官司，重加购赏。若是官书，并舍其罪。……前修史官工部侍郎韦述，贼陷入东京，至是以其家先藏《国史》一百一十三卷送官。①

另据《唐会要》"修国史"之"会昌元年"等条记载：《宪宗实录》曾修撰了新、旧两本，最后仍然施行旧本，宣宗诏令天下诸州察访新本，如有写得者，并送史馆，不得隐藏②。由此可见，唐人所修《国史》《实录》在史馆、官家、私家均应有藏本，一般人要看到并非难事。此外，唐人因通过阅读《国史》而引发的著述也不少，据《旧唐书·经籍志序》所云可知：天宝以后，名公、儒者多有撰述，"或记礼法之沿革，或裁国史之繁略"，正是指围绕《国史》而进行史传类的著述。③中晚唐李肇的《唐国史补》与高彦休的《唐阙史》便都是为了补唐修《国史》之遗阙而撰。其实，唐人热衷于从事史传类文体的写作这一风气大概在天宝以前就已经形成了，据高彦休《唐阙史·序》云："自武德、贞观而后，吮笔为小说、小录、稗史、野史、杂录、杂纪者多矣。贞元、大历以前，捃拾无遗事。"《唐国史补》卷中所记载的

---

① 《唐会要》卷六十三，中华书局1955年版，第1095页。
② 参见《唐会要》卷六十三，第1098页。
③ 周勋初先生指出："天宝之后，文士经常利用国史进行编纂，因此出现了一大批记载唐代史事的传记与杂史。"参见其《唐代笔记小说叙录·谭宾录》，凤凰出版社2008年版，第59页。

一个具体事例正好可以说明这一风气：元和名相裴度遭遇刺客，其仆王义为保护他而死，这一年"进士撰《王义传》者，十有二三"。另外，从《新唐书·艺文志》史部的"故事类""职官类""杂传记类""谱牒类"所著录的唐人著作来看，其中包括大量人物志、名臣故事、官场载记以及世家族谱。由此看来，唐人如果想要查考某一著名人物的家世、仕宦、交游、行迹等资料，他们可以利用的各种史传类书籍是极为丰富和完备的。这应该可以帮助我们比较好地解释唐人小说在涉及真实人物的行迹时为何能做到那么地翔实与准确。

四

在唐人小说普遍刻意以真实性示人的时代，也有极少数的唐人作品有意示人以幻设和虚构。牛僧孺《玄怪录》的"元无有"、无名氏《东阳夜怪录》的"成自虚"、无名氏《会昌解颐录》的"元自虚"都已在十分明显地通过人物表示作品的虚构性，可以看到，这一变化正是首先从人物的虚构开始的。但这一变化虽然指示出唐代小说的发展趋势（即从"事实性虚构"走向完全虚构），却并不能代表唐代小说的本质。

笔者认为，真正代表唐代小说的艺术特质并造就了唐代小说强烈艺术魅力的恰恰在于它们非常普遍地而且十分真诚地去把那些荒诞怪异的内容与情节表现为真实的，或者说，就在于它们把那些荒诞神异的内容完全当成真实来加以描写。也许最初只是出于追求真实性的强烈信念，把真实当成叙事性文体的最高价值，这便使唐人竭尽全力、调动他们全部的生活经验、全部的才华要去表现真实，而"事实性虚构"与兢兢业业交代故事渊源及来历，就是最重要的两类表现手段。正是追求真实这一强烈的信念导致了奇迹，使那些纵使明显地荒诞怪妄的事物与故事也充满了无比真实的细节，具备了无比真实的质地。如果不是因为有那一追求真实的信念，而是认为随意虚构也未尝不可，那么唐代小说追求真实的努力就会大打折扣，而最终所获得的效果自然就不会那么出色。

唐代小说的独特艺术形态大概会使任何一个听到或看到它们的人都会觉得迷惑不已：那一切到底是真实的，还是荒诞的呢？那种真实与幻觉的冲突感将会变得极其强烈，挥之不去。在这种小说形态之中，真实和虚幻两种力量彼此纠结在一起，充满着强烈的张力，神光离合，乍阴乍阳，迷惑着我们的理智。让我们总是忍不住要去思考这样一个问题：对于唐人如此绘声绘色描述的这一切，他们自己究竟是相信呢，还是不相信？他们难道真的看到过、经历过那些如此荒诞不经的场景与事件吗？如果没有经历过，又怎么能够描写得如此真实，而且其态度又是那么地真诚呢？

唐人对于荒诞怪异事件的态度究竟如何，这是一个特别值得深入探究的问题，因为这直接关系到我们如何去理解唐代小说的艺术特质。根据笔者所接触到的资料来看，唐代的史学家与其他文人会经常指责他人在史料笔记中记载所谓"鬼神变怪荒唐诞妄之事"①，似乎是不太相信这类事情的真实性；但若如前述刘知幾《史通·杂述》与苏鹗《杜阳杂编·序》所言，则所表现的态度又是有些相信这类事件是有可能存在的，至少是将信将疑。盛、中唐之际牛肃的《纪闻》与陆长源的《辨疑志》分别记载了两个真实人物经历的遭遇狐精故事②：前者是说牛肃从舅朋友的男仆在林中遇到一个妇人，彼此把对方当成狐狸精，遂互相扭打；后者则是说著名文人萧颖士傍晚在郊野遇到一妇人请求结伴同行，萧以为是狐，大骂拒绝，后来才发现原来是店主的女儿。这两则故事本身的真实性已经难以确认，但是其中透露出一个极其明显的信息：那就是唐代社会对于这类神怪事件的态度是很复杂的，有人相信，有人怀疑，还有人则半信半疑。这应该是唐代民间重要的思想或信仰氛围，这一氛围又与文人阶层对叙事真实性的高度信念相互融合，形成特定的文化土壤，那些具备"事实性虚构"特征、渊源有自、来历分明的虚诞怪妄故事正是这种信仰氛围与文化土壤的产物，它们跟这一氛围、这一土壤之间也是彼此相生相成的关系。

---

① 出自晚唐陆希声为段公路《北户录》所撰写的序，参见〔清〕董诰等编《全唐文》卷八一三。
② 分别见于《太平广记》卷四五〇、卷二四二。

"事实性虚构"的主人公的事迹愈是接近史传般地精确，由这些事迹所构成的叙事框架中包含的内容愈是荒唐，就愈能获得奇特的反差与张力。而且，主人公愈是真实具体，也就愈能促使作者按照真实人物的思想与情感逻辑去完善那些荒诞内容的全部细节。比如《续玄怪录》的《李卫公靖行雨》一篇的主人公李靖自然是作者熟悉的唐代名将，是绝对真实的人物，作者也就自然而然地让他跨着马在天空行雨时萌发出普通人的报恩想法，结果好心干了坏事，把他经常去叨扰的村子给淹没了。随后又让他在选择龙母所赠的二奴时根据自己的个性选择了长相拗怒的那一个，结果他便只能成为名将而不能出将入相。而且将如此有名的真实人物与如此荒怪的替龙行雨故事相结合，把平时只能由传说中的龙来干的大事也当普通事件一般让凡人来代劳，将意想不到的荒唐以极度真实平凡的笔法（也就是通常表现真实事件的笔法与态度）来加以叙述，使这荒唐也无法遏止地向真实靠拢，造成的艺术效果则是更为惊人而深刻的离奇。

唐代以后的小说也有不少继续采用唐人这种"事实性虚构"的写法，比如被公认为继承魏晋隋唐文言小说衣钵的《聊斋志异》，其中也有一些作品（如《青凤》《念秧》）有意以生活中真实人物入小说，有的就是作者身边天天见到的友人，却被当成怪异故事的主人公，这种手法跟唐人小说的同类手法相比其实已是貌合神离，其所表现的并不是真实性或真幻纠结难分的感受，而是一种戏谑感与游戏感。其中没有什么东西是混沌的、朴拙的，甚至令人迷惑的。因为那孕育唐人小说的特定时代氛围与观念信仰已经消失了，唐人小说所独有的那一把华美与朴拙、真实与虚幻、激扬与笃实、虔信与疑惑、真诚与戏谑水乳般交融在一起的奇特形态也就不可能再复现了。

论唐代谐隐精怪类型小说的渊源与流变

刘勰在《文心雕龙》中第一次对谐隐这两种语言表达艺术进行了理论探讨。他所征引的文献上起《诗经》《左传》，下至魏晋文章，旁涉宋、齐、梁三代文人所作之大量谐隐诗文。清人黄叔琳、今人范文澜均在他们的《文心雕龙》"谐隐"篇之注中有十分详备之征引。梁代以后，一方面，谐隐手法仍然遵循其既定路径向前发展，到中唐时已经成为一种复杂精致的叙事艺术；另一方面，则是从初唐开始，谐隐艺术与文言小说的一个独特种类——精怪小说相融合。这一融合趋势在中唐之前发展十分缓慢，一直呈现出精怪题材吸纳零星谐隐手法的局面，但进入中唐以后，这一局面却发生了很大改变：谐隐手法大量进入小说而上升为整体性的结构手段，并因此形成一种新的小说亚型——谐隐精怪小说。精怪小说的艺术技巧与思想内涵从此变得更为复杂和丰富。中晚唐时期涌现出了一大批具备上述特征的谐隐精怪小说，对后代小说的表现艺术产生了深远影响。由于这一问题尚少被研究者所注意，故本文拟对之加以系统的探讨。

一、"谐隐"之源流

刘勰的《文心雕龙·谐隐》对"谐"与"隐"的含义与艺术特征分别进行了论述:"谐之言皆也,辞浅会俗,皆悦笑也。""讔者,隐也,遁词以隐意,谲譬以指事也。"由此看来,谐辞是一种浅近通俗、充满谐趣意味的表达手段,而隐语则是一种玩弄狡狯、曲折达意的言说方式,二者的表达手法是存在一些明显差异的。对于它们的功用,刘勰则指出,"会义适时,颇益讽诫","大者兴治济身,其次弼违晓惑",亦即认为谐辞、隐语都具备讽喻劝谏之功能。范文澜先生在《谐隐》的注中也说:"谐辞与隐语,性质相似,惟一则悦笑取讽,一则隐谲示意。"[①]这也是从二者的功能角度而言的。如果对《谐隐》所援引的大量实例及先秦其他文献中的谐隐手法加以分析后我们将会看到:"谐"与"隐"既有一定差异,又有着密切的联系。第一,它们都采用曲折的手段来表情达意。但"谐"让人愉悦,让人明白,故多采用戏拟或夸张等手段;"隐"则让人迷惑,让人好奇,而后努力去寻求领悟,故多采用比兴的手法。第二,它们在意义层面都存在着一个双层结构:谐辞中是正反两种言行的对比,隐语中是表层义与深层义之间的对比。第三,它们都使用形象化的表达手段。但"谐"是进行形象化的逻辑推理,"隐"

---

① 参见范文澜《文心雕龙注》卷三注十九,人民文学出版社1998年版,第280页。

则是进行形象化的赋义与类比。第四，它们的传媒多为口语，多取韵文或对答的形式。但谐辞大多产生于紧急应对的场合，故须仰仗当事人的诙谐与机智，隐语则可从容周密思索后道出，也未必具有诙谐的意味。第五，这两种手法经常出现交叉的情形。

进入汉代后，上述先秦"谐隐"的一些特征开始发生变化，谐辞逐渐丧失其讽谏君主的功能而变成嘲戏或自嘲性的言说方式。其表达手段也相应发生改变，如急智的成分减少，而虚拟与夸张的因素增多；口语的性质开始淡化，而书面韵文（如赋）的形式开始增多。

虚拟手法在先秦寓言与谐辞中的运用原是十分普遍的，如狐假虎威、叶公好龙、刻舟求剑这一类的寓言都可以从广义上视作一种虚拟手法，因为它们都是为了解说某一观念而虚构出来的故事。而像《庄子·外物》中"涸辙之鲋"的寓言与《史记·滑稽列传》中的淳于髡所造"禳田者"的寓言也都具有即兴虚拟的性质。这种手法在后代小说中经常可以见到。另外，《庄子·应帝王》与《庄子·天地》则在寓言这种故事化的虚拟之中又包含了一种将抽象概念人格化的虚拟：他将"浑沌""象罔"等抽象语词人格化，赋予它们远远超出其本义的丰富内涵，用以阐明更加复杂的思想。这种形象、简要而高妙的手法在汉大赋中得到了继承和发展。如东方朔的《非有先生论》、司马相如的《子虚赋》与《上林赋》等大赋中均出现了"非有先生""子虚、乌有先生""亡是公"等虚拟的以抽象概念命名的人物,他们的独特之处在于:其名字本身就已经指明了人物及文章内容的虚拟性。如果说上述虚拟手法在东方朔、司马相如那里只是被局部地加以使用,那么到了扬雄的《逐贫赋》中就已经变成一种全局性的手法。该赋在酝酿谐谑意趣方面使用了若干新的技巧:第一,是在文中大量嵌入《诗经》中的语句,化庄为谐,雅谑相生,使两个不同的文本间产生了十分有趣的对照。第二,该赋在将"贫"人格化的同时,又郑重地为其设置了祖先与身世,从而产生了对史传进行戏仿的滑稽效果。[1]

《逐贫赋》所创造的戏仿手法被南朝宋代袁淑之《诽谐文》所承继和发扬。《隋书·经籍志》录袁淑《诽谐文》十卷,其下小注又云"梁有《续诽谐文集》十卷;又有《诽谐文》一卷,沈宗之撰"[2]。现在所能见到者只有《艺文类聚》和《初学记》中保留下来的若干佚文,均为袁淑所撰,此即《劝进笺》[3]《鸡九锡文》[4]《常山王九命文》[5]《大兰王九锡文》[6]《庐山公九锡文》[7]诸篇。这些佚文的共同特点是:都虚拟了一

---

[1] 参见严可均编《全上古三代秦汉三国六朝文》(后面均简称《全文》)之《全汉文》卷五二,中华书局1995年版,第408页。
[2] 《隋书》卷三十五"经籍志四",中华书局1973年版,第1089页。
[3] 《全文》之《全宋文》卷四四,云引自《艺文类聚》卷九一袁淑《诽谐记》,第2681页。
[4] 《艺文类聚》卷九一,上海古籍出版社1985年版,第1587页。
[5] 《初学记》卷二九,中华书局1962年版,第721页。
[6] 《初学记》卷二九,第711页。
[7] 《艺文类聚》卷九四,第1629页;《初学记》卷二九,第708页亦载。

个类似于人类世界的动物王国,这个王国也跟人世一样,有封赐功臣的仪典与文书。此外,这些佚文中还运用了一些颇值得注意的笔法:第一,文中对动物的称呼多冠以官衔。如《鸡九锡文》中的"征西大将军下雉公王凤""西中郎将白门侯扁鹊"等,这种戏拟笔法是谐谑意味的一个重要来源。第二,以赋法铺叙受锡动物的形貌与功绩,从夸饰性言辞中见出诙谐之趣。第三,以典故的化用确立起不同文本间的关联,从而加强了雅谑相生的喜剧效果。袁淑《诽谐文》所运用或开创的这些手法在梁代沈约的《修竹弹甘蕉文》中又有了新的发展。① 该文是对"弹文"的戏仿:弹文本来也是一种运用于朝堂的庄重严切的文体,但一经沈约用于虚拟的植物王国,便变成了妙趣横生的谐谑之文。沈约与袁淑的一个差别在于:他在这篇奏弹文中使用了第一人称的叙述视角,从而进一步加强了这种戏仿文章表面的真实感,并扩大了真与假、雅与俗之间的对照与反差,强化了诙谐的效果。

南朝后梁又有王琳的《鳝表》,是以鳝的第一人称口吻所作的戏仿性谢恩表文:云鳝因己被封为糁蒸将军、油蒸校尉、臛州刺史而兢惧惶恐,并为己"美愧夏鳢,味惭冬鲤"却曲蒙钧拔、得升绮席而满怀感激之心。表后又戏附答诏文,其中有"卿池沼缙绅,陂渠俊乂""正膺兹选,无劳谢也"等语。② 这篇戏仿文的形式基本类同于沈约的《修竹弹

---

① 参见《艺文类聚》卷八七,第1500页。
② 参见《太平广记》卷二四六,中华书局1995年版,第1910页。

甘蕉文》，手法则与袁淑的《诽谐文》比较接近，而其用意则是于游戏笔墨之中寄寓辛辣尖刻的讽刺，故"众畏其口"而"时恶之"。

诽谐文的创作在南朝一度颇为盛行，这从《隋书·经籍志》的记载即可看出。到了隋唐时代，仍然不断有人写作这类文章。据《旧唐书·文苑列传》记载，高宗时，"诸王斗鸡，互有胜负，勃戏为《檄英王鸡文》，高宗览之怒曰：'据此是交构之渐。'即日斥勃，不令入（沛王）府。"[①]可以断定，王勃所作乃是一篇戏仿檄文的谐谑之文。到了中唐时期，韩愈以一代文宗的身份创作了《送穷文》《祭鳄鱼文》《毛颖传》等多篇谐隐文章，在当时的文坛引起了轩然大波，其中《送穷文》直接模仿扬雄的《逐贫赋》，但又出现了不同于扬雄之文的几个特点：一是场景与形象更加鲜明，突出了叙事的真实性与现场感。灵活的文体（主要用四言赋体，但又杂以散句）亦有助于刻画微妙的神态，这使韩文获得了远过于扬雄、袁淑之文的艺术效果。第二个方面则是韩愈文中初露玩弄游戏笔墨的苗头，如主人叙述穷鬼有"五"的一段言辞："子之朋俦，非六非四，在十去五，满七除二，各有主张，私立名字。"[②]这一特点在《祭鳄鱼文》中也有所表现。

谐辞的另外一个支流是从《左传》的"城者之讴"发展

[①]《旧唐书》卷一百九十，中华书局1991年版，第5004页。
[②] 参见韩愈撰、马其昶校注《韩昌黎文集校注》卷八，上海古籍出版社1998年版，第571页。

下来的嘲讽人物的嘲谑文章：自西汉王褒的《僮约》与《责须髯奴辞》①，东汉蔡邕的《短人赋》②，到晋代潘岳的《丑妇赋》③、刘谧之的《庞郎赋》④，再到先唐朱彦时的《黑儿赋》⑤、刘思真的《丑妇赋》⑥，以及敦煌文书中的《蚜蚵书》⑦，构成了一个相对完整的嘲体赋的传统。与之并行的又有文人日常生活中口头嘲谑习气的风行，这一自先秦两汉以来就已存在的社会现象，经汉魏两晋清谈及品藻人物之风的驱煽，至隋末唐初已经弥漫于朝野上下，其流风更波及于唐代小说。嘲体赋与口头嘲谑之辞从内容到手法都有一些相同的特征：首先，它们都以人的外貌、生理或性格缺陷作为调笑的资料；其次，它们都使用夸张或比喻的表达方式，技巧比较简单。只有当它们与隐语结合在一起成为嘲隐（或谐隐）时，才呈现出较为复杂的状态。为了进一步探讨这一问题，我们必须先对秦汉以后隐语的发展源流作一个简要的论述。

秦汉时期隐语表意方式的一个重要特征是：表层义与深层义之间通过非常隐秘曲折的途径发生关联，并且这种关联

---

① 《全文》之《全宋文》卷四二，第 359 页。
② 《全文》之《全后汉文》卷六九，第 853 页。
③ 《丑妇赋》今已不存。《文心雕龙·谐隐第十五》云："潘岳丑妇之属，束皙卖饼之类，尤而效之，盖以百数。"
④ 《初学记》卷十九，第 459 页。
⑤ 《全文》之《先唐文》卷一，第 4240 页。
⑥ 《初学记》卷十九，第 459 页。
⑦ 参见王重民、向达等编《敦煌变文集》卷七，人民文学出版社 1984 年版，第 858 页。

主要是局限在意义的层面。汉魏以后,一方面原有的隐语类型在继续演变,另一方面新的隐语类型也迅速发展起来,并被人们加以广泛的运用。其中较为重要的有如下三种:一是"图象品物"的事物类隐语;二是"体目文字"的字辞类隐语;三是谐音双关类隐语。

事物类隐语肇端于《荀子·赋篇》,乃是通过对某事物特征的描绘来对其加以暗示,如《赋篇》中,君臣之间通过对"针"的铺陈性的描写与暗示来进行类似于猜谜的智力较量。而扬雄为讽谏成帝所作的《酒箴》则描述了汲水陶瓶与盛酒皮袋的不同遭遇,用以暗示当时朝中两类人的不同境遇,其手法跟"伍举刺荆王以大鸟"这一隐语如出一辙。在《荀子·赋篇》的隐语中出现的是两个谜面影射同一个谜底的情形。到了汉代东方朔"口无毛,声謷謷,尻益高"这一隐语里[1],则又出现了与之相反的情形,即用一个谜面影射两方面的内容:一是对郭舍人挨打丑态的嘲笑,一是对狗窦等三种事物的影射。可以看到,东方朔非常机智地利用了隐语的表层义与深层义之间关联的隐秘性与不确定性特征,达到了既嘲笑郭舍人又能逃避汉武帝责难的双层目的。他对隐语的这种运用方式实际上也是创造了一种意义层面上的双关或多层关联手法。这种手法在使用上显然存在着相当大的难度,因而流传不易。相比之下,荀子所开创的铺陈叙写、图

---

[1] 参见《太平广记》卷二四五,第1894页。

象品物的设隐方式却在后代产生了深远的影响。首先在汉赋中便出现了大量同赋一物的同题赋：如枚乘、繁钦、王粲、陈琳等人的《柳赋》；应玚、陈琳、王粲、阮瑀、祢衡等人的《鹦鹉赋》；傅毅、张衡的《扇赋》；傅毅与马融的《琴赋》[1]。这些赋都只需在标题与正文上稍作处理，便都变成与《荀子·赋篇》毫无二致的事物类隐语。此后，从魏晋到隋唐，这种咏物赋的传统便一直相沿不衰，到中唐时其表达手法开始进入精怪小说。

其次，在荀赋与汉代咏物赋的共同影响之下，中国文学中出现了一股悠久的咏物诗的潮流。六朝齐梁时代，咏物之风臻于极盛，描摹物态务求穷形尽相，出现了大量类似于诗谜的咏物诗。到了隋唐两代，以咏物诗形式出现的隐语开始被广泛使用于各种场合：比如文人之间娱乐斗智，《启颜录》所载杨素与侯白所制关于"道人"与"阿历"的谜语即属此类[2]。又如宫廷应制的场合，如《唐诗纪事》卷四载太宗诏令李义府《咏乌》——这是一首典型的语带双关的咏物型隐语诗[3]。又如男女间委婉传情达意，在初盛唐的张鷟所作的《游仙窟》中，有大量这样的例子（约三十首）[4]。但咏物型

---

[1] 参见费振刚、胡双宝、宗明华辑校《全汉赋》，北京大学出版社1993年版。
[2] 参见王利器辑《历代笑话集》，上海古籍出版社1981年版，第41页。
[3] 参见计有功著、王仲镛校笺《唐诗纪事校笺》卷四，巴蜀书社1989年版，第100页。
[4] 参见汪辟疆校录《唐人小说》上卷，上海古籍出版社1978年版，第19页。

隐语使用最多的还是嘲谑的场合（详下文）。中唐以后，隐语诗被精怪小说所吸纳，用以暗示物怪主人公的身份，造成扑朔迷离、虚实掩映的艺术效果。

"体目文字"的字辞型隐语主要是在汉字的结构或语意的表述上作文章，跟字谜或密码非常相似。但大多数情况下，它们是被运用于一定的上下文中，还承担着其他的表意功能，故其含义要比纯粹的字谜远为丰富。字辞型隐语最初出现于谶纬与谣谚之中，如《后汉书·五行志》所载献帝时京都童谣"千里草，何青青，十日卜，不得生"即暗示着董卓谋反与败亡的事实。[1] 又《世说新语·简傲》载吕安于嵇喜门上题"凤"（繁体为"鳳"）字以嘲笑其为凡鸟——这也是一个典型的字辞型隐语[2]，利用字谜中的析字之法表达了超出谜语本身的嘲讽之意，这也是一个标准的嘲隐实例。

从汉魏至隋唐，以离合之法构造隐语的手法十分盛行。东汉袁康、吴平著《越绝书》，魏伯阳著《周易参同契》，均隐籍贯姓名于后序中：比如后者，除去其谜底中隐含着"魏伯阳"三字之外，其谜面本身又是一首隐逸游仙题材的四言诗，这种手法比袁康的纯粹字谜式的表达方式显然又要复杂得多。其后，汉末孔融作《离合郡姓名诗》，进一步发展了这一手法。后来这种手法又从四言进入骚体（刘宋时

---

[1] 参见《后汉书》志第十三"五行一"，中华书局1996年版，第3285页。
[2] 参见余嘉锡《世说新语笺疏》下册，中华书局1995年版，第768页。

期),又进入五言、七言,谢灵运、王融、庾信等著名诗人都创作过离合诗。①但由于这种诗歌手法本身的难度及其游戏性质,基本上未能产生多少优秀诗作,也没有被作家们吸纳而成为唐代小说的艺术技巧。只有千余年后清代作家曹雪芹才对这一手法作了深入的继承与发展。但离合法这一构造隐语的基本手段却比较容易被掌握,因而被广泛地运用于后代的诗词歌赋以及小说之中。到唐代中叶,字辞型隐语即大量进入小说,如李吉甫的《编次郑钦悦辨大同古铭论》②,记述了梁大同年间在钟山悬岸圯圹之中发现的一段小篆文古铭的破译过程,其铭文云:"龟言土,蓍言水,甸服黄钟启灵址。瘗在三上庚,堕遇七中巳,六千三百浃辰交,二九重三四百圯。"从梁大同到唐天宝年间,这段铭文的确切含义一直无人看懂,后来铭文被送到郑钦悦手里,才终于被破译出来:原来,这是当年下葬时卜者对墓坑坍塌年代的一个预言,竟然说得丝毫不爽。这篇小说中的铭文实质上就是一个字辞型隐语,是把简单的语义复杂化之后形成的。而与李吉甫大致同时的李公佐则有著名的公案传奇《谢小娥传》,云小娥与父及夫婿同舟贩货,往来江湖间,后父与夫俱为盗所杀,唯小娥得脱,流转乞食,依于尼庵。"初,父之死也,小娥梦父谓曰:'杀我者,车中猴,门东草。'又数日,复梦

---

① 参见王运熙《离合诗考》,收入《乐府诗述论》一书,上海古籍出版社1996年版,第488页。
② 《太平广记》卷三九一,第3127页。

其夫谓曰：'杀我者，禾中走，一日夫。'小娥不自解悟，常书此语，广求智者辨之，历年不能得。"后遇李公佐方了悟其文，知道了凶手的名姓，终报父夫之仇。① 又有晚唐袁郊《甘泽谣》中《许云封》一文，说云封初生之月，其外祖李暮抱诣李白学士，乞撰令名。白握管醉书其胸前曰："树下彼何人，不语真吾好。语若及日中，烟霏谢成宝。"乃于诗中暗寓"李暮外孙许云封"七字之意。② 在上述三篇唐代传奇文中，字辞型隐语或为叙事的基本线索，或为情节转化之关键。而到了唐代的精怪小说中，这一类型的隐语又承担着同样重要的叙事功能。

谐音双关隐语是指通过读音的相近关涉多个具有不同含义的语辞的表意方式。这种修辞手段最初多用于口语，在谣谚和民歌中最为发达，后经文人拟作才进入了书面文学。其基本表现形式有如下三种：一是同音异字双关语，这是六朝江南民歌中使用最为频繁的一种谐音双关隐语。二是同音同字双关语。三是兼具上述两种双关语之特征的混合双关语。六朝民歌中，设置谐音双关语的基本格式是：两句为一组，上句说一事物，下句申明补充上句的含义，双关语一般设置在下句。当同音异字双关语用于书面文学中时，一般只写出其语义与下文相连接的那个同音字，而其所关联的另一个同

---

① 参见汪辟疆校录《唐人小说》，第93页。
② 参见《太平广记》卷三七三，第2963页。

音字则被隐去，这固然会造成理解上的障碍，但同时也加强了表达上的委婉含蓄之美。此外，在魏晋南北朝还曾出现过利用药名来构成谐音双关的用例，如《三国志·姜维传》裴注引孙盛《杂记》载姜维母书令其求"当归"，维答母书云"但有远志，不在当归"即是一例。① 其后南齐王融曾作《药名诗》，然尽失双关意趣。② 到了敦煌出土的《伍子胥变文》中，则出现了大段运用药名来作对白的情况：伍子胥逃亡途中遇其妻，妻即作药名诗相问，子胥也以药名诗答之。③ 谐音双关隐语在唐及以后的精怪小说中得到了极为广泛的运用。

讨论了汉魏六朝隐语的三种主要形式以后，我们再回过头来研究谐与隐相结合的谐隐（含嘲隐）手法之特征及其发展源流。

谐隐乃诙谐、嘲讽与隐语两种手法的合一，要而言之，其类型约有以下五种：一、体物型；二、字辞型；三、谐音型；四、反切型；五、叙事型。下面将逐一加以论述。

体物型谐隐主要通过描摹物态以构成隐语，并同时达到嘲讽的目的或造成诙谐的效果。这一手法早在春秋时代即已萌芽：比如《礼记·檀弓》中"成人有其兄死而不为衰者"条所载歌谣。又如上文已引汉代东方朔用来嘲笑郭舍人的三

---

① 参见《三国志》卷四十四，中华书局 1982 年版，第 1063 页。
② 参见王运熙《论吴声西曲与谐音双关语》，收入《乐府诗述论》一书，第 111 页。
③ 参见王重民、向达等编《敦煌变文集》卷一，第 10 页。

字谣:"口无毛,声謷謷,尻益高。"体物型谐隐有时又用于对答角智的场合,如《裴子语林》载晋陆机与潘岳之间的对答语:"清风至,尘飞扬"和"众鸟集,凤皇翔"。①这是用隐语彼此对嘲。文人之间的谐隐又往往引经据典,在互嘲的同时比赛各自的博学与机智,如侯白《启颜录》"辩捷"类记载了薛道衡出使南朝时,与僧人及陈主以佛经中语句互相嘲讽的两则逸事。②隋至唐初,嘲谑之风十分盛行,下至日常生活,上至朝廷公堂,无处不被此风波及,如《启颜录》"嘲诮"类载杜如晦、温彦博令一落榜选人展示他的嘲谑才能,选人即应声嘲"竹"和"屏墙",并同时暗示他对温、杜二人的不满,二人欣然将其"送吏部与官"。③当时人看重这种运用谐隐的能力,可能是因为它们能反映出一个人在语言运用方面的智慧。《朝野佥载》卷四"高士廉"条亦有同类记载。④从此两例中又可看出唐人对待谐隐游戏的开阔胸怀与健康心态。

字辞型谐隐乃是通过"体目文字"的方式来达到嘲讽或谐谑的目的。比较早的例子如《三国志·吴志·薛综传》中载,综尝以隐语嘲蜀使:"蜀者何也?有犬为独(獨),无犬为蜀,横目苟身,虫入其腹。"这是拿"蜀"字的字形做文

---

① 参见鲁迅辑《古小说钩沉》,鲁迅全集出版社1941年版,第27页。
② 参见王利器辑《历代笑话集》,第13页。
③ 参见王利器辑《历代笑话集》,第19页。
④ 参见《朝野佥载》卷四,中华书局1997年版,第86页。

章来对蜀国进行嘲笑,是字辞型隐语与嘲讽手法的结合。侯白的《启颜录》中有许多这一类的实例:通过对姓名的拟人化处理来嘲笑他人。①同时,对汉字的这种处理方式也使他们的行为充满了强烈的谐趣。字辞谐隐中有时又包含有体物的手法,比如《启颜录》中有"伛人"一则云:

有人患腰曲伛偻,常低头而行。傍人咏之曰:"拄杖欲似乃,播笏便似及。逆风荡雨行,面干顶额湿。着衣床上坐,肚缓脊皮急。城门尔许高,故自匍匐入。"②

此则谐隐巧妙地运用了汉字的象形特征,将驼背人的形貌与"乃""及"二字之字形联系起来,令人拍案叫绝。这种手法也只在汉字的体系中才有可能出现。

谐音型与反切型两种谐隐手法都通过读音来构成隐语及嘲讽,故放在一处来加以讨论。谐音型嘲隐是极为常见的一种类型。到了唐代,这一手法被人们更加频繁地加以使用。如《御史台记》载:"时大将军黑齿常之将出征。或人勉之(指张鷟,字文成)曰:'公官卑,何不从行?'文成曰:'宁可且将朱唇饮酒,谁能逐你黑齿常之。'"③在这一例子中,张鷟利用谐音为"黑齿常之"一名创造出一个与"朱唇饮酒"

---

① 参见王利器辑《历代笑话集》,第18、26、28页。
② 《太平广记》卷二五七,第2007页。
③ 《太平广记》卷二五〇,第1940页。

相对应的隐含意义,从而增加了语言的诙谐效果。又《启颜录》中"封抱一"条、"患目鼻人"条分别记载了两个运用《千字文》构成谐隐的例子。[①]《千字文》是唐人十分熟悉的一种启蒙读物,故常被他们用来作为开玩笑的工具。反切型谐隐尚未见到唐以前的例子,《启颜录》中载二例,均出于唐人之口,今录其"安陵佐史"条以证之:唐安陵有佐史善嘲,邑令至,口无一齿,常畏见嘲。一日书判,佐史于案后曰:"明府书处甚疾。"其人不觉为嘲,乃谓称己善。居数月,方有人告之曰:"言明府书处甚疾者,其人嘲明府。"令曰:"何为是言?"曰:"书处甚疾者是奔墨,奔墨者翻为北门,北门是缺后,缺后者翻为口穴,此嘲弄无齿也。"[②]("奔墨"反切"北","墨奔"反切"门",此乃一双向反切。)这种谐隐手法几经辗转,曲折及义,而其手段则主要是反切法,故明了其奥妙者也并不难领会其中的嘲讽之意。

叙事型谐隐是将诙谐语包含于故事之中的一个较为复杂的类型,其与先秦寓言的差异在于:寓言多用以表现道德或人生训诫,其要旨往往在上下文中被点明,即使不被点明亦不难悟出;谐隐则含义较为隐晦,并且多无关乎道德伦理,其用意主要在于讥嘲与幽默。先举《启颜录》中侯白一例加以说明:白能剧谈,越国公杨素常留之,令谈戏弄,或从旦

---

① 参见王利器辑《历代笑话集》,第28、29页。请注意:《启颜录》虽为隋代侯白所撰,但其中有后人增入的唐代故事。

② 参见王利器辑《历代笑话集》,第28页。

至晚，始得归。才出省门，即逢素子玄感。乃云："侯秀才，可与玄感说一个好话。"白被留连，不获已，乃云：

> 有一大虫欲向野中觅肉，见一刺猬仰卧，谓是肉脔，欲衔之。忽被猬卷着鼻，惊走不知休息，直至山中。困乏，不觉昏睡，刺猬乃放鼻而去。大虫忽起欢喜，走至橡树下，低头见橡斗，乃侧身语云："旦来遭见贤尊，愿郎君且避道。"①

这则谐隐故事的即兴特征有类于淳于髡与庄子的一些寓言，但其手法之巧妙，以及诙谐与含蓄之趣则远远超过它们。侯白的高明之处在于：他既满足了杨玄感要听一个好话的无礼纠缠，又含蓄地表达了自己的不满情绪，还可因其机智与诙谐而不获怪罪。这则故事中的"隐"首先来自一个整体性的暗示：以大虫的狼狈疲乏暗指侯白自己被人终日纠缠的无奈处境。其次是利用了双关语，故事末尾"旦来遭见贤尊，愿郎君且避道"一句，既是情节发展应有之义，又是侯白心中欲说之语，还是整个故事的诙谐与机智意味得以显现的点睛之笔。叙事型谐隐发展到中唐时期出现了韩愈的《毛颖传》和佚名的《下邳侯革华传》。②《毛颖传》戏仿正史中人物传记的叙事程式，把毛笔当成人来为之立传，并吸取了

---

① 《太平广记》卷二四八，第 1920 页。
② 参见韩愈撰、马其昶校注《韩昌黎文集校注》，第 566、737 页。

前代谐辞与隐语中的众多技法,如戏仿、拟人、夸饰、用典与谐音双关等,构筑起一个庄谐相生、含蓄不尽的双层艺术世界。它和前代的谐隐手法一起,深刻影响了文言小说的一个特殊类型——精怪小说。

二、精怪小说之源流及其与谐隐之融合

精怪小说是指以非人之物变为人的情节作为叙事核心的一类小说,它们大量出现于六朝时期,是志怪小说的一个重要组成部分。根据素材性质的差异大致可将其分为两种类型:一是器物类;二是动物类。在旧题为魏文帝曹丕所撰的《列异传》中记载了金、钱、银、杵,以及枕头、饮缶变形为人或发人言的两则器物型故事,其前者云:魏郡张奋暴衰,遂卖宅与黎阳程应,应入居,死病相继,又转卖与邺人何文:

> 文日暮,乃持刀,上北堂中梁上坐。至二更竟,忽见一人,长丈余,高冠黄衣,升堂呼问:"细腰,舍中何以有生人气也?"答曰:"无之。"须臾,有一高冠青衣者,次之,又有高冠白衣者,问答并如前。及将曙,文乃下堂中,如向法呼之,问曰:"黄衣者谁也?"曰:"金也。在堂西壁下。""青衣者谁也?"曰:"钱也。在堂前井边五

步。""白衣者谁也?"曰:"银也。在墙东北角柱下。""汝谁也?"曰:"我杵也,在灶下。"及晓,文按次掘之,得金银各五百斤,钱千余万,仍取杵焚之,宅遂清安。①

晋代干宝《搜神记》也记载了同一故事②;梁代诗人庾信(后入北周)在《夜听捣衣诗》之"北堂细腰杵,南市女郎砧"一句中已经用之为典③:这说明在六朝时期这个故事就已经引起了文人的注意。它在叙事手法上有以下几个特点值得我们加以重视:一是以服色或体态特征暗示精怪的原形,存在着"显""隐"之间的对比,比如用黄衣、青衣、白衣分别暗指黄金、青钱、白银;用"细腰"暗指杵。二是精怪的出现都很神秘,到故事的结尾它们的本相才予以揭示。从表面上看来,这是按照事情发生的次序加以记录,实际上却暗藏着记录者或原始叙述者的叙事匠心:因为就其本质而言,这个故事不可能是在生活中"发生"过的,而是被人想象(或讲述)出来的。三是人以窥破秘密者的身份而出现。这三个方面的基本特征在唐及唐以后的精怪小说中都得到了全面的继承和发展。

动物型精怪故事则在六朝时期的《列异传》《搜神记》

---

① 《太平广记》卷四百,第3213页。
② 参见李剑国辑校《新辑搜神记》卷十九,中华书局2007年版,第331页。
③ 参见逯钦立辑《先秦汉魏晋南北朝诗·北周诗》卷三,中华书局1995年版,第2373页。

《甄异记》《幽明录》《搜神后记》等志怪小说集中均有大量记载，大约涉及鲤鱼、鼠、獭、狐狸、白鹭、白鹄、蝼蛄、白燕、龟、鲛、雄鸭、虎、猴、鹿等十余种动物，如东晋戴祚《甄异记》中的《杨丑奴》载：

> 河南杨丑奴，常诣章安湖拔蒲。将暝，见一女子衣裳不甚鲜洁而容貌美，乘船载莼，前就丑奴（曰）："家湖侧，逼暮不得返。"乃停舟寄住，借食器以食，盘中有干鱼、生菜。食毕，因戏笑，丑奴歌嘲之。女答曰："家在西湖侧，日暮阳光颓。托荫遇良主，不觉宽中怀。"俄灭火共寝。觉其臊气，又手指甚短，乃疑是魅。此物知人意，遽出户，变为獭，径走入水。①

南朝宋代刘义庆的《幽明录》也收录了这一故事，唯"杨丑奴"作"常丑奴"且不载女子答歌。但该书又录另外一则獭化女子的异闻，为别书所无。这两则关于獭精的传说，除了叙事手法跟《列异传》中的"细腰"故事相同外，又具有一些新的特征：一是出现了精怪与人世男子言谈交往的情节；二是诗歌因素开始进入小说。这两个方面后来都成为精怪小说扩充篇制规模的重要手段。

从六朝到中唐，精怪小说的演变大致包含两方面的情

---

① 《太平广记》卷四六八，第3861页。

形：一方面是在原有的叙事框架中加入比较多的细节和对话描写，情节也变得更为复杂和曲折一些；但除此之外，也没再增加多少其他新的艺术成分。第二个方面则是精怪题材与谐隐、诗歌等新的表达手段融合，这导致了大量精巧的小说作品的产生。这两个方面基本是齐头并进的，即使是在同一个作家的小说集中，也会同时包含上述两类情形的作品，难以看出明确的阶段性，故下文只能合而论之。

前一方面的代表作如牛僧孺（780—848年）《玄怪录》中的《居延部落主》一文，讲述当年李陵运粮的皮袋岁久成精的故事：云周静帝初年，忽有数十人往谒居延部落主勃都骨低，为其表演"大小相成，终始相生"的吞人之术。后骨低密访其居处，得一古宅基，掘之，获皮袋数千，乃尽数焚之，哀痛之声月余日不止。其年，骨低举家病死。[1]这个故事的主干情节跟六朝的同类故事相比并无多少差别，其中增加的幻术表演的内容很可能取自《灵鬼志》中"外国道人"与《续齐谐记》中"鹅笼书生"的相关情节[2]，故事中弥漫着神秘怖怪的气息，反映了一种来自民间的原始精灵观念。《玄怪录》中又有一篇题为《岑顺》的精怪小说，细节更加丰富，情节也更为离奇，说汝南书生岑顺寓居陕州吕氏废宅，夜中忽闻鼓鼙之声，遂于灯下窥见两军对阵，一曰"金

---

[1] 参见《太平广记》卷三六八，第2928页。
[2] 前者见鲁迅辑《古小说钩沉》，第202页。后者见《丛书集成新编》第八十二册，台湾新文丰出版公司1985年版，第43页。

象军"，一曰"天那军"：

> 部伍各定，军师进曰："天马斜飞度三止，上将横行系四方。辎车出入无回翔，六甲次第不乖行。"王曰："善。"于是鼓之，两军俱有一马，斜去三尺，止。又鼓之。各有一步卒，横行一尺。又鼓之，车进。如是鼓渐急而各出，物炮矢石乱交。须臾之间，天那军大败奔溃，杀伤涂地。①

如是数日，岑顺沉溺于其间，遂与亲朋隔绝。而颜色憔悴，似为鬼气所中。家人乃荷锸以掘室内，得一古墓，其中明器甚多，甲胄数百，前有金床戏局，列马满枰，皆金铜成形，干戈之事备矣。方悟军师之词乃象戏行马之势，取而焚之，遂平其地。这篇小说的基本叙事模式与《列异传》中的"细腰"故事也相差无几，但作品通过对一场战争的逼真描写来暗示象戏的游戏规则，这一笔法与六朝精怪小说仅以服色、形貌暗示怪物本形的方式颇为不同，而与袁淑《诽谐文》和韩愈《毛颖传》中的戏仿手法比较类似了：古墓中象戏精灵之间爆发的战争乃是对实际人类战争的模仿，这种模仿越是煞有介事，就越显出其滑稽荒诞意味。故就此而言，《岑顺》一文已经具备了一定的谐隐性质。到晚唐柳祥的《潇湘录》中，精怪故事大量出现，其中叙事近于六朝志

---

① 《太平广记》卷三六九，第2935页。

怪而又略带诙谐意味者有《姜修》一篇，云并州酒家姜修嗜酒，常喜与人对饮，一日忽有一客，皂衣乌帽，身才三尺，腰阔数围，造修求酒。二人促席欢饮，客饮近三石而不醉，修惊问其乡间姓氏，客云其姓成，名德器，其先多止郊野，偶造化之垂恩，故得效用于时。饮至五石，客方酣醉，耷然倒地。天明寻之，乃一多年酒瓮。[①]酒徒题材本来就容易酿造出喜剧氛围，柳祥将酒瓮精灵想象为一名酒徒，正是顺理成章而又十分巧妙的构思。文中对酒客外貌的描写和酒客对身世的自述又暗示着他作为酒瓮的原形。正是这两个方面的内容使《姜修》一文具备了谐隐的意味。

从以上对三篇唐代精怪小说的分析可以看到，这一题材本身即具备与谐隐手法融合的良好基础：首先，就叙事过程而言，其中存在着一个由隐而显的固定程式——即小说中精怪最初总是以人的面目出现，然后以人的方式言说与行动，最后才因为各种不同的原因而恢复了本形。其次，在整个情节之中，又具备人形与本形、人的世界与器物世界的一个对照，从这一对照之中我们将会看到精怪们对人类言行的模仿显得多么天真与滑稽，而人类行为则在精怪世界中同样暴露出其荒唐与可笑的一面。可能正是由于这两个原因，到了唐代，文人们开始逐渐将前代与当代文学中的各种谐隐手法引进精怪小说。

[①] 参见《太平广记》卷三七〇，第2943页。

较早运用谐音、典故等语辞型手段来暗示怪物之本形及习性者,有中唐前期戴孚《广异记》中的《张铤》一文:其云开元中,成都张铤归蜀,行次巴西,会日暮,于山径中忽为自称巴西侯者所邀,遂共饮宴。同席者有六雄将军、白额侯、沧浪君、五豹将军、巨鹿侯、玄丘校尉及善卜者洞玄先生等人。众人饮至半夜,尽醉而皆卧于榻,天将晓时,铤忽悸而寤,见己卧于石龛中,周围有巨猿、巨熊、虎、狼、文豹、巨鹿、狐、龟,皆冥然若醉。铤惊起,驰告里人,挟矢入山,尽杀之。[①]这一篇作品的情节非常简单,但作者用了大量笔墨来交代这八个精怪的名号与外貌特征,表明了他对运用隐语笔法来描写精怪这一叙述方式抱有十分强烈的兴趣和新奇感。这篇小说的另一引人注意之点在于:作者已开始采用戏仿的方式来为精怪们命名,像巴西侯、巨鹿侯、玄丘校尉这样的爵位官名,以及沧浪君、洞玄先生这样的文人雅号,都被用来作了动物精怪的名号,这正是刘宋袁淑的《诽谐文》与梁代沈约的《修竹弹甘蕉文》等文章曾用过的一种谐隐笔法。其后,李公佐作于贞元十八年(802年)的《南柯太守传》以梦游的结构将精怪题材与谐隐笔法结合到了一起:小说中的槐安国实际上是一个蚂蚁精灵群集的巢穴,其中却具有人间王国一般的朝会典仪、婚庆丧葬制度,又在封赐贬谪、内政外交以及疆场征战等各个方面与人世毫无二

---

① 参见《太平广记》卷四四五,第 3635 页。

致。作者先以大量篇幅叙述淳于棼在槐安国由尊荣而趋于衰微的人生际遇，在整个叙述过程中，作者几乎未作任何暗示以让我们去猜测这是一个发生在蚂蚁王国里的故事。如果小说在淳于棼梦醒之时马上结束，那么其构思与立意就跟沈既济的《枕中记》并无多大差别了。但作者却接着写了一个精怪小说所特有的寻求真相的结尾：淳于棼"命仆夫荷斤斧，断拥肿，折查杌，寻穴究源"，终于发现自己梦中所游历的国度原来竟是一个蚁穴。此时我们再回过头去看前文，才发现其中所有的国名、地名以及某些细节都一下具备了隐语的特征：如所谓"槐安国"，不过是槐树中一蚁穴；南柯郡者，乃槐树南枝一穴；灵龟山者，乃一腐龟壳；等等。此外，国人上表所云"都邑迁徙，宗庙崩坏"之语则预示着风雨将至、群蚁将流离失所的结局，暗用了民间以蚂蚁迁移为雨兆的谚语。正是这些隐语笔法的运用才使《南柯太守传》的构思命意与《枕中记》相比显出了较大的差异：后者主要通过梦境与现实的对照来反映富贵尊荣的缥缈和虚无，而前者则在此之外又增加了一层人世与蚁穴的对比，从而凸显了官场的营营碌碌与蚂蚁的奔忙辛劳都同样地无谓而可悲这一层意思。正如文末所引李肇之赞语所云："贵极禄位，权倾国都，达人视此，蚁聚何殊。"[①]作者之所以将这两个不同的物类世界牵扯在一起，正是为了让我们去领悟它们之间所共有的可

---

① 参见《太平广记》卷四九一，第 4030 页。

笑与荒唐的一面。由此亦可看出，李公佐采用精怪加谐隐的形式来写作已是出于非常明确的创作意图，而不再仅仅是为了搜奇记逸和增加谈资而已了。这一创作姿态有可能影响到同时或稍后的谐隐精怪小说，使它们在游戏笔墨的同时也会有所寄托。事实上，产生年代略早于《南柯太守传》的张荐（744—804年）的《姚康成》一文已经微露这样的苗头：其云康成奉使之汧陇，因邮馆填咽，遂赁旧宅而居。夜闻廊房内三人赋诗，其细长而甚黑者曰："昔人炎炎徒自知，今无烽灶欲何为。可怜国柄全无用，曾见人人下第时。"其长细而黄、面多疮孔者云："当时得意气填心，一曲君前直万金。今日不如庭下竹，风来犹得学龙吟。"其肥短鬓发垂散者曰："头焦鬓秃但心存，力尽尘埃不复论。莫笑今来同腐草，曾经终日扫朱门。"康成失声赞美，三人忽焉不见。俟晓求之，觅得铁銚子、破笛与秃黍穰帚各一。①此文中的三首诗都是咏物型隐语，又是抒发盛衰今昔之叹的咏怀诗。这种诗歌形式的隐语在后代精怪小说中被十分广泛地加以了运用。比如牛僧孺《玄怪录》中的《元无有》一篇，在主人公名字的设置上继承了汉大赋中的虚拟笔法，云元无有日晚遇雨，避于路旁空庄，夜闻四人于西廊吟咏，天明寻之，惟有故杵、灯台、水桶、破铛。②四人之诗乃是各寓其本形的纯咏物型谜

---

① 参见《太平广记》卷三七一，第2948页。
② 参见《太平广记》卷三六九，第2937页。

语，并无多少其他实质性的内容。《玄怪录》中又有《滕庭俊》一篇，云庭俊于荥水西侧庄家夜遇麻来和、和且耶二人，遂相与谈诗。赋诗甫毕，二人忽然隐去，庭俊乃坐厕屋下，傍有大苍蝇、秃扫帚而已。[1]此文虽选材颇为不堪，然诗中均含体物、谐音双关型隐语。牛僧孺另有《来君绰》一篇，则将戏拟笔法和酒令形式的谐隐引进了精怪小说。[2]作者反复创作此类小说，表现出对这一手法的强烈兴趣与颇为自觉的创作意识。

从以上对多篇作品的分析可以看到：中唐前期的一些作家如张荐、李公佐、牛僧孺等人已经开始自觉地在精怪小说中运用谐隐手法，其动机则或出于寄托，或出于兴趣。而此期最有代表性的作品当数出现于818年前后的长篇谐隐精怪小说《东阳夜怪录》。[3]因《玄怪录》中各篇作品的产生年代尚难以确认，故我们无从判断《来君绰》《元无有》《滕庭俊》等作品与《姚康成》及《东阳夜怪录》之间的相互影响关系。但有两点是可以肯定的：一是它们都从前代的谐隐手法中得到过启示；二是《东阳夜怪录》受到了韩愈《毛颖传》（约作于806年前后）的影响，因为后者成文之后曾经引起很大争议，并广泛流传。另外，我们也能从《东阳夜怪录》中看到《毛颖传》影响的鲜明痕迹。

[1] 参见《太平广记》卷四七四，第3905页。
[2] 参见《太平广记》卷四七四，第3903页。
[3] 参见《太平广记》卷四九〇，第4023页。

应该说，在整个古代的精怪小说中，《东阳夜怪录》都是一篇集谐隐手法之大成且叙事技巧非常高超的杰作，这里只对前一个方面加以分析。

该小说全篇四千余字，述及元和年间彭城秀才成自虚雪夜失道，往投渭南东阳驿一处佛宇中，与智高、卢倚马、朱中正、奚锐金、敬去文、苗介立、胃藏瓠、胃藏立八人谈诗论文，通宵达旦。彼时远寺撞钟，八人轰然散尽。觅之乃骆驼、驴、牛、鸡、狗、猫、刺猬（一藏于破瓠，一藏于破笠）七物。作者通过对环境、场景、对话与行动的深细入微的描写为我们刻画出了一幅生动的唐人雪夜吟诗清谈图卷，同时又以无所不在的谐隐笔法巧妙地暗示着与人世颇多相似之处的动物世界的生活。如当成自虚进入佛宇，正与老僧智高攀谈之际，有四人联步而至，其文曰：

自虚昏昏然，莫审其形质。唯最前一人，俯檐映雪，仿佛若见着皂裘者，背及肋有搭白补处。其人先发问自虚云："客何故踽踽然犯雪，昏夜至此？"自虚则具以实告，其人因请自虚姓名，对曰："进士成自虚。"自虚亦从而语曰："暗中不可悉捍清扬，他日无以为子孙之旧。请各称其官及名氏。"便闻一人云："前河阴转运巡官，试左骁卫胄曹参军卢倚马。"次一人云："桃林客，副轻车将军朱中正。"次一人曰："去文姓敬。"次一人曰："锐金姓奚。"

这段引文中最值得注意之处是四怪"各称其官及名氏"时使用离合、谐音、双关、戏仿等手法对其本相所进行的暗示："卢倚马"乃"驴"字，用了离合法，"河阴转运巡官"之语则于戏仿中又暗示其职能；"朱中正"乃"牛"字，亦用离合法，而桃林之典与"副轻车将军"一语又同样于戏仿之中双关其职役；"敬去文"乃"苟"字，用离合法，又谐"狗"之字音；"奚锐金"乃鸡，则从反切法而来。在当时的其他精怪小说中，对怪物本形的暗示往往都用外貌描写与吟诗暗示两种方法，但《东阳夜怪录》则于全文多处对话中分别以不同方式对同一怪物进行反复暗示。如关于犬精，上面引文中只先以"去文姓敬"四字略加提示，在高公与卢倚马、朱中正谈论诗歌和佛理的长篇叙述之后，才又出现敬去文的一段自述："吾少年时，颇负隽气，性好鹰鹯。曾于此时，畋游驰骋。吾故林在长安之巽维，御宿川之东时（此处地名苟家嘴也）。咏雪有献曹州房一篇……因吟诗曰：'爱此飘飘六出公，轻琼洽絮舞长空。当时正逐秦丞相，腾踯川原喜北风。'"这一段话运用典故、咏物与谐音三种隐语手法，从习性的角度暗示了犬之本相。其后，当去文于言谈之间提到另一精怪苗介立（猫）之时，"苗生遽至，去文伪为喜意，拊背曰：'适我愿兮。'遂引苗生与自虚相揖"。由此，作者极为巧妙诙谐地引入了基于猫犬天生敌意之上的敬、苗二人之争，从而使隐语笔法从语辞层面进入了情节层面。

　　小说对其他精怪的描写也采用了相似的反复暗示的手法，因此，这篇小说实际上就是由六个（胃氏兄弟算一个）大型隐语交叉联缀而成的。作者不仅在题材与叙事技巧方面吸收并改进了前代小说的艺术经验，而且全面继承和发展了前代谐隐文学中一切隐语与诙谐的技巧，比如离合、谐音、双关、用典、咏物、戏仿、嘲谑等，把它们巧妙地融入全文的叙述、描写和对话之中，从而营造出似真似幻、扑朔迷离的场景与氛围，也增加了小说的思想内涵与艺术魅力。同时，由于隐语使用频率的加大与作品篇幅的扩张，小说也对读者的阅读方式提出了新的要求：首先，它呼唤一种对文本本身更加关注的阅读姿态，否则我们便有可能忽略或误解某些隐语的真正含义。《东阳夜怪录》是为数极少的在传播过程中便已出现夹注的文言小说之一，虽然有的注语尚可商榷，但大都有助于我们对隐语内涵的理解。其次，是要求一种对小说中双重（或多重）语义、双重（或多重）主题与双重（或多重）世界的寻索。前文的论述已经指出，谐隐型的精怪小说都是以表层的人的世界双关着深层的物的世界。当面对《东阳夜怪录》这样一篇长篇谐隐作品，了解这一文学传统的人从一开始便会注意到其手法与主题的复杂性；但不了解这一传统的人在初读时，一般只会将其作为一篇描写书生夜聚吟诗的作品来理解。只有当他在结尾处明白事情的真相以后，才会回过头来重新阅读与重新接受。

现在让我们再来看一看《东阳夜怪录》与《毛颖传》之间可能存在的种种关联。韩愈之前，历代谐隐文中几乎未见叙事性作品，如扬雄的《逐贫赋》是抒情之赋；袁淑的《诽谐文》、沈约的《修竹弹甘蕉文》是实用性的文章体；张荐的《姚康成》、戴孚的《张鋋》等谐隐精怪小说则仍然保持着六朝志怪粗陈梗概的特色，叙事性也不强。只有到了《毛颖传》，才做到了谐隐与叙事的完美结合，该文从头到尾都在叙述一位名叫毛颖的封建文官的家世与个人经历，同时也暗示着毛笔的材料来源、制造历史与实际功用，其叙事是完整的、精细的，其谐隐则是整体性的、隐蔽性的。《东阳夜怪录》如果删去那个揭示真相的结尾，那它在叙事与谐隐两方面便具备了《毛颖传》的一切特征：小说的每一处描写、每一组对话表面上都在叙述一群书生文士的家世生平与思想情感，同时又都暗示着某一种动物的形貌特征与生活方式，尤其是他们（它们）追溯身世的情节，恐怕都从韩愈利用列传体来表现毛笔生涯的构思中获得了启示。其次则是具体的谐隐手法如谐音、双关、典故、体物的使用方面，《东阳夜怪录》对《毛颖传》也应有所继承，这已无须多论。在此需要提及的一点则是：通过情节来进行整体性暗示的手法亦创自《毛颖传》，而后为《东阳夜怪录》所继承和发扬。"蒙恬造笔"的传说在《博物志》等书中均有零星记载[1]，《毛颖传》

---

[1] 参见《太平御览》卷六〇五"文"部"笔"类，中华书局1960年版，第2721页。

则以蒙恬攻楚俘获毛氏一族的虚构情节来对此加以暗示，毛笔久用变秃、终遭弃置的自然历程则被转化为忠臣老迈、君王见弃的情节。《东阳夜怪录》中以敬、苗二人之争来暗示猫犬本形及其天生敌意的构思显然也受到了《毛颖传》中相似手法的影响。可以说，《东阳夜怪录》正是在吸收了前代谐隐叙事艺术经验的基础上，才取得了如此杰出的成就。

然而在这篇作品产生后的四五十年间，它对其他精怪小说的影响却仍然远远不及《毛颖传》。如九世纪中期张读（833—889年）所撰小说集《宣室志》中有《崔瑴》一篇，言瑴于长安延福里睹一盈尺童子，自言愿寄崔君砚席。所投献的三首诗中有"昔荷蒙恬惠，寻遭仲叔投""惆怅江生不相赏，应缘自负好文章"等语。后童入一穴中，瑴命仆掘之，得一管文笔。① 类似的例子还有晚唐柳祥《潇湘录》中的《管子文》一篇，云李林甫为相初年，有书生自称管子文者求见，言其"老于书艺，亦自少游图籍之圃，尝窃见古昔兴亡、明主贤臣之事，故愿谒公，以伸一言"云云。谈及天明而去，入南山石洞，寻之乃"故旧大笔一"。② 可以看到，这两个故事模仿化用《毛颖传》的痕迹均十分明显。

不过，到晚唐裴铏的《宁茵》一文中便已可见到《东阳夜怪录》的明显影响了：其云大中间，秀才宁茵假大寮庄于

---

① 参见《太平广记》卷三七〇，第2940页。
② 参见《太平广记》卷八二，第529页。

南山下,月夜吟咏庭际,忽有"桃林斑特处士"相访,言谈之间,又闻"南山斑寅将军"奉谒。及二斑相见——

> 寅曰:"老兄知得姓之根本否?"特曰:"昔吴太伯为荆蛮,断发文身,因兹遂有斑姓。"寅曰:"老兄大妄,殊不知根本。且斑氏出自斗穀於菟,有文斑之像,因以命氏。远祖固、婕妤,好词章,大有称于汉朝,又皆有传于史。其后英杰间生,蝉联不绝。后汉有班超,投笔从戎,相者曰:'君当封侯万里外。'超诘之,曰:'君燕颔虎头,飞而食肉,万里公侯相也。'后果守玉门关,封定远侯。某世为武(虎)贲中郎,在武班,因有过,窜于山林,昼伏夜游,露迹隐形,但偷生耳。"①

这一段文章全从二客之名号而生发出来,并由名姓而及于家世。《东阳夜怪录》中敬去文与苗介立互相诋毁对方时,介立云其乃"斗伯比之直下,得姓于楚远祖梦皇茹":斗伯比之名屡见于《左传》桓公六年、八年、十二年及宣公四年,曾三为楚国令尹。他是私生子,故出生后即被弃于荒野,虎见而乳之。楚人谓乳为"穀",谓虎为"於菟",故命之曰"斗穀於菟"。苗介立是猫,猫虎本同科,斗伯比又

---

① 《太平广记》卷四三四,第3525页。

曾为虎所乳，故苗介立称己为斗伯比之后裔，这是作者设计得十分巧妙而诙谐的一个隐语。《宁茵》中斑寅追溯姓氏渊源的这一段戏笔之构思显然来自于此。此外，裴铏对斑特处士的暗示、对特寅二人之间纷争的描述，以及一些其他双关手法的运用，都对《东阳夜怪录》进行了刻意的模仿。

类似的笔法在晚唐张读的《宣室志》所录猿精一事中也可以看到[1]，其言颍州陈岩景龙末前往京师，行至渭南，见一白衣美妇人泣于路侧，讯之，乃侯氏之女，从父命适于弋阳刘氏，且十年矣。因刘君无行，新娶一卢氏者，性极悍戾，每以唇齿相及，故遁而至此，欲高蹈云霞，安岩壑之隐。岩乃载之偕往京师。妇初甚端谨，后复颠狂。岩乃请一居士以符箓禁之，遂化为老猿而死。其后，岩往访弋阳刘君，知其十年前收养一猿，后为黑犬所啮而遁去，方知白衣

---

[1] 参见《太平广记》卷四四四《陈岩》，第3631页。当代学者李剑国、宁稼雨均将此文系于初唐则天、中宗朝之佚名者刘氏名下。参见李剑国《唐五代志怪传奇叙录》，南开大学出版社1993年版，第138页；以及《中国文言小说总目提要》，齐鲁书社1996年版，第75页。这一系年的主要根据在于《陈岩》一文末尾一段交代故事来历的文字：云"客有游于太原者，偶于铜锅店精舍佛书中得"刘君所传之事"，"而文甚鄙，后亡其本，客为余道之如是"。但这一段话实际上是极不可信的，今略述理由如下：首先，从景龙年间到张读生活的时代已经间隔一百余年，一篇"文甚鄙"的抄本竟然经历了这么长的时间流传下来，这可能性比较小；其次，即使这篇传文的最初作者是初唐人刘君，它也是由"客"转述给张读，再由张读重写、润色而成的，故也可以算是他的作品。还有其他理由，此处不能备述，故笔者仍将《陈岩》依《广记》所注归入《宣室志》中。

妇人乃猿精也。白猿成精的传说屡见于东汉《吴越春秋》[①]、晋代王嘉《拾遗记》[②]、唐初无名氏《补江总白猿传》等多种文献之中[③]，但只有到了张读笔下才具有了谐隐的因素：文中先以"侯"谐"猴"，以谐音型隐语对其原形稍加暗示；紧接着又通过妇人之口叙述其"安岩壑之隐，饵橡栗之味"的习性，进一步对其本相加以提示；另外，小说中妇人委身之人名叫"陈岩"，这仍暗示着猿猴"安岩壑之隐"的习性。此外，作者还用了《战国策·齐策》三中"韩子卢者，天下之疾犬也"的典故来对一只黑犬进行暗示[④]，也算得上是一种典故类型的隐语了。

在题材与手法如此代代相传的过程中，谐隐精怪小说的某些特质也开始逐渐发生变化。从六朝的谐隐文到中唐的精怪小说都有一个共同特点，即作者在选取题材时不是狼虫虎豹，便是旧甑、破铫或秃帚，很少考虑到精怪原形的审美效果。但到了《毛颖传》和《东阳夜怪录》中，情况已开始发生变化：一支毛笔（即使是秃的）至少比一把秃帚要更为文雅一些，骆驼、驴、狗、鸡、牛、猫等动物也比虎狼更可爱，跟人类也更亲近，更何况作者把它们都写得颇具人情

[①] 参见周生春撰《吴越春秋辑校汇考》之《勾践阴谋外传第九》，上海古籍出版社1997年版，第151页。
[②] 参见王嘉《拾遗记》卷八，中华书局1981年版，第195页。
[③] 参见《太平广记》卷四四四《欧阳纥》，第3629页。
[④] 参见刘向辑录《战国策》，上海古籍出版社1995年版，第390页。

味。到了晚唐，李玫所撰的《纂异记》中出现了一篇形象与情韵都十分优美的谐隐精怪小说——《杨祯》。[1]这篇作品的叙事结构与以往这类小说并无不同，但在审美层面却与它们有了很大的差异：一是形象之美。小说中的红裳女容色姝丽，姿华动人。祯常悦者，皆所不及。她曾在给杨祯的诗里这样描绘自己："虚心怯秋雨，艳质畏飘风""还如失群鹤，饮恨在雕笼"——这是一位柔弱、凄艳的女子形象。她的原形乃佛宇中的灯火，亦具飘逸明丽之美。二是情韵之美。红裳女初访杨祯时所唱歌诗中的落寞感伤的情怀、空灵悠远的声情与后文的孤凄意绪一起，融成了一派浓郁的诗意的氛围。三是男女爱情之美。六朝志怪中曾有神女俯就人间男子[2]、女鬼托身阳世男子[3]、妖女魅惑世间男子等多种情节模式[4]。进入唐代以后，爱情常在世俗的题材中被加以表现而极少进入精怪小说的领域。只有到《杨祯》中，才首次出现了人与精怪之间的真挚恋情。四是人物性情之美。红裳女被刻画成了一位情感细腻、聪慧爽朗、坚贞正直、热烈而又不乏理性的女子形象。在以往的精怪小说中，作者一般只运用各种隐语笔法对精怪的原形特征加以暗示，而很少去关注它

---

[1] 参见《太平广记》卷三七三，第2963页。
[2] 如《丛书集成初编》本《搜神记》之《杜兰香》《成公知琼》两文，中华书局1985年版，第7、8页。
[3] 如鲁迅辑《古小说钩沉》本《幽明录》之《广平太守》《甄冲》，第297页。
[4] 如鲁迅辑《古小说钩沉》本《幽明录》之《淳于矜》《东平吕球》，第276、287页。

们化为人形之后作为人的性情。《东阳夜怪录》在这一方面已先有所突破，如其表现高公的智慧与思乡之情、卢倚马的健谈与谦恭之态、敬去文的鲁莽与虚荣之心，都带上了正统诗文中常见的思想感情与审美趣味，体现出谐隐精怪小说脱离俗趣而趋于雅化的努力。

中晚唐时期的谐隐精怪小说中开始出现植物（如花、树）的题材。在六朝志怪中曾零星地出现过植物成精的传说：如《搜神记》中载燕昭王墓前千年华表木将欲成精而为张华所伐之事[1]；刘敬叔《异苑》中又载桑树与大龟中夜对语的异闻[2]。但植物变成人的情节则要到中唐郑还古所撰《博异志》中的《崔玄微》一文才出现：与《杨祯》一样，这个故事的素材、人物、意境都写得十分优美，是精怪小说中不可多得的佳作。同时文中也运用了若干谐隐笔法如咏物、谐音、双关等来暗示众女子的原形，如以封家姨指风神、以绯衣女石阿措指石榴、以送酒歌委婉地表示对风神的抱怨等。[3]到晚唐柳祥的《潇湘录》中则出现了树精的形象，如《张瑱》中化为书生的枯树精[4]，《贾秘》中化为儒者的松、柳、槐、桑、枣、栗、樗七怪[5]。其后五代间佚名所撰的《灯

---

[1] 参见李剑国辑校《新辑搜神记》卷十八《斑狐书生》，第315页。
[2] 参见《异苑》卷三，中华书局1996年版，第22页。
[3] 参见《太平广记》卷四一六，第3392页。
[4] 参见《太平广记》卷四〇一，第3223页。
[5] 参见《太平广记》卷四一五，第3382页。

下闲谈》中又有《榕树精灵》一文，云桂林幕吏穆师言于中元节夜为数女相邀，与一空心榕树精灵变成的林姓女郎相婚配。[①] 这些小说的题材与内容无不体现出了作者审美趣味的雅化趋势。

纵观有唐一代谐隐精怪小说的发展，大致可以划分为以下三个不同的时期：以《姚康成》《张鋋》为代表的初始期；以《玄怪录》中《滕庭俊》《元无有》等篇，及《博异志》中的《崔玄微》、无名氏的《东阳夜怪录》等为代表的发展与高峰期；以《宣室志》中的《陈岩》，《纂异记》中的《杨祯》，《潇湘录》中的《管子文》《马举》《贾秘》，及《传奇》中的《宁茵》等篇为代表的继承与变异期。在这三个阶段中，这一类小说的基本叙事框架大体保持不变，即大都使用了"遇怪—吟诗（或交谈）—显形"的固定程式，而其具体叙述方式，以及题材的选择和情节的安排等，则在逐步发生变化。此外，作者的创作意图与审美情趣也都在发生缓慢的演变。

最后就几个问题再作强调说明。首先，《东阳夜怪录》这篇谐隐精怪作品之所以能铺衍成长篇，除描写与对话大量增多之外，还凭借了一种非常重要的手段，即反复暗示的叙述方式：这一手法先是被韩愈在《毛颖传》中加以集中使用，然后在《东阳夜怪录》中被发挥得淋漓尽致，最后又为《杨

[①] 参见程毅中编《古体小说钞·宋元卷》，中华书局1995年版，第1页。

祯》与《宁茵》等作品所袭用和发展。其主要特征是：作者从不同的角度以不同的方式对同一事物加以反复暗示，从而使整部作品变得更为丰富、统一和完整。此一手法到了后代的长篇小说如《红楼梦》中更被运用到了极其完美的境地。其次，关于作者的创作意图，首先需要明确的一点是，从六朝到晚唐，一直都有作家对运用上述简单框架来讲述遇怪经历十分感兴趣，因为那是一种非常方便有效的制造离奇与惊诧效果的叙事方式。但对于牛僧孺、无名氏、李玫、裴铏等作家来说，谐隐这一语辞游戏所带来的挑战与乐趣，显然对他们具有更强大的吸引力。再其次是审美情趣的确立，这主要体现在《东阳夜怪录》、《杨祯》与《崔玄微》等作品之中，它们从所选的题材、人物的吟咏到整个故事情节，都给人以典雅、含蓄之美。最后是关于作为隐语的诗歌的不同处理方式：一种是被用作纯粹的物谜，如《滕庭俊》《崔毂》《宁茵》等篇中，出自精怪之口的诗歌实际上只是一个关于其原形的谜语；另一种类型则是将诗歌作为双关语来使用，即一首诗既是关于原形的谜语，同时又暗示着一种人类的生活方式。唐代谐隐精怪小说的上述种种特点，再加上前文所论及的各类具体手法和题材类型，都对后代小说产生了深远的影响。

宋元两代，话本小说兴起，文言小说的创作趋于衰微，故未能出现堪与唐人之作相媲美的谐隐精怪小说。到了明代，文言传奇的创作才又出现复兴之势，其中以瞿佑的《剪灯新话》、李昌祺的《剪灯余话》、邵景詹的《觅灯因话》

为主要代表。他们的一个共同特点即在题材、手法与意境等方面都刻意模仿唐人。最典型的例子莫过于《剪灯余话》中的《武平灵怪录》一文，从标题、题材、谐隐笔法到叙事格局等各个方面都受到《毛颖传》、《东阳夜怪录》、《姚康成》与《独孤彦》等文的影响，故了无新意。而继承唐人谐隐精怪小说的技法且又在艺术上推陈出新者当首推长篇白话小说《西游记》：且不说此书中数十个降妖伏怪的故事几乎都套用了"遇怪—显形"的精怪小说的叙事模式，单是其中的第十三与第六十四两回就分别跟唐代的谐隐精怪小说《宁茵》《贾秘》有着十分紧密的联系。前者之"陷虎穴金星解厄"一段写唐僧乍离长安、西行路上第一劫：于河州卫山间为寅将军、熊山君、特处士所擒。熟悉唐代小说的人将发现，这三个奇特的名称乃是来自《张鋋》与《宁茵》两篇作品。但由于吴承恩已把这些素材融入另一个更惊险、更曲折的情节中去，因此我们便不觉其陈旧与凡庸了。又如该书第六十四回"木仙庵三藏谈诗"一大段，便是从唐代《潇湘记》中的《贾秘》一文取材，将其改编成了一个波澜起伏、意趣盎然的谐隐故事。到蒲松龄的《聊斋志异》中，唐代谐隐精怪小说的各种手法，或者作为结构性因素，或者被分散成零星的表现手段进入了各篇小说。如《青凤》言耿去病遇狐叟，叟自言姓胡，乃涂山氏之苗裔云云，这是以《毛颖》《东阳》等篇中用典与戏仿史传的笔法来暗示其狐的身份；又《狐谐》一篇，运用离合、谐音、双关手法来表现狐娘子诙谐与机智的性情，妙趣横生，令人绝倒；又《绛妃》一篇，写作者梦中为花神召去草拟檄文，讨伐封（谐"风"）家女子：本篇命意全仿唐代之《崔玄微》一文，檄文则熔戏仿及隐语笔法于一炉，含蓄机敏而又充满诙谐意趣；再如《田子成》一篇，以谐音、双关手法零星点缀于全篇之中，使整个故事扑朔迷离，耐人玩索。以上这四篇小说在结构与情节的安排上都已突破唐人小说的固有模式而呈现出灵活多样的特点，但就其题材与手法而言，仍不失唐代谐隐精怪小说的当行本色。由此可见，谐隐手法与精怪小说在其发展与融合过程中积累下来的种种艺术经验，已成为中国古典小说艺术传统的重要组成部分。

中国古代小说「变形」母题的源流及其文学意义

在中国古典小说中,有一种十分常见的情节类型即"变形"——由动植物或物品变成人类,或由人类变成动植物及物品,或不同的事物之间相互转变。比如:众所周知的长篇小说《西游记》《封神演义》及短篇小说集《聊斋志异》即包含着大量此类故事情节。但这类故事情节的大量出现实际上是在魏晋隋唐时期的文言小说之中,那么为什么在这一时期会突然出现这么多这类奇特的作品呢?我们能否从更早的文学或文化传统中找到这一现象的渊源?在这一现象背后隐藏着什么样的观念或信仰?这类变形情节又代表着一种什么样的艺术思维方式?其演变历程如何?是否有规律可循?这类情节对中国古典小说的意义何在?从学术史的角度来看,以往对这一系列问题的研究虽然已经有所积累,但有一些问题还有进一步深究的必要。

一、"变化"问题研究的学术史

明代的胡应麟在《少室山房笔丛》(卷三六)即提到"变异之谈,盛于六朝,然多是传录舛讹,未必尽幻设语",其中所谓"变异之谈"自然应该包括"变化"类故事,但他认为这类故事"多是传录舛讹",则未必确切。到二十世纪二十年代,鲁迅先生在《中国小说史略》中论及《搜神记》和《搜神后记》时,提到此二书颇记"灵异变化"之事,并指出其原因在于:秦汉以来,神仙之说与巫风盛行,又加上小乘佛教进入中土,渐见流传。"凡此,皆张皇鬼神,称道灵异,故自晋讫隋,特多鬼神志怪之书。"所论过于简略和浮泛。到八十年代,李剑国的《唐前志怪小说史》始对上古神话中的变化问题予以具体论述:首先,他认为神话变化观念的形成乃由于自然中各种变化现象的启示,其具体变化则采取"违反常理的、超自然的虚幻形式"。其次,他概括了上古神话变化的几种主要类型:神体自身的变化、神体转化为他物的变化及此物变彼物的变化。这些变化大抵属单向变化,即只是从一物变成另一物,不能再返回原形。他认为这种神话的变化具有原型意义,为后世志怪小说的变化奠定了基础、提供了启示[1]。此书又论及春秋战国时期变化方式的演进,指出当时鬼故事流行,鬼可以变为人或他物,而且万物都可变化,但还没有形成人变成他物的观念(这一说法值得商榷,因为我们至少可以举出"牛哀变为虎"这一例证)[2]。

---

[1] 参见李剑国《唐前志怪小说史》(修订本),天津教育出版社2005年版,第37、38、39页。此书原版由南开大学出版社1984年出版,其中关于变化的内容在修订本中无变动。

[2] 参见李剑国《唐前志怪小说史》(修订本),第55页。

到九十年代，日本学者户仓英美撰写《变身故事的变迁》一文①，首次比较深入地探讨了从六朝到清代（主要以《聊斋志异》为代表）的两类主要"变身故事"：从人类到异类的变化以及从异类到人类的变化。该文指出：六朝时期，两类变身故事都不去追问变化的深层原因，而表现人类对不可理解的世界的恐惧。到了唐代，唐人已经明确认为变身在现实中不可能发生（这一点值得商榷，后文将论及），变身只是为了创作而容许虚构的故事。在唐代众多的人类化为异类的故事中，有一些是以人类心理的探究为主题的，表现出坚固的人类中心主义和毫不动摇的做人的信念（这一说法有些绝对，实际上《薛伟》《申屠澄》《孙恪》等作品已经流露出人类不如异类自由的观念）。到《聊斋志异》，在表现异类化为人类时，没有丢弃各种异类独特的美和趣味（作者似乎认为这是《聊斋志异》的一个新的特征，但这一特征唐传奇同样具备，而且直接影响到《聊斋志异》），而在表现人类化为异类时，则让人类忘记自己的本性，尽情享受异类的自由和快乐。这篇论文还将中国的变身故事跟欧洲的同类故事加以比较，指出了两者的重要差异：中国的变身故事有时只是灵魂和意识的变身（类似于灵魂附体），欧洲的变身则几乎总是灵魂和肉体一起变化；在中国，异类化为人类的故事在数量上要远过于人类化为异类的故事，但在欧洲，

---

① 该文收入《国际聊斋论文集》，北京师范学院出版社1992年版，第161—197页。

异类化为人类的故事则较少出现。至于造成这些差异的原因，户仓教授认为很难回答。

关于变化问题的最新研究可以举出韦凤娟女士的《精怪"人形化"的文化解读》一文[1]，此文试图对精怪"人形化"发生于魏晋时代的原因（根据该文的论述，实际上这种变化在东汉就出现了）以及这种变化发生的内在逻辑加以阐说，认为精怪化为人形与鬼魂化为人形是同时同步出现的，是在"鬼魂可以化为人形"这一变化观念框架内进行的。二者在"化为人形"这一关键点上表现出同一性是与汉人的鬼魂观念直接相关的：在东汉，"鬼"的范畴扩大，人鬼、精怪（即老物精也，可以变化为人）、妖怪等都包括在内。既然"鬼魂"能化为人形，那么包括在"鬼"之内的动植物精怪自然也能化为人形。然而，韦女士所指明的这一"逻辑关系"本身却并不合乎逻辑：首先，鬼魂（实际上就是人鬼）"化为"人形这一说法本身就很难成立，因为古代的鬼魂乃是人死后灵魂离体后的那个存在，这个灵魂跟人在外观上是基本一样的，只不过存在形式不同（对此，泰勒在《原始文化》一书的"万物有灵观"部分有详尽的论述）。所谓的鬼魂"化为"人实际上就是灵魂显形，很难说是一种"变化"，跟精怪故事中的动植物"化为"人完全是两码事，不能混为一谈。其

---

[1] 该文载于《中国古代小说研究》第一辑，人民文学出版社2005年版，第16—27页。

次，在汉代，"鬼魂"和精怪都属于"鬼"的范畴，二者是并列关系，而非包含关系，因此即使鬼魂（不是"鬼"）可以"变成"人形，也不能由此推理出精怪也能变成人形。再其次，韦女士认为精怪化为人形与鬼魂化为人形是同时同步出现的，既然二者是同时同步出现的，而且二者又没有包含关系（精怪是包含于"鬼"，而非包含于"鬼魂"），那么就不能认为一方影响了另一方。事实上，汉人观念中的各种"鬼"都可以"象人之形"（包括病中幻象、老物之精、人所化之鬼、甲乙之神、物、百怪，皆出于王充《论衡·订鬼篇》），既然如此，那么我们需要追问的应该是：为什么这些"鬼"都可以变成人呢？总之，精怪能变成人形的原因看来并不那么简单和直接，其中一定另有奥妙。

根据另一位对精怪现象进行过深入研究的学者刘仲宇的看法[①]，精怪观念的形成应该追溯到原始社会，与万物有灵论的产生基本同步。他认为，精怪观念的出现要先于鬼神，鬼神后来才从精怪中分化出来。早期的精怪和鬼神都具有动物的形象（或者是单个动物的形象，或者是多种动物形象的复合，或者是动物与人的形象的复合），他援引了大量原始宗教方面的资料对此观点加以论证。他又进一步运用图腾崇拜的理论来对早期的鬼、神都表现为动物形象这一现象加以

---

① 参见刘仲宇《中国精怪文化》一书的第一章"神秘世界的元老"，上海人民出版社1997年版。

解释①。笔者注意到，刘先生虽然在最初给精怪下定义的时候强调了其"老而成精""通灵变化"的能力，但在后来的论述中则主要关注精怪意象的特征及其成因，他指出：成熟的精怪意象具有动物般的外观（而且绝大多数是复合的），都具有如人一般行动的能力。这一特征的形成则取决于原始思维所具备的"神秘的互渗"规律和"部分与整体等价的原则"②。另外，一些无生命之物的精怪之所以也采取动物的形象乃是因为精怪那种灵动的、飘忽不定的特征在原始人的头脑中只能通过动物来加以把握。在笔者看来，刘先生在其论述中有将精怪范畴无限扩张的嫌疑，比如他把《山海经》中那些复合的神灵形象都归入精怪一类，认为精怪的意象绝大多数都是复合的，并进而用"神秘的互渗"来解释这些复合形象形成的原因。窃以为这一解释大概是难以成立的：对于

---

① 所谓图腾制度乃是原始部族将某种动植物视为自己的祖先加以崇拜，并由此发展出一些相关的禁忌及制度。既然祖先的形象是以动植物或自然物的形象出现，那么鬼神当然也会采取同样的形象出现。请参见刘仲宇《中国精怪文化》，第31—42页。

② "神秘的互渗"由法国的列维·布留尔在其《原始思维》中提出，认为这是原始思维的一个基本特征，其核心思想是：原始人的意识认为在存在物与客体的神秘关系之中包含着作为集体表象一部分的人与物的"互渗"，客体、存在物、现象能以我们不可思议的方式同时是他们自身，又是其他什么东西。它们也以同样不可思议的方式发出和接受那些在它们之外被感觉的、继续留在它们里面的神秘的力量、能力、性质、作用。商务印书馆1981年版，第69—70页。"部分与整体等价的原则"由德国的恩斯特·卡西尔在《神话思维》中提出，神话和巫术思维认为整体就是部分、部分与整体等价。刘仲宇认为复合形象的精怪虽然只包含着各种动物的局部特征，但却代表着那些动物共有的形体、性状和功能等。中国社会科学出版社1992年版，第72页。

这类复合神灵形象的成因，研究图腾文化的人类学家早已提供过更为合理的解释——大量人类学方面的材料都已经证实，在那些具备图腾信仰的部族或社会中，存在着一种复合的图腾标志，这种标志同时带有多种图腾物（即动物）的特征，《山海经》所记载的"鸟首龙身""龙身鸟首""马身龙首"之类神祇与中国一些其他少数民族部族的图腾都应归入此类。这类复合图腾标志形成的原因主要有二：一是子图腾为了表示与母图腾的关系而在其图腾标志上附加上母图腾的一些因素；一是某部族图腾受到邻近部族图腾的影响而吸收了后者的一些特征①。这种解释显然更为合理，也更为透彻，并提供了复合图腾标志形成的心理动因②。这一解释也说明刘先生所论及的很多所谓具备"复合意象"的精怪实际上并非精怪，而是图腾（或图腾神）。也就是说，像《山海经》里边那些具备复合外形的神灵与"老而成精"、能"变化"的精怪不能混为一谈。虽然在刘先生的具体论述中有一些值得商榷之处，但他对于精怪文化的全部研究仍然包含着很多富于启示性的创见：比如，他提供了大量魏晋以前的关

---

① 闻一多《伏羲考》曾论及"混合式图腾"与"化合式图腾"，该文的一部分曾以《从人首蛇身像谈到龙与图腾》为题发表于《人文科学学报》第一卷第2期（1942年版），请参见。另请参见何星亮《中国图腾文化》，中国社会科学出版社1992年版，第141、142页。

② 当然笔者并不否认在复合图腾标志形成的过程中有可能体现了列维·布留尔和恩斯特·卡西尔所揭示的原始思维和神话思维的规律，但这不应是复合图腾标志形成的主要原因。

于精怪及其变化的材料，让我们意识到这一现象的形成经历了一个长期的历史过程；其次，他还注意到古人对于精怪变化衍生原因的思考，为进一步研究这一问题提供了可能的方向；此外，他从多学科交叉的角度来探讨中国精怪文化的特征，并跟其他国家、民族的类似现象进行广泛比较，这也是一个很有价值的思路[①]。

以上这些学者的研究成果乃是本文的研究得以展开的基础和前提。为了尽量避免跟已有的研究论著重复，本文首先将主要着眼于探讨各类"变化"方式背后的动因以及观念，其次将讨论这些"变化"方式如何逐渐进入小说这种文学形式及其所具备的文学意义，最后再把中国古代的"变化"观念跟一些其他国家的类似观念加以比较，看它们之间存在一种什么样的关系。

二、"变化"之一：从人类到异类的变形

见诸载籍的最早的"变化"故事大概是神话中从人类到异类的变形：比如炎帝的女儿女娃淹死后化为精卫（一种白喙赤足的鸟，见于《山海经·北次三经》）、炎帝另一女瑶姬死后化为䔈草（《山海经·中次七经》）；鲧死后化为黄

[①] 这种文化比较研究的方法是十九世纪以来人类学家所开创并加以广泛运用的，比如英国爱德华·泰勒的《原始文化》和弗雷泽的《金枝》都是运用这一方法从事研究的经典之作。

熊（一说即黄龙）或玄鱼（分别见于《左传》《国语》《拾遗记》）；涂山氏化为石头（《淮南子》佚文）、盘古垂死身体各部位化为诸自然物（清马骕《绎史》引《五运历年纪》）、雷公采药使化为鸟等①。这类"变化"故事在其他国家和民族的神话中也不乏其例，比如古罗马神话中的朱庇特曾变成天鹅、公牛等动物，又曾使他所爱恋的人间女子伊俄变成白牛；阿波罗所爱恋的女子达弗涅在其追逐中变成了月桂树；潘所爱恋的女子绪任克斯被变成芦苇；法厄同的姊妹们被变成杨树；仙女卡利斯托被赫拉变成大熊；刻戎的女儿被天神变成雌马等②。古代印度神话中的摩哩遮变成金鹿（《罗摩衍那》第四十章），杜尔伽（湿婆的妻子）变成水牛③，大神毗湿奴化为野猪和巨龟④，死神化为猫头鹰⑤。埃及神话中的太阳神拉变成猫等⑥。这些神话变形故事在形式上十分接近，不过我们仍然可以感觉到它们之间的一些明显差异：比如中国的神话变形故事都是人物在死后变形（至少此处引用

---

① 参见李剑国《唐前志怪小说史》，第38页。雷公采药使一例见于《古异传》，收入鲁迅辑《古小说钩沉》，鲁迅全集出版社1941年版，第151页。
② 参见奥维德《变形记》，杨周翰译，作家出版社1958年版。欧洲后起传说中的吸血鬼和狼人也可以变成他物，因资料阙如，故暂置不论。
③ 参见黄心川主编《世界十大宗教》，东方出版社1988年版，第87页。
④ 参见张玉安、陈岗龙主编《东方民间文学概论》，昆仑出版社2006年版，第407、408页。
⑤ 参见季羡林译《五卷书》第一卷"第十二个故事"，人民文学出版社2001年版，第99页。
⑥ 参见刘仲宇《中国精怪文化》，第392页。

的几个例证都如此),而且因为记载得过于简略和缺乏上下文,其变化的原因难以推测;而国外的神话变形往往出现于长篇史诗,可以确知其中人物的变化乃是依凭了其本人或他人所具备的某种神奇的能力。但不管这些变化故事之间存在着多大的差异,它们之间那一相同的核心要素才更值得加以注意,亦即这些故事都表现了人类向异类的转变。这一变化背后所包含的观念原因才是需要进一步去追问的。

要对这一问题作出比较合理的解释,可能还是必须追溯到远古的图腾崇拜。虽然长期以来学界对于图腾崇拜存在着不同的意见,但这一现象的存在本身应该是无可置疑的,而且其中所包含的一些基本观念也得到了确证和认可。根据苏联学者海通的概括,图腾崇拜的诸成分中包含着这样一些内容(此处只引用跟本文的讨论有关者):某一人类群体相信自己起源于图腾或与图腾结合的祖先;图腾群体成员相信自己与图腾之间存在着血缘亲属关系,因而崇敬图腾,完全或部分禁止给图腾带来灾害;图腾群体成员相信自己能化身为图腾或图腾能化身为人[1]。有的学者将最后这一条称为"图腾化身信仰"——相信人死后会化身为图腾,也是这一信仰的组成部分[2]。图腾化身信仰在中国古代以及近、现代的一些民族中都有迹可寻。比如《搜神记》(卷十二)和《博物志》(卷二)即记载了古代巴人化虎的故事,而巴人正是以虎为

---

[1] 参见〔苏联〕海通《图腾崇拜》,广西师范大学出版社2004年版。
[2] 参见何星亮《中国图腾文化》,第222页。

图腾的①。另外，有日本学者曾经指出，在中国古代，"人类化身为异类"的故事中"特别多的是变成老虎"，比如《述异记》中的《封邵》（426/3466）②，《齐谐记》中的《黄苗》（296/2354）、《师道宣》（426/3468），《续搜神记》中的《虎符》（《广记》卷二八四引作《周眕奴》，注出《冥祥记》），《异苑》中的《郑袭》《易拔》（426/3469）。在日本学者对"人化虎"故事的分类中，"边疆少数民族化虎的故事"被作为一个独立的类别划分出来③。这些化虎故事中的一部分应该也是图腾化身信仰的体现。上述中国古代神话中的那些神人死后化为异类的故事则被学者归入"死后化身为图腾"的信仰范畴④。这一意见也应该是可以被接受的⑤。在魏晋隋唐的志怪故事中，人类除了能化为虎以外，还有各种其他化身的情形：比如有的化为蛇（《广记》卷四五九诸条）；有的化为

---

① 参见何星亮《中国图腾文化》，第245页。该书还提供了一些其他民族中存在的图腾化身信仰的实例。
② "426/3466"表示该材料引自《太平广记》卷四二六，第3466页。本篇凡引《太平广记》，皆依据中华书局1961年版，随文注释中凡引《太平广记》材料，其卷数和页码一律采用缩写形式，前为卷数，后为页码，《太平广记》时省称《广记》，均不再另外出注。
③ 参见户仓英美《变身故事的变迁》，收入《国际聊斋论文集》，第164—165页。
④ 参见何星亮《中国图腾文化》，第248页。
⑤ 关于死后化身的信仰或许还可以有另外一种解释的途径：爱德华·泰勒在《原始文化》的"万物有灵观"部分曾讨论过灵魂迁移的理论。这一理论指出：原始人相信人死后灵魂可以迁入动植物体内。这其实跟死后化身信仰非常接近。像精卫填海、鲧化为黄熊以及一些与轮回报应有关的变身故事都可以用这一理论来解释。广西师范大学出版社2005年版，第414—415页。

白鹦鹉（《广记》卷四六〇《刘潜女》）；有的化为雉（《广记》卷四六一《卫女》，言齐太子夫妇死后化为双雉）；有的化为鱼或者鼋（《广记》卷四六五《懒妇鱼》，卷四六八《长水县》，卷四七一《黄氏母》《宋士宗母》《宣骞母》《江州人》《独角》）；有的化为大象、狮子、龙、蛇、犬、马（《广记》卷四八二《武宁蛮》云盘瓠死后化为象，以及《扶楼》云扶楼人能化为各类动物）。对于这些变化的记载都极简略，没有关于变化原因的任何说明，大致都是将其作为一个事实或传闻加以记录。这些似乎也都可以归入图腾化身信仰的范畴。此外，根据民俗学方面所提供的资料，有些原始部族相信具备巫师身份者独具化身为图腾的能力，比如：中国东北地区的赫哲族的图腾是鹰或鸠，在他们的传说中，巫师（萨满）就能够变成这两种图腾物[①]。这种变化跟神话中的变形十分类似：都是一个具备特殊身份或能力的人能变成他物。

从人类到异类的变形这一现象在中国古代曾经受到高度关注，比如中唐的顾况在《戴氏广异记序》中先云其"欲观天人之际，察变化之兆"，然后便列举了众多此类"变形"故事："大钧播气，不滞一方。梼杌为黄熊，彭生为大豕；苌弘为碧，舒女为泉；牛哀为虎，黄母为鼋；君子为猿鹤，小人为虫沙"；"蜀帝之魂曰杜鹃，炎帝之女曰精卫；洪荒窈

---

① 参见何星亮《中国图腾文化》，第250页。

窕，莫可纪极"。[1]在与此序写作时间相差不远的贞元十九年（803年），一道进士考试策问题中也涉及此类"变形"事件："牛哀为兽，杜宇为鸟，赵王为苍犬，夏鲧为黄熊，傅岩之相为星，圯桥之老为石，变化纠纷，其故何也？""众君子通性命之理，究古今之学，幽探造化，亿所未闻。"[2]其中虽云"变化纠纷"，但总的说来，诸例都属于同一类变化，这些变化在唐人看来都是体现着"造化"奥秘的真实事件，否则不可能成为进士考试中的题目。由于当年这一次考试的对策文都已经不存，我们无法得知考生的回答内容。但从中唐李肇的《唐国史补》所记载的一则材料还是可以了解当时人对这一现象的大致看法：元和初，洪崖冶有役者将化为虎，众人呼叫，以水沃之，乃不得化。有人问苕溪子："是何谓也？"答曰："仁而为暴，圣而为狂，雌鸡为雄，男子为女人、为蛇、为虎，耗乱之变化也。是必生化而后气化，气化而后形化。俗言四指者，天虎也；五指者，人虎也。唯道德者穷焉。"[3]可见，这些从人类向异物的变化在当时大体上还是被视为一种可以被理解、被把握的转化过程。这也充分说明：即使在已经远离图腾信仰的时代，人们对这种变化形

---

[1] 参见〔清〕董诰等编《全唐文》卷五二八，中华书局1983年，第5368页。

[2] 参见〔清〕董诰等编《全唐文》卷四八三《贞元十九年礼部策问进士五道》，第4936页。这道策问是这一年的主考官权德舆所出。但是针对此策问的对策文今已不存。

[3] 参见《唐五代笔记小说大观》，上海古籍出版社2000年版，第180页。

式也仍然持一种虔信的态度。不过这种虔信态度跟图腾信仰已并不一样：后者是人们先获得一种信仰，这一信仰使人相信自己具备变化能力；但前者则是人们相信世间存在这类变化形式，然后再去探究其原因。对于二者之间的关系，似乎可以作这样一个比较大胆的推测：随着时间的推移，图腾信仰最终在一些思维能力发展较快的社会中失落了，但其中关于变化的记忆却通过文献记载得以保留。而且，在一个比较发达的社会的周围边远地域也仍然存在着一些图腾信仰继续被保留的民族。通过交流接触，这些部族的化身传说被此发达社会所获知。但其背后的原因却要被重新加以"合理"的思考。此一较发达社会的各种文化思潮为这种"合理"的思考提供了各种可能的角度。笔者认为，魏晋隋唐时代，人们对于人类化身现象的记录和探究大致就属于这种状况。上述唐人对这一现象的思考所反映的乃是当时的主流文化思潮（儒家文化）在其关于事物变化的理论框架内对这一现象所作的"合理化"解释。但除此之外，在当时社会上也还有各种其他的解释与之并存不悖，但这些解释所蕴含的观念跟那种原始的信仰之间已经有了十分遥远的距离。

在一些化虎类故事中都出现过这样一个奇特的细节：某人披上一张虎皮就变成了老虎，脱下虎皮就恢复原形。唐代裴铏《传奇》中的《王居贞》（430/3495）就是这样一个实例：王居贞跟一个道士同行，发现该道士常在夜间披上虎皮外出。遂取皮自披，即化为虎，误食其子。出自《高僧传》的

《僧虎》亦云一僧人戏披虎皮劫掠路人，结果竟化为虎[1]。此外，《黄乾》(426/3470)、《费忠》(427/3474)、《峡口道士》(426/3472)、《柳并》(433/3511)诸文都包含同一情节。虎皮在这些故事中成为人化虎的一个必要条件，一旦虎皮被人夺走，其人即丧失化身能力。这让笔者迅速联想到世界民间故事中著名的"天鹅处女"故事类型[2]：在这类故事中一般都会出现一个经典的细节即女主人公的外衣或毛衣被人间男子藏匿，于是无法离去，成为该男子的妻子。在中国，从魏晋以后，这类故事就已经开始流行并被载录，如《搜神记》所载的《新喻男子》(463/3806)、《建安记》中的《乌君山》(462/3795)、《酉阳杂俎》中的《夜行游女》(462/3799)等都属其类。有学者称这类故事为"女鸟故事"，认为"女鸟"这一形象乃是从中国古代的女巫演变而来（在求雨等巫术仪式中有"羽舞"，女巫行事时要饰以鸟羽）[3]。但从事"羽舞"的女巫如何最终会演变成具备变化能力的"女鸟"？这在观念的层面上很可能还是要追溯到图腾化身信仰。据载国外有原始部族认为巫师披上兽皮就可以变成他们的图腾物[4]。那

---

[1] 参见《太平广记》卷四三三，注出《高僧传》，但今本《高僧传》《续高僧传》均无此事。

[2] 参见〔德〕艾伯华《中国民间故事类型》之"天鹅处女"，王燕生、周祖生译，商务印书馆1999年版，第59页。

[3] 有学者把中国的这类故事命名为"女鸟故事"，认为其跟"天鹅处女"类型故事只有部分的重合。参见李道和《女鸟故事的民俗文化渊源》，载《文学遗产》2001年第4期。

[4] 参见何星亮《中国图腾文化》，第249页。

么，一种比较合乎逻辑的推测乃是中国远古时期也有过类似的观念（尤其是在那些鸟图腾部落）：女巫饰以鸟羽就能获得化身为鸟的能力。这种观念的形成我们完全可以运用列维·布留尔的"神秘的互渗"原理来加以解释：鸟的性状和能力通过羽毛传递、渗透到人身上，从而使人获得化身为鸟的能力。魏晋时期的女鸟故事就是这种观念的遗存。而与女鸟故事类似的（披虎皮）化虎故事或许是同一观念的产物：既可能是受到女鸟故事影响而产生（间接影响），也可能与远古的图腾化身信仰存在隐微的联系，还可能是直接与当时还保留着这一信仰的边远地域部族的传说有关系。在魏晋隋唐的披虎皮化虎故事中，有一定数量的例子来自蜀地、巴东及当时所谓的蛮族聚居地，这暗示着后一种情形的可能性会比较大。

相对于没有任何依据的其他化身故事而言，女鸟故事和披虎皮化虎的故事中出现的毛衣或虎皮是变化过程的一个必要"中介物"，这个"中介物"对于人类的思维或想象力而言乃是十分重要的[①]。在古代的各种巫术仪式中都出现过这种起桥梁作用的"中介物"，它或者是事物的相似性（比如人类的性事与农作物繁殖之间的相似性），或者是事物的相关性（比如通过人的名字、头发、指甲、血液、影子等对人造成影

[①] 这一观点得到吴晓东《从卡夫卡到昆德拉》一书的启发，三联书店2003年版，第273页。

响)。而对于人类的想象力而言,那种没有任何原因或凭借的从此物到彼物的变化也多少有些令人难以接受。比如:一个人突然凭空变成老虎,这未免让人觉得很突兀,有些不可思议。而有了毛衣或虎皮这一"中介物"之后,那种从人到异类的变化就获得了一个理由,从而变得更加自然了。

在人化异物类故事中有相当一部分乃是借助于咒术、巫术或仙术来实现转变。比如北魏时沙门昙摩罗"秘咒神验,阎浮所无。咒枯树能生枝叶,咒人变为驴马,见之莫不惊怖"①。这种来自天竺或者西域的神秘咒术在魏晋隋唐小说中出现次数很有限,但在据考证成书于晚唐、五代时期的《大唐三藏取经诗话》中还可以检到两例②:其中的"过狮子林及树人国第五"一节提到小行者被人用妖法变成一头驴,猴行者为了报复,便将那家的"新妇"变成了一把青草③。关于变形的方式,文中只云"作法",但未作具体描写(恢复原形时被喷了一口水),大概兼有咒术和巫术的性质(咒术大致也可归入巫术范畴)。这一情节在后来的《西游记》中也曾被运用,比如唐僧就曾被黄袍怪用法术变作了斑斓猛虎,后经孙悟空噀水作法才还复本形④。借助巫术变形的事例在魏

---

① 参见范祥雍《洛阳伽蓝记校注》卷四,上海古籍出版社1978年版,第201页。
② 参见李时人、蔡镜浩《大唐三藏取经诗话校注》附录《大唐三藏取经诗话成书时代考辨》,中华书局1997年版。
③ 参见李时人、蔡镜浩《大唐三藏取经诗话校注》,第13、14页。
④ 参见《西游记》第三十回"邪魔侵正法,意马忆心猿"。

晋隋唐时也不多见，较典型者如《列异传》中云有人以道家七星符变化为鹿[1]；《冥祥记》中的"周眕奴"云"寻阳县北山中蛮人，有术，能使人化作虎"，其术可以传人，乃是画一虎符置于发髻[2]；还有一例为出自《河东记》的"板桥三娘子"（286/2279）：三娘子似为一开店之女巫，以特殊巫术制成烧饼，以飨行旅，食者皆化为驴，供其驱使。但后来有客人以诈术令三娘子自食其饼，其竟亦化为驴。后此驴道遇一叟，以手掰开其口鼻，三娘子从皮中跳出，恢复人形。此文情节十分奇特，富于异域色彩，颇疑其乃是从外国传入并演变而成[3]。因仙术而化身的情形在魏晋隋唐文献中较为多见，

---

[1] 参见鲁迅辑《古小说钩沉》，第142页。
[2] 参见《太平广记》卷二八四，见于今本《搜神后记》卷四《虎符》。
[3] 印度史诗《摩诃婆罗多》"初篇"第208章讲述四个林中仙女引诱一个钻研经典的婆罗门，结果被其诅咒，变成鳄鱼，要在水中生活一百年，后来被阿周那解救，又恢复人形。参见金克木等人翻译《摩诃婆罗多》，中国社会科学出版社2005年版。印度民间故事《公主变猫》讲述一位公主打死了出家人的猫，被出家人施法装进猫皮，变成一只猫，后来一位王子烧掉猫皮，她才恢复人形。《奇怪的鸟》讲述一个会巫术的后妈在前妻的女儿头上钉进钉子，使她变成一只鸟，后来钉子被国王拔掉，她就又变回了人。参见《印度民间故事集》第一辑，刘安武选编，中国民间文艺出版社1984年版，第198、385页。另外，《印度民间故事》（北京大学出版社1984年版）中的《蛇丈夫》也有跟《公主变猫》类似的情节，该故事又见于《五卷书》第一卷"第二十四个故事"。古罗马阿普列乌斯《金驴记》中的主人公鲁巧则被女巫以巫术变成了驴。此外，欧洲传说中多有巫师变人为动物者，如青蛙王子之类。日本学者冈田充博认为板桥三娘子这一故事起源于印度，然后传到阿拉伯，发生了一些变化，其中一个故事传到了中国，其他一部分还传到了欧洲。参见《〈板桥三娘子〉考（1）——从〈板桥三娘子〉的故事原型说起》，《东洋古典学研究》1999年第8号，第23—55页。

根据当时道徒方士的鼓吹，其仙方秘籍中自有关于变形的一整套"法术"，如"含影藏形，及守形无生，九变、十二化、二十四生等"，"不可胜计，亦各有效"。①"其法用药用符，乃能令人飞行上下，隐沦无方，含笑即为妇人，蹙面即为老翁，踞地即为小儿"；"亦化形为飞禽走兽，及金木玉石"。②在后来的神仙故事中更出现了一套玄妙的变化理论：如《集仙录》中提到云华夫人瑶姬"顾盼之际，化而为石；或倏然飞腾，散为轻云；油然而止，聚为夕雨；或化游龙，或为翔鹤"，其变化的根由则在于"凝气成真，与道合体，非寓胎禀化之形，是西华少阴之气也。且气之弥纶天地，经营动植，大包造化，细入毫发，在人为人，在物为物。岂止于云雨龙鹤、飞鸿腾凤哉"(56/347)。因此，在道教传说中，我们看到众多神仙都能自由变化，或者化为鹤（化鹤者最多，大概因其形态优美且能高翔远骞）③，或者化为鸟、虎、羊、驴、鹿、鼠诸物④。值得关注的是，在这些

---

① 参见王明《抱朴子内篇校释》卷十八"地真"，中华书局1985年版，第324页。同书卷十九"遐览"罗列的道经中亦有《九变经》《十二化经》《二十四生经》等，其内容应该都与变化的法术有关。
② 参见王明《抱朴子内篇校释》卷十九"遐览"，第337页。
③ 在西汉墓壁画中即出现过人首鸟身的仙人王子乔形象，有学者认为这个鸟身大概就是鹤身，参见孙作云《洛阳西汉卜千秋墓壁画考释》，载《文物》1977年第6期。另外如《搜神后记》卷一《丁令威》；《太平广记》卷三十六《徐佐卿》、卷四十《石巨》、卷四十一《黑叟》、卷四十五《王卿》、卷二十三《益州老父》、卷六十九《慈恩塔院女仙》等文皆讲述仙人化鹤故事。
④ 参见《太平广记》卷五《王次仲》，卷十《李仲甫》，卷十一《栾巴》《左慈》，卷三十《张果》，卷七十六《赵廓》，卷七十八《茅安道》，卷四百二十六《谢允》等。

变化故事中，出现了一些反复变形或化身斗法的细节，比如《列仙传》中的《赵廓》(76/476)：言廓学道于永石公，三年而归，途中为吏所捕，乃化为鹿，吏逐之，复化为虎，终化为鼠，而仍为吏所获，将弃市。永石公闻讯往救，化为老鸱，攫鼠而去。唐代茅安道的两弟子被韩滉所执，安道往救，化两弟子为黑鼠，已化为巨鸢，攫之而去(78/496)。初唐《十二真君传》载许真君为追杀蜃精，化身为牛（蜃精化为黄牛，许真君化为黑牛)(14/98)，中晚唐的《成都记》载李冰跟江神斗法，俱化为牛(291/2316)。这类化身故事（尤其是反复变化者）显然跟图腾化身信仰已经无关，而是跟一种奇异的变化能力有关系。获得这种能力意味着克服人类自身的局限性，获得其他任何异类的特殊禀赋，或者具备某种超常能力。这种能力在一些神仙故事中往往表现为跟社会统治力量的对抗，除前述两例之外，还有如《王次仲》(《广记》卷五，秦王欲杀次仲，次仲化为大鸟逃走)、《左慈》(《广记》卷十一，左慈为逃避曹操追杀，化为羊)、《黑叟》(《广记》卷四十一，为逃避吏卒追捕，夫妻化鹤飞去)等。有一个情况应该在此提及：当这种神仙自由随意变化的观念或传说广泛出现时，在一些汉译佛典中就有很多这类故事，比如《六度集经》中的天帝释连续变成狮子、白狼、虎以阻拦太子妃，《贤愚经》中的舍利弗连续化为白象、金刚力士、金翅鸟王、狮子王、毗沙门王，跟变成龙、牛、夜叉等物的劳度差斗法①。一般说来，中土的神仙变化故事（尤其是反复变化者）或多或少都会受到这类佛典故事的影响②。

无论在西方还是在东方，某些从人类到异类的变化都被视为一种降格或惩罚，即变形是作为对人的过错或罪行的惩罚而发生的③。这一观念在魏晋隋唐的人类化为异类的故事中也有所反映。比如有人因为残忍杀生而被罚化虎（《广记》卷一三一《伍寺之》），有人因为不敬神而化虎（《广记》卷二九一《观亭江神》），有人因食用不该食用的东西而化虎

---

① 《六度集经》由三国时吴国康僧会译，《贤愚经》由北魏慧觉等译。敦煌变文中的《降魔变文》应该就是由舍利弗跟劳度差斗法的故事改编而成，收入王重民、向达等编《敦煌变文集》，人民文学出版社1957年版。后来《西游记》中孙悟空跟二郎神比变化的情节以及跟鹿力大仙、虎力大仙斗法的情节大概都跟这类佛经故事有渊源关系。天帝释连续变化的情节出自《六度集经》卷二"布施度无极中"。这类连续变化的情节也颇见于印度民间故事，如《杜鹃》讲述一位女子被后妈的女儿推入水中淹死，灵魂变成荷花，荷花变成蝴蝶，蝴蝶又变成杜鹃。参见《印度民间故事》，第234页。又如《黛吉莫拉的故事》讲述黛吉莫拉被后妈害死后，灵魂变成南瓜，接着变成香橼，又变成小树，再变为鸟，最后恢复原形。参见《印度民间故事集》第一辑，第429页。

② 《述异记》中有一则讲述山灵"黄父鬼"也具有反复随意变化的能力："常隐其身，时或露形，形变无常，乍大乍小，或似烟气，或为石，或作小儿，或妇人，或如鸟如兽，足迹如人，长二尺许，或似鹅迹，掌大如盘。"这类内容可能也是受到佛经变化故事影响而出现的，已非常类似后来孙悟空的变化能力。参见《太平广记》卷三二五《郭庆之》，第2579页。

③ 朱光潜译德国黑格尔《美学》第二卷第一章论"变形"时认为：一般说来，从人到自然物的变形是为着惩罚他的某种或轻或重的过错或罪行；这种变形被看作一种剥夺神性的灾难的痛苦的生存，在这生存中人就不能再保持人形。商务印书馆1979年版，第182—190页。在印度人的轮回观念中也体现着类似的思想。

(《广记》卷四二六《牧牛儿》、卷四二九《王用》言有人吃鱼或牛肉化虎），有人因盗窃而化虎（《广记》卷四三一《蔺庭雍》），有人因某种语焉不详的罪行受谴或遭贬谪而化为虎（《广记》卷四二六《吴道宗》，吴母因宿罪化为虎；《峡口道士》中道士因获罪于天帝而谪为虎；卷四二七《费忠》言北村费老被神罚为虎；卷四二六《郑袭》云社公令郑作虎）。还有一些惩罚性变形乃是通过让人轮回转生为动物来实现，比如耿伏生之母窃绢赠女，死后投生为母猪（《广记》卷四三九《耿伏生》）；卢从事亲表甥以他人钱财偿赌债，死后投生为马（《广记》卷四三六《卢从事》）；戴文生前性贪，转生为牛（《广记》卷四三四《戴文》）。人类学家爱德华·泰勒将这种轮回转生视为灵魂迁移的一种形式，认为这是对一个人过去罪行的报应。[1]在"耿伏生"和"卢从事"两例中，变为猪或马的事主都还能"人言"，追忆前生罪孽；"峡口道士"和"费忠"则都能随时恢复人形，保留着人的意识；确乎是灵魂不灭，只不过从一个"皮囊"迁入另一个"皮囊"。轮回转生这一变形方式在中国古代的出现自然与佛教的传播有关，而且很快跟世俗的道德伦理观念紧密结合在一起，《冥祥记》曾对此作出概括云："杀生者当作蜉蝣，朝生暮死；劫盗者当作猪羊，受人屠割；淫逸者作鹤鹜鹰麋；两舌作鸱枭鸺鹠；捍债者为骡驴牛马。"（《广记》

---

[1] 参见爱德华·泰勒《原始文化》，第416页。

卷三七七《赵泰》）[1]

关于人类化身为异类这一母题的文学意义，户仓教授已经有过比较深入的探讨，她将唐代比较杰出的此类故事分为两个小类：一类是以"峡口道士""费忠""柳并"为代表的作品，表现人类运用智谋和勇气跟要吃人的虎（乃人所变）较量；另一类是以《范端》《李徵》《张逢》《南阳士人》《薛伟》等为代表的作品，以化虎者为主角，表现其心理。人类化身之初的冲动和恐惧、化身之后性情的逐渐变化、兽性的萌生滋长、人性的羞惭疑惧、化身后的解脱感和自由感——这些都在这类作品中被予以表现[2]。由于户仓教授所论已经比较全面而惬当，故笔者在此只对若干小问题加以补充论述。

首先，从六朝对变身故事的简略记录转化为文学作品，一个重要的变化乃是化虎者或虎的视点的引入。六朝和唐代那些不具备小说意义的化身记载，一般遵循人类跟异类无法沟通的原则，一个人一旦化为某类动物，故事就结束了，不会再有更深入的发展。或许是后来佛教的轮回观念给中土文学以启示，化身故事中出现了化身后又恢复本形者的回溯视角，或者径直采用化身后的异类的视角。在印度故事中（尤其是佛教本生故事），一个人（比如佛祖）会对前生经历过

---

[1] 这种观念在西方文化中也有所表现，参见钱锺书《管锥编》第二册，中华书局1986年版，第795—796页。

[2] 参见户仓英美《变身故事的变迁》，收入《国际聊斋论文集》，第167—173页。

的很多次转生为异类的经验记忆犹新,并能够对他人进行完整的追述①。在唐代的轮回转生故事中(比如前述"耿伏生母"和"卢从事亲表甥"的例子)出现了转生后的猪或马能口吐人言、追忆前生罪孽的细节,化虎类作品中的"李徵"即采用了这一手法,这一手法对于多数读者而言都会显得比较牵强和突兀,毕竟一只动物口吐人言往往只能是童话所运用的手法,而这类表现轮回或化身的故事还远不具备童话的氛围与性质。因此,比较自然的叙事视角还是化身者复形后的亲口追述。而这一手法在六朝时就已经出现了,比如出自《高僧传》的《僧虎》(433/3512)描写僧人身披虎皮劫掠路人,结果变为虎,变虎后的各种内心感受及心理活动都被予以详细描述,但这些显然都是其后来恢复人形后跟一位圆超上人忏悔时所透露出来的,这就比较自然可信。后来的《张逢》《薛伟》《张宠奴》②等文便都采用了这一叙事视角,而且后二者在具体情节上作了更为高明的处理,让人物的变身发生在梦中,梦醒后讲述变身经历,这样就不必再设置人物肉身变化及复原的内容了,从而使原本荒诞不经的变身情节在叙事上显得更为真实可信。

其次,在这类作品中,不管其运用何种视角,都是从人类的立场去体察异类的心理状态,并通过两种不同生存状态

---

① 参见郭良鋆、黄宝生译《佛本生故事选》,人民文学出版社2001年版。
② 《张宠奴》一文请参见程毅中点校《玄怪录·续玄怪录》,中华书局2006年版,第106页。

之间的类比以达到审视复杂人性的目的。从人类到异类的变身作为一种极其反常的现象，令我们最感兴趣的乃是这种变化如何会发生以及变化发生后当事人有何种体验。从各篇作品的描写来看，这一变化的动机或者来源于对生肉的强烈嗜欲（《广记》卷四三二《范端》），或者来源于一种原始的、莫名的内心冲动①，或者来源于一种冥冥中的神秘力量（《广记》卷四三二《南阳士人》），或者是因为疾病（《广记》卷四二七《李徵》，卷四二六《郴州佐史》）。跟前文所述那些由于道德上的污点而发生的变身相比，这些对变化原因的设想更加具体直接，有的还触及人类内心十分深刻的体验，比如《张逢》《薛伟》两例就揭示出人性中那种蠢蠢欲动的异己的力量，如果借用户仓教授的观点，这种力量或许正是人类对自身所无法享受到的自由的渴望。尤其是《薛伟》一文，对人类脱离世俗和肉体羁绊、化身为鱼后的那种极度的自由感描摹极其出色②。不过，这种对于不同物类生存状态的思索还应该作更为具体细致的分析：比如，在张逢变为虎以后，他首先感受到的是那种人类所不具备的巨大的力量和

---

① 如《太平广记》卷四二九的《张逢》，描写张逢于"山色鲜媚""烟岚霭然"的林中，遇一段细草，碧蔼可爱，遂脱衣投身草上，左右翻转，意足而起，其身已成虎。似乎是大自然的美景勾起他内心深处回归山林的强烈冲动，这种体验不可谓不深刻。卷四七一的《薛伟》与《张逢》同出于《续玄怪录》，在表现这种变化的冲动上颇为近似。

② 拙著《唐代非写实小说之类型研究》（对《薛伟》一文中人类追求自由的主题也进行了集中分析，北京大学出版社 2004 年版，第 310—311 页。

行动的自由迅捷——"自视其爪牙之利，胸膊之力，天下无敌，遂腾跃而起，越山超壑，其疾如电"——但最终他还是感到作为虎的"孑然无侣"，自思"我本人也，何乐为虎，自囚于深山"（429/3490、3491）？于是重新变为人。而薛伟最初也是感到脱离人身束缚、变成鱼之后的快乐和自由，但很快他就感受到作为鱼类的痛苦：那就是任人摧残宰割而无法逃脱。因此他最后才会对自己只是梦中变身还能重返人类行列感到庆幸。但《潇湘录》中的李审言则是一个较为少见的特例，当李审言变为一头羊之后，对他的家人说："将我归，慎勿杀我，我为羊快乐，人何以比（439/3574）。"但人们却难以感到一头被人"将归饲养，以终天年"的羊会比一只林中猛虎或江中游鱼更自由、更快乐，更何况人。因此，从唐代变身故事对不同物类自由的对比思考，我们更感到人类的自由。当然，这种通过艺术想象去体验其他物类生存状态的方式永远无法摆脱人类本位立场的局限，或许变身类小说所表现的那些"变形"仍然只是人类自身某些侧面的一个写照。在我们所谓的"人性"中难道没有混杂着"动物性"的成分吗？变身类故事往往会对变形后动物性与人性的滋长或消减进行细致描写，比如《李徵》一文，李徵化虎后食人成性，然自云"非不念妻孥，思朋友"，人性尚未泯灭，但又云若为虎日久，最终连老友亦将不恤矣。又比如《僧虎》一文，也对动物性和人性的消长、较量加以描绘：当该僧戏披虎皮进行抢劫时，其人性消减，兽性滋长，于是变成虎；

成虎后藏身草莽，捕食狐兔，但其人性并未彻底泯灭，当他某日即将食用一僧时，突然良心复萌，自责罪孽，于是复形为人。这则变身故事具有十分鲜明的象征性，其内涵正如文中所云"恶念为虎，善念为人""生死罪福，皆由念作。刹那之间，即分天堂地狱"（433/3513）。善于利用譬喻类故事宣扬佛理的佛教徒非常灵敏地把握了变身类故事中所潜藏的意义。在六朝时期另有一则化虎故事《封邵》①，记叙汉宣城郡守封邵化虎食郡民，时人语云："无作封使君，生不治民死食民。"故事虽然简略，但也发掘了其中的象征义。从这些作品中我们又可以领悟到人和动物、人性与动物性之间的动态相对关系：二者乃是互相包含渗透、互有消长进退的，如《薛伟》《僧虎》中的这类变化更像一种灵魂的迁移，让我们感受到人类与异类之间的共通性。

人类化为异类的题材在蒲松龄的《聊斋志异》中仍被沿用，而且蒲氏是直接上承魏晋隋唐此类小说的传统，并使之进一步文学化。轮回变形的作品在《聊斋》中一共只有两篇，篇名都叫《三生》（卷一、卷十）②：一篇讲一位刘孝廉前身为缙绅，行为多玷，死后先后被冥王罚作马、犬、蛇，最后心生善念，才化为人。蒲公之用意盖仍在于讽世与劝善，其云"毛角之俦，乃有王公大人在其中""王公大人之

---

① 参见《太平广记》卷四二六，第3466页，注出《述异记》，该书乃南朝志怪故事集。
② 本篇凡引《聊斋志异》中作品，均据张友鹤辑校《聊斋志异会校会注会评本》，上海古籍出版社1986年版。

内,原未必无毛角者在其中",则将人性与动物性交糅错杂之义予以明确化了。另一篇则讲一考官与一被其黜落之举子历经轮回均成对头,最后都投生为犬,邂逅于街头,互啮而亡。蒲公之新创乃在于将人轮回变成动物的过程加以悉心体会描摹,此隋唐同类作品之所未有,但其渊源仍隐伏于《薛伟》《张宠奴》等文。前代变形类故事对人类动物性的批判大概仅"僧虎"与"封邵"两文,而且意图并不十分自觉和明确,《聊斋》的《杜翁》(卷六)、《梦狼》(卷八)、《金陵乙》(卷九)、《杜小雷》(卷十二)四文则均对人性中的丑恶面加以针砭:如杜翁梦中误入冥府尚色心不死,化为猪;白翁之子为官贪虐,化为虎;金陵乙觊觎闺中女子,化狐而死;杜小雷之妻虐待婆婆,化为豕。如果将这类作品的主题与《聊斋》中另外一类异类化为人的作品对比,则深具意味:当人化为异类时,那是因为人表现得太不像人,而像禽兽;当异类化为人时,则表现出人类所不具备的美德(如聪明、善良、纯真、专一);由此可以看出蒲公对人类丑恶禀性的深刻绝望。灵魂变身故事在叙事视角上的优势在前文已经阐明,《聊斋》中那些最杰出的化身类作品都采用了这一视角,比如《阿宝》(卷二)、《促织》(卷四)、《向杲》(卷六)、《竹青》(卷十一)等文皆如此。但这些作品与唐代同类作品的一个重要差别在于:唐代变身故事往往缺乏情节逻辑,变身的发生虽然也有原因(由于宿命、罪错、疾病、冲动等),但多显简单突兀。《聊斋》的这类变形均发生于特定情境，故十分巧妙自然：如孙子楚对阿宝魂牵梦萦时，看到死去的鹦鹉，便化为鹦鹉，飞到阿宝身边；成名之子失手弄死促织，魂魄俱丧，为挽救家庭厄运，遂化为促织；向杲为报兄仇，处心积虑，得道士之助化为虎，乃遂其愿；鱼客饥饿中梦化为鸟，接食舟人所抛之肉①。此皆情境使然，毫不牵强，反觉新巧。蒲松龄的一个重要独创在于运用这一题材来抒发强烈的情感，比如爱恋、仇恨、恐惧、渴望等。向杲对兄仇之恨沦肌浃髓，成名一家之绝境亦惨绝人寰，非借助变形不足以发抒人物、作者、读者心中之郁愤，此乃蒲公之极高明处。变身这一母题在魏晋隋唐之运用显得缺乏变化，但蒲松龄赋予了其在不同情境中的丰富的文学含义。

三、"变化"之二：从异类到人类的变形

与人类变成异类的故事相比，异类变成人类的故事在数量上占绝对优势，魏晋隋唐以来的大量志怪、传奇为这一说法提供了充足的文献依据。但有学者据此认为精怪的"人形化"发生于魏晋，则难称允当。在魏晋时期的文献中，确实开始出现较多从异类变成人类的记载（为什么魏晋人对这一

---

① 乌鸦在中国人的观念中本乃不祥之鸟，但蒲松龄在《竹青》这篇作品中偏偏让其中人物变身为乌，且与乌女结成姻好，还十分美满。这也表明蒲松龄那种不同于流俗的理念。

类现象以及其他志怪故事发生记载的兴趣，这本身也值得探讨），但这并不说明这一类传说或观念在魏晋以前就不存在。前文已经提到的图腾信仰即包含着异类可以转化为人类这一观念，一些人类学家对早期人类意识形态的拟测中也包含着"人与动物之间互相转形"的观念[①]，我们有充分的理由相信这一观念具备较大的普遍性。但这种观念在中国文化中可以追溯到何时？曾经经历过怎样的演变？具备什么样的特征？跟其他民族或地区的类似观念相比又有何不同？这些问题都有必要作进一步的讨论。

首先必须对一些重要概念加以说明和界定：在魏晋隋唐文献中经常出现"精怪"一词，对这一概念刘仲宇先生认为是指各种自然物老而成精，便能通灵变化[②]；又认为精怪不仅有自然物做它的原形，而且本身具有灵性，能变幻莫测，可以说是自然物中的精灵[③]。在这一解释中所提到的"精怪"、"原形"、"本身"及"精灵"四者之间究竟是一种什么关系？刘先生似乎是说：在自然物中具有一种"精灵"，这个"精灵""本身"具备灵性，能变化莫测。这一说法虽然包含合理因素，但因为缺乏历史感，恐怕不能符合各个时段的情

---

① 参见张光直《连续与破裂：一个文明起源新说的草稿》中对福斯特（Peter T.Furst）所拟测的"亚美式萨满教的意识形态内容"之引述。见《中国青铜时代》，三联书店1999年版，第489页。

② 参见刘仲宇《中国精怪文化》"引言"，第1页。

③ 参见刘仲宇《中国精怪文化》，第11页。

况。而所谓"通灵变化"或"变化莫测"这一说法本身也比较含混：究竟这类"变化"是以哪些形式体现出来，在不同时期变化的方式是否有所不同？所谓"精怪"是否一定具备变化的能力？实际上，这一过于笼统的解释所指明的"精怪"观念应该比较晚出，大概要到战国时代（比较确凿的文献记载最早见于此一时期，其观念是否出现较早还难以确定）。因此在讨论战国以前的情形时，对这一术语的使用应该特别谨慎。其次，关于"变化"的复杂情形也应该加以特别注意：在各种变化形式中，我们最应关注人与动物之间的互相转化。但在早期人类意识形态或图腾信仰中所包含的人与动物互相转化的观念跟后来的精怪变化观念也许并不完全一致，二者之间的关系还值得深入思考。由此看来，诸多问题的澄清都取决于我们能否对精怪观念及其特征（尤其是变化能力）的形成过程有一个清楚的认识。

在刘仲宇先生看来，精怪观念的最初源头乃是自然物的拟人化，被拟人化的自然物以直接形态呈现于人的意识，还不具备变化莫测的特点。而成熟的精怪观念则是随着万物有灵观的出现而出现的[①]。当人类开始觉察自身的灵性，便将这种灵性推广到其他自然物，于是产生万物有灵的观念。刘先生引用了人类学家提供的中国傈僳族的"尼"的观

---

① 参见刘仲宇《中国精怪文化》，第11页。

念对之加以佐证①，并跟汉民族的蝘蜓和精怪观念进行对比，认为蝘蜓和"尼"都是某种有原形却可脱离原形变幻不定的"灵性"，两者几无二致；又认为"尼"跟"精怪"在内涵上基本相同②。这一论述虽然并非全然错误，但概念的运用和表述却比较混乱：首先，成熟的精怪观念如果是随着万物有灵观而出现（或在其后出现）的，那么我们没有任何证据可以说明那时已经出现了能够"变化莫测"的精怪观念；其次，所谓的"灵性"和爱德华·泰勒的万物有灵论的"灵"（指灵魂）并非同一概念，而更接近于列维·布留尔所说的自然界到处都有的"灵性"③；傈僳族观念中的"尼"就其特征而言，显然并不是一种"灵魂"，而更接近"灵性"，跟作为"山川之精物"且具备"夔龙之形"的蝘蜓并不是同一事物④，而跟可以变化的精怪更不可同日而语了（也没有证据可以说明蝘蜓是一种能够变化的精怪）。基于以上理由，

---

① 傈僳族认为：人死后之鬼，颇像汉人的鬼、精、妖等的有恶化的人形，而山石树泉之灵，则并不具有任何形象，它是看不见，但是觉得着的。它们同时必须有一个实物在那儿作为介质，才能发生的。这种"灵"不是那个实物（如石、树、水）自己，好像是它的生机力。此生机力可以脱离其物体而存在，但必有其物，始能发生作用做出事故。无论人死之后，或山石之灵，均称之为"尼"。参见和志武主编《中国原始宗教资料丛编》傈僳族等卷引陶云逵《碧罗雪山之傈僳族》，上海人民出版社1993年版，第729页。
② 参见刘仲宇《中国精怪文化》，第14、15、16页。
③ 参见列维·布留尔《原始思维》，第96页。刘仲宇先生对列维·布留尔的这一说法予以反驳，但其反驳本身未必能成立。参见刘仲宇《中国精怪文化》，第17页。
④ 对于蝘蜓的讨论请参见刘仲宇《中国精怪文化》，第15页。

为了避免概念运用的淆乱，笔者倾向于以精灵或灵魂来指称万物所具备的"灵"，而在论述较晚历史时期的类似现象时再采用精怪的概念（即到我们可以有比较明确的证据来说明这个精怪确实可以变化时再运用这一概念）。傈僳族观念中的"尼"作为可以脱离原形但还不具备明确形象的"生机力"，似乎是比精灵或灵魂更为原始的一种观念。对于万物灵魂的具体形式，爱德华·泰勒在《原始文化》中曾经作过详尽的讨论，他提出植物灵魂、动物灵魂、物品灵魂等概念，并通过明确的论证指出衣服、武器、锅、斧头以及各种祭品都有灵魂，而且多保持其本然的形式（如衣服的灵魂仍然是衣服的模样，正如人的灵魂仍然保持人的形象一样）[1]。这一观念在中国唐代比较晚出的材料中也可以获得类似的证据，比如《卢佩》（306/2425）和《辛察》（385/3073）两文都写到人世的纸钱焚烧后在鬼魂眼中变成铜钱（虽然钱的材质发生了变化，但可以说明物品也有灵魂）。在近代原始部落的巫术仪式上作为巫师助手的动物精灵也保持其本然面貌，这从人类学家所收集的巫师咒语以及祭仪图像中也可以得到证明[2]。敦煌本《白泽精怪图》中所绘动物精怪基本上也是保持动物面目（如雄鸡精怪被画成雄鸡，鱼精怪

---

[1] 参见爱德华·泰勒《原始文化》第十一章"万物有灵观"，第 384、388、389、391、392、393 页。

[2] 参见张光直《商周青铜器上的动物纹样》，《中国青铜时代》，第 439—442 页。

被画成鱼)①。由此我们可以推测：动植物或其他物品的精灵或灵魂最初应该都是以其原形面目出现，而且并不具备任何变化能力。后来经过长期演变，并受到一些其他观念的影响，它们才获得变化（尤其是变成人）的能力。对此，后文将作进一步阐述。

刘仲宇先生还提出另外一个基本观点即精怪是神秘世界中的元老，并认为：从历史上看，人们头脑中的鬼神，其前身都是精怪（此处的精怪概念其实同样应该被理解成精灵）②。刘先生首先根据章太炎对"鬼"之初义的推测（"鬼，疑亦是怪兽"）认定"鬼"最初是指某种猛兽变成的精怪，后来才演变成专指人的灵魂所变的鬼物。接着又引用人类学的一些资料诸如独龙族、彝族、纳西族的鬼的观念来印证这一观点，因为他认为汉族（周代）典籍中的鬼神观念离原始时代已经很远，只有《山海经》和《左传》中的个别实例可以说明古代人们曾以精怪来想象人鬼（如《海内西经》《海内北经》中"人面蛇身"的贰负神和《左传》中以豕形出现的"公子彭生"即被认为是"以精怪设想人鬼"的实例③）。而《山海经》中的大量其他动物形的神则都被刘先生当作具备"精怪

---

① 参见黄永武《敦煌古籍叙录新编》"子部一"伯2682号《白泽精怪图》，台湾新文丰出版公司1986年版，第343—360页。
② 参见刘仲宇《中国精怪文化》，第21页。
③ 公子彭生一事见于《左传·庄公八年》：云齐侯田于贝丘，见大豕，从者曰："公子彭生也。"杜预《集解》认为齐侯见到的是大豕，而从人见到的却是彭生，皆妖鬼。乃是认为彭生鬼魂变成大豕，而并不是说彭生鬼魂就是大豕。

遗形"的神来看待了。至于夏、商、周青铜器上所刻的各种或狰狞或古怪的动物纹样（如螭、夔、饕餮）则同样都被他视为精怪或精怪的变形[1]。这些观点也都值得商榷。首先，即使"鬼"的初义是指怪兽，但这怪兽并不一定就是精怪，更不能由此认为人们曾用精怪的形象来想象人鬼：不管原始时期（在未使用"鬼"这一名称以前）人们曾以什么名目来指称人鬼，人死后游离出去的那个灵魂一般仍然保持着人的形貌，爱德华·泰勒在《原始文化》中提供的大量证据可以说明这一点[2]。其次，刘先生所引用的那些人类学资料提到的所谓"鬼"其实基本上相当于各种精灵：如独龙族的资料明确提到人的亡魂"阿细"并不是"鬼"（独龙语称鬼为"卜郎"和"南木"），"鬼"（即"卜郎"和"南木"）是自然界中凶恶的精灵（被描绘成猴子形），亦即亡魂"阿细"跟精灵并无关系。而且资料采集者用"鬼"这一汉语术语去对应独龙族语言中的"卜郎"和"南木"是否恰切，也很值得怀疑[3]。纳西族资料中罗列的各种"鬼"（纳西语叫"ceeq 祠"）其实大部分也是动物形精灵，只有吊死鬼、殉情鬼、绝后鬼、饿鬼是人鬼，因此具备人形，可见纳西族的"ceeq 祠"是一个比

---

[1] 参见刘仲宇《中国精怪文化》，第22—47页。
[2] 参见爱德华·泰勒《原始文化》第十一章"万物有灵观"，第367、368页。但关于灵魂的形状，在中国古代有一些很特殊的说法，比如《述异记》中《马道猷》认为"魂正似虾蟆"，《太平广记》卷三二七，第2592页。但这类看法比较罕见。
[3] 参见和志武主编《中国原始宗教资料丛编》，第621页。

较宽泛的概念，本身就包含着精灵与人鬼[1]。因此，这些资料恰恰都说明：在这些民族的观念中，人鬼跟精灵（或精怪）其实还是有本质的区别。刘仲宇先生反复申说的独龙族和纳西族的"鬼"乃是精怪的观点其实应该这样来表述：独龙族的"卜郎""南木"和纳西族的"ceeq祠"之部分乃是自然界中的精灵。而这就完全不能再用以佐证汉族的"鬼"是"从猛兽之怪演变而来"这一观点了。汉语中的"鬼"即使最初曾指猛兽或精怪，后来引申或借用为人鬼，也不等于此前就没有相当于人鬼的观念，更不能认为后来的人鬼一定包含"鬼"的初义。至于《山海经》中的贰负神以及其他神所具备的复合动物形状乃是图腾信仰的产物（乃图腾神），而无涉于精怪，对此前文已经论及，在此不再赘述。另外，在前文笔者曾提到图腾化身信仰，即信仰图腾的部族认为人（或祖先）死后会化身为图腾（或灵魂移入图腾物）[2]。但这一信仰也并不能证明人们曾以精怪来想象人鬼（如刘仲宇先生所认为的那样[3]），因为图腾跟精怪完全是两码事，前者植根于信仰，后者植根于知识。最后，关于夏、商、周三代青铜器上的动物纹样究竟是否为精怪更值得探讨：根据考古学家的

---

[1] 参见和志武主编《中国原始宗教资料丛编》，第376—379页。那些资料采集者用汉族的术语去对应其他部族的某个语词，这本身就已形成一种概念的强加和不当类比，造成了对其原义的歪曲。

[2] 参见何星亮《中国图腾文化》，第248、249页。

[3] 参见刘仲宇《中国精怪文化》，第31、32页。

意见，这些动物纹样乃是协助当时的巫师完成通天地工作的各种动物的形象[1]；还有学者则认为"此类动物，若螭龙、饕餮之类，均是畏兽、天狩"，而"古人图画畏兽，正所以祓除邪魅"[2]。这类畏兽在后世的墓室壁画（如西汉、北魏墓室壁画）与驱傩仪式中曾频频出现[3]，它们本身就是动物（或动物精灵），谈不上是精怪。不过，一个值得注意的现象则是：这些畏兽似乎经历了从动物（或其精灵）向神灵演变的过程，而且其形象也从单一形的动物向复合形的怪兽转化，最后在某个时期完成向人形的演变。比如西汉墓壁画中的"神兽"有虎、龙、凤、熊、鹿、狼、天马、猿等[4]，在北魏石棺、石窟雕刻以及敦煌莫高窟壁画中则出现了大量"有翼兽头人身之畏兽型天神"或"人首兽身有翼神"，有学者认为这些神兽乃是象征雷、电、山、川之神[5]。这些复合状的神兽自然会让人们联想到《山海经》中的众多神灵，二者之间或许也

---

[1] 参见张光直《商周青铜器上的动物纹样》及《中国古代艺术与政治》，收入《中国青铜时代》，第431—440、466—467页。

[2] 参见饶宗颐《〈畏兽画〉说》，收入《固庵文录》，辽宁教育出版社2000年版，第68页。畏兽即威兽、猛兽，古人认为这些猛兽可以祛除邪魅。

[3] 刘仲宇《中国精怪文化》一书对驱傩仪式有所论述，第51—55页。孙作云《洛阳西汉卜千秋墓壁画考释》(《文物》1977年第6期，北京)一文论及汉代驱鬼仪式。姜伯勤《敦煌艺术宗教与礼乐文明》论及北朝畏兽天神与唐代沙洲傩礼，中国社会科学出版社1996年版，第60—66、467—471页。

[4] 参见河南省文化局文物工作队《洛阳西汉壁画墓发掘报告》，《考古学报》1964年第2期，第116、117页。

[5] 参见姜伯勤《敦煌艺术宗教与礼乐文明》"有翼天神图像与北朝畏兽天神图像的比较"，第60—66页。

有某种联系①。至于众多神兽转为人形完成于何时，似乎难以一概而论。至少在魏晋隋唐时雷神还保留着动物形貌：比如《搜神记》中描述雷公被人锄伤"落地不得去"，但见其"毛角长三尺余，状如六畜，头似猕猴"。②而《录异记》则云雷神"面如猪首，角五六尺，肉翅丈余，豹尾"，"手足两爪皆金色，执赤蛇，足踏之，瞪目欲食"。③以往只是见诸传说或图画的怪异神兽竟然成了活生生的存在物。因此，刘仲宇先生认为神灵曾经表现为精怪形象，若就神灵皆取动物形状一端而言，这一观点还是有其可取之处。爱德华·泰勒所提供的原始民族将动物当作神显现于其中的物神而加以崇拜的大量事实也为这一说法提供了证据④。

那么万物的精灵（或灵魂）具备变化的能力或特征究竟始于何时，以及如何变化？要对这一问题的各个方面作出精确的研究和回答可能相当困难，因此本文将主要只对万物精灵转变为人这一方面加以讨论。前文已经提到，在一定的时

---

① 众多学者已经指出《山海经》对那些形态怪异的神的描述很可能都是依据图形。则其存在形态及功能大概也跟墓室雕刻或壁画中的畏兽近似。参见王重民原编、黄永武新编《敦煌古籍叙录新编》"子部一"《白泽精怪图》之叙录，第 341 页。
② 参见《太平广记》卷三九三《杨道和》，3136 页。
③ 参见《太平广记》卷三九三《徐诩》，3144 页。同卷《宣州》有类似记载，第 3142 页。卷三九四《陈鸾凤》则将雷公描述成"状类熊猪，毛角，肉翼青色"的模样。卷三六五《许敬张闲》云贞元中二人在山中遇到一物"虎牙狼目，毛如猿獶，爪如鹰鹯，服豹皮裈"，乃山神。第 2898 页。
④ 参见爱德华·泰勒《原始文化》第十五章"万物有灵观（续）"，第 586—591 页。

期和范围内，人们头脑中的精灵形象基本保持其各自的原形面貌。但从早期人类学所提供的材料已经可以看到精灵以人类形象出现的例子①：比如尼加拉瓜人看到火山的精灵是一个丑陋的裸体老太婆，北欧爱沙尼亚人则认为溪流的精灵是一个穿着蓝色和黄色长袜的青年，还有广泛存在的认为树木中藏着女树精的故事②。另外有一些精灵虽然没有被明确地描述成人的形象，但从人们祭祀它们的方式可以推测其也被想象成了人的模样③。类似的而且可能更为古朴的观念在中国文献中也有反映：如《管子·水地篇》云"涸泽之精"庆忌"其状若人，其长四寸，衣黄衣，冠黄冠，戴黄盖，乘小马，好疾驰"，而"涸川之精"蟡则"一头而两身，其形若蛇，其长八尺"。④《庄子·达生》提到居室内外的各种精

---

① 在精灵以人的形象出现这一阶段之前（或同时）应该还出现过精灵变成动物的情况：英国人类学家弗雷泽在《金枝》中提到大量这类例子，请参见刘魁立编《金枝精要》第四十八章"谷精变化为动物"以及四十九章"古代植物之神的动物形象"，上海文艺出版社2001年版。中国秦朝也有梓树直接化为牛的传说，参见鲁迅辑《古小说钩沉》之《列异传》，但这类例子在中国并不多见。

② 中国古代也有类似故事。如东汉应邵《风俗通义》卷九"怪神"之"世间多有伐木血出以为怪者"云：张叔高伐田中大树，树中钻出白头公四头，非人非兽，被叔高格杀。应邵认为这就是《春秋》《国语》中所云"木石之怪夔魍魉"。参见《风俗通义校注》，中华书局1981年版，第434页。汪绍楹校注《搜神记》卷十八载三国吴陆敬叔伐大樟树，有物人面狗身，从树中出，据《白泽图》云此乃木之精"彭侯"。中华书局1979年版，第218页。

③ 参见爱德华·泰勒《原始文化》第十五章"万物有灵观（续）"，第568、571、576—578页。

④ 参见《诸子集成》第五册《管子校正》，上海书店出版社1986年版，第237页。

灵^①，其中的"鲑蠪"，司马彪疏云其"状如小儿，长一尺四寸，黑衣赤帻大冠，带剑持戟"，"罔象"则"状如小儿，赤黑色，赤爪，大耳长臂"，"泆阳"则"豹头马尾"，"彷徨"则"其状如蛇，两头五采"，"㟪"则"其状如狗，有角，身有文彩"。^②这里出现的"涸泽之精"、"涸川之精"、"鲑蠪"和"罔象"（以及桓公出猎时遇到的"委蛇"）应该是比较早期的精怪形象：它们有的还残留着动物的特征，有的虽已变成人，但却是数寸小儿，活动于荒野，显得很原始。其中"罔象"本来是具备"夔龙之形"的"山川之精物"^③，但在这里也已经变成"小儿状"。从各种变化的情形来推测，其中大概蕴含着这样的观念：某一事物的精灵（或灵魂）获得变化能力，能变成其他动物或人类。虽然魏晋隋唐的众多精怪故事都描写某种动植物直接变成人类或他物，但在此之前应该存在过由物体精灵（而不是物体本身）变成他物的观念。爱德华·泰勒认为，按照中国人的哲学，精灵是所有成千上万物体中精微的部分^④。正是这一"精微的部分"能获

---

① 陈鼓应《庄子今注今译》把这些精灵都转译成"神"，则颇为不妥。从这一段文字的前后文来看，乃是皇子告敖跟齐桓公在谈论泽中精物委蛇，鲑蠪等物都应是跟委蛇类似的精灵（或精怪）。

② 参见《诸子集成》第三册《庄子集释》，第287页。司马彪虽然是西晋人，但他对这些神灵形象的描述应该有更早的依据，可以认为体现了更早时期的观念。

③ 段玉裁《说文解字注》"十三篇上·虫部"引贾逵注《国语》，上海古籍出版社1981年影印经韵楼原刻本，第672页。

④ 参见爱德华·泰勒《原始文化》第十五章"万物有灵观（续）"，第567页。

得变化能力。从弗雷泽所提供的谷精变成各种动物的材料来看①，欧洲人也曾一度认为是物体的精灵在变化，而不是物体本身在变化（即是谷物中的精灵在变化，而不是某一束具体的谷物在变化）。在中国文化中，这一观念曾被更明确地加以表述。东汉人认为"物之老者，其精为人；亦有未老，性能变化，象人之形"②。东晋的葛洪也表达了类似看法："万物之老者，其精悉能假托人形，以眩惑人目而常试人"③。郭璞《玄中记》则记载了大量表现这一观念的具体例子，如"千岁树精为青羊，万岁树精为青牛""玉精为白虎，金精为车马，铜精为僮奴"等④。但中国文献在表达精灵变化观念的同时，也在表达物体本身年久而能变化的观念：如葛洪所提到的大量精怪变化的实例⑤，《玄中记》提到的"狐五十岁能变化为妇人，百岁为美女、为神巫，或为丈夫"等说法⑥；《搜神记》中提到的"物老则为怪"的理论⑦，包含的观念便都是年久的动植物能直接变化。魏晋隋唐以及后来的精怪故事中也同样并存着这两种观念：表现精灵变化的，往

---

① 参见刘魁立编《金枝精要》第四十八章"谷精变化为动物"以及四十九章"古代植物之神的动物形象"。
② 王充《论衡·订鬼篇》，参见《诸子集成》第七册，第220页。
③ 参见王明《抱朴子内篇校释》卷十七"登涉"，第300页。
④ 参见鲁迅辑《古小说钩沉》下册之《玄中记》，第380页。
⑤ 参见王明《抱朴子内篇校释》卷十七"登涉"，第300、304页。
⑥ 参见鲁迅辑《古小说钩沉》下册之《玄中记》，第378页。
⑦ 参见汪绍楹校注《搜神记》卷十九，第234页。

往最后精灵会突然消失得无影无踪；表现物体直接变化的，精怪最后都恢复原形，仓皇逃窜。在西方文化中，表现精灵变化的精怪故事很少见，其中仅有《拉弥亚》的故事比较典型[1]；表现物体直接变化的例子则主要见于民间故事，数量也很少[2]。刘仲宇先生和户仓教授都注意到西方文化中精怪现象较中国要远为缺乏[3]，其原因究竟何在，也还值得深入探讨[4]。应该说：正是这样一种不同直接导致了后来中国和西方文学面貌的重要差异，比如西方（也包括各类传说的一大渊薮印度）就没有出现类似唐传奇、《西游记》和《聊斋志异》这样的文学形态。而中国古代之所以能发展出这一文学形态，其根底大概仍在于从战国到魏晋时期精怪观念牢固

---

[1] 参见朱维基译《济慈诗选》，上海译文出版社1983年版，第208页。济慈在《拉弥亚》一诗的注中提到古希腊的费洛斯特拉图（约170—250年）记载的蛇精故事：蛇精变化成美女诱惑男子，在被人窥破真相的一瞬间，一切都化为乌有。有人认为这个故事和中国的《白蛇传》都源自印度，但笔者尚未找到印度方面的相关资料。

[2] 参见〔美〕斯蒂·汤普森《世界民间故事分类学》第三部分第六章"动物夫妻"，其中提到美洲一些部落的传说中鹿、野牛、狗变成人类的故事。上海文艺出版社1991年版，第425—426页。

[3] 参见刘仲宇《中国精怪文化》，第400—402页。以及《国际聊斋论文集》，第193页。

[4] 刘仲宇先生认为这是由于西方基督教和伊斯兰教等一神教传统对精怪信仰的抑制所造成的。参见刘仲宇《中国精怪文化》，第400页。这一说法也许有一定的解释力，但是何以解释印度以及其他民族和地区的类似情形？尤其是印度，宗教信仰比较复杂，并未形成过某种宗教独尊的局面，但是根据笔者大略的调查，印度传说中仍然以人类变成异类的情况为多，异类变成人类的故事则比较少见。

形成并从民间草野进入文人视线。

如前所述,精怪现象早已在战国时期的文献中零星出现了。其被文人关注应该经过了一个较长的过程:《汉书·艺文志》著录的《人鬼精物六畜变怪》《变怪诰咎》《执不祥劾鬼物》等书透露了学者对这类现象的早期关注[①];到魏晋时期,葛洪、郭璞等兼具道士或方士身份的学者对精怪故事表现出强烈兴趣。尤其是葛洪,出于非常实用的目的(帮助道士入山修炼时躲避各种精怪的侵扰),对众多精怪种类及其应付方法进行了系统论述[②],他所提到的《九鼎记》和《白泽图》两种资料透露出精怪信仰在民间的普遍流行。其中的《白泽图》在敦煌唐代文献中留下了较为完备的内容(敦煌抄本名曰《白泽精怪图》)[③],关于这一资料的出现时间学界有不同看法,有的学者认为其反映了三代甚至传说中黄帝时代的精怪观念[④],这一意见笔者以为并不可取,另有人认为其在两汉时代即已成书并流传,这一说法可能比较稳妥一

---

① 参见《汉书》卷三十"艺文志第十",中华书局1962年版,第1772页。
② 参见王明《抱朴子内篇校释》卷十七"登涉",第300、304、308页。
③ 关于《白泽精怪图》的相关研究参见以下论著:饶宗颐《跋敦煌本白泽精怪图两残卷》,载台湾"中研院"史语所集刊第41卷第2册;林聪明《巴黎藏敦煌本白泽精怪图及敦煌二十咏考述》,载《东吴文史学报》第2期;高国藩《敦煌民俗学》第二十章"敦煌民间信仰的《白泽精怪图》",上海文艺出版社1989年版。刘仲宇《中国精怪文化》,第42—44、72—78页。
④ 参见刘仲宇《中国精怪文化》,第42—44、72页。

些①。从魏晋以后,《白泽图》受到了更多关注,这从历代史志著录也可以得到证明②。这应该标志着精怪现象从最初引起道士或方士的兴趣向受到一般学者关注的转变。这一转变乃是导致魏晋隋唐志怪传奇兴起的重要原因之一。

志怪故事在魏晋六朝集中载录于《列异传》《述异记》《搜神记》《搜神后记》《异苑》《幽明录》诸书,其中精怪故事就其内容性质而言,基本上可以分为两类:一类是表现精怪变成人形以惊扰、危害世人;另一类表现精怪变成女子(以这一类居多)或男子魅惑世人。其中所包含的核心意识不外乎把精怪视为人类的敌人而加以提防,这是从远古时代一脉相承的对万物精灵的恐惧与防范③:从《左传·宣公三年》提到的夏人"铸鼎象物"④,一直到后来出现的《白泽

---

① 参见高国藩《敦煌民俗学》第二十章"敦煌民间信仰的《白泽精怪图》",第343、346页。但高先生认为《白泽精怪图》表现的神话时代是在黄帝之时,远在《河图洛书》《黄龙负图》之前,故可认为其是灵怪献图神话系统之首出。对这一说法笔者不敢苟同,这是因为:首先,《白泽精怪图》表现的乃是精怪信仰,而与神话无关;其次,中国古代很多传说都托之上古三代,《白泽精怪图》显然也是如此。因此不管其传说还是其反映的观念,都应该是很晚才出现的,大概也要到战国以后了。
② 参见《隋书》卷三十四"经籍三",《南史》卷八"简文帝纪",《旧唐书》卷四十七"经籍下",《新唐书》卷五十九"艺文三",《宋史》卷二〇六"艺文五"。另请参见高国藩《敦煌民俗学》第二十章"敦煌民间信仰的《白泽精怪图》"对《白泽图》流传情况的介绍,第343—345页。
③ 参见爱德华·泰勒《原始文化》第十五章"万物有灵观(续)"。
④ 夏人"铸鼎象物"的目的乃是使"民入川泽山林,不逢不若,螭魅魍魉,莫能逢之"。张光直《商周青铜器上的动物纹样》对此有比较详细的论述,参见《中国青铜时代》,第433—435页。

精怪图》都表现着人类对自然精灵或精怪的畏惧与提防,魏晋文人记录这类故事的基本心态亦复与之相似,但一些变化的迹象也已经开始出现。如果说远古时代人类对精灵的畏惧导致了自然崇拜与原始宗教的出现[1],那么到魏晋六朝时期,人们对能变化的精怪已具备了更多应对能力:一些精怪就被巫师咒死或被有勇力者杀死。上述第二类故事(即精怪魅惑世人与之欢好)数量巨大,表现精怪以变幻手段跟人类男子或女子发生性爱关系,败露后仓皇逃窜或被杀死,这也表现了人类对这类事件的疑惧与厌恶。研究民俗人类学的学者对其中一些故事亚型产生过兴趣:比如在东方各个文化圈中普遍存在的蛇郎或蛇女婿传说就包含着蛇精变成人跟人成婚的内容,有学者认为这一内容乃是早期始祖传说或图腾婚习俗的演变,经过这一演变,原本受人尊崇的动物始祖变成了遭人厌憎的精怪,这反映着信仰的与时变迁。早期人类跟动物直接成婚的观念曾经广泛存在过[2],在中国文献中也不乏其例[3],在中国各民族中更是普遍流传着祖先跟动植物(天鹅、狐狸、狼、熊、虎、蛇、鼠、猫、犬、毛毛虫、树、竹等)

---

[1] 参见袁珂《神话的起源及其与宗教的关系》,收入《神话论文集》,上海古籍出版社1982年版,第65—68页。

[2] 国外的情形参见列维-斯特劳斯《野性的思维》第二章,商务印书馆1987年版,第45、46页。以及斯蒂·汤普森《世界民间故事分类学》第三部分第六章"动物夫妻",其中提到许多人跟动物成亲的传说,第423—429页。

[3] 郭璞《玄中记》中的槃护(一作槃弧)传说(《后汉书·南蛮西南夷传》亦载,作盘弧),以及《魏书·高车传》中匈奴单于之女与狼为妻的故事,即为显例。

或动植物变成的人成婚的传说，这是带有图腾祖先观念色彩的原始信仰[1]，表达的乃是对动植物（或动植物精灵）始祖的崇敬。但随着信仰的逐渐失落，这种崇拜的情感也消失了。那些传说的内容也发生了变化，变成精怪故事。要对这一变化的过程予以详细描述虽然比较困难，但也还是有一些蛛丝马迹可寻[2]。

精怪故事所反映的虽然已不是带有崇敬色彩的原始信仰，但并不意味着当时的人不再相信精怪现象的存在。正如许多学者所指出的，魏晋六朝人对精怪故事的记载基本采取一种实录态度，只对精怪变化的过程作简单记叙，因此显得很简略，只是一个梗概[3]，但这一时期的志怪故事所具备的浑朴、凝重质地以及淳厚的草野泥土气息却是后代作品所无法比拟的，堪称中国叙事文学中的一块璞玉。进入隋唐以

---

[1] 参见何星亮《中国图腾文化》第三章"图腾观念"，第64—70页。
[2] 刘守华《比较故事学》引述罗香林《古代百越分布考》以说明：远古图腾祖先信仰导致奉献貌美女子给图腾祖先（由巫师装扮）的巫术仪式。而在现实中，每有真以女子奉献给凶猛动物的野蛮习俗。刘先生列举了《搜神记》中著名的李寄斩蛇故事，认为正是远古图腾婚姻习俗的遗留。上海文艺出版社1995年版，第434—435页。此外，笔者以为，《史记·滑稽列传》中所载西门豹阻止邺巫为河伯娶妇的事迹也可为这类习俗提供旁证，而且同时也证明着这类习俗的日趋衰落，李寄斩蛇的故事也说明了这一趋势。《列异传》中的楚王少女为大蛇所魅（《太平广记》卷四五六《楚王英女》），被术士劾死；《搜神后记》卷十《女嫁蛇》云晋太元中某人嫁女，为蛇精所迎娶，情景极其恐怖。这跟表现着图腾祖先信仰的传说已经有了很大差距。
[3] 参见鲁迅《中国小说史略》第五篇、第八篇，上海古籍出版社1998年版，第24、44页。

后，这块璞玉被稍加雕琢，更显得文质炳焕。对这一变化的原因及其过程加以探讨是颇具意味的，但在此只能先对精怪类型作一个初步的讨论。魏晋六朝文人作为这类故事的第一批记录者，他们所面对的乃是来自民间田野的活生生的叙述以及这种叙述所带有的原初的神秘、恐惧体验，这决定着他们的文字会是直接的、客观的、原始的和简略的。比如《甄异志》中的杨丑奴与《搜神记》中的丁初都是讲述乡野男子在陂塘或湖面遇到獭精变成的女子，女子又变成水獭入水①，内容很简洁，所写人物、环境、行事都很质朴，但又很鲜活而自然，包含着原汁原味。其中精怪的变化以及跟人类的相处都很仓促、很慌乱，基本关系是包含着敌意的。进入唐代以后，这些前代精怪故事一定会成为一部分文人的案头读本，并进而成为其驰骋想象、进行创作的凭借（这么说并不是否认当时也有很多志怪传奇直接取用民间的素材）；同时，经过几百年的变迁，唐代人对自然环境的感受跟六朝人相比也会有所变化（这当然并不是说民间的精怪信仰就不存在了，而是说人们在自然中的安全感应该会有所增强）。这些因素都会促进精怪小说文学性、趣味性以及游戏性的增强。大体而言，其演进主要表现在以下几个方面（这里只谈与变形有关者）：

一、从精怪到人的变形可以反复发生、随心所欲，有时

---

① 参见《太平广记》卷四六八《杨丑奴》《丁初》，第3861、3857页。

精怪还可以以人的身份与人类长期交往，甚至共同生活。比如《传奇》中的《马拯》(430/3492)讲述一虎化为僧人与人交往，要吃人时则变成虎，吃完后又变成人；《集异记》中的《王瑶》(433/3513)则云一虎化为人出入人间十数年，跟人交往密切；《大唐奇事》中的《虢国夫人》(368/2932)讲述一僧从西蜀携一猿卖与虢国夫人，后来此猿变成小儿，自云当年本是人，因喋药苗而化为猿。不久小儿又与虢国夫人一使女俱化为猿，夫人命人射杀之，结果发现其原形竟然是一个木人。而像《申屠澄》(429/3486)、《孙恪》(445/3638)、《陈岩》(444/3631)、《计真》(454/3707)、《任氏（传）》(452/3692)等文则都是写精怪变成女子后跟世间男子长期共处，有的还很恩爱，彼此之间的敌意基本消失。这就跟魏晋六朝的观念已经相差很远，而只是文人的文学幻想了。

二、精怪变化这一现象本身受到极大关注而成为重要情节因素。在六朝精怪故事中有一类很有意思的亚型即精怪变成某人的亲朋来进行欺诈[①]，唐代人就把这一亚型变成复杂的连环结构，极富戏剧性，比如《灵怪录》中的《王生》(453/3699)讲述狐精连续变化以骗取天书，十分巧妙；《朝野佥载》中的《张简》(447/3658)则说野狐先变成张简模样为弟子讲书，随后又两次到张家变成张的妹妹以戏耍张，致

---

① 比如《幽明录》中的《吴兴戴眇》、《徐密》(《太平广记》卷440/3588)、《朱综》(《太平广记》卷461/3784)。

使张错杀其妹。这一类狐精变化以戏耍人类尤其是道士、巫师、佛教徒的故事在唐代尤其多见,也有的则是表现精怪跟术士斗法而互有胜负①,这乃是后来《西游记》中众多充满变化因素的降妖伏怪情节的雏形。从能够变化的精怪的种类来看,唐代的数量要远过于六朝,虽然从理论上来说万物都能变化,不会存在孰多孰少的问题,但唐人显然是在人为地挖空心思杜撰出一些奇异的精怪变化故事,比如《宣室志》中的《吕生》(401/3228)描述水银精怪的不断分身变化,杀之不绝,就是一种文人的奇妙意想;《集异记》中的《僧晏通》(451/3691)描写狐狸变化魅人的过程很详细,跟魏晋六朝精怪的径直变化也很不一样。这充分说明魏晋六朝人是从整体上来关注精怪这一现象,而唐人则对精怪的"变化"能力更感兴趣;六朝人以实录心态去记录听到的故事,故保持其本然形态,显得简略;唐人抱着猎奇心态去关注其中最奇异的成分——变化,对其反复把玩、挖掘,穷奇极异,故描摹详尽,更显智巧。唐代精怪小说中的"谐隐精怪"亚型之所以大量引进谐隐技巧,也正是因为文人看到其跟变化因素可以巧妙而完美地结合,从而发展出一种全新的小说形式②。

---

① 比如《太平广记》卷四四八《何让之》《杨伯成》《叶法善》,卷四四九《沔阳令》《焦练师》《韦明府》,卷四五○《唐参军》,卷四五一《长孙甲》,卷四五三《裴少尹》等。
② 拙著《唐代非写实小说之类型研究》第一章对谐隐精怪小说的形成过程、艺术手法及文学特质作了详尽讨论。

三、六朝精怪多单枪匹马出来活动[1]，唐代小说中精怪变化的规模扩大，一些精怪都以家族或群体的形式出现。比如《广异记》中的张鋋（445/3635）在巴西山洞遇到猿、熊、虎、狼、鹿、狐、龟众精怪，它们相互之间似乎交往已久；《东阳夜怪录》（490/4023）中的成自虚雪夜在破庙遇到骆驼、驴、牛、马、鸡、猫、狗、刺猬等一大群精怪，众精怪彼此之间也很熟悉，仿佛是老朋友；一些狐精则以家族形式跟人打交道，如《计真》（454/3707）、《张直方》（455/3713）中狐精变出宅第，聚众而居，还跟人联姻。

四、有的精怪变成人后不再讳言其原形，大胆坦然地跟人交往。比如《潇湘录》中的《张斑》（401/3223）、《贾秘》（415/3382）以及著名的《任氏传》。这一苗头在唐代传奇中没有充分发展，但被《聊斋志异》所继承。

总的说来，变化母题的文学意义在唐代可以说获得了充分开掘，后来的《西游记》和《聊斋志异》基本上只能在其畛域内奋其智巧了。《西游记》中的大量神魔妖怪的变化莫测其实都与精怪相去不远，其基本叙事模式都已经在唐代奠定了。但《西游记》增添了神魔因素和宏大主题，将众多变化以及对抗情节融为一体，这是其重要独创。《聊斋志异》中的精怪作品在唐传奇的基础上更加矜其巧慧，并在主

---

[1] 当然也有个别以群体形式出现的，比如《列异传》中的《楚王英女》（456/3726）条写蛇精乃是以大队人马形式出现，《搜神后记》中的《太元士人》（456/3729）条写士人女嫁入一户人家，结果发现是蛇窝。

题和艺术形象上有更自觉的追求。精怪的变化主题经过唐传奇和《西游记》的反复运用,进一步开拓的余地已经不大,但蒲松龄还是有所作为,一些变化情节着实设想得极其巧妙。比如《郭秀才》(卷七/914)一文[1],讲述郭秀才山中迷路,遇到十余人月下聚饮,被邀入座,当夜已深,郭学杜鹃、鹦鹉叫,表达思归之志。众人欲效其技而不能,便为之表演"踏肩之戏",十余人搭成人梯,望之可接霄汉,正惊顾之间,"挺然倒地,化为修道一线,郭骇立良久,遵道而归"。虽然古人认为道路也有精灵(泰勒在《原始文化》中就曾提及[2]),但却从未有人以这种方式来表现道路精怪的变化(尤其是恢复原形的方式),在魏晋隋唐众多精怪中也从未出现过这一精怪形象,而蒲松龄想到了,而且表现得如此绝妙,令人叹为观止。又比如《阿英》(卷七/917)一文表现甘璧人家中养的鹦鹉飞走了,多年后成精,变成女子,上门求聘。这一构思也很绝妙,在众多物类中,笔者以为有两种动物最适合变成精怪:一种是猿猴,因其像人;一种是鹦鹉,因其能言。前者在清以前小说中已经屡见不鲜,但鹦鹉成精竟从未出现过,而终被慧心的蒲公所捕捉并加以运用,足见其过人之处。此外,如《荷花三娘子》(卷五/682)

---

[1] 本篇凡引《聊斋志异》中作品,均据张友鹤辑校《聊斋志异会校会注会评本》,上海古籍出版社 1986 年版。为区别于《太平广记》,括注所引篇目卷次用中文数字表示,其后页码用阿拉伯数字表示。

[2] 参见爱德华·泰勒《原始文化》第十五章,第 553 页。

表现荷花精怪变化多端（变成怪石、纱巾），戏弄情人，这在前代也没有先例，大概受到《西游记》启示。在变化主题方面要再有更多的创新，应该说已经相当艰难。所以蒲松龄明智地将自己的艺术才能转向唐人还没有充分发掘的领域：那就是着力塑造精怪女子的美好形象，表现她们跟人类的执着的爱恋（准确地说，应是世间男子对她们的迷恋），并进而表达自己的生活态度及人生理想[1]。由《任氏传》开启的门径在《婴宁》（卷二/147）、《小翠》（卷七/1000）及《花姑子》（卷五/634）等作品中被充分地拓展了。从六朝到清代，精怪这一题材获得文人关注的方面乃是各有侧重的：六朝人把它当作一个生活中的奇异现象来严肃地面对和思考；唐代人则以游戏猎奇心态去把玩其中的变化因素，构想出一个个诙谐的故事，显示出一种纯粹的艺术智巧，而同时，运用精怪这一特殊群体为参照来反观人类的视点也自发地出现了；《西游记》在一定程度上主要是将唐人把玩精怪变化的游戏心态更自觉地予以强化[2]；《聊斋志异》则自觉地利用精怪题材来作为批判人类这一群体的有力手段，蒲松龄十分真诚地表现着狐鬼花妖的善良、纯真、聪慧和仁义，痛切地针砭这些素质在人类中的缺失，他即使在秉承传统遗绪表现游戏

---

[1] 户仓教授对蒲松龄通过精怪女子所寄托的理想作了精辟分析，请参见《变身故事的变迁》，收入《国际聊斋论文集》，第189、191、192页。

[2] 所以林庚先生认为《西游记》具有童话性质，参见《西游记漫话》"童话的天真世界"一节，人民文学出版社1990年版。

与诙谐时，也不忘记对精怪加以热烈赞美（如《狐谐》，卷四/500）。人类从对精怪充满畏惧和敌意演变为对它们充满爱恋和崇敬，这一变化的过程真是非常耐人寻味：在远古时期，万物以其神秘的灵性让人类畏惧和崇拜，甚至成为人类心目中的神灵；但随着人类智慧的开启和控制万物的力量逐渐增强，这种对万物神灵的信仰失落了，神灵沦落为精怪，成为一心想混进人类中的异端力量。但最终这种异端的力量又以其独特的魅力（如自由、聪明、仁爱、正义）赢得了人类的尊敬，似乎要将人类同化。人类在获得主宰万物力量的同时，却又发现自己在道德上低其一等，又要将那曾经有过但一度失落的崇拜之情还给万物了。在唐代，有一些精怪作品（如《焦封》《孙恪》《申屠澄》）表现动物变成女子跟人类成婚，最终又因为向往山林的自由生活而离去[①]，其中就已经微露这一端倪。《聊斋志异》中的狐女小翠憎厌人世的丑恶而坚决重回狐的世界，婴宁为爱欲所牵不能复变为狐，只能被俗世所污染和扭曲。从精怪通过变形欲跻身人类行列到害怕人类的束缚、玷污，这反映出古人对人类自身缺陷的认识日趋清醒和深刻。

---

① 参见拙著《唐代非写实小说之类型研究》，第59页。

四、比较与思考：关于变化母题的哲学及文学意义

作为一种世界性的文化与文学现象，变化母题在世界各国、各民族的宗教、神话、传说、民间故事以及文人文学中都留下了深刻的痕迹。就笔者所掌握的资料而言，由人到动物的变化这一类型在东西方有关文献中都可以找到大量例证，而从动物（或精怪）到人的变化类型则主要见于东方（尤其是中国）文献。西方早期的变形故事比较集中地见于《荷马史诗》和奥维德的《变形记》[1]，尤其以后者为其集大成者。奥维德描述了众多凡人和神灵从人形变成各种异类的故事和场面[2]，正如译者杨周翰先生所言：奥维德特别喜欢描写"变形"的过程，比如描写被日神阿波罗所爱慕追逐的达弗涅变成月桂树、库阿涅女神变成湖水、一个嘲笑刻瑞斯的孩子变成蜥蜴、阿斯卡拉福斯变成猫头鹰的过程都极其详细[3]，这些奇异的变化过程似乎已完全被想象力丰富的诗人当作客观现象来加以描写，这在其他国家的类似故事中是不多见的，比如中国的传奇表现人变成老虎（见前引诸文）、

---

[1] 本文所论主要以杨周翰翻译的奥维德《变形记》为依据，作家出版社1958年版。奥维德生活于罗马帝国渥大维统治时期，大致相当于中国西汉元帝、成帝统治时期。

[2] 参见《变形记》第五章、第六章，其中变形故事尤多，但其他各章也有很多同类故事。

[3] 参见《变形记》，第11、12、61、62、64页。

蛟龙、猿猴或鱼都往往比较简捷直接[1],但有一些作品会对变形者的内心感受进行比较详细的描写,这从《聊斋志异》中也可以找到一些例证。从主题方面而言,在西方的变形故事中,有时从人到异类的变化乃是对变形者行为的错误或性格的弱点进行惩罚的结果,对此黑格尔在《美学》中援引《变形记》中的许多例子进行了充分阐述[2],这种思想在印度的轮回转生学说以及中国的变化故事中也有所体现,在一些地区的民间故事中也表现了同样的观念[3]。笔者注意到,在这类故事中(包括《变形记》中的一些故事,比如孩子变成蜥蜴、庇耶里德九姊妹变成喜鹊)有一些同时也是用以解释某一事物起源的神话或传说,在这些传说中表现出如此强烈的伦理价值判断应该是较晚时候的文化现象,而早期的动植物起源传说(比如女娲变成精卫、夸父的手杖化为桃林、瑶姬变成䔲草等)一般都比较单纯质朴。此外,就变形的直接动因而言,在东西方都有通过巫术或神力而造成人类变形的故事(前文已举例),也有人类因被其他物类同化而变形的

---

[1] 参见《太平广记》卷十四《许真君》中为蠹精所娶的女子化为蛟龙,同书卷三六八《虢国夫人》中的婢女变成猿。

[2] 参见黑格尔《美学》第二卷第一部分第三章"变形记"以及第二部分第一章"变形",第116、183页。

[3] 参见〔德〕艾伯华《中国民间故事类型》,第85、111、112、133、135、137、144页。以及史阳、吴杰伟《菲律宾民间文学概论》第三章"动物起源神话""植物起源神话",菲律宾华裔青年联合会2003年版。

故事[1]，对此本文都不再详论。

对于变形母题的哲学和文学意义，东西方文人学者都有各自的思考。奥维德在《变形记》中通过一个素食主义者之口阐发了他对于变形问题的意见，他认为一切事物只有变化，没有死灭。灵魂是流动的，时而到东，时而到西，可以从牲畜的躯体移到人的躯体，又从人的躯体移到牲畜的躯体。不管形状如何变化，灵魂永远是同一个灵魂。人类的变化乃是宇宙万物变化的一部分[2]。从这一理论中，我们看到泰勒著名的灵魂迁移说的又一佐证。奥维德大量地引证生活中那些显而易见的变化事例，似乎意在为全书中众多人类变形的奇异事件提供例证。奥维德的这种关于事物变化的观念让我们联想到《庄子·至乐》中对事物演变过程的描述：从微小的"几"（一种微生物）起始，迭经变迁，最后生成人，"人又反入于机（有学者认为"机"当作"几"），万物皆出于机，皆入于机"[3]，郭象"注"认为这一段话乃是表达"一

---

[1] 除中国的《许真君》《虢国夫人》等例外，在国外的民间故事中也有其例，如前揭《世界民间故事分类学》中也提到这类故事（一个人跟鹿或熊成亲或交往，结果能变成该动物），第425、428页。

[2] 参见奥维德《变形记》第十五章。奥维德利用灵魂迁移与变形理论来阐发其素食主义主张，在中国魏晋隋唐时代的一些变形故事中也有类似情形，如鄱阳郡有人变成白鹿，其子孙遂不复畋猎（见《列异传》），唐代薛伟给同僚讲述自己变鱼的经历以后，众人便终身不复食鲙（见《薛伟》）。

[3] 参见陈鼓应《庄子今注今译》，中华书局1983年版，第463页。

气而万形,有变化而无死生"的主张①,这跟奥维德的意见是基本一致的,但奥维德所谓的"灵魂"在这里变成了"气"。中国古人对于上述两类变形方式的解释都具有一种朴实的特点:他们首先认定"万物之变,皆有由也",即认为万物的变化都可以找到原因,那些年久事物的变化(如千岁之雉,入海为蜃;千岁之狐,起为美女等)乃是由于"数之至也",腐草为萤、朽苇为蚕之类变化则是由于"气易也",均属于"陶蒸之变化";"人生兽、兽生人"乃"气之乱者也","男化为女、女化为男"乃"气之贸者也",它们与人类化为异类的情形同属于"耗乱之变化"②。唐代科举考试策论题之所以会问及变化之理,也正是因为当时人们认为可以从"气"的变化角度对各类变化现象作出合理解释。当然,以上这些理论都没有涉及精怪变化这类情况,关于精怪变化的原因,除了王充和葛洪都提及的"物之老者,其精悉能假托人形"之外,也没有任何其他的解释了,如果要追究这一说法的根底,大概也仍然在于"精"或者"气"之变化。

对于变形母题的象征性内涵的哲学思考,前文已经提到过黑格尔的著名论断,即认为变形为一种自然现象代表着精神界事物的堕落,这一意见虽然有其正确性,但也仍然是

---

① 参见《诸子集成》第三册《庄子集释》,第277页。
② 参见汪绍楹校注《搜神记》,第146、147页,以及前揭李肇《唐国史补》卷中"洪崖治有役者将化为虎"条。此外,葛洪《抱朴子内篇·黄白》也对变化之理有所讨论,参见王明《抱朴子内篇校释》,第284页。

偏颇的，因为它对前述中国文学中的一些变化类型就并不完全适用（甚至完全不适用）：一类是神仙的变形（变为鸟类或兽类等），其中所暗含的乃是超越人类局限、获得更大自由的梦想，如果说西方的一些变形乃是因为过错而导致的，中国的这种理想的变形则恰恰因为人类的各种缺陷而难以实现。另一类则是作家文学中的变形（比如《薛伟》《竹青》《香玉》），其中人类并不以变成异类为耻，正如户仓教授所指出的：从人类到异类，与从异类变为人类的作品构成了《聊斋志异》的特殊世界，人类与异类混杂在一起，互相变身，形成像圆形舞似的状态，也因此，读者觉得人往往化为狐、化为花，感到乐趣无穷[1]。在黑格尔所论及的变形中，自然现象比人类的存在状态要低一等，而在中国的这些变形中，万物与人是平等的，甚至比人更优越。正因为如此，人类才会努力通过变形去设身处地地体会异类的情感和处境（如《薛伟》）。当中国古代的文人试图去表现变形题材时（不管是哪一类情况），他们往往都会努力去揣摩异类的特征和心态，在这一过程中，人类难免把自己"当作衡量世间一切事物的标准"，从而"把自己变成整个世界"[2]，但这本身也是平等对待万物的一种方式。相对于最初将万物拟人化的原始思维，这种将人化为异类的自觉的思路正好是反其

---

[1] 参见户仓英美《变身故事的变迁》，收入《国际聊斋论文集》，第190页。
[2] 参见〔意〕维柯著、朱光潜译《新科学》，商务印书馆1997年版，第201页。

道而行之，表现出一种从平等、尊重的立场去认识万物的姿态。因此，当人类化为异类的故事脱离神话和信仰以后，仍然能焕发出全新的意义。

动物精怪化为人类的故事在其他文化圈中没有获得充分发展，在中国古代却大量存在，不过在理论上却一直受到忽视。精怪变化的故事最初（魏晋六朝）基本上被视为一种"真实的叙述"[①]，到后来逐步演变成一类纯粹文学化的题材，其内涵与意义也在发生变化。跟动物精怪故事十分接近的一类文学形式是动物寓言，动物寓言乃是让动物本身扮演人类的言谈行止，并从中表现出一种道德教训。黑格尔认为："寓言的巧妙在于把寻常现成的东西表现得具有不能立即觉察的普遍意义。"真正的寓言所描述的情况或事件并不是凭空虚构的，而是从实际生活中观察得来的，比较符合动物的本性，而同时又能使人从其对人类生活的关联中获得道德或智慧方面的教训。也只是凭这种关联，它对人才有意义[②]。这一论述对我们理解精怪故事的艺术特征颇具启示性。跟寓言中的动物不同的是：精怪能够直接变成人形，并能完全以人类的方式去活动。但在六朝志怪中，这一变形除了表现为对人类的威胁之外，还没有显示出更重要的意义。精怪跟人发生更深刻的联系（这种联系的深刻程度是动物寓言无法相

[①] 借用维柯《新科学》中对寓言的定义，第199页。
[②] 参见黑格尔《美学》第二卷第一部分第三章"寓言"，第105、109页。

比的，因为动物凭着纯粹的动物外观是无法真正进入人类生活的）乃是进入唐代传奇以后（一直到清代），一方面通过跟人类的稳定的恋爱或联姻表现关于婚恋的现实或者幻想，另一方面则通过跟谐隐等艺术因素的融合而成为表现文人情感与心智的新的文学形式。在前一方面，变成人以后的动物的潜在本性往往难以被适当地通过行动和情节来加以表现（顶多表现一下狐狸精怕狗、鱼精渴水、花精有香气、蜂精的声音尖细之类），所以变形内容经常成为一个可有可无的因素。但在后一方面，则有许多十分精彩的作品出现，因为这一类作品主要借助于言谈而不借助于行动与情节来展开。通过在言谈中设置大量各类隐语，可以极其巧妙地双关着动物与人类双方所共有的特性（中唐时的《东阳夜怪录》就是这方面的一篇经典之作）[1]。黑格尔在说明动物寓言之所以采用动物作为行为主体的原因时指出：在寓言这种喜剧中，唯一的兴趣除去打扮得巧妙之外，就在于动物的本性和外貌与人类行为之间的对比。动物的打扮可以使严肃的主题跟戏谑和玩笑结合在一起，也可以把一般人性纳入动物界的框子里突出地加以表现，同时也表现出动物界本身许多最有趣的特征和故事[2]。这一论述基本可以移用于谐隐精怪类作品。但谐隐精怪类作品还有一些自身所独具的特点是动物寓言所没

---

[1] 详细的讨论请参见拙著《唐代非写实小说之类型研究》第一章第三节。
[2] 参见黑格尔《美学》第二卷第一部分第三章"寓言"，第 109、111、112 页。

有的。首先,谐隐精怪类作品中的滑稽对比完全是通过隐语这一技巧来实现的,因为动物既然已经变成人,就只能用含蓄的方式去表现其本来面貌,因此动物跟人类的对比是隐含的,而且隐藏得越巧妙,其喜剧性就越强。而动物寓言则无须隐藏,也就没有这一含蓄的诙谐意味。其次,虽然动物寓言的形式在远古时期曾被认为是"真实的叙述",并不会让人感到惊讶[①],但到了文化比较发达的时期则会让人觉得不太自然(面向儿童的动画片是一个例外)。而精怪故事中让精怪变成人这一点本身虽然不太自然,但变成人之后的故事发展则让一般人都能够接受。再次,在动物寓言中,最初包含的动机主要是一种隐喻思维(即认为自然物跟人一样)[②],在精怪故事中则似乎隐含着一种进化论的思维:自然物经过长期的发展或修炼终于可以变成人。但即使如此,动物精怪也常会因其不光彩的原形而感到羞惭(如《任氏传》《计真》等),人类也为此而厌弃它们,显出顽固的人类中心主义立场,但这一立场逐渐被克服了:人类先是觉得自身跟动物有很多相通之处或动物跟人类有相通之处(如《东阳夜怪录》中表现动物精怪跟人类都具备的那种种类似的处境和情感,其他作品中则表现它们跟人类相同的嗜好和弱点等),甚至进而认为动植物有超越人类之处,相对而言,即人类对自身

---

① 参见黑格尔《美学》第二卷第一部分第三章"寓言",第109、110页。
② 参见〔意〕维柯著、朱光潜译《新科学》,第200、201页。

的评价降低了。人类获得了一个衡量自身的外在尺度，而不再总是以自身作为万物的尺度。遥想远古时代，人类曾经那么弱小，匍匐在自己所臆造的精灵或神怪脚下，震慑于自然界的每一丝风吹草动，后来才终于从敌意和对抗中发展出一种比较平等、美好的关系，中国古代的精怪作品就曾为世人描绘了这种美好的关系，这应该是中国文化为人类所作出的一个独特而又重要的贡献。在今天我们来重温这些作品，或许可以为在大自然面前越来越狂妄自大的现代人提供一些启示。

中国古代复仇观及其在小说中的表达

一

对中国古代复仇观这一问题,前辈学者已有很多的研究[1],这里有必要先概述一些主要的观点,以便后文在小说层面上继续探讨此一问题。

概而言之,中国古代的复仇观主要跟为君父亲族复仇这一特定问题相关,这从一些儒家经典的论述中可以看出来。如《春秋公羊传》隐公十一年传云:"君弑,臣不讨贼,非臣也。子不复仇,非子也。"[2]又《礼记》"曲礼上第一"云:"父之仇弗与共戴天,兄弟之仇不反兵,交游之仇不同国。"同书的"檀弓上第三"则云:"子夏问于孔子曰:'居父

---

[1] 从经学、史学、思想史等角度研究古代复仇观的论著很多,此处难以备举。台湾大学中文系的李隆献教授所著《复仇观的省察与诠释》是这方面的集大成之作(台湾大学出版中心2012年版),该书对先秦两汉魏晋南北朝隋唐时期复仇观的历史演变作了比较深入细致的考察,笔者撰写本文时尚未得见该书,后蒙李先生赠书,拜读后发现本文第一部分所用材料以及提出的一些观点跟李先生颇有相重之处,但李先生所论更为详备深入,请读者主要参见李著。因本文主要从小说角度入手探讨复仇观的文学表达,这跟李著从经学、史学角度所作之探讨有不同之处,故笔者仍将此文予以保留。

[2] 《十三经注疏》(清嘉庆刊本),中华书局2009年版,第4799页。

母之仇如之何?'孔子曰:'寝苫(草垫)枕干(盾牌),不仕,弗与共天下也。遇诸市朝,不反兵而斗。'曰:'请问居昆弟之仇如之何?'曰:'仕弗与共国,衔君命而使,虽遇之不斗。'曰:'请问居从父昆弟之仇如之何?'曰:'不为魁,主人能,则执兵而陪其后。'"①可以看到,在儒家所倡导的"忠""孝"与爱有等差的伦理体系中,为君父复仇所具备的极度重要性。

总的来说,《春秋》公羊学以及深受这一学说影响的儒家学者都主张为血亲或国君复仇是发自人的自然天性或者政治恩义感,在一般情况下都应该受到赞赏与支持,但这一点也不应被绝对化。这正如历代都有学者所指出的,儒家虽然重视为君父复仇,但也并不主张毫无原则地肆意放纵人的血性,不顾一切地去盲目复仇,而是认为复仇也必须遵守一定的道义规则。《春秋公羊传》定公四年有一段著名的讨论:楚国大臣伍子胥的父兄被楚平王无辜杀害,子胥逃亡吴国,吴王阖闾欲起兵为之复仇,但被他制止,其理由是"事君犹事父也,亏君之义,复父之仇,臣不为也",他认为利用诸侯国家的军队为自己报私仇不符合公义,且有损君臣大义。直到后来楚国伐蔡,伍子胥认为这是楚国的无道之举,才建议吴王出兵攻楚,子胥率军攻入楚国,掘出已死的平王的尸

---

① 参见〔清〕孙希旦《礼记集解》,中华书局1989年版,第87、200页。一般认为,《礼记》反映了战国秦汉时期的儒家思想,其对后世影响之大,几乎可与《论语》比肩。

骸，鞭尸以报父兄之仇。《公羊传》对伍子胥的复仇行为表示了赞赏，并对这一行为的合理性及其基本原则进行了讨论："事君犹事父也，此其为可以复仇，奈何？曰：父不受诛，子复仇可也。父受诛，子复仇，推刃之道也。"①这就是说：一个人的父兄如果被君主杀害，他是否应该为他们复仇呢？按照一般的观念，自然应该实施复仇；但"事君犹事父也"，似乎又不应该复仇。那这一矛盾如何解决呢？公羊家的主张是：如果君主杀害某人无罪的父兄，那么他可以为之复仇；但如果君主是依法处死某人犯罪的父兄，那么他就不应该复仇。如果一定要复仇，则只会导致这种复仇行为永无休止的恶性循环。②君臣之间尚且如此，那么推之于一般人之间，这一原则也应该同样是适用的。

对于一个能够实施强有力的统治的政权而言，个人复仇行为会被尽量纳入政治控制的范畴。《周礼》的"调人"篇在论及"调人"这一官职的职能时说："调人掌司万民之难而谐和之。凡过而杀伤人者，以民成之，鸟兽亦如之。凡和难，父之仇，辟诸海外。兄弟之仇，辟诸千里之外。从父兄弟之仇，不同国。国君之仇，视父。师长之仇，视兄弟。主

---

① 《十三经注疏》（清嘉庆刊本），第5078、5079页。
② 参见日本学者日原立国《复仇论》，中译文收入《日本学者论中国哲学史》，中华书局1986年版，第95—123页。以及蒋庆《公羊学引论》第五章《公羊学的基本思想（下）》第十二节"大复仇说"，辽宁教育出版社1995年版，第315—347页。

友之仇，视从父兄弟。弗辟，则与之瑞节而以执之。凡杀人有反杀者，使邦国交仇之。凡杀人而义者，不同国，令勿仇，仇之则死。凡有斗怒者，成之；不可成者，则书之，先动者诛之。"[1] 由此可以看到，秦汉时期的儒家学者曾提出过调和仇恨或者控制复仇行为的主张，不过，这些主张在现实生活中恐怕并不那么容易实现。

从历史记载来看，即使在政权对社会秩序的控制十分有效的时代，个人复仇的事件也仍然时有发生。那么一个社会应该如何对待这样的复仇者，这些复仇者又该如何对待自己的复仇行为呢？在西晋陈寿所著《三国志·魏书》"二李臧文吕许典二庞阎传"中记载了一个著名的庞娥亲复仇故事（即《后汉书》卷八十四所载赵娥事迹），其下的裴松之注又引述了西晋皇甫谧的《列女传》对同一故事的详细记载：庞娥亲之父被同郡人李寿所杀后，她的三位兄弟又感染时疫死去，为父报仇的重任落到了她这个弱女子身上。她抱着强烈的复仇意志，最终顺利完成了这一使命，并在事后向官府投案自首。这时，整个社会舆论的反应，包括政府官员和普通百姓，都是完全支持和同情她的。她所在地方的长官尹嘉甚至因为不愿意处罚她，毅然辞官而去。但庞娥亲却主动要求接受法律的制裁，她大义凛然地说："枉法逃死，非妾本心。今仇人已雪，死则妾分，乞得归法以全国体。虽复万

---

[1] 参见〔清〕孙诒让《周礼正义》，中华书局1987年版，第1024—1026页。

死，于娥亲毕足，不敢贪生为明廷负也。"后来因为社会舆论的影响，又正好赶上朝廷大赦，她得以幸免于罪。不仅如此，她的复仇行为还获得了朝廷的旌表，"刊石立碑，显其门闾"，"海内闻之者，莫不改容赞善，高大其义。故黄门侍郎安定梁宽追述娥亲，为其作传。玄晏先生（皇甫谧）以为父母之仇，不与共天地，盖男子之所为也。而娥亲以女弱之微，念父辱之酷痛，感仇党之凶言，奋剑仇颈，人马俱摧，塞亡父之怨魂，雪三弟之永恨，近古已来，未之有也"[1]。可以说，她的复仇之举得到了社会舆论的极高褒奖。我们也看到，跟她同时代的东汉人与后来西晋的皇甫谧对她的赞誉一方面显然受到公羊家与儒家礼学思想之影响，另一方面则因为她作为一位女性，却独力完成了复仇之举，这一事件本身令人感到了极大的震动。此外，在这个故事中，法律的效力在社会舆论面前已经名存实亡，当时除了她本人之外，几乎没有人认为应该依法处置她。类似的例子还可以举出东汉为母复仇的著名孝子董黯[2]、西晋为父复仇的孝子张兑[3]、北魏为丈夫报仇的烈女孙男玉等[4]，这些人的复仇行为无一例外地受到了官府或朝廷的宽容与褒奖，并被后代史学家载入正

---

[1] 参见陈寿著、裴松之注《三国志》卷十八，中华书局1982年版，第549页。
[2] 参见陈寿著、裴松之注《三国志》卷五十七裴注所引《会稽典录》，第1325页。关于董黯的具体记载参见《光绪慈溪县志》卷二十四。
[3] 参见房玄龄等撰《晋书》卷九十《良吏列传·乔智明传》，中华书局1974年版，第2337页。
[4] 参见李延寿等撰《北史》卷九十一，中华书局1974年版，第2997页。

史,获得了高度的评价。这些事例背后所隐含的也都仍然是儒家所极为推崇的为君父复仇、以践行忠孝之道的价值观念。

对于如何处理这一类复仇事件所必然面临的礼与义之间的矛盾,《春秋公羊传》《周礼》《礼记》也有过一些讨论。从汉至唐,历代王朝也都制定过一些禁止个人复仇的法律条令。① 但我们看到,在现实生活中,人们似乎很少重视这些律令对复仇行为的控制或约束,每当发生此类事件,似乎都无法可依,只能通过临时讨论来决定如何处置。在唐代,围绕着此类事件曾发生过一些著名的争论。比如,武则天在位时,徐元庆之父为县吏所杀,他手刃县吏之后投案自首,武则天欲赦免之。当时著名诗人、任左拾遗的陈子昂上《复仇议状》,认为对此人的恰当处理方式应该是:先依照杀人罪处死徐元庆,"然后旌其闾墓,嘉其徽烈",并将这一处理方式"编之于令,就为国典"。他所陈述的主要理由是:根据礼的基本原则,徐元庆为父复仇的做法符合孝道与名教,是值得褒奖的,但他的行为同时又违反了国家刑法,而刑法是"国家画一之法也,法之不二,元庆宜伏辜"。他强调守法者不应以礼废刑,居礼者不能以法伤义,然后才能使暴乱不作,廉耻以兴,天下人皆遵行"直道"。② 据《新唐书·孝

---

① 参见李隆献《复仇观的省察与诠释》第四章、第五章的相关论述,台湾大学出版中心2012年版。
② 参见〔清〕董诰等编《全唐文》卷二一三,中华书局1983年版,第2159页。

友传》所载,当时人皆"韪其言"。①但是,他的这一说法包含着明显的悖谬之处:一方面,他主张根据礼的原则,人子必须为父复仇;另一方面,则主张对这些为父复仇的人必须依法处死。也就是说,他的这一主张暗含着鼓励子孙为父祖复仇之后再去接受国家法律制裁之意,这样就可以做到既不违礼,也不违法,这显然是不太合乎情理的,也包含着明显的矛盾。所以后来中唐著名文学家柳宗元专门作《驳复仇议》,指出如果按照陈子昂的主张处置徐元庆,则会出现"诛其可旌,兹谓滥,黩刑甚矣;旌其可诛,兹谓僭,坏礼甚矣"这一混乱矛盾的局面。他认为正确的处理方式应该是先仔细推究徐元庆的父亲被县吏所杀的真正原因,如果是被冤杀,则徐元庆为父复仇是"守礼而行义",自然不应被处死;如果徐父犯法当诛,而县吏诛之,则徐元庆为父复仇乃是与国法为敌,自然应被处死。②柳宗元的主张折中了《春秋公羊传》与《周礼》对于血亲复仇行为的观点,使之既不违法,也不违义,显然比较合乎情理,也具备可行性。跟柳宗元同时的著名文学家韩愈也写过一篇《复仇状》,针对当时富平县人梁悦为父复仇后投案自首一事而发,唐宪宗将此事"下尚书省议",韩愈对这一问题作了分析,他认为:《春秋》《礼记》《周官》对于子复父仇未有"罪而非者",而后

---

① 参见《新唐书》卷一百九十五,中华书局1975年版,第5585—5586页。
② 参见《柳宗元集》卷四,中华书局1979年版,第102—104页。

来的法律对这一问题也没有作出明文规定，这是因为如果规定不许子复父仇，则伤孝子之心，如果允许子复父仇，则会造成"倚法颛杀，无以禁止"的局面。这类事件如果真的发生了，那么应该让法吏按照法律来进行裁断，但经术之士仍可以依据《春秋》等经书的主张来评议法律裁断的公正与否。然而，经书上的原则有些在后世还可以行得通，有些则已经完全不合时宜，因此韩愈提出凡是发生为父复仇之事，都应该"下尚书省集议以闻，酌处之"。[1]后来经讨论之后，梁悦被决杖一百，流放循州。根据《新唐书·孝友传》的记载，从贞观至元和年间，为父复仇者共七人，其中被赦免死罪者三人（含梁悦），其余四人则被处死（含徐元庆）。玄宗时被处死的张琇、张瑝兄弟也曾引发朝廷的争论，中书令张九龄等人认为应该免其死罪，以嘉其孝烈，但侍中裴耀卿等人则认为不可，玄宗皇帝认同后者的看法，他指出："孝子者，义不顾命。杀之可成其志，赦之则亏律。凡为子，孰不愿孝？转相仇杀，遂无已时。"[2]这一说法跟陈子昂《复仇议状》主张处死徐元庆的理由如出一辙。

　　从以上的论述可以看出，从先秦到隋唐时代，对于为血亲复仇的人，社会舆论一直都无条件地予以赞赏，表现出对

---

[1] 参见韩愈撰、马其昶校注《韩昌黎文集校注》第八卷，上海古籍出版社1986年版，第592页。
[2] 参见《旧唐书》卷五十"刑法志"，中华书局1975年版，第2153页；以及《新唐书》卷一百九十五"孝友传"，第5588页。

儒家所极为重视的孝义之推崇与提倡。如果进入司法领域，对复仇者的具体处置方式则因时代或执法者的不同而有所不同，其分歧主要在于：或者更看重孝义的原则而赦免复仇者死罪，甚至对其加以表彰；或者更看重法律的尊严而将其处死，但同时在道义上又对复仇者表示明确的认可。

此外，从复仇动机与类型而言，古代经史典籍中记载与讨论最多的乃是为父复仇。①但就本文所要讨论的小说来看，其复仇题材及其故事类型则要丰富得多，除男儿为父复仇之外，还有女儿为父复仇、妻子为夫复仇、丈夫为妻复仇，个人为兄弟朋友复仇、为自己复仇等题材，如果还要细分的话，还可以分出冤魂复仇、轮回转世复仇等题材类型。下文即立足于小说这一文体范畴之内，对这些题材的演变情况进行粗略的探讨。

二

为父复仇事件不仅大量见诸史传，在小说中更是屡见不鲜。我们先来讨论一下跟经史的复仇观一脉相承的那些例子。

比如据说为曹丕所撰的《列异传》中的"三王冢"故事，在这个故事中，铸剑匠人干将无辜被楚王杀害，其子赤鼻成

---

① 参见李隆献《复仇观的省察与诠释》"自序"，第9页。

人后欲报父仇,而又力所不能及。此时,一位神秘侠客出现了,他以赤鼻自刎的头颅为诱饵接近楚王,将其刺杀,三人的头都落到汤镬中,被煮得稀烂。[①]这一为父复仇故事,颇具神异色彩,情节也极简略,而所表现的主题正是《春秋公羊传》所论及的"父不受诛,子复仇可也"这一复仇原则:当臣下或庶民之父被君主无辜杀害,其子孙可向君主复仇。这个故事颇具《史记》中游侠事迹的遗风,而所强调的仍然是为父复仇行为的无可辩驳的必要性与正义性。

晚唐皇甫氏《原化记》中的《崔尉子》(《太平广记》卷一二一)与温庭筠《乾𦠆子》中的《陈义郎》(《太平广记》卷一二二)[②],二者情节高度相似,都是讲述水贼杀人并夺其妻,被杀者的遗腹子长大成人之后,得知真相,为父复仇的故事。后来的清代康熙刊本《西游记证道书》所增入的《陈光蕊赴任逢灾江流僧复仇报本》一回,也是从这一类故事改编而来,表现了完全相同的内容。在这类小说中,作者有意设置了一个伦理困境:如果对自己有很深养育之恩的人同时又是杀父仇人,当事人应该如何抉择呢?我们可以看到,这些故事的叙述者无一例外都认为,这一恩义因素是不应为复仇者所考虑的,也不应动摇其复仇行为的坚定性。

明代拟话本小说《型世言》第二回"千金不易父仇　一

---

① 参见《鲁迅辑录古籍丛编》第一卷,人民文学出版社1999年版,第123、124页。
② 参见《太平广记》,中华书局1961年版。

死曲伸国法"则远承东汉庞娥亲故事以及唐代徐元庆等人的故事，讲述王世名隐忍六年、报杀父之仇以后投案自首的奇特行为：当王父被害时，王世名因为母亲年老，且自己尚未娶亲，又担心告官兴讼检验父尸、残损父亲遗骸，因而假装接受调解，但心中已做好复仇的打算。等到六年后娶妻生子，他才终于报了父仇。官府念他是个孝子，有心要开脱他，但必须开棺验其父尸，以确认其父确实是被人殴死。王世名坚决不从，且认为自己杀人犯法，如果朝廷开恩免死，也是非法的，他不愿"负杀人之名，以立于天壤间"。当时的民间舆论也全力为之求情挽回，但他必欲维护法律尊严，最后绝食而死。小说叙述者对王世名的行为极表赞赏与惋惜的同时，也为官府的办事拘执而扼腕叹息，认为国家失去这样的人才实在太可惜了。这个故事不知是否来自现实中的真实事件，其中官员的拘执尚情有可原，而复仇者决意要以死来维护国法尊严的执念却让人觉得颇有些迂腐过甚，这一点，小说的评点者也指出来了。[1]

还有一类复仇题材，是为兄弟或结义兄弟复仇的，也表达了传统的复仇观。比如毛评本《三国演义》第八十一回写到刘备、张飞在关羽被吴国杀害以后，不顾众人苦劝，率蜀军主力攻吴，欲为关羽报仇，结果吃了败仗，刘备死在白帝

---

[1] 参见陆人龙著、覃君点校《型世言》第二回末页文中及回末评语，中华书局1993年版，第32页。

城，蜀汉的力量也遭到重创。这一情节基本符合《三国志》的记载，小说对刘备、张飞不顾一切，也不顾蜀汉集团的利益要为自己的结义兄弟复仇的心理与情感作了很多的渲染，让人感到个人恩义已经完全超越了国家的利益。这种不太理性的行为，仔细想来，跟《春秋公羊传》所推崇的诸侯国君以一国之力为父祖报仇的行为（如齐襄公灭纪、鲁庄公攻齐）其实是颇为一致的。此外，《水浒传》中武松杀嫂为兄报仇后投案自首的故事也跟以上的为父复仇故事大体类似，武松的复仇之举也得到了小说叙述者与历代读者的一致赞赏。

在中国文化传统中，父仇必须通过复仇来解决，舍此别无他途。但毛评本《三国演义》第三十八回等回中写了一个化解杀父之仇的例子：建安八年十一月，孙权攻打江夏黄祖，其部将凌操追击黄祖时，被黄祖麾下的甘宁一箭射死，凌操之子凌统从此与甘宁结下了杀父之仇。后来甘宁投降孙吴，受孙权重用，凌统几次要找他报仇，都被孙权等人劝阻。孙权也尽量避免二人见面。后来有一次，凌统跟曹军将领乐进对阵时，遭曹休冷箭暗算，甘宁出手相救，二人从此冰释前嫌，结为生死之交。这一例子大概是孤例，笔者未再见过其他类似的故事。

在中国古代社会，为父报仇的任务一般是由男子来完成的，女子一般被认为不必也无法完成这样的任务，这从庞娥亲故事中众人在她准备复仇时的反应就能看出来。但女子一旦完成了这样的举动，便会引起社会舆论的极大震动与热烈关注，也会引起文人作家表现此类题材的浓厚兴趣。在中国古代小说尚未成熟的时代，诗歌这一文体就曾对女性为父报仇这类故事进行过不少表现，比如三国曹魏时代曹植的《精微篇》与左延年的《秦女休行》、西晋时代傅玄的《秦女休行》、唐代大诗人李白的《秦女休行》与《东海有勇妇》，便都对为父复仇的女性表示了热烈的歌颂。这里暂且不讨论诗歌如何表现这类题材，而只探讨一下小说中这类题材是如何被表现的。

中国古代小说成熟并繁荣于中唐时期，大概是受到庞娥亲故事的影响，这一时期的作家比较多地写到了女性为父亲或丈夫报仇的奇异故事。最著名的例子无过于唐宪宗元和年间李公佐所撰的《谢小娥传》，这一故事后来被收入《新唐书》的"列女传"，但以常理推之，其大部分内容应该都是虚构的，尤其是谢小娥的父亲与丈夫在被强盗所杀之后托梦小娥暗示强盗姓名的情节，与她女扮男装混入贼巢报仇的情节，都不可能是真实的。谢小娥复仇之后，因为浔阳太守上书为她求情而获得赦免，后出家为尼。李公佐在小说末尾表示自己乃是遵从《春秋》之义，"故作传以旌美之"（《太平广记》卷四九一）。不过，从小说整体的叙事手法来看，我们感到：作者已经把关注重心放在了这个事件的奇异性之上了，也就是放在亡魂托梦与女扮男装报仇这两段颇为奇异的情节上了。

能够看出唐人这种兴趣转移的例子还有李肇《唐国史

补》卷中所记载的另一则看上去很真实的"妾报父冤"的故事：

> 贞元中，长安客有买妾者，居之数年，忽尔不知所之。一夜，提人首而至，告其夫曰："我有父冤，故至于此，今报矣。"请归，泣涕而诀，出门如风。俄顷却至，断所生二子喉而去。①

在这个故事中，为父复仇已经被放到了无以复加的重要地位，甚至完全超出了母子、夫妻之情，并且在这里，法律的干预也完全消失了。这个故事最引人注意也最令人感到不可思议的，还是结尾部分该女杀死所生二子的情节。与李肇记载这个故事相先后，另一位小说家薛用弱在其小说集《集异记》中也收录了一篇情节与《贾人妻》几乎完全相同的作品（《太平广记》卷一九六），只不过内容更丰富，情节也更复杂了。虽然二者之间的关系尚不明确，但推究起来，应无外乎以下三种情况：或者是李肇从薛用弱所记缩略而来，但这种可能性应该比较小，因为李肇著述的实录意识很强，他不至于连原有的人物名字也给删去了；或者是薛用弱根据李肇所记改编增饰而成；或者是他们都听到了同一个传说，而各自记载或改编而成。晚唐皇甫氏的《原化记》中还有《崔慎思》一文（《太平广记》卷一九四），也颇类于《贾人

---

① 参见李肇著、聂清风校注《唐国史补校注》，中华书局 2021 年版，第 218 页。

妻》。我们从这些文本可以明显地看到：唐代小说家关注的主要是这类事件的奇异性，而与此相关的法律问题，根本就不是他们的兴趣点之所在，至于宣扬经史典籍中关于这类行为的传统价值观，大概也已不再是他们所感兴趣的了。到清代蒲松龄的《聊斋志异》中，有一篇著名的《侠女》，显然是受到这些唐代小说的启发而创作的，作者塑造了一位恩怨分明、有仇必报的冷艳的奇女子形象，其着眼点也主要放在人物性格与其行为的奇异性之上了。

这一类侠女为父复仇的题材发展到清代道光、咸丰之际，出现了一部集大成之作，那就是满族作家文康所著长篇小说《儿女英雄传》。此书的女主人公侠女十三妹（何玉凤）之父为权臣纪献唐所害，当时她年纪尚轻，且老母尚在，不能为父报仇。于是她携母远遁，隐居山野，等待复仇时机。当母亲去世后，她计划实施复仇行动时，却意外得知杀父仇人已经被朝廷问罪处死，复仇的对象不复存在了。她于是准备葬母后自尽，经众人全力劝阻，方打消此念。文康虽然是一位满族文人，却深受儒家思想之熏染，小说所表达的主题也极具正统性，这在复仇观上也明显地表现出来了。

何玉凤跟前文提到的王世名，都属于为了孝养老母而隐忍以待的人物。他们这种考虑周全的复仇计划也是比较符合儒家礼学思想的，因而颇受学者肯定。[①]

[①] 参见李隆献《复仇观的省察与诠释》，第97、98页。

除了女子为父复仇的故事之外,也有女子为丈夫复仇的故事。这一类故事除了前面提到过的北魏孙男玉之事外,相对比较少见。但到了明清时代,白话小说中就出现了不少女子为丈夫复仇的故事了。比较著名的如《警世通言》第三十七卷《万秀娘仇报山亭儿》,《醒世恒言》第三十六卷《蔡瑞虹忍辱报仇》,《石点头》第十二卷《侯官县烈女歼仇》(讲述申屠希光为夫报仇事),《欢喜冤家》第三回《李月仙割爱救亲夫》,第七回《陈之美巧计骗多娇》,等等。女子为夫报仇的伦理动机在经史上是未曾涉及过的,《北史》记载平原女子孙男玉不顾兄弟阻止、决心亲手为夫报仇时说:"女人出适,以夫为天,当亲自复雪,云何假人之手?"遂以杖殴杀之。官府判她死罪。北魏献文帝下诏曰:"男玉重节轻身,以义犯法,缘情定罪,理在可原,其特恕之。"①明清白话小说中那些为夫报仇的女子似乎从未考虑过为夫复仇的伦理目的,但她们几乎毫无例外地即使毁灭自己的贞洁,委身于仇人,也要伺机完成复仇的使命,有的人在复仇之后还因为自己名节被污而自尽以明志(比如蔡瑞虹、申屠希光)。这其中所显示的强烈复仇意志甚至远远超过男性,因为她们复仇能够成功的唯一方式就是利用自己的肉体去迷惑仇人,或者报答代替自己完成了复仇使命的其他男人。这里特别值得一提的乃是《欢喜冤家》中的那两个例子,二者表

---

① 参见李延寿等撰《北史》卷九十一"烈女传",第2997页。

现的主题大体相似而又各有侧重：都是讲述某个男子爱上一个女人，这个女人也爱这个男子，该男子遂使用诡计陷害或害死女人的丈夫，与此女结为夫妇。两人在一起过得非常幸福。但后来男子不慎泄露当年害人的秘密，女人立即向官府告发，为前夫报仇。在《李月仙割爱救亲夫》这篇小说中，李月仙在与陷害前夫的现任丈夫尽情享受性爱的欢愉之际，本已将前夫完全抛到了脑后，但当她得知前夫乃是被现任丈夫设计陷害后，却毫不犹豫地向官府告发了他，从而救出了前夫。而《陈之美巧计骗多娇》一文则是在陈之美害死犹氏前夫、与之结婚十八年且生育二子之后，夫妻情意正浓之际，犹氏得知陈之美当年的恶行，立刻不顾众人劝阻去官府告发，将陈之美问成了死罪。她的这一行为得到了舆论的大力褒扬，说她是"女流中节侠，行出乎流俗者也"。[1]李月仙和犹氏为夫报仇时所面临的局面跟孙男玉、谢小娥、蔡瑞虹、申屠希光这些人的不同之处在于：她们跟所要报复的男子之间存在着很深的情爱，因此，她们的复仇之举也超越了强烈的私人恩爱而趋向普遍的正义，确实是十分令人钦佩的。

在古代现实题材的小说中，丈夫为妻子复仇或者女性为自己复仇的故事也比较少见。这里只略微提一下《初刻拍案

---

[1] 参见《中国古代珍稀本小说》第二卷《欢喜冤家》，春风文艺出版社1994年版，第530页。

惊奇》卷六的《酒下酒赵尼媪迷花　机中机贾秀才报怨》，这一篇小说讲述贾秀才妻子被人设计奸污，决定自尽，丈夫加以劝阻。她表示，除非丈夫能够将强奸犯杀死，并不让事情张扬出去，她才可以不死。深爱妻子的贾秀才苦心谋划，最终达到目的，为妻子复了仇，挽救了妻子的性命，夫妻也更加恩爱了。在中国古代男尊女卑、女性贞节至上的思想氛围中，这样的故事也算是一个小小的奇迹了吧。

三

上文主要讨论为父、为夫复仇等题材类型，尚未涉及个人为自己复仇的类型。在中国古代提倡以德报怨、以直报怨的文化氛围中，个人的复仇行为往往是不太被提倡的，尤其是为自己所受的一点小小的羞辱或冤屈去复仇，更是被视为游侠之人或气量狭小之辈才会有的举动。[①] 唯其如此，韩信受胯下之辱一事才会成为千古佳话。但进入小说领域后，我们却看到了颇为不同的情况，明代施耐庵的长篇小说《水浒传》就是一个典型的例子。有学者已经指出：《水浒传》专爱讲报仇，所异的是，有些是报私仇，有些是报公仇。梁山英雄睚眦必报，从来不讲恕道。从小说中大量报仇故事来看，《水浒传》宁可牺牲了艺术，让故事变得不合理，也要

---

① 参见李隆献《复仇观的省察与诠释》，第120、121页。

强调报仇雪恨。之所以会如此，应该是讲述者要让人觉得大丈夫有不容冒犯的尊严，谁要是损害侮辱了他，便必须付出生命的代价。[①]这里所谓的"报私仇"，就是指个人为自己复仇之事，《水浒传》写了很多这类故事，表现出复仇的强烈快意和个体人格的崇高的尊严，以及对恶势力绝不宽恕的态度，这跟儒家传统的复仇观是迥异其趣的。

清初青心才人的长篇小说《金云翘传》也叙述了一个触目惊心的个人复仇故事：女主人公王翠翘遭到很多恶人的侮辱与伤害，历尽非人磨难，仍顽强地生存下来。最后她委身于农民起义军领袖徐海，让他为自己报仇雪恨。其中写报仇的场面，十分地残酷血腥，但也痛快淋漓，令人一吐胸中的恶气。明清时代讲述个人复仇的小说大多不离乎残酷血腥的杀戮（《水浒传》尤其如此），但因为小说会明确地告诉读者，正义都在复仇者一方，而且也会反复渲染恶人之恶，因此最终多会带来阅读上的强烈满足感。比如武松杀嫂、李逵活割黄文炳、蔡瑞虹忍辱复仇、申屠希光为夫复仇，以及此处所提到的王翠翘为自己复仇，便都是十分典型的例子。这一特点，唐代的《贾人妻》《崔慎思》与蒲松龄的《侠女》等小说都不具备，史传上所提到的那些为父复仇的故事也同样不具备这一特点。尽管那些复仇之举无不获得史官的一致

[①] 参见孙述宇《〈水浒传〉：怎样的强盗书》，上海古籍出版社2011年版，第281—283页。此书由台湾时报文化出版事业有限公司初版于1981年。

称道和作者的由衷赞叹，却难以引起读者情感上的快意，激发读者道义认同的力量也甚为微弱，这就跟叙事手段的高下大有关系了。

以上所论，是生者为自己复仇。但如果一个人被别人杀害了，他也就无法在现实中为自己复仇了。因此，理所当然地，为自己复仇的故事大量出现在非现实性的小说中，而复仇者也只能是被害者的鬼魂或者转世投生之后的另一个自我。因此，这一部分的讨论也将分成两个大类来展开：冤魂复仇故事与转世复仇故事。

冤魂复仇故事应该说是根植于中国本有的鬼神信仰，这类故事早在《左传》中就已经出现了，汉魏六朝时代，随着佛教故事的传入与志怪小说的兴起，这一类故事更是大量涌现，最典型的代表作可推北齐颜之推的《冤魂志》与北宋徐铉的《稽神录》，且后者显然是受到前者的影响而编撰的。北宋李昉等人所编纂的《太平广记》的"报应"类一共三十三卷，也收入了大量宋代以前的冤魂复仇故事。不过，这类故事虽然数量众多，其故事情节的模式化倾向却比较明显，很多篇目都具备《冤魂志》的一些特征，其中变化最多的因素主要是当事人的身份，包含了各个阶层的人；另一变化的因素则是引起复仇的具体原因各不相同，有背恩、负心、冤杀、滥杀、诬陷、虐待人或动物、夺人妻女等各种原因，被害者因为处于弱势地位而无法在生前进行反抗或为自己申冤，于是只好死后显形复仇。我们看到，从《冤魂志》

以来，一直到北宋时代的此类故事中，不断重复出现一些类似的故事成分，比如被害人临死前要求家人在棺木中置入笔墨纸砚，以便让自己死后向天帝写状诉冤；冤魂出现在仇家面前时，也会相应地先声明自己已经获得天帝的批准前来找仇家复仇，然后再向仇家索命。甚至被虐待致死的动物也会通过同样的方式来为自己复仇（如晚唐《三水小牍》中的"王表"一文①）。人们还认为在冥府中所有人都会获得公正的待遇，众生完全平等，没有人世的贵贱之分（如《报应录》中之《王简易》一文所云②）。如果我们稍微注意一下，还可以发现这类冤魂复仇的故事大多出现于社会动荡的时代，比如南北朝后期、"安史之乱"以后的唐代，以及晚唐五代时期，这些时代很多人含冤而死却无法获得法律的救助和保护，于是便会出现大量冤魂复仇的故事。而讲述或收集这些故事的人则自然是希望，即使在乱世，那些强权或强势者也依然能够有所畏惧，不要倚强凌弱，残害无辜，否则必遭报复。

在表现冤魂复仇的小说中，有一类特殊的题材值得在这里特别加以探讨：那就是从唐代开始出现的负心人遭到被自己辜负的女性鬼魂报复的故事。最早也最有名的例子自然要数唐代蒋防的《霍小玉传》。霍小玉跟诗人李益相爱，结果

---

① 参见《太平广记》卷一二三，第 871—872 页。
② 参见《太平广记》卷一二四，第 873 页。

被李益抛弃,小玉抑郁而死。临死前表示要化为厉鬼,让李益的妻妾终日不宁,后来果然应验了。这一故事所表现的女鬼复仇的方式十分温和,并没有出现冤魂索命之类惊悚的情节,但已表现出人们开始对被男子辜负的女性的深切同情,但对负心者还并没有表现出多么深切的痛恨。这种男女之间的负心被以仇恨的方式表达出来,并以复仇索命的方式来惩罚负心人的例子大概始见于宋代。最典型的例子要算北宋夏噩(仁宗、英宗、神宗时人)所撰的《王魁负心桂英死报》[①],说的是抛弃桂英致其自尽的负心汉王魁被桂英的冤魂索命而死的故事。负心行为成为严重的罪恶这一观念大概也是从此时开始出现的。宋代著名话本小说《碾玉观音》(即《警世通言》中之《崔待诏生死冤家》)中的璩秀秀则不仅报复了毁灭自己与崔宁幸福生活的人,也把自己喜欢的崔宁索命致死。在两人的聚散离合之中,崔宁也有过不太忠诚的行为,近乎负心之举,他的死亡,大概也含有被璩秀秀报复的成分在其中。宋元话本的另一名篇《燕山逢故人郑意娘传》(即《喻世明言》中之《杨思温燕山逢故人》)则讲述了另一更极端的因负心遭报复的故事:杨思温向为自己守贞而死的妻子郑意娘之鬼魂发誓不会再娶,但后来他违背誓言,娶了女道士刘金坛,结果双双遭鬼魂复仇而死。这里,杨思温只因

---

① 参见罗烨《醉翁谈录》辛集卷之二《王魁负心桂英死报》,古典文学出版社1957年版,第91—95页。

违背了对死者许下的誓言，便付出了生命的代价。话本的说话人还就此发表议论说"负心的无天理报应，岂有此理"。①明代拟话本小说的名篇《杜十娘怒沉百宝箱》以及《二刻拍案惊奇》卷十一的《满少卿饥附饱飏　焦文姬生仇死报》两篇也都是讲述类似的故事，其中复仇的因素不像其他同类小说那么突出，但至少杜十娘的鬼魂也将破坏她个人幸福的盐商孙富索命致死了。而杜十娘对自己的爱人李甲的报复主要是进行道义上的谴责，并以自己的沉水自尽表示了她对李甲的愤恨与谴责，这也导致了李甲精神的崩溃，也许可以算是更严厉的复仇之举吧。对于负心者，至少古代的民间舆论是持强烈谴责态度的，清初曹去晶的长篇小说《姑妄言》的第一卷就借小说中人物"王者"之口说："负心报，冥府报最重。"这句话之后有一句评语则云："余见诸劝善书云：'负心者，冥司极恶。'"②从中即可管窥当时社会舆论对这一行为的厌恶态度，如果仔细推究这一态度之文化根源，大概还在于人们认为这种做法有违忠诚与恩义之道，跟儒家所推崇的基本价值观是相违背的。

与冤魂复仇故事并存的转世复仇故事的出现则显然是跟佛教思想的传入有关的，这一点已经有很多学者指出过了。在传播此类故事的佛教经典中，其实也经常包含有反复仇或

---

① 参见程毅中辑注《宋元小说家话本集》，齐鲁书社 2000 年版，第 654 页。
② 参见曹去晶著、许辛点校《姑妄言》，中国文联出版公司 1999 年版，第 13 页。

者消弭仇恨的思想[①]，但中国古代小说却只吸取了这一类故事的情节模式，而并未吸收其消解仇恨的思想。转世复仇类型故事对中国古代小说影响之深，远远超过了冤魂复仇类型故事。这一类故事的核心情节要素是某人（或某动物）被杀害后，投胎转世成另外一个人，找到当年的仇人进行复仇。很多情况下，当事人双方或一方并不知道背后的因果关系，在经高人（佛教徒或道士）指点之后才恍然大悟。这一类故事在唐代以及其后的小说中大量出现，其实例不胜枚举。这里只能对其进行一些简略的论述。

转世复仇故事中较为常见的一种情形是复仇者转生为与被复仇者无关联的人，比如《太平广记》"报应（冤报）"类所收录的《李生》（《初刻拍案惊奇》卷三十《王大使威行部下　李参军冤报生前》一篇据此改编而成）、《崔无隐》、《榼头师》、《唐绍》等文（《太平广记》卷一二五）[②]。其中《榼头师》《唐绍》两篇都是讲述动物被人杀害后转生为人，为自己报仇的故事，比如梁武帝前生是条曲蟮，被榼头师的前世误杀之后，转生为武帝，也把榼头师给误杀了。而《唐绍》一文更离奇，唐绍跟李邈在玄宗朝同朝为官，唐绍主动跟李邈结交，同僚们都感到很奇怪。后来唐绍触怒玄宗皇帝被处死，行刑者正是李邈。这时唐绍才告诉众人：自己前生

[①] 参见王立、刘卫英《传统复仇文学主题的文化阐释及中外比较研究》第六章第三节，北京师范大学出版社2011年版，第73—75页。
[②] 这四篇小说依次出自《宣室志》《博异记》《朝野佥载》《异杂篇》。

是个妇女，曾用剪刀杀死一犬，第一刀下去剪刀折断了，第二刀才把犬杀死。后来这条犬转生为李邈，自己死后转生为唐绍。李邈处斩唐绍时，第一刀下去，刀竟然也折断了，第二刀才把唐绍砍死，因果报应丝毫不爽。《李生》一篇所述故事也十分奇特：唐代成德军主帅王武俊之子王士真巡行属郡深州时，在酒席上第一次见到太守手下的录事参军李某，立刻勃然大怒，把李某关进狱中，第二天就将其杀了。太守曾偷偷派人去监狱询问李某其中缘故，才知道原来李某早年在太行山为盗时，曾杀害一位少年。他看到王士真时，竟然发现他跟当年那位被杀的少年长得一模一样，就知道冤家找上门来了。而王士真本人则自始至终都说不清自己为什么要杀掉李某，只是一看到他就怒火中烧，必欲置之死地而后快。这种故事除了表现报应不爽的主题之外，倒是对人与人之间莫名的厌恶感进行了颇具宿命论意味的解释。在古代小说中，我们还可以看到转世复仇行为连环式延续数世的情况，比如《聊斋志异》中的《三生》[①]，便让冤枉落榜、抑郁而死的考生兴于唐连续三次转世向某考官复仇，表达了作者对昏聩的主考官的强烈愤慨，这就把复仇行为充分地艺术化了。

转世复仇故事的另一常见类型则是复仇者转生为被复仇者的亲人，尤其是儿女，从而向前生是仇人、今生是父母

[①] 现存的《聊斋志异》中有两篇题为《三生》的作品，这里指跟科举有关的那一篇。

（或其他亲人）的人复仇。比如唐代卢肇《逸史》中的《卢叔伦女》（《太平广记》卷一二五），明代拟话本小说集《喻世明言》中的《月明和尚度柳翠》，《欢喜冤家》的第二回《吴千里两世谐佳丽》，《型世言》的第三十五回《前世怨徐文伏罪　两生冤无垢复仇》等篇，便都属于这一类型。卢叔伦女曾经两次转世，其前世的前世是贩羊的商人，夜晚投宿时被某翁所杀，钱财也遭其吞没，于是转生为某翁之子，十五岁患病，二十岁才死，其间所花医药费超过被吞没的钱财数倍。他病死之后又一次转生为邻村某人之女，才揭示这一段因果。《欢喜冤家》与《型世言》中的两篇小说叙述的其实是跟《卢叔伦女》同一类型的故事，后者中的无垢被徐文劫杀后投生为徐文之子，长大后百般忤逆不孝，冲撞辱骂爹娘，后来才知是冤家投胎来复仇的。在这里，无垢自己也不知道为何要忤逆父母，只是一见二人便忍不住要生气。这个故事跟《李生》一文一样，也是要解释为何有些子女不孝顺父母。中国老百姓斥骂淘气的子女时喜欢用一个词叫"讨债鬼"，就是说自己前生欠了某人的债，这个人投生为自己的子女前来讨债了。《喻世明言》中的《月明和尚度柳翠》这一篇小说所写到的复仇方式则比较独特：柳宣教因为一时意气用事，派一位妓女破坏了玉通禅师的戒行，玉通羞愤而死，转生为柳宣教之女，后来沦落风尘，败坏柳宣教门风，但最后又在月明和尚的指点下顿悟了。虽然这是一篇跟佛教徒有关的小说，但并没有表现出佛教所一贯主张的消泯仇恨的思想。不过，既包含类似的复仇模式，又表达了佛教消弭仇恨主张的例子也可以找出来一个，那就是明末清初西周生的长篇小说《醒世姻缘传》，这部小说的整体情节结构正是关乎转世复仇的：在小说前二十二回中，男主人公晁源疏远正妻计氏，宠爱小妾小珍哥，导致夫妇、妻妾失和，计氏遭小珍哥诬陷自尽，小珍哥也入狱而死。晁源又曾在打猎时误杀一只千年妖狐，其阴魂也一直想要寻机报复。晁源后来跟家仆的妻子私通被杀。这是书中人物的前世经历。此后小说地点转移到另一处，开始讲述人物的第二世故事。这时，晁源转生为狄希陈，妖狐转生为薛素姐，计氏转生为童寄姐，小珍哥转生为小珍珠。薛、童二人又成为狄希陈的妻妾，对狄希陈百般虐待折磨，以报前生之仇。小珍珠则被童寄姐虐待致死。最后借助于佛教经文与仪式的力量，三人之间的仇怨终于消泯，薛素姐一病致死，狄希陈与童寄姐则过上了安宁的生活。在此，佛教力量的介入，消除了人物心中的仇恨。同时，小说也将仇恨这种情感放到人生的长河之中来加以表现，加以审视，让我们深切地感到：时间的推移与持久消磨乃是消解仇恨的强大力量。人与人之间的仇恨也并不总如传统经史典籍中曾经抽象谈论的那样，九世以至百世之仇仍然会那么强烈，以至需要后世子孙代代接力，甚至动用家族或国家之力去完成那一复仇的使命。

转世复仇故事的第三种类型乃是为中国古典长篇小说用来作为小说整体结构的一种艺术形式：复仇者与被复仇者双

方都曾是著名的历史人物，彼此之间有过一番恩怨，于是在距离他们所生活的时代很久以后的某个时代一同投胎转世，成为另一批也很著名的历史人物，通过彼此之间的争斗残杀，来完成复仇行动。这一复仇的具体过程大致要符合历史上这些人物之间的真实关系。这一方面最典型的例子当非《三国志平话》莫属（《喻世明言》中的《闹阴司司马貌断狱》应该就是从《三国志平话》改编而来的）[1]，其开篇讲述：东汉书生司马仲相被召入阴司，审理汉高祖与吕后屠戮功臣的一段旧案。最后玉皇的处理方式是：因为汉高祖、吕后杀戮无辜功臣，所以让君臣各自投胎转世，报仇解怨。他让韩信转世为曹操，彭越转世为刘备，英布转世为孙权，高祖转世为献帝，吕后转世为伏皇后。曹操占得天时，囚禁献帝，杀伏皇后报仇。其他诸人也各以其相应方式完成复仇之举。这些情节按佛教的因果报应模式来解释汉末三国时代历史人物之间的现实关系，因与果之间已经相隔了数百年。这一情节安排表达了普通民众对历史变迁的宿命论解释，本无太多的科学性可言，但其中所隐含的价值观仍然是抑恶扬善的，因此也自有其正面的意义。这一小说开篇模式对后世小说的影响很大，清代的长篇小说《说岳全传》与《姑妄言》的第一回（卷）便都运用了类似的模式去设置小说正文中所要表现

---

[1] 参见钟兆民校注《元刊全相平话五种校注》，巴蜀书社1989年版，第372—374页。

的人物关系，《说岳全传》乃是将岳飞与秦桧夫妇的关系设定为对他们的前世——大鹏金翅鸟与女土蝠、铁背虬王之间恩怨的延续，《姑妄言》第一卷则使用了很大的篇幅来安排正文中众多人物的前世因缘，其中很多人转世都是为了报前世之冤仇，其中也不乏著名的历史人物，可谓这方面的集大成之作。至此，这一转世复仇的情节模式基本演变成了纯粹的小说结构模式。虽然作者在设置这些模式的时候仍然流露出劝善惩恶的观念，读者从正文内容中却不太看得出来。也就是说，这一结构模式与其所承载的道德劝诫意图往往是外在于长篇小说的具体内容的，这跟一些短篇小说主要就是为了表达劝善惩恶这一观念的特点颇为不同。①

通过以上的讨论，我们大致可以看到，在中国古代，受到经史典籍关注的复仇行为主要集中在为血亲（尤其是为父）复仇这一点上，有关的礼法规则也主要是为此而制定的。复仇者的行为只要具备最基本的正当性，不管他是否触犯法律，总是可以获得社会舆论的一致赞誉，也往往可以得到宽大处理。为父亲或丈夫复仇的女子也能受到史官或小说家的赞美，尤其能成为小说家所乐于表现的题材。这自然跟小说追求新奇效果的文体性质有关。但是，中国古代小说（尤其是白话小说）作为一种通俗的文学形式，其所关注

---

① 刘勇强先生《论古代小说因果报应观念的艺术化过程与形态》一文对因果报应观念如何演变成一种游离于小说情节之外的装饰性结构的问题做了深入探讨，可参见，载《文学遗产》2007年第1期。

的复仇故事也往往具备很强的世俗性与个人性，比如说在非现实性较强的作品中，会比较多地出现女性冤魂报复负心男子的故事，也会大量出现日常生活中各种各样的结仇与复仇的故事，其中包括谋财、劫色、诬陷、冤杀、滥杀、虐待他人、伤害动物等十分丰富多样的内容。而以《水浒传》为代表的英雄传奇则特别强调个人复仇的意义。佛教传入中国后，中国原有的复仇观跟佛教思想中的因果报应、轮回转世观念相结合，又孕育出了轮回转世复仇这一特殊的复仇方式。或许，这也可以被视为劝善惩恶思想的一种特殊表现形式吧。

干宝的态度

——释『亦足以明神道之不诬』

在志怪小说史上，东晋干宝所撰《搜神记》已进入经典的行列[①]。但我们却不太便于从小说写作的角度来对其加以讨论，原因很简单：这本书并非全然出于干宝个人的创作。从现存该书的干宝序来看，其条目的来源主要有两个方面：一是"承于前载"，即从前代典籍中搜罗而来的；二是"采访近世之事"，也就是作者自己搜集整理而成的。根据笔者的大概统计，在《搜神记》现存比较可靠的343篇文本中，只有大约53篇属于第二种情形，即由干宝自己搜集整理而成的，其他290篇则都取自群书，各有来历，而且时代跨度还很大。大概也因为此，干宝在他的序中对如何承担该书文责的问题作了一个很有意思的声明说：那些抄撮自他书的，如有失实之处，则"非余之罪也"；至于他自己搜集整理的部分，如果有失实及错误之处，则他"愿与先贤前儒分其讥谤"。撇开文责的问题不谈，他这个声明其实也提醒我们，不能完全把《搜神记》作为干宝的个人著述来看待，而应该

[①] 本篇的讨论以李剑国新辑本《搜神记》为依据，中华书局2007年版。引文均出此书，不再另注。

当成他的辑著或编著来看待。既然是辑著或编著,也就不能笼统地来谈干宝的创作意图和创作手法之类的问题,但我们还是可以来探讨一下干宝辑著此书的整体态度或意图。

关于这一问题,干宝自己在序言中曾作过比较明确的表述:"及其著述,亦足以明神道之不诬也。"这句话中最关键的"神道"一词,出自《周易》"观卦"的彖辞:"观天之神道,而四时不忒。圣人以神道设教,而天下服矣。"一般的理解是,这里的"神道"乃是指神奇的天道,而无关乎鬼神。但在干宝这里,这个词应该已经是指神仙佛道、妖异鬼怪之类的事物了。因此,干宝所谓"明神道之不诬",就是说他要通过《搜神记》的编纂来证明神仙佛道、妖异鬼怪之事都真实不虚了。

但干宝究竟为何要特意来证明这一点呢?他又是如何通过此书的编撰来证明这一点的?他要证明的难道仅仅就是"神道之不诬"这一点吗?对这些问题,学界不是没有讨论过,但窃以为仍有未发之覆,可以进一步讨论。

一

关于干宝编撰《搜神记》的缘起,以往学界多据六朝小说与《晋书·干宝传》的记载,认为是干宝父婢及干宝兄干庆再生之事令他受到触动,于是起意"撰集古今神祇灵异人物变化"之事而撰《搜神记》。但这一说法后来遭到质疑,又有学者根据干宝《搜神记·序》所言"建武中,有所感起,是用发愤焉"指出,建武元年(317年)干宝被荐为史官,撰《晋纪》,对西晋灭亡的历史有了深入了解和思考,本就性好阴阳术数之学与深谙天人感应之说的干宝,把西晋末年怀、愍二帝受制于强臣,并蒙尘受辱、最终被害的惨剧跟西晋时期发生的几起再生事件相联系,其中自然也包括其父婢与兄再生之事,由此认为这些再生事件正如汉代的灾异政治学说所指出的,预兆了一个王朝的衰亡。而这也正是对"神道之不诬"的有力证明,于是干宝乃"有所感起"而撰《搜神记》[①]。应该说,这一解释比前一种说法更具体,也更具说服力。但即使如此,下列问题仍然存在:那就是干宝为何要如此努力地搜集大量例证,来证明"神道之不诬"呢?最可能的答案只能是:当时的人们并不都相信"神道之不诬",所以他才要刻意来证明这一点。

窃以为,西晋历史与再生事件的影响只是干宝撰集《搜神记》的小语境,更大的语境应该是从荀子、王充、应劭,直至西晋的阮修、阮瞻所代表的无神论与无鬼论的思想传统。这一观点其实早有学者提过,但也有学者表示质疑,笔者认为,质疑这个大背景对干宝的影响是说不过去的。这里仅以应劭和二阮为例来做进一步的说明。

应劭《风俗通义》"怪神"卷的小序所阐明的,正是鬼

[①] 参见张庆民《搜神记二题》,载《文学遗产》2008年第4期。

神虚妄的观点,这一卷的编撰宗旨也是为了驳斥一些世俗所传播的鬼怪故事之虚妄,比如《张汉直》这一篇,在转述完张汉直一家被所谓鬼物戏弄的故事之后,应劭用了两个例证来驳斥人死为鬼的说法:第一个例子是《墨子》"明鬼"篇中记载的被周宣王冤杀的杜伯之鬼魂射死了周宣王,有儒者驳斥这个故事说,如果杜伯被杀之后能变成鬼,那么桀、纣杀人如麻,这些死者的鬼魂都足以组成一支大军了,还用得着汤、武来讨伐他们吗?第二个例子说的是古代发生过人吃人的惨剧,如果人死后能变成鬼,那为什么吃人者没被被吃者的鬼魂报复而死呢?由此看来,人死后根本不会有知觉,也不会有鬼。① 应该说,应劭对有鬼论的反驳是十分雄辩而有力的。那么,值得我们特别注意的是,《搜神记》中也有一篇《张汉直》,应该就是辑录自《风俗通义》的"怪神"卷,但干宝只保留了其故事部分,而把应劭的驳论给删掉了。另外,《搜神记》的《许季山》《童彦兴》《白头老公》这三篇也应来自《风俗通义》的"怪神"卷,干宝也主要保留了其故事部分,而把反驳妖怪害人的若干关键语句给删掉了。《搜神记》中的《叶令王乔》则来自《风俗通义》"正失"这一卷的《叶令祠》,应劭原本在此文之后深入分析了这一荒诞的神仙故事是如何因讹传而形成的,也论断了人不可能成仙这一重要观点,但这个论证的部分同样也被干宝删汰净

---

① 参见王利器校注《风俗通义校注》卷九,中华书局 2010 年版,第 386、410 页。

尽。那么，以上这些证据告诉我们如下两点：第一，干宝对应劭这样的无鬼论者的主张一定是十分熟悉的，他撰集《搜神记》"以明神道之不诬"，潜在的反驳对象自然应该包括了这类人；第二，干宝在《搜神记》的序中委婉地声称他如实地移录了前代典籍中的有关材料，这一点不可全信——因为被应劭所驳斥的鬼怪故事，干宝只截取了故事部分，舍弃了驳斥部分，就变成了可以证明鬼神妖怪实有的证据，这似乎难以被称为如实地载录吧。

我们再来看二阮为代表的西晋的无鬼论者。《晋书》的《阮籍传》提到阮修对有鬼论有一个著名的反驳，他说如果按照有鬼论者所言，看到鬼都穿着衣服，那么就算人死有鬼，难道衣服也有鬼吗？有鬼论者被他的这一反驳所折服。阮瞻则素执无鬼论，"物莫能难，每自谓此理足以辨正幽明"，但随后便发生了具有浓重志怪色彩的事情，说有一客来拜访阮瞻，辩论鬼之有无，反复甚苦，但他最终辩不过阮瞻，于是作色曰："鬼神，古今圣贤所共传，君何得独言无！即仆便是鬼。"于是变为异形消失了，阮瞻不久便死去了。[①]这一故事在《幽明录》中已有记载，《晋书》当取材于此类记载。后世论者多讥议《晋书》取材之不谨严，但如果撇开这一点不谈，这个故事其实告诉了我们一些很重要的事实：无鬼论者对有鬼论者的反驳往往十分有力，尤其具有难

---

① 参见房玄龄等撰《晋书》卷四十九《阮籍传》，中华书局 1974 年版，第 1366、1364 页。

以辩驳的逻辑性，令有鬼论者难以招架，于是只好一方面搬出古今圣贤曾言有鬼神之语以作奥援，另一方面则干脆编鬼故事，让"鬼"亲自出马来证明有鬼。无独有偶，《搜神记》中也收录了一则"无鬼论"的故事，主人公是三国时吴国施绩的门生，常秉无鬼论，有客来与之辩论，但不能说服他，客人即云：君辞巧，理不足。于是展示其身份，原来这也是一个鬼，前来索命的。如果我们拿这两个故事跟干宝的思路做一对比，就会发现二者惊人地相似，干宝撰集《搜神记》来证明"神道之不诬"，一方面也是拿前贤的记载来作为证据，另一方面则是让鬼怪故事本身来证明神鬼之实有。此外，这个故事中的"君辞巧，理不足"这一句话也很值得注意：它再一次告诉我们，连当时的有鬼论者也不得不承认，无鬼论者所进行的辩驳是巧妙而具有逻辑性的，因此他们只能勉强拿"理不足"来抵挡无鬼论者的进攻了。

在此，笔者还想提供一个旁证来说明当时的有鬼论者所处的论争语境及其所采取的论争策略。干宝的友人、著名的道教理论家葛洪曾在他的《抱朴子内篇》的"论仙"卷中全力论证神仙之实有，他的证据主要有三条：一是前代典籍多载神仙之事；二是没人见过神仙不能证明神仙就没有；三是他拿鬼神之事来做类比，说鬼神之事明明是存在的，但俗人还是不相信，人们不相信神仙之存在，也与此相类。他论述第三点时，曾说"鬼神数为人间作光怪变异，又经典所载，多鬼神之据，俗人尚不信天下之有神鬼"；又云"鬼神之事，著于竹帛,昭昭如此,不可胜数,然而蔽者犹谓无之,况长生之事,世所希闻乎",这就明白地揭示出当时社会上确实有一些坚定的无神论者和无鬼论者。[①]再加上汉代的王充和应劭这些人,他们正是干宝撰集《搜神记》,和葛洪撰写《神仙传》《抱朴子内篇》时所面对的一批论敌。正因为如此,干宝才要刻意强调他撰集《搜神记》的目的乃是要"明神道之不诬"了。

二

上文提到,有鬼论者为了证明鬼神之实有,引经据典以为奥援,杜撰鬼神故事以为实证,但具体到干宝和葛洪,他们还远不止做到这一步。葛洪要证明神仙之实有,既撰集了《神仙传》这一部历代神仙的传记故事,也撰写了《抱朴子内篇》来进行系统的理论论证。干宝则把这两个方面的工作集中在《搜神记》一书之中来完成。

根据现存的《搜神记》佚文来推断,此书应该是分类编排的,每一大类的前面应该还有干宝所写的一篇序文,现在我们能看到的主要是"妖怪篇"和"变化篇"之前的序文的片段,以及《彭祖》《管辂》《犀犬》《刀劳鬼》《五酉》《文颖》《阿紫》等数篇故事末尾所缀干宝本人的评论或解释,或通

[①] 参见王明《抱朴子内篇校释》卷二,中华书局1985年版,第19—22页。

过故事人物之口所进行的解释。这些文字的主要内容乃是干宝试图从理论上来对鬼神变异之事加以合理的解释。这一做法背后隐含的合理逻辑当然是干宝相信鬼神变异之事的客观存在，然后才试图对之进行深入的解释；然而，这一逻辑也未尝不可以颠倒一下：如果他能合理地解释鬼神变异之事的成因，也就证明了它们是客观存在的。这有类于演绎法，从万事万物生成的普遍原理，推断出有些事物必然会产生。我们先来看看干宝是如何解释世间的鬼神变异之事的。

《搜神记》"变化篇"的序所留存的篇幅还比较长，这可以说是干宝解释一切物性及其变化的纲领性文字，其基本理论应该是取自战国时期黄老道家的精气说，以及由精气说进一步发展而来的五行之气这一理论，他指出：

> 天有五气，万物化成。木精则仁，火精则礼，金精则义，水精则智，土精则思。五气尽纯，圣德备也。木浊则弱，火浊则淫，金浊则暴，水浊则贪，土浊则顽。五气尽浊，民之下也。中土多圣人，和气所交也。绝域多怪物，异气所产也。苟禀此气，必有此形。苟有此形，必生此性。

也就是说，万物都由五行之气化生而成，所禀之气不同，其性状亦不同。这里他特意提到了怪物乃异气所生。接下来，他连续罗列了大量古人所认为的事物变化的实例，这些例子在我们今天看来，有些是对自然物变化的错误认识，有些则来自错误的观念，或完全出自想象，但干宝显然认为这些都是真实的变化，比如"千岁之雉，入海为蜃；百年之雀，入江为蛤；千岁龟鼋，能与人语；千岁之狐，起为美女；千岁之蛇，断而复续；百年之鼠，而能相卜"，至于为什么会发生这些变化，干宝认为是"数之至也"，也就是时间足够长久了，变化就自然发生了。接着他又列举了因为季节变化而造成的变化，因为气的变化而导致的从无知之物到有知之物的变化，还有血气不变而形性改变的变化。这几类变化都属于"应变而动"的正常的变化。但也有因为气的反乱背逆而造成的反常变化，比如人生兽，兽生人，男化为女，女化为男，人化为虎，等等。但不管如何变化，干宝认为都有其缘由，都是可以解释的。

我们可以看到，干宝把事物变化的原因都归结到了气的变化上，不管这个理论正确与否，它确实是从战国以来不少学者对世界的一种共同的认识。即如东汉王充的《论衡》，就是用气的变化来解释事物的变化，其《无形篇》云"岁月推移，气变物类，虾蟆为鹑，雀为蜃蛤"，又云"且物之变随气，若应政治，有所象为"，比如男化为女，女化为男，高岸为谷，深谷为陵，这些变化都预兆着政治局势的变化，算是一些异常的变化。其《纪妖篇》与《订鬼篇》也是从气的角度来解释妖怪和鬼神，比如《纪妖篇》论及刘邦斩蛇的传说时，云其"非实"，"非实则象，象则妖也，妖则所见之物皆非物也，非物则气也"；《订鬼篇》则云"故凡世间所谓妖祥、所谓鬼神者,皆太阳之气为之也"。应该说,对事物变化原因的解释,干宝和王充并无本质上的不同,他们的不同主要表现在:王充认为"凡天地之间有鬼,非人死精神为之也,皆人思念存想之所致也",也就是说,鬼并非人死灵魂不灭而变成鬼,而是人在疾病状态下的一种精神现象,这种精神现象之发生,跟人体内部的气与外界的气的相互作用有很大的关系。① 但干宝等有鬼论者则认为鬼是人死后灵魂不灭而为之,这一点从《搜神记》所收录的鬼故事可以很清楚地看出来。

除此之外,在上述《妖怪篇·序》《彭祖》《管辂》《犀犬》等各篇之后,干宝对妖怪变异非常之事的缘由也进行了解释。如"妖怪篇"指出,妖怪是精气之依物者也,气乱于中,物变于外,这些变化可以表现出"休咎之征",亦即吉凶的征兆。《五酉》则在讲述了孔子和子路等人在陈国馆驿中遇到鲲鱼精的故事之后,借孔子之口又表达了几乎相同的意思,并具体地提到六畜之物及龟蛇鱼鳖草木之属,年岁久了,都会有神依附其上,成为妖怪。这一观点他在"变化篇"的序中其实也讲过了。而《管辂筮怪》这一篇,则借管辂之口对人变为动物这类妖怪变化的缘由和特点做了比较理论化的阐述:"万物之变,非道所止也;久远之浮精,必能之定数也。"又说:"夫万物之化,无有常形;人之变异,无有常体。或大为小,或小为大,固无优劣。万物之化,一例

---

① 本篇凡引《论衡》,皆出黄晖撰《论衡校释》,中华书局 2017 年第 2 版。

之道也。"在"刀劳鬼"一文中,干宝又指出:"天地鬼神,与我并生者也。气分则性异,域立则形殊,莫能相兼也。生者主阳,死者主阴。性之所托,各安其方。太阴之中,怪物存焉。"这也是从精气说的理论来解释鬼神怪物的成因。至于《彭祖》,提到殷商时代彭祖之母一胎生六子,乃剖腹而生。对此事,"先儒学士"多疑之,但干宝援引古今同类事件来对之加以证明,指出:"天地云为,阴阳变化,安可守之一端,概以常理乎?"

可以说,以上这些关于鬼神妖异变化之事成因的解释,也正是干宝证明"神道之不诬"的一种努力。如果说他搜集的那些故事还不足以真正表明他本人的态度,那么对这些故事的真实性与合理性的理论论证就完全表明他个人的态度了。

三

那么接下来要讨论的一个问题就是:干宝的个人态度究竟对《搜神记》中故事的文本形态有无影响?或者反过来问:干宝如何通过对文本的处理来表现"神道之不诬"?这两个问题其实是一件事情的两面而已。

前文已经提及,现存《搜神记》的343个条目中大概只有53条是作者个人采集并撰写的,因此,就这些条目来探讨作者如何通过对故事文本的处理以表明他的态度,仍然是可行的。同时,对于有其他渊源的文本,我们也可以用比较的方法来看干宝是否对之进行过改动，以及这种改动的意图是什么。

对于六朝志怪的文本特点，鲁迅先生曾经有过一个著名的概括，叫作"粗陈梗概"[1]，《搜神记》是六朝志怪最重要的代表，理所当然应该符合这一特点，该书中确实有相当一部分篇目是符合粗陈梗概这一特点的，但也确实有相当一部分篇目显然并不属于粗陈梗概的情形。因此，对于这一问题有必要重新来考察一下。

此外，鲁迅先生对六朝志怪的编撰者的叙述心态也有一个同样很著名的论断，认为他们并非有意为小说，而且因为他们相信鬼神都是实有的，所以叙述异事与记载人间常事，"自视固无诚妄之别矣"[2]。对此，鲁迅还有一个更简明的说法，那就是六朝人之志怪，大抵一如今日之记新闻，在当时并非有意做小说[3]。现在看来，鲁迅这个说法也有必要加以修正。首先，固然六朝志怪的编撰者是相信鬼神之实有的，但他们面对的读者或对话者则颇有一些无鬼无神论者，尤其是干宝和葛洪等人，他们编撰志怪小说集或神仙故事集的目的就是要证明鬼神之实有，在这种心态驱使下，他们固然不是抱着跟今天的作者创作小说完全相同的心态来编撰这些故

---

[1] 参见鲁迅《中国小说史略》第八篇"唐之传奇文（上）"，人民文学出版社1973年版，第54页。

[2] 参见鲁迅《中国小说史略》第五篇"六朝之鬼神志怪书（上）"，第29页。

[3] 参见鲁迅《中国小说史略》附录之"中国小说的历史的变迁"，第276页。

事，但他们也必然希望取信于人。既然希望取信于人，那么是否完全无意于叙事技巧的经营，或者说是否真跟今日之记新闻一样？或者我们拿古代的史传来做对比，他们会采取跟史传相近的写法吗？

以上两个方面的问题也属于一个问题的两面，下面我们结合具体篇目来进行讨论。

在《搜神记》"变化篇"所收录的精怪故事中，有几篇故事的内容和写法惊人地一致，它们是《细腰》《文约》《何铜》《安阳亭》《怒特祠》。如果我们"粗陈梗概"地抽取其主要情节，那么它们讲述的都是某个人偶尔偷听到了精怪之间的对话，于是找到了对付精怪的办法，把它们都消灭了。其中《细腰》《文约》《怒特祠》这三篇故事均来自《搜神记》之前的《列异传》，唐宋类书颇多转录，但有的录自《列异传》，有的录自《搜神记》，如果两相比较，可知《搜神记》中这几篇故事基本照抄了《列异传》。而《何铜》和《安阳亭》两篇，唐宋类书所引，均只注明见于《搜神记》，则干宝自己所撰的可能性比较大。但令人感到惊异的是：这两篇故事在情节结构和叙事手法上跟《细腰》《文约》可以说完全一样，都具有某人偷窥偷听的叙事视角，也都有直接呈现精怪对话和行动的场景描写。毫无疑问，《何铜》和《安阳亭》这两篇的最初作者不管是谁，他都意识到了《列异传》那几篇故事在叙事上的独特性，以及这种独特的叙事手法所造成的强烈真实感，并刻意进行了模仿。笔者反复考虑，

《何铜》和《安阳亭》二文的来源或有三途：或是干宝完全照录自己所听到的故事；或是听到了故事梗概，他又进行了加工润色；或者完全就是他个人的编撰。但无论属于哪种情况，干宝应该都意识到了这种独特的叙事手法及其所造成的真实效果。

那么对于这几篇故事共有的这种叙事手法，这里有必要多说几句。很显然，这种手法并不是鲁迅先生所说的"粗陈梗概"，而应该被视为一种具体而细腻的场景化呈现，而且采用了颇具合理性的偷窥视角和极富直观性的对话描写：因为精怪世界本不是人类所能参与进去的，更非日常生活的常态，因此人类只能偶然窥见，这就比较合理了；而在人类偷窥的视角下，又通过精怪的对话和行动来表现它们，这又比通过偷窥者的口头转述来得更有现场感和真实感。而对这一点，干宝应该是洞若观火的，因此他记载下来的《何铜》和《安阳亭》采取了跟《细腰》《文约》完全相同的写法。这样一来，我们还能说他不是有意为之的吗？[1]如果这两篇故事并未经过他人转述，而是干宝自己写下来的，那么他的做法就更近似于我们今天的自觉的小说创作了，而跟传统史传文学的写法，跟鲁迅先生所说的"记新闻"的写法，都很不一

---

[1] 刘勇强先生在论及志怪小说中"对话的运用"时指出：对话的拟写必然带有虚构的成分，是与小说家的虚构能力联系在一起的。参见《中国古代小说史叙论》上编第二章第二节，北京大学出版社2007年版，第84页。笔者很赞同这一看法，而且精怪之间的对话，更体现了一种有意为之的虚构。

样。这个道理很简单：史传和新闻的撰写者都知道自己所写内容别人一般会相信，因此不必再刻意去让人相信。但干宝则和现代的小说家一样，需要让人相信其所写内容的真实性，因此他就需要刻意使用能获得更强真实感的叙事技巧。

《搜神记》中另有一篇《鹄奔亭》，也很值得注意。这篇故事的异文又见于《文选》卷三十九江淹《诣建平王上书》的注和《太平御览》卷一九四，这两处异文的文句几乎完全相同，今引录如下：

> 谢承《后汉书》曰：苍梧广信女子苏娥，行宿鹄巢亭，为亭长龚寿所杀，及婢致富，取财物埋置楼下。交阯刺史周敞行部宿亭，觉寿奸罪，奏之，杀寿。《列异传》曰：鹄奔亭。

可见，此事在《搜神记》之前，已先载于谢承《后汉书》和《列异传》，二者均完全按史传的笔法，实事求是，而且只记了个梗概。但颜之推的《冤魂志》、《太平御览》卷八八四等处则记载了此事更详细的文本，据《御览》等书标注的出处，则出自《搜神记》。而这个文本长达450字左右，是谢承《后汉书》所载文本长度的九倍！若把二者加以比较，可以看到其多出的文字主要就是讲述被害者苏娥的鬼魂向何敞哭诉冤情，请他为自己伸张正义。何敞根据苏娥所诉进行调查，发现她所言完全属实，于是把凶手龚寿全家人都抓起来了。那么特别值得注意的是文末提到何敞给皇帝上表，请求把龚寿全家处死，其表文中有这么几句话：

> 今鬼神自诉者，千载无一。请皆斩之，以明鬼神，以助阴教。

《冤魂志》所录文本也提到何敞上表之事，但"以明鬼神，以助阴教"这两句变成了"以助阴杀"四个字。李剑国先生认为《冤魂志》所录当是依据《搜神记》[①]，笔者赞同这一看法。我们当然不排除二者有其他来源之可能，但根据目前文献来看，这个比较翔实的文本应该就是出自《搜神记》。那么，跟谢承《后汉书》和《列异传》相比，干宝这个文本所增加的内容就说明了两个很重要的问题：首先，作者（很可能就是干宝）显然是刻意虚构了苏娥鬼魂诉冤的场景，而且十分详尽地把龚寿如何杀害她的整个过程都描述出来了，其中有完整情节，有人物对话，甚至还有心理描写；其次，作者之所以把这个虚构场景叙述得如此逼真，就是为了"以明鬼神，以助阴教"——而这，不正是干宝所说的"以明神道之不诬"吗？而且"以明鬼神，以助阴教"这一句话还包含着自《周易》以来就被反复强调过的"神道设教"思想，只不过，这里的"以助阴教"，已经完全是通过鬼神来辅助教化的意思了。

在《搜神记》中，还有一篇很著名的精怪故事《斑狐书

---

① 参见李剑国辑校《新辑搜神记》，中华书局2007年版，第377页。

生》，这篇故事出自干宝之手的可能性更大。因为文中主人公张华活动的时间跟干宝十分接近，大概有十八年左右的重叠，因此这个斑狐精怪拜访张华、被张华杀死的故事不大可能来自其他文献，事实上我们也没看到传世的其他文献记载过这个故事。这个故事跟前面提到的各篇故事都不太一样，刻意为之的痕迹更为明显：首先，它采取了一个全知的视角来讲述，不同于前述各篇的偷窥式的限知视角，这就令故事的场景转换变得更灵活了。其次，故事的情节有了集大成的特点，把物老成精的观念、一些古老的精怪故事元素和降伏精怪的情节熔于一炉，体现出人为创作构思的特点。最后，则是故事的叙事语言与人物对话都表现出典雅渊深的文人特色。总之，这个故事既不符合粗陈梗概的特点，也并非没有经过有意的构思与安排，只不过它的主题思想看起来似乎不再全然是为了表明"神道之不诬"了。那么，它所表现的是一种什么样的主题呢？

四

我们一般所理解的"神道之不诬"，应该不出乎如下两层含义：一是指鬼神妖怪之事本身是真实存在的；另一层意思当是指鬼神在赏善罚恶这一点上不会欺骗世人。但"斑狐书生"这样的故事讲述的则是狐精变成的书生慕名拜访张华，谈论学问，结果被张华识破，遂利用他关于精怪的知识，把这名对他毫无恶意的精怪书生杀之而后快。这一情节当然也可以证明精怪是确实存在的，但此外，它所能表达的就应该是人类不必害怕精怪，甚至可以运用自己的聪明才智来消灭精怪的主题了。有意思的是，这样的情节和主题在《搜神记》中其实是颇为常见的。我们可以把取自于他书的篇目和干宝自己撰集的篇目放在一起来统计，除了《斑狐书生》这一篇之外，还可以举出《细腰》《何铜》《文约》《安阳亭》《怒特祠》《宋大贤》《庐陵亭》《狸客》《五酉》《彭侯》《白头老公》《宋定伯》《李寄》《管辂》等篇，它们的情节虽然并不相同，但都包含了杀死精怪或妖怪这一因素，因此可以说都比较一致地表达了不怕精怪、妖怪或鬼的主题。

　　而在这些篇目中，特别值得注意的是，其中有几篇故事比较明确地强调了那些不怕精怪、妖怪和鬼的人都是因为人格刚强正直，或者明于事理，遂令鬼神妖怪不可干犯。比如《宋大贤》这一篇，提到宋大贤"以正道自处，不可干"，夜宿南阳亭，有恶鬼前来骚扰，他毫不畏惧，最后把鬼杀了，发现原来是个老狐。从此，这个亭就再也不闹鬼了。《五酉》这一篇讲孔子和子路等人在陈绝粮，有鳀鱼变成精怪前来，被子路所杀，孔子说这不过是物老成精而已，杀了就罢了，也不会有什么祸患。于是他们把这条鳀鱼烹而食之，味道很鲜美，饿坏了的众人因此得以继续赶路。《白头老公》一文中，张叔高一连杀死了五个树精，别人都吓得趴在地上不敢动，他却"神虑恬然如旧"。后来，他不但没遭到任何灾祸，还从太守升任了刺史。《安阳亭》中的书生因为"明术数"，不顾别人劝阻，坦然夜宿精怪杀人的"安阳亭"，彻夜端坐诵书，窥破了精怪的秘密，将其全部杀死。《管辂》这一篇，讲述安平太守王基家中不断有怪物闹事，管辂劝慰王基说"神明之正者，非妖能乱也"，"愿府君安神养道，勿恐于神奸也"，结果王基的官位也获得了升迁。从以上这些故事所反映出来的观念，很容易令人联想到《风俗通义》"怪神"卷中应劭对鬼神之事的态度，如"怪神"之序云：

> 仲尼不许子路之祷，而消息之节平；荀罃不从桑林之祟，而晋侯之疾间。由是观之：则淫躁而畏者，灾自取之，厥咎响应，反诚据义，内省不疚者，物莫能动，祸转为福矣。

而"怪神"卷之"城阳景王祠"也在提到孔子和荀罃不信鬼神之事后说"死生有命，吉凶由人"。可以看到，应劭认为祸福吉凶都是人所自召，并不存在什么鬼神，如果人能"反诚据义，内省不疚"，则任何妖物都不能伤害他；干宝则相信有鬼神，鬼神也可以给人带来灾殃，但人却能凭借自己道德和人格的修养来避免灾殃，甚至转祸为福。他们这种观点应该都是渊源于传统的"以德禳灾"思想，这一思想在《尚书》《史记》《汉书》中都有过明确而系统的论述，研究思想史的学者对此论述已多，此处不必赘述。此外，干宝作为性好阴阳术数之士，他所接受的这一思想也可能来自阴阳五行学说与汉代以来的谶纬之学。

那么干宝的这一思想跟"明神道之不诬"是不是一致的？答案应该是肯定的。因为"明神道之不诬"这一态度的背后其实隐藏着的终究还是一部分士人所信奉的"神道设教"的教化意图，他们认为鬼神妖怪乃是实有的，它们出来祸害人，完全是因为人自身的人格或道德缺陷所致。如果一个人能及时改变这些缺陷，则鬼神妖异之事自然不会对人造成任何危害了。

通过以上对《搜神记》编撰体例、文本形态、写作技巧与思想主题的讨论，该书"明神道之不诬"的编撰目的可以被看得更清楚了。由此看来，《搜神记》远不止一部内容驳杂的志怪小说集，而更是一部具备体系性的著述，其背后所隐含的思想观念或许还有更进一步深究之必要。

从『志怪』到『纪闻』
——对牛肃《纪闻》的重新审视

一、"纪闻"释义

从来源看,六朝志怪大多来自见闻和载籍,干宝在《搜神记·序》中所作的交代大体可以概括六朝志怪的普遍来源:

> 虽考先志于载籍,收遗逸于当时,盖非一耳一目之所亲闻睹也,又安敢谓无失实者哉。……今之所集,设有承于前载者,则非余之罪也。若使采访近世之事,苟有虚错,愿与先贤前儒分其讥谤。及其著述,亦足以发明神道之不诬也。群言百家,不可胜览;耳目所受,不可胜载。亦粗取足以演八略之旨,成其微说而已。幸将来好事之士,录其根体,有以游心寓目,而无尤焉。[①]

《搜神记》的"记"可以解释为记载、记录,六朝小说中以"记"为名的,至少有二十部以上(《古小说钩沉》中

[①] 参见李剑国辑校《新辑搜神记》,中华书局2007年版,第19页。

收录了十四部，未收的大约六部）。

"记"跟"志怪"的"志"，意思差不多。而六朝时代以"志怪"命名的书我们今天知道的至少还有五种。不管是"记"还是"志"，都代表着一种注重实录、甚少创作的态度，说明这些故事的记录者尽量记载了他所听到、看到以及读到的怪异故事的本来面貌。不过，任何事情都不是绝对的，即使是《搜神记》这样一部出自史官之手的志怪书，也很难说其中完全没有干宝虚构创作的成分。

此外，还有跟"搜神"相似的"述异""甄异""集灵""集异""录异"这类书名[1]，也都代表着一种相似的搜集和记录怪异之事的行为。

进入唐代以后，这样的书名并没有消失[2]，这意味着跟六朝相似的编纂志怪故事集的方式也依然存在着。唐代还出现了跟"志怪"这一表达方式很相似的"纪闻"与"传奇"这样的词，"传奇"非本文所要讨论者，暂置不论。这里只讨论盛唐时代牛肃的《纪闻》这部书的书名的意义。

如果说"志怪"的"志"是指记录，那么"纪闻"的"纪"除了有记录之意，还跟"记"有微妙的区别，那就是比"记"更注重条理性和时间性：

---

[1] 参见《鲁迅辑录古籍丛编》第二卷《古小说钩沉》之目录，人民文学出版社1999年版。

[2] 参见李剑国《唐五代志怪传奇叙录（增订本）》目录，中华书局2017年版。

《五帝本纪》守节正义:"纪者,理也,统理众事,系之年月,名之曰纪。"这里对其纵线特点说得甚明。"纪传"同理。一世为一纪,一千五百年为一纪,都是纵序年数。"纪事本末"是史书的文体名,以一事件为纲,自本而末纵线记载,故用"纪"。《汉书》后有《汉纪》,它是类似《左传》的编年体,以汉代帝王的纪年为纲的史书,故用"纪"。①

由此看来,"纪闻"的"纪"更多了一些时间的条理性。日本学者内山知也曾按故事发生的年代对《纪闻》的篇目进行分类后指出,牛肃在采集故事时,似乎有表明事件发生年月的习惯,这类故事超过《纪闻》的半数,达六十六篇,这意味着他的采录离事件发生的时间并不远。他还指出,《纪闻》中的故事多发生在开元、天宝时期,尤其集中在开元十年(722年)至天宝十载(751年)的三十年间,而这正是牛肃自己生活的时代。②

《纪闻》的"闻"则直接指出了所记录事件的来源,即来自"听闻",亦即牛肃记载的乃是他从别人那儿听来的故事。需要特别强调的是:在这里,"闻"并不能解释为"见

---

① 黄金贵《"纪"与"记"的区别》,《中国社会科学报》2015年6月15日版。
② 参见内山知也《隋唐小说研究》第三章第三节"牛肃与《纪闻》",复旦大学出版社2010年版,第163页。

闻",而只能解释为"(所)听闻"或"(所)听到",这就基本排除了牛肃亲历亲睹某事或读到了某个事件的文字记载这些故事来源。我们从现存《纪闻》的126篇故事来看①,其中能肯定来自牛肃本人亲历目睹的只有两篇:一篇是记载他女儿牛应贞梦中朗读《左传》和佛典,醒后竟能背诵的异闻;另一篇则是记载开元二十八年牛肃看到怀州百姓吃土觉得味美的异事。还有三篇,分别记载牛肃的弟弟、从舅和家僮之子经历的异事,应该也得自听闻,而非牛肃本人所亲历亲睹之事。而可能来自他人记载的也有三篇,一篇是北齐稠禅师的故事,一篇是武则天时大臣杜鹏举入冥的故事,一篇是初唐僧伽大师的故事,前两篇在初唐张鷟的《朝野佥载》中有记载,第三篇提到了僧伽大师的"本传",或即为牛肃记载的来源。这样看来,今存《纪闻》的绝大部分篇目都是牛肃根据他所听来的故事加以记载而成的②。

由此就可以看到《纪闻》跟六朝志怪相比所发生的一些变化:第一,来自载籍的内容大大减少,来自牛肃耳食听闻的内容大大增加;与这一变化相伴而来的第二个变化则是,来自牛肃所生活的时代的故事大大增加,前代的故事大大减少。个中原因也不难明白:见诸载籍的篇目自然大多是发生在前代的事情,而记载者所听到的,一般都是近代或当代之

---

① 此据李剑国辑校《纪闻辑校》统计,中华书局2018年版。
② 李剑国先生认为:《纪闻》原为十卷,今尚存126篇,"料所遗不多",参见《纪闻辑校》"前言",第4页。笔者认同这一说法。

事，是还没有来得及进入载籍的故事。

其实，以"纪闻"作为书名，除了表示所记载的故事来自"耳闻"而非"目睹"，带有道听途说的性质之外，应该还说明所记故事的时代离牛肃并不遥远，还在人们的口头热烈而新鲜地传播着，被他听到后记载下来，因此具备很高的可信度。所以，这种对所记故事的"纪闻"性质的强调，其实也是在强调其可靠性，这一点从志怪小说的发展脉络来看，是十分清楚的。比如南齐王琰的《冥祥记》，多记佛教灵应之事，其中入冥返阳之说颇众，作者为求征信，往往在某些故事末尾强调该故事来自某人所说，比如其中"彭子乔"一篇，就提到这个故事是王琰的族兄王琎亲耳听到两位当事人讲述，然后应该是王琎再把这个故事转述给了王琰，王琰把它记了下来。这种写法到了初唐唐临所撰的《冥报记》和郎余令所撰的《冥报拾遗》中就明显地增多了。此二书都大谈佛教因果报应之事，情节也大都荒诞不经，因此也有一个取信于人的问题。他们所用的办法也是强调某个故事是他们亲耳听某人说过的。而且，唐临和郎余令宣称亲耳听人说过的那些故事，都发生在初唐时代，时间离他们很近。

那么，到了牛肃这里，他并没有采取在故事末尾强调听闻自某人这一做法，而是直接把这部书的名字叫作《纪闻》，这就相当于强调其中所有的故事都是他听人说起过的了。而且，牛肃还有一个与众不同的做法，正如内山知也曾指出过的，他有标明故事发生的年月的习惯，数量超过了现存篇目的一半。更有甚者，比如讲述仪光禅师生平的这一篇，他连禅师圆寂的日子——开元二十三年六月二十三日——都记载下来了。此外，牛肃还会十分细致地交代很多故事中地点的转换，具体描绘故事发生的关键场景，交代人物所任官职的变化。还有更特别的一点则是，牛肃把他本人和亲友的经历也载入了书中，这样一来，我们会极其强烈地感觉到他跟所有故事中的人物都生活在同一时代，从而获得很强的现场感。牛肃之所以能做到以上这几点，应该跟他在离故事很近的时空中就听到了有关的传闻有关。而他这种做法，以及《纪闻》的这些特点，在唐代很有代表性，在他之前的《朝野佥载》，之后的《玄怪录》《续玄怪录》等小说集和众多单篇传奇文中，都出现了同样的做法和同样的特点。不过，《朝野佥载》《纪闻》是自然而然地这样做的，也自然而然地获得了这些特点，而后来的一些小说集或传奇文，则是在虚构创作的意义上模仿了这种做法，并获得了如上特点的。

二、《纪闻》的性质

那么接下来需要讨论的问题则是：从其内容来看，《纪闻》究竟是本什么性质的书呢？

程毅中先生曾指出此书题材多样，既有志怪性的，也有志人性的，也有一些篇章是很好的传奇文，可以看作从志怪向传奇发展的一部代表作，或者志怪和传奇兼而有之的一部小说集。有些作品写了当时的一些知名人物，带有纪实文学的性质[1]。

李剑国先生则认为《纪闻》大都为志怪体，也有非异闻的杂事之体，但也有较长篇的传奇体作品。志怪集中多见传奇之体，此书为首出[2]。他指出：

> 《纪闻》事涉神仙释道，神鬼怪魅，征应定数，禽兽山精，远国异民，金玉珠宝等，历世志怪书之习见题材大率摄入。其中有几宗宗教题材最为突出，颇具特色。首先是佛教题材，包括异僧、入冥、报应等，多达二十五个，而描述异僧最多。……牛肃染乎时风，故亦多记道士、道术之事。……《纪闻》其他类型的题材尚多，值得特别提出来的是天狐、山都、厕神、动物报恩、海外异国等，凡此也都有渊源可寻，而《纪闻》丰富了这些传说。[3]

内山知也则按故事内容将《纪闻》所载篇目分成道教故事、佛教故事、人物故事、怪异故事、阴阳家故事、动物故事、博物地理故事和其他等八类。他由此指出，牛肃把很多力气花在搜集佛教故事上，他笃信佛教，并绝对相信鬼怪的

---

[1] 参见程毅中《唐代小说史话》，文化艺术出版社1990年版，第59页。
[2] 参见李剑国辑校《纪闻辑校》，第8、9页。
[3] 李剑国辑校《纪闻辑校·前言》，第8、9页。

存在。《纪闻》的文章流利精密,文笔细腻,富于感情。有些篇章(如《吴保安》《仪光禅师》等)与中晚唐的小说相比也毫不逊色。[1]

程毅中、李剑国两位先生大体上乃是以鲁迅先生所建立的志怪、志人、传奇这一小说史框架来衡量《纪闻》的文体,认为其兼具志怪、志人和传奇的性质,也有杂事体的性质。内山知也的小说史意识不那么强,只客观地进行题材分类。但他把《纪闻》视为"隋唐小说"之一种来加以研究,显然也认为它是一部小说。

那么我们不妨再从目录学的角度来看一看前人是如何看待这部书的性质的。

最早著录此书的是《新唐书·艺文志》丙部子类的小说家类,同归此类的还有六朝的《搜神记》《幽明录》《续齐谐记》《冥祥记》这些志怪小说名著,以及唐代的《冥报记》《集异记》《纂异记》《玄怪录》《续玄怪录》《甘泽谣》《酉阳杂俎》等一大批著名小说集。而元人所撰《宋史·艺文志》的子类小说家所收书的种类跟《新唐书·艺文志》基本相同,显然是延续了宋人的归类原则。南宋郑樵的《通志·艺文略》在史类"传记"的"冥异"类下著录了《纪闻》,还著录了《搜神记》《幽明录》《玄怪录》《续玄怪录》等小说集。此后,清代丁丙的《善本书室藏书志》子部小说家类"杂事

---

[1] 参见内山知也《隋唐小说研究》,第161、162、167页。

之属"也著录了《纪闻》。

由此可以看出,从宋代至清代的学者对《纪闻》的性质及归属有子、史之别与小说、传记之别。这种差别其实渊源有自,弄清这一渊源,有助于我们理解牛肃那一代人对《纪闻》这一类书的看法,和他们所撰写的这一类书的特点。

《搜神记》和《纪闻》诸书,就文类性质而言,其实跟《春秋》《左传》《史记》一样,无疑都是叙事性的。叙事性的文类,在最早创立史志目录的《汉书·艺文志》中,可以认为被归入了两类:《春秋》《左传》《史记》这些出自史官之手的正统历史著作被归入了"六艺略"的"春秋"类,而同样可能出自史官之手的一些纪事类书(如《青史子》)则归入了"诸子略"的"小说家"类。叙事类之外,还有《尚书》、诸子等记言类的书,则分别归入"六艺略"的"书"类和"诸子略"的各家各派之下,但还有一些显然也是记言类的书,诸如《伊尹说》《鬻子说》《黄帝说》之类,则被归入了"诸子略"的"小说家"类。同为叙事或记言之书,《青史子》《伊尹说》之所以被归入了"诸子略"的"小说家"类,其原因殆在于鲁迅先生所云"诸书大抵或托古人,或记古事,托人者似子而浅薄,记事者近史而悠谬者也"[①],亦即诸书所记之言与事,跟子、史类著作性质本是相类的,但因其浅薄悠谬之特点,遂不得跟子、史著作并列,只能入于"小说家"之

---

① 参见鲁迅《中国小说史略》第一篇,人民文学出版社1973年版,第3页。

列。由此可见，对于同一类书，分类多歧，自古已然，渊源有自。

至后世之六朝，众多志怪小说集问世，这些书大都是叙事性的，初唐人修《隋书·经籍志》，在晋人基础上创四部分类法，这些叙事性的志怪书大都归入了史部的杂传类。初盛唐著名史学家刘知幾撰理论著作《史通》，其《杂述》专论"偏记小说"一家，视之为"能与正史参行"的"史氏流别"，一共包括十类，其中的第八类"杂记"下即罗列了六朝志怪的几种代表作，如《志怪》《搜神记》《幽明录》《异苑》等①。刘知幾卒于开元九年（721年），牛肃此时二十岁左右②，两人算得上是同时代人。牛肃的《纪闻》如果按照刘知幾的分类标准，也应该算是"偏记小说"中的"杂记"类。这就意味着，从基本性质来看，《纪闻》跟《搜神记》等书一样，应该归属于史类，这跟《隋书·经籍志》的归类其实是一致的。此外，晚唐高彦休在他的《唐阙史·序》中说过这样一句话：

> 故自武德、贞观而后，呓笔为小说、小录、稗史、野史、杂录、杂纪者多矣。贞元、大历已前，捃拾无遗事。③

---

① 参见〔唐〕刘知幾著、〔清〕浦起龙通释、王煦华整理《史通通释》，上海古籍出版社2009年版，第253页。
② 参见卞孝萱《〈纪闻〉作者牛肃考》，载《江海学刊》1962年7月号。
③ 陶敏主编《全唐五代笔记》第三册，第2329页。

这里提到的小说、小录、稗史、野史、杂录、杂纪这些著述名目，大体上仍然未出刘知幾所划定的"偏记小说"的范围，在高彦休看来，这些名目也仍然是正史的配角或流别而已。高彦休生活的时代比刘知幾和牛肃晚了一百年，但其观念仍然跟刘知幾相差无幾，因此，在目录学上，把《纪闻》归入史部，应该是比较符合唐人的学术观念的。而学术观念必然跟著述目的和态度有着密切的联系。因为牛肃没有留下关于《纪闻》编撰动机的任何说明，故我们仍然只能凭借刘知幾的有关论述来探讨这一问题。

对于"偏记小说"的"杂记"类，刘知幾发表过如下的议论：

> 杂记者，若论神仙之道，则服食炼气，可以益寿延年；语魑魅之途，则福善祸淫，可以惩恶劝善，斯则可矣。及谬者为之，则苟谈怪异，务述妖邪，求诸弘益，其义无取。

值得提一下的还有第七类的"别传"，包含《烈女传》《忠臣传》《孝子传》《逸民传》等人物传记，刘知幾也指出了这些传记的意义：

> 贤士贞女，类聚区分，虽百行殊途，而同归于善。则有取其所好，各为之录。[①]

---

① 参见〔唐〕刘知幾著、〔清〕浦起龙通释、王煦华整理《史通通释》，第255、256页。

此外，在《书事》中，刘知幾探讨史书的史料取舍问题，在荀悦、干宝提出的"五志"基础上，又增加所谓"三科"，即叙沿革、明罪恶、旌怪异，只要"事关军国，理涉兴亡"，那么"幽明感应，祸福萌兆"这类怪力乱神之事也可以采入史书，予以记载。[1]不过，他同时也批评了一些史家把一些琐细、迂诞、诡越、调谑、嗤鄙之事加以采录，致为有识者所讥[2]，这似乎跟他前面的话矛盾，但实际上，它们的背后都是有一个道德观念作为衡量标准的。

总之，从刘知幾的论述中，我们可以看到，对于"偏记小说"中的"杂记""别传"，他很重视其道德教诫的功能，即使鬼怪之事，只要惩恶劝善，也是可以记载的；人物之事，只要"同归于善"，也可以载录。至于正史，也不妨记载鬼神幽明之事，只要它们具有关乎忠义邪僻、丧乱兴亡的道德或历史意义。

这么一套标准，为不同层次的撰史者提供了一种严格的规范和道义上的理由。值得注意的是，刘知幾特别提到了那些记载鬼神怪异之事的著述所可能具有的意义。而反过来，从从事这类著述的撰著者（如牛肃）的角度来看的话，他们的著述既是正史的必要补充，也是进行道德教诫的一种手段，可能还具有更重大的历史意义。这样一来，他们从事这

---

[1] 参见〔唐〕刘知幾著、〔清〕浦起龙通释、王煦华整理《史通通释》，第212—214页。
[2] 参见〔唐〕刘知幾著、〔清〕浦起龙通释、王煦华整理《史通通释》，第212—214页。

种著述的态度必然就会变得谨慎而郑重起来。

三、《纪闻》的特点与价值

有了对于《纪闻》著述性质与撰述者态度的上述认识之后，我们再来重新探讨一下该书的特点与价值。

如果我们采用刘知幾的标准来梳理《纪闻》现存的篇目，将会发现：现存126篇故事中，大概只有16篇跟幽明祸福、军国兴亡、劝善惩恶无关，而只是纯粹的怪异之事，或是一种客观知识。大部分故事都跟鬼神精怪、佛道信仰有关，这涉及幽明感应、劝善惩恶这两个重要的方面；同时，书中最出色的那些篇目也都跟幽明感应、道德教诫或军国兴亡有关，并且紧密联系着牛肃所生活时代的重要历史事件。这就意味着，《纪闻》对初盛唐时代的风俗、信仰、道德观念和重大历史事件进行了生动细致而又颇为独特的反映，这是我们从这一时期的代表性文类——高度繁荣的诗歌中所无法看到的。这里结合几个具体的故事来看一下《纪闻》在这些方面的特殊意义。

先看一个入冥题材的故事：

> 唐监察御史王抡，为朔方节度判官，乘驿，在途暴卒，而颜色不变，犹有暖气，惧不敢殡。凡十五日复生，云：至冥司，与冥吏语，冥吏悦

之，立于房内。吏出，抢试开其案牍，乃杨慎矜于帝所讼李林甫、王铁也，已断王铁族灭矣。于是不敢开，置于旧处而谒王。王庭前东西廊下皆垂帘，坐抢帘下。慎矜兄弟入，见王称冤。王曰："已族王铁，即当到矣。"须臾，锁铁至，兼其子弟数人，皆械系面缚，七窍流血。王令送讯所，于是与慎矜同出。乃引抢，即苏。月余，有邢縡之事，王铁死之。

从南朝到唐代，入冥类型故事十分常见，大都跟佛教的因果报应、劝善惩恶主题有关。这类故事的情节套路化倾向相当明显，都是讲述某人昏迷后入冥，见到某人因为生前为恶，死后在地狱受酷刑折磨；或某人因为信佛，则不但免罚，而且享福；此人苏醒后，从此改过迁善，虔心向佛。在《纪闻》中，入冥类故事现存七篇，但并不都是宣教型的，比如这篇王抢入冥故事，与其说是宣扬佛教信仰的，还不如说是宣扬官场险恶和为恶遭报应主题的，它的背景正是盛唐后期残酷的政治斗争：文中提到的几个人物杨慎矜、李林甫、王铁、邢縡都是天宝时人，王抢于史无征，但也应该实有其人。杨慎矜乃隋炀帝玄孙，为人精明强干，天宝前期曾任谏议大夫、御史中丞、户部侍郎等职。王铁则是杨慎矜的表侄，任侍御史，跟杨慎矜算是同僚。李林甫时任右相，授意王铁打击他的一个政敌，杨慎矜选择了中立，遭到李、王二人忌恨。加上杨慎矜为人"疏快",对王鉷不太尊重,甚至辱骂过他。王鉷遂向李林甫诬告杨慎矜谋反,李林甫又向玄宗揭发,杨慎矜兄弟三人被赐死,家眷配流岭南。王鉷自此威权日盛。但五年后,因其弟王銲跟密谋叛乱的邢縡有牵连,遂兄弟皆被处死,二子被杀,妻女遭流放。后晋史臣评论王鉷其人,谴责他依附李林甫,陷害杨慎矜,最后惨遭灭族之祸,乃是天道报应所致[①]。

牛肃记载王抡入冥故事时,完全不提上述背景,很显然,当他听到并记述这个故事时,离上述政治斗争发生的时间还很近,讲述者和记载者都颇知其详,都懂得故事中的含义。而对不知道这一背景的人而言,这故事就只是一个冥王主持公道、申冤报应的普通入冥型故事。但了解其背景以后,我们就会发现这故事背后隐藏着强烈的道德意图。

我们可以看到,这个故事跟其他同类故事相比,发生了一个明显变化:不再只是奉劝人们信佛或改恶从善的一种宣教,而是对历史事件和人物进行一种道德裁判。从两《唐书》的记载来看,王鉷之死跟他陷害杨慎矜之间其实并无因果关联,但这个故事中,他遭灭族之祸乃是因为杨慎矜在冥王处告状诉冤所致。而且,这一判决比现实中的王鉷之死提早了一个多月。这就暗示着,王鉷因邢縡的牵连而被灭族实

[①] 参见《旧唐书》卷一百五《杨慎矜传》《王鉷传》,中华书局1975年版,第十册,第3225—3232页。

际上是冥王早就暗中安排好了的，是对他害死杨慎矜三兄弟的一个报应。从现实逻辑来看，这个故事只能产生于王铁死后，故事中却说是发生于王铁死前一个月，这自然是为了强调害死杨慎矜乃是王铁遭灭族的直接原因了。这说明，当时应有一种舆论认为，王铁诬告杨慎矜致其被灭族这件事在道德上是绝对不可饶恕的，他必须落得个同样的下场，才符合人们的道德感。这种态度，正如上文所言，连撰写《旧唐书·王铁传》的后晋史官也同样流露出来了。但事实上，从王铁的传记来看，他遭灭族之祸也是被无辜牵连所致。玄宗本不愿惩处他，曾让杨国忠出面暗示他上疏请求处置其弟王銲，跟王銲划清界线，以保存自家门户。但王铁不愿意这么做，于是被处死了。看起来，王铁也值得同情，但他陷害杨慎矜这一严重污点却掩盖了这些值得同情的因素，让他在道德法庭上被判处了死刑。而这一道德法庭，超然于政治和皇权之上，甚至把它们也当成了自己实现道德判决的一种手段。这就意味着，政治斗争本身的是非曲直或许并不那么重要，重要的是，即使搞政治斗争，也应该遵循基本的道德原则，不能污蔑和陷害他人。

跟王抡入冥故事类似的，在初唐时期还有一个著名的唐太宗入冥故事，张鷟的《朝野佥载》卷六有载，讲述太宗入冥，被冥府判官勘问他杀害兄弟建成、元吉之事。此事后又演变成《唐太宗入冥记》话本，时间大概在武则天时代或稍晚①。从内容来看,这类故事跟所谓的幽明感应、劝善惩恶、军国兴亡也都不无关系,但更重要的应该还在于表达了一种道德教诫和道德观念。

在《纪闻》中还有三个名篇——《吴保安》《裴伷先》《仪光禅师》,前二者为纯现实性的人物传记,分别被《新唐书》采入人物列传,后者略具神异色彩,也被明成祖朱棣收入《神僧传》②。此三传之所以成为名篇,或跟牛肃精练生动、冷峻细密、客观真实且不乏史书风格的叙述艺术有关,也跟蕴含在人物事迹中的强大道德意志、生命意志和崇高的道德勇气有关。

兹请先论《吴保安》一篇。此篇中两位主要人物吴保安和郭仲翔的道义感均十分动人。这两人本是同乡,却不相识。开元初,仲翔入姚州都督李蒙麾下效力,参与平定姚巂蛮叛乱的军事行动。保安慕名给他去信,请他在李蒙面前帮自己谋职,仲翔慨然允诺。但等保安到姚州时,李蒙已战败身死,仲翔被俘,蛮夷知道他是宰相郭元振之侄,让他拿一千匹绢赎身。仲翔给保安写信,求他转告伯父,如果伯父不能赎他,则希望保安能替他赎身。不幸此时郭元振已死,保安便毅然担负起了赎回仲翔的艰巨任务。他变卖家产,在

---

① 参见程毅中《唐代小说史话》,第94页。
② 裴伷先的事迹被精简后收入《新唐书》卷一百一十七,附在其伯父裴炎传后;吴保安的事迹精简后收入卷一百九十一"忠义上"。仪光禅师事迹被收入《神僧传》卷七。

姚州苦心经营，整整十年，置远在他处的妻儿于度外，勉力积攒了七百匹绢。此时，新任姚州都督杨安居赴任途中偶遇保安妻子，得知保安之所为，深受感动，出手相助，凑足绢数，赎回仲翔。此时，吴保安和郭仲翔才算是见面相识了。应该说，吴保安完成的是一个十分艰难的任务，但他主动担当起了这个任务，孜孜矻矻，坚定不移，耗去了整整十年的光阴，他这十年中"贪赎仲翔，遂与家绝"，跟妻儿"十年不通音问"，最后妻儿无以为生，风尘仆仆来姚州找他。可以看到，吴保安把一个本不该属于他的任务当成了他义不容辞的责任来加以履行，其急人所难和舍己为人的程度，已经超越了常人所能践行和理解的范畴，达到了一种道德上的极致境地，体现了"近似愚痴的坚定意志"[1]，而这，正是一种崇高的道德意志的表现。所以杨安居也被他深深感动了，见到他时，"执其手升堂"，由衷地赞叹道：

  吾常读古人书，见古人行事，不谓今日亲睹于公。何分义情深，妻子意浅，捐弃家室，求赎友朋，而至是乎？吾见公妻来，思公道义，乃心勤仁，愿见颜色。……

而另一个人物郭仲翔，沦落蛮中十年，多次逃亡未遂，

---

[1] 参见沟部良惠《牛肃〈纪闻〉考——以〈吴保安〉为中心》，载《唐代文学研究》第十一辑，广西师范大学出版社2006年版。

受尽非人折磨,则表现出惊人的生命意志,但文中特别令人动容的还是他对吴保安的报恩之举:他为老母养老送终之后,即入川报保安之恩,不料保安夫妇已客死眉州彭山。仲翔缞麻扶杖,哀哭徒跣而至彭山,掘出保安及其妻尸骨,以墨笔标上序号,用练囊盛之,徒行数千里,回到保安故乡,厚葬并刻石颂美之,庐墓服丧三年。又恩养保安之子,为之娶妻,并把自己的官职也让给了他。跟吴保安一样,他的报恩之举也做到了道德上的极致境地,令人为之感动不已。

这两个人物的道德行为,质朴诚笃而又熠熠生辉,同臻极致之境,比众多载入史册的重要历史人物更具道德榜样的意义,因此《新唐书》将其采入"忠义传",是颇具只眼的。

次请论《裴伷先》一篇。这篇故事跟《牛腾》《周贤者》两篇都与武则天时代名臣裴炎有关,裴炎为人刚直,因反对武则天迫害李唐宗室,劝其还政太子,而被武则天杀害,殃及亲友。《牛腾》和《周贤者》讲的是裴炎的外甥和弟弟如何凭神助摆脱株连活了下来,其内容都带有太明显的神异色彩,而裴伷先则是裴炎的侄儿,他在跟武则天的对抗中顽强地活了下来:伷先本来也受裴炎牵连,十七岁即罢官谪居岭外,但他替无辜被害的伯父鸣不平,求见武则天,当面慷慨激烈陈词,所云跟裴炎如出一辙。则天大怒,廷杖一百,伷先死而复苏,长流瀼州(今广西境内),幸得不死,娶流人女为妻,生一子。不久妻死,伷先携子潜归故乡,被发觉,又杖一百,流放北庭。他货殖五年,聚财数千万。又娶降胡可汗女，获丰厚陪嫁。遂致门客数千，交接官府，从北庭到东都，遍布眼线，朝廷消息，数日即知。适逢则天欲杀流人，以绝后患，伷先预知消息，即率众逃往域外，北庭都护和可汗派兵追杀，双方浴血激战，死伤甚众，伷先夫妇被抓回监禁，西域流人皆被害，伷先以监禁得免。此时则天翻云覆雨，赦免流人，未死者皆被放还，伷先乃归故乡。待到唐王室中兴，伷先复出，累官至工部尚书，年八十六而卒。在此传中，裴伷先刚直顽强的人格、不屈不挠的意志和缜密精明的才智，被刻画得十分鲜明生动。他身上隐现着陶朱猗顿、战国四公子和游侠刺客的身影，在各种逆境中都能坚韧不拔而又游刃有余地生活着，并且不放弃正常的人生，如同大漠戈壁中的芨芨草和骆驼刺一般生生不息。他人生的前一半实可谓险象环生，曲折跌宕，然而又如此真实，蕴含着震撼人心的生命力量和道德力量。而他的生命力和道德感又是紧密相连的，正是因为他相信自己行为的正义性，相信他是在跟不正义的力量进行斗争，因此才要顽强精明地求生存，以看到自己所坚持的道德原则的胜利。幸运的是，他也看到了。应该说，如此精彩的故事还要归功于牛肃的记载，如此精确、细密而又翔实，有着《史记》般的文学性和表现力，而又不受正史所受的拘束。他为我们提供了那个时代生活的大量鲜活细节，比如裴伷先的交游、婚姻、大漠风尘中的逃亡与殊死格斗，都作了比较细致的描述，把一个风云激荡、生气勃勃的壮阔时代清晰而有力地描画出来了，但《新唐书》采录此文时将文字和内容都大大简化，这一切效果便不复存在，即此就可以看出《纪闻》的独特价值。

再请论《仪光禅师》一篇。《纪闻》中有两篇跟仪光禅师有关的，一篇是神怪题材的，暂且不谈。这里只谈讲述仪光生平的这一篇：仪光本是太宗第八子越王李贞之孙，琅琊王李冲之子，越王和琅琊王起兵讨伐武则天，兵败而死，则天灭其族。仪光方在襁褓，乳母抱之而逃。他长到八岁时，乳母畏惧事泄，遂告其本末，舍之而去。他独行旷野，遇一老僧，指引他出家为僧，说完即消失不见，这一情节颇具神异性。仪光从此遁入空门，十年后，"洞晓经律，定于禅寂"。此时，唐室中兴，寻找琅琊王后人，仪光这才公开身份，出来拜见他的从父、岐州刺史李公。不料李公之女爱慕仪光，欲迫之交好，仪光乃绐以沐浴，闭户自宫，女止之不听。数月创愈，送至京师，中宗接见他，命他继任琅琊王，但他拒绝了，遂入终南山修道。开元二十三年圆寂。这个故事的背景是完全真实、于史有征的[①]。案《旧唐书》卷七十六载，开元五年玄宗诏书云琅琊王宗嗣已绝云云，绝口不提禅师之事，不知何故。或因禅师自宫，且出家为僧，故云琅琊王宗嗣已绝？从常理而言，当仪光去世的开元二十三年，牛肃大概三十多岁，跟仪光是同时人，其所记仪光身世应该是完全可信的。但这个故事中最令人震惊的仪光自宫情

[①] 参见《旧唐书》卷七十六"太宗诸子"，第2661、2662页。

节却令人生疑,一是因为这种行为过于极端,超出了常理常情,二是因为这个情节跟汉译佛典《贤愚经》中"沙弥守戒自杀品"所载沙弥为拒某女逼婚而自杀的故事极为相似[①],有学者认为是民间传说的仪光禅师故事吸收了这个情节[②],那它应该就不是真实的了。但无独有偶,张鷟的《朝野佥载》也记载了一则某空如禅师为拒父母逼婚而"以刀割其势"的异闻[③],看起来应该是真实的。那么,会不会有一种可能性:《贤愚经》记载的这个故事影响到了现实中人们的行为?像仪光其人,从少年到青年,长期浸淫内典,获得了十分虔诚坚定的信仰,又因个人的特殊身世,他不愿再涉足红尘,故采取激烈方式拒绝女性的诱惑,也拒绝富贵荣华,虔心向佛,这种态度也并非不可理喻。初盛唐时代,社会上层与民间信仰佛教的风气十分浓厚,太宗时玄奘西行求法,归国译经,高宗又诏命玄奘入宫内译经;与玄奘同时的释道世修撰大型佛教类书《法苑珠林》,高官唐临撰《冥报记》,进士郎余令撰《冥报拾遗》,都成于高宗时期;牛肃的《纪闻》现存佛教故事二十八篇,也多为初盛唐时代的故事。初盛唐人对道行高深、信仰虔诚的僧人十分尊敬,如前述空如禅师不仅"人皆敬之",连山中虎豹都敬畏之;仪光禅师入

[①] 参见元魏慧觉等译《贤愚经》卷五,收入《大正新修大藏经》第四卷,日本大正一切经刊行会1924年版,第380—381页。
[②] 参见程毅中《唐代小说史话》,第57页。
[③] 参见张鷟《朝野佥载》卷六,中华书局1979年版,第132页。

终南山修道,"从者僧俗常数千人,迎候瞻侍,甚于卿相"。这些记载或不免夸张的成分,但其所反映的信仰状况应该是颇为真实的。

《仪光禅师》这样的故事,把历史性和文学性,把个人身世和政治斗争,也把情感、欲望和信仰等诸多主题完美地、紧密地结合在一起,跟中唐最出色的那些传奇文相比,确实也毫不逊色,甚至还有过之。这超过的那一点,则在于其历史性和真实性,这是一般的传奇文没法跟它相比的。

除了上述这三篇最具代表性的杰作外,《纪闻》中还有《郗鉴》《稠禅师》《洪昉禅师》《屈突仲任》《苏无名》《马待封》《窦不疑》《李疆名妻》《淮南猎者》《郑宏之》《田氏子》《杨溥》等篇,同样可以厕身佳作之列。它们对初盛唐时代人们的情感、信仰、想象力、道德状况和生活世界作了多层次的、立体的呈现,兼具鲜明的历史性、文学性和传奇性,也具有一种正确而健康的道德观,这在整个唐代的笔记小说和志怪传奇集中,都是独一无二的,值得我们予以更多的重视。

从《梁四公记》看唐前期小说创作的自觉意识

——兼论小说主题、创作背景及创作动机

一、《梁四公记》的创作背景与主题推测

《梁四公记》今仅存残本，主要见于《太平广记》卷八十一所录之《梁四公》、卷四一八所录之《五色石》与《震泽洞》这三篇佚文。南宋张敦颐《六朝事迹编类》卷上"仪贤堂"条、宋赵彦卫《云麓漫钞》卷六、宋庞元英《文昌杂录》卷六均录内容相近的一段佚文，当为《梁四公记》之开篇部分。关于此文之最早著录则见于中唐时代。[①] 顾况的《戴氏广异记序》曰："国朝燕公《梁四公传》、唐临《冥报记》、王度《古镜记》、孔慎言《神怪志》、赵自勤《定命录》，至如李庾成、张孝举之徒，互相传说。"[②] 此即关于张说撰《梁四公记》的最早和最明确的记载。张说与顾况的活动时代前后紧密承接，张说去世时，顾况已出生。且张说乃一代文豪，一代名相，声名显赫，顾况的记载应该是可信的。宋人著录此书者或曰撰者乃梁载言，或曰为卢诜，然皆无明确证

---

① 以上皆据李剑国《唐五代志怪传奇叙录》对《梁四公记》的叙录，南开大学出版社1993年版，第145—150页。

② 〔清〕董诰等编《全唐文》卷五二八，中华书局1983年版，第5368页。

据,只能聊备一说。故本文仍以顾况所载为准,并依此展开论述。

从《太平广记》中的三处引文来窥测《梁四公记》的体例,其与古代地理博物志怪之书如《山海经》《洞冥记》《博物志》等颇为近似,但显然已经不可同日而语。因为这篇内容广博繁复的小说包含了大量古代中国与周边国家交往发展的史实,其神秘荒诞色彩较前代之同类小说已大为淡化。在现存的文字中,约有一半篇幅与地理博物学有关,兹将其内容概述如下[①]:(1)"大同中,盘盘国、丹丹国、扶昌国、高昌国遣使献方物",梁武帝向䢦公询问接待来使的礼仪。(2)高昌国遣使献盐、干蒲桃、刺蜜、冻酒、白麦面,"王公士庶皆不之识",惟杰公熟谙其产地及物性,言之凿凿,令使者亦为之惊服不已。(3)"杰公尝与诸儒语及方域":东至扶桑,西至拂林[②],南至炎洲,北极漆海,各处风土物产无不了然于胸;又言及"女国有六",似真似幻,令梁朝君臣将信将疑;后诸方使者至,一一验证杰公之言。(4)"明年冬,有扶南大舶从西天竺国来,卖碧玻黎镜",杰公知晓宝镜乃昔波罗尼斯国王所有,并将其曲折遭遇娓娓道来,如曾亲睹亲历一般。

杰公言谈中所涉及的国名除"拂林"及诸女国之外,皆

[①] 参见《太平广记》卷八一、卷四一八,中华书局1995年版,第517、3403、3404页。
[②] "拂林"一名,《隋书·裴矩传》等处均作"拂菻",即汉魏南北朝史书中所载之"大秦",史学界认为是指罗马帝国及其近东地区。

见于《梁书·诸夷列传》。《梁书》成于唐初姚思廉父子之手，张说或是直接取材于《梁书》，或是在中央政府的藏书中接触到了有关梁代中外交通的史料，并从中取材的。他显然是要借这些史料构建起整个故事的梁代背景。然而"拂林"及东女国等素材的使用却向我们透露出了这篇小说所产生时代的一些信息。"拂林"之名最早见于《隋书》卷六十七《裴矩传》："发自敦煌，至于西海，凡为三道，各有襟带。北道从伊吾，经蒲类海、铁勒部、突厥可汗庭，度北流河水，至拂菻国，达于西海。"该名又见于同书卷八十三《波斯传》、卷八十四《铁勒传》，然以上各传对此国之情形均绝少涉及。[1] 惟《旧唐书》卷一百九十八有"拂菻国传"，始对其国之风俗物产有详细记载，其文云："土多金银奇宝，有夜光璧、明月珠、骇鸡犀……凡西域诸珍异多出其国。隋炀帝尝将通拂菻，竟不能致。"贞观十七年、乾封二年、大足元年、开元七年拂林国曾屡次遣使来唐朝进献方物。[2] "女国"之名初见载于《梁书·诸夷列传》，然言其国女子"入水则妊娠"，则迹近于神话传说[3]；其后《隋书》[4]《大唐西域记》[5]

---

[1] 参见《隋书》，中华书局1973年版，第1579、1857、1880页。
[2] 参见《旧唐书》卷一百九十八，中华书局1975年版，第5314、5315页。
[3] 参见《梁书》卷五十四，中华书局1973年版，第809页。
[4] 参见《隋书》卷八十三，第1850页。
[5] 参见玄奘、辩机原著，季羡林校注《大唐西域记校注》卷四、卷一，中华书局1985年版，第408、870、943页。

《唐会要》①诸书皆载"(东)女国"事,已近于实录;《旧唐书·东女国传》则称:武德、贞观、垂拱、天授、开元年间东女国皆遣使贡方物②。因此,唐人尤其是统治上层的人物对东女国应该相当熟悉。由上述诸端我们可以看到自隋至唐中外交通日益发达与频繁的趋势。应该说,只有在这样一个中外交通频繁、地理知识与外交人才为统治阶层所急需的时代,才可能产生《梁四公记》这样一篇独特的地理博物志怪体小说。虽然小说表面上写的是梁朝,实际反映的却是张说自己所处时代的历史与政治状况。下文即拟就此观点进行深入论证。

在隋及初唐时代,统治阶层对地理知识的渴求多出于军事需要。如《隋书·裴矩传》云:"矩知帝方勤远略,诸胡商至者,矩诱令言其国俗山川险易,撰《西域图记》三卷,入朝奏之。""(炀)帝大悦,赐物五百段。每日引矩至御坐,亲问西方之事。矩盛言胡中多诸宝物,吐谷浑易可并吞。帝由是甘心,将通西域,四夷经略,咸以委之。"③到唐太宗时代,高丽、突厥始终是唐王朝的边疆大患(参见《旧唐书·太宗本纪》)。因此当时高僧玄奘刚从印度归国,太宗便立即召见他,向他询问西域的人情风物,并敦促他将西游见闻撰写成书。玄奘以一年之功写成《大唐西域记》,于

---

① 参见《唐会要》卷九十九,中华书局1955年版,第1766、1771页。
② 参见《旧唐书》卷一百九十七,第5277—5279页。
③ 《隋书》卷六十七,第1578、1580页。

贞观二十年（646年）上表奏进。太宗对此书非常看重，他对玄奘说："其新撰《西域记》者，当自披览。"当时的政府必然急需玄奘这样曾经游历远方、谙熟异域地理的人才，故太宗力劝玄奘"归俗，助秉俗务"，"每思逼劝归俗，致之左右，共谋朝政"。① 高宗朝对四夷的征战更趋频繁，其中针对突厥所控制的西域诸国的战争即处于主导地位（参见《旧唐书·高宗本纪》）。据《唐会要》"安西都护府"条载："西域既平，（高宗）遣使分往康国及吐火罗访其风俗物产及古今废置，画图以进。因令史官撰《西域图志》六十卷。"② 当时唐朝政府中的鸿胪寺有官员专门负责接待外国来使，这些人同时负有一项特殊使命，据《新唐书·百官志》记载："凡蕃客至，鸿胪讯其国山川风土，为图奏之，副上于职方。殊俗入朝者，图其容状衣服以闻。"③ 因此，唐代人尤其是知识阶层的地理知识在其丰富性与准确性方面必然远远超过以往任何一个朝代。这个时代也产生了一些著名的地理学家，如前面已经提及的裴矩，他由隋入唐，甚为高祖及太宗所推重。高僧玄奘则虽然是一位佛教学者，但我们也不妨说他的另一重身份是一位地理学家，他的《大唐西域记》记载了西域及印度地区一百三十余个国家的情况，大多取之于亲历亲

---

① 参见《大正新修大藏经》第五十卷，日本大正一切经刊行会1927年版，第253页。
② 《唐会要》卷七十三，第1323页。
③ 《新唐书》卷四十六，中华书局1975年版，第1198页。又见于《唐六典》卷五"尚书兵部"之"职方郎中、员外郎"条，中华书局1992年版，第162页。

闻,具有独特的价值。他在《进〈西域记〉表》中云"班超侯而未远,张骞望而非博","庶使《山经》阒彩,《汲传》韬华"。①张说曾为之撰《大唐西域记·序》曰:"具览遐方异俗、绝壤殊风、土著之宜、人备之序、正朔所暨、声教所覃,著《大唐西域记》。"②明乎上述诸端,我们将对杰公这一人物形象获得更为确切的理解。与汉魏六朝志怪小说中的东方朔、张华等著名博物之士相比,杰公的"多闻强识、博物辨惑"具有更深厚的现实生活基础:他所提到的遐方远国都跟唐朝有过长期的交往,这从各种相关史籍中均可找到明确记载。汉魏六朝地理志怪书中的神异性已经更多地让位于源于生活的现实性。从杰公身上,我们分明地看到了裴矩、玄奘等著名地理学家的影子。

大约到玄宗一朝,出于战争目的而导致的对地理知识的急需已趋缓和,或退居次要地位。据《旧唐书·玄宗本纪》载,开元时期"烽燧不惊,华戎同轨。西蕃君长,越绳桥而竞款玉关;北狄酋渠,捐毳幕而争趋雁塞。象郡、炎洲之玩,鸡林、鳀海之珍,莫不结辙于象胥,骈罗于典属。膜拜丹墀之下,夷歌立仗之前,可谓冠带百蛮,车书万里"③。当此四夷来归的时代,在外交场合向外国君主和使臣显示大唐帝国的至德、淳风与威严就显得至关重要了。

---

① 玄奘、辩机原著,季羡林校注《大唐西域记校注》附录,第1053页。
② 〔清〕董诰等编《全唐文》卷二二五,第2269页。
③ 《旧唐书》卷九,第236页。

明代《警世通言》中的《李谪仙醉草吓蛮书》一文即是以这样一个时代为背景演绎而成的,其虽为小说家言,却可以让我们对盛唐社会外交领域的情形有一个形象化的了解:这一强盛时代对外交人才的急需理应超过以往任何一个王朝。对此,《梁四公记》的作者张说应当会有至为深切的感受。据《旧唐书·张说传》可知,从则天到玄宗朝,张说一直身居高位,历任凤阁舍人、工部侍郎、兵部侍郎、兵部尚书、中书令、尚书左丞相、弘文馆学士、集贤院学士等职,并长期修撰国史。他对弘扬大唐王朝的礼乐教化、盛世雄风与大国威严从来都不遗余力,其本传载张说向玄宗谏止泼寒胡戏之语曰:"今外蕃请和,选使朝谒,所望接以礼乐,示以兵威。虽曰戎夷,不可轻易,焉知无驹支之辩,由余之贤哉?且泼寒胡未闻典故,裸体跳足,盛德何观;挥水投泥,失容斯甚。法殊鲁礼,亵比齐优,恐非干羽柔远之义,樽俎折冲之礼。"①若欲对外蕃来使"接以礼乐",则需精通礼仪的人才;欲应付"驹支之辩,由余之贤",则需要博学善辩之士。而地理博物学者同样堪当接待与应对外蕃君臣之重任,尤其是当唐王朝派遣使者出使列国之际,就更需要这些专门的人才。《梁四公记》中的䴏公、杰公、𦠄公正好代表了这三种类型的人才,也反映出那个时代统治上层对这些人才的迫切渴求。我们可以看到,张

---

① 《旧唐书》卷九十七,第3052页。

说将杰公等三人发挥或印证才能的时机都设置在各种外交场合:如鼒公精熟于外交礼仪的诸般史实,使梁朝册封外国使臣时可以做到轻重有节,不失大国风范。臀公辩才无碍,于学无所不窥,北魏使臣崔敏竟为其词锋所击,沮丧而死。杰公博物辨惑,高昌国使者在进贡时所行之欺诈手段被他彻底揭穿;胡商所赍宝镜也被他道出来龙去脉;而更为神奇的是,杰公还对东海龙王藏珠之地了如指掌,并指点梁武帝的使者应付守珠蛟龙之法,终于得以"聘通灵异,获天人之宝"——大唐王朝的利益与尊严从而得到维护。如果拂去这些故事的神话色彩,那么它们不过是发生在唐代外交场合的许许多多次真实事件的缩影而已。

将以上的背景分析与作品内容对照后可以得出如下结论:《梁四公记》反映了初盛唐时代统治者心目中理想的地理与外交人才,也体现出身居高位的张说对维护大唐王朝的利益和尊严的深切关注。这也是这篇小说的主题之一。

在《梁四公记》中,时代的投影是十分浓重清晰的。那么作者张说又是怎样将自己的观念与形象叠加于其中的呢?通过对这一问题的探讨,或许能使我们更加确信:《梁四公记》的作者就是张说,而不是任何其他人。

据《旧唐书·礼仪志》,开元十一年,中书令张说曾兼任"礼仪使"。[1]开元十三年,他又受诏参与修撰东封仪注,

---

[1] 《旧唐书》卷二十一"礼仪一",第833页。

"旧仪不便者,说多所裁正"。①而据《新唐书·礼乐志》载:"(开元)十四年,通事舍人王嵒上疏,请删去《礼记》旧文而益以今事,诏付集贤院议。学士张说以为《礼记》不刊之书,去圣久远,不可改易。而唐贞观、显庆礼,仪注前后不同,宜加折衷,以为唐礼。"②另据《旧唐书·西戎列传》载:"开元初,(大食)遣使来朝,进马及宝钿带等方物。其使谒见,唯平立不拜,宪司欲纠之,中书令张说奏曰:'大食殊俗,慕义远来,不可置罪。'上特许之。"③由此看来,张说是一个精通礼仪的官员。如果我们将这几条材料与《梁四公记》中关于𩰚公的情节进行对比,可以发现它们之间的相关性是极为明显的。如果说张说在他的官宦生涯中曾经历过许多类似的情况,那么他在小说中设计𩰚公这么一个人物及相关场景就是顺理成章的事了。而事实上,从则天到玄宗一朝,关于外蕃君臣朝谒进贡的记载真可谓连篇累牍,作为中书令、礼仪使或丞相的张说一般都应出席这种重要的礼仪场合,这一点是毋庸怀疑的。因此我们完全可以认为:𩰚公这一人物正是代表了张说自身才能与形象的一个侧面。

至于𩰚公所具备的渊博与辩捷之才则是从南朝一直到唐代的读书人所普遍看重的素质。据《明皇杂录》记载:

---

① 《旧唐书》卷九十七《张说传》,第3054页。
② 《新唐书》卷十一"礼乐一",第309页;同书卷五十八"艺文二"《开元礼》小注与此略同,第1491页。
③ 《旧唐书》卷一百九十八,第5316页。

"张说之谪岳州也,常郁不乐。时宰以说机辨才略,互相排摈。"①可知张说辩才出众,以致遭到朝官的猜忌和排挤。小说中的肾公还满腹经纶,对佛教义理尤为精通:在有关肾公一节里,张说则以精要简练的文字论列出江东、北朝及五天竺国的各佛教学术流派。杰公一节中关于龙宫取宝的故事,则显然又受到汉译佛典的启示,如《杂宝藏经》中有"罗汉祇夜多驱恶龙入海缘"②;《六度集经》中有"杀龙济一国经"③,此应即罗子春祖先降恶龙故事之渊源;又《生经》中"佛说堕珠著海中经第八"云佛祖于过去无数劫时,曾"诣海龙王,从求头上如意之珠"④;又《摩诃僧祇律》卷三二商人故事云商人以群牛赎救小龙女,为其引入龙宫,并报以八饼龙金⑤。《梁四公记》中罗子春入龙宫求宝的情节应即来自上述二则佛教传说,如罗子春从龙宫所取三颗大宝珠之一即名为"如意珠",这说明张说看到过《生经》中那则佛教故事。而据《旧唐书》列传第四十七载:张说曾预修《三教

---

① 郑处诲《明皇杂录》卷下,中华书局1994年版,第28页。
② 《杂宝藏经》卷四,见《大正新修大藏经》第四卷,日本大正一切经刊行会1924年版,第483页。
③ 《六度集经》卷三,见《大正新修大藏经》第三卷,日本大正一切经刊行会1924年版,第37页。
④ 《生经》卷三,见《大正新修大藏经》第三卷,第75页。
⑤ 参见《摩诃僧祇律》卷三二,见《大正新修大藏经》第二十二卷,日本大正一切经刊行会1926年版,第488页。

教珠英》[1]，他对佛教文献及佛教学术源流都应有相当深入的了解。可见，《梁四公记》中大量佛学因素的出现都与张说自身之学养密切相关。又张说曾担任兵部侍郎与兵部尚书之职，他在任职期间亦必将对"山川要害之图"、远国遐方之人情风物深加注意而谙熟于胸。《梁四公记》中的杰公纵然博闻强识，其知识界域却难以超出兵部官员所掌握的资料范围。故若将其还原为生活中的人物，则他大致就应相当于唐代兵部一个具有卓越才能的职方郎中、尚书或侍郎了。

在玄宗朝，张说的文章名闻天下，与苏颋并称"燕许大手笔"。就《全唐文》所收篇目而言，大部分都是庄重典雅、关乎礼乐教化的赋颂箴铭，且多为骈体。但从中也可找出片言只语让我们略窥张说对奇闻逸事之喜好，如《奉和圣制喜雨赋》一文中即云："越人以泥牛代沃，胡土以卖龙求费，出员峤而石香，入成都而酒味。"[2] 又《唐文拾遗》中收载张说两篇短文：一曰《答徐坚问葬》，一曰《请以时乐鸟编国史奏》。观此二文之内容与体制，大类《搜神》《博物》之文。可见张说于街谈巷语、博物志怪者之流亦曾深加留意。《梁四公记》地理博物志怪色彩之浓，由此亦可得到部分解释。又《请以时乐鸟编国史奏》一文颂圣之意甚明，《全唐文》中收张说以"赤龙""赤鲤""黄龙""黄龙再现"为题所

---

[1] 参见《旧唐书》卷九十七，第3049、3050页。
[2] 参见〔清〕董诰等编《全唐文》卷二二一，第2227页。

撰之文亦多，而皆寓歌功颂德之意①。《梁四公记》中也明显包含了同样的意蕴。另据《六朝事迹编类》卷上和《云麓漫钞》卷六所录《梁四公记》佚文可知，小说开篇还有如下细节：四公衣衫褴褛，行乞于梁都，无人能识，惟有昭明太子知道他们的来历，与相交好，并将他们引见给武帝。②此段情节必然会让人们联想到汉初"商山四皓"的传说。③而据《旧唐书·张说传》载，说曾侍读东宫，辅佐太子（即后来的玄宗）。④小说开篇模仿四皓的传说意在暗示"圣代无隐者，英灵尽来归"（王维《送綦毋潜落第还乡》）的主题。玄宗朝贤才鼎盛，张说假托梁朝之名颂扬这一时代，同时炫示自己的博学，亦含自诩"贤才"之用意。此即《梁四公记》这篇小说的第二个主题。

二、《梁四公记》的素材来源与创作手法

《梁四公记》的素材来源十分复杂，既有历史记载，又有生活见闻，更有出于六朝博物志怪书中的故事与传说。故辨清小说内容的来历，将有助于我们判断作者发挥想象与运

---

① 参见〔清〕董诰等编《全唐文》卷二二一，第2229—2230页。
② 参见赵彦卫《云麓漫钞》卷六，中华书局1996年版，第108—109页。
③ 参见张敦颐《六朝事迹编类》卷上"仪贤堂"条末载："杨修有诗云：两两鹓衣白发翁，讲筵谈柄坐生风。昭明太子欢相得，应与商山四皓同。"《丛书集成新编》第九十六册，台湾新文丰出版公司1985年版。
④ 参见《旧唐书》卷九十七，第3051页。

用虚构的自觉程度。

（一）与史传及现实生活的关联

《梁四公记》作为一篇传记，其文体形式即与史传密切相关。据《旧唐书·张说传》载，他于"开元七年检校并州大都督府长史，兼天兵军大使，摄御史大夫，兼修国史，仍赍史本随军修撰"。开元九年，他又"拜兵部尚书，同中书门下三品，仍依旧修国史"。后来被命致仕后，也仍在家修史。[①]早在初唐时期，由于太宗的提倡而勃兴修史之风，故自西晋到隋代的各朝正史至盛唐前夕均已修撰完备。这就为玄宗朝的史官们提供了大量可资阅读与借鉴的史籍文献。张说既身当修撰国史之重任，必然广泛阅读唐前各朝史书以熟悉撰作之体例。其研习与修史实践影响到《梁四公记》，使之成为说明史传与小说关系的强有力的佐证。历来论述双方之关系者，多着眼于正史列传对人物传奇之影响这一方面。现就《梁四公记》一文而言，正史中"诸夷列传"或相关部分的内容与体例都对其产生了深刻影响。如小说中杰公论高昌风物一节与其论扶桑、拂林、女国一节，体例大类正史"诸夷列传"中对远国遐方地理风物之罗列。如其中诸女国之事，看似谬悠荒唐，实则有历史与现实之依托：《梁书·诸夷列传》"扶桑国"条云"扶桑东千余里有女国"，"至

[①]《旧唐书》卷九十七，第3052、3053、3055页。

二、三月,竟入水则妊娠,六、七月产子"。①此当为《梁四公记》中"水夫"之国一条之渊源,张说熟参《梁书》,必见此则材料。又《隋书》卷八十三、《北史》卷九十七之《西域列传》均列"女国"条;《大唐西域记》卷四则载"东女国"事。以上三端乃"女国"在初唐史籍中的记载,当俱为张说所见。又《旧唐书》卷一百九十七《南蛮列传》之"东女国"条与《隋书》《北史》中所载女国之风俗全同,同书卷一百九十八《西戎列传》"大食国"条云其西北有女国。《唐会要》卷九十九亦载"东女国"事,同卷又载"女国"事,云在"葱岭"之西,而其风俗与"东女国"条所记无异。

因张说预修国史,又高居宰辅之位,唐代故实当为其所熟知。从上引诸条史料来看,正史中关于蛮夷之国的记载也杂有若干传说与神异色彩。因此我们很难断言:张说小说中的六女国究竟有多少现实、传说与虚构的成分。从《山海经》《十洲记》《洞冥记》《神异经》以来的地理博物志怪小说大致以传说、虚构、想象的成分居多,但未尝没有现实的因素掺杂于其中,而这些因素又多与一个时代对外交往的情形相关;而从《史记》以来各朝史籍中的蛮夷列传则基本以纪实的成分居多,但又或多或少带有一些传说与想象的色彩。张说的小说应受到二者的共同影响:其神奇与纵恣的想象来源于古代地理博物志怪之书,正所谓"邹衍九州、王嘉拾

---

① 《梁书》卷五十四,第809页。

遗之谈";而其真实的成分则来自他作为一个史官的博闻和多识。

《梁四公记》中故事的时代被设定为梁朝武帝之际。小说中涉及的大量人物和事件都确与这一时代相关:如沈约,《梁书》卷十三有传;王筠,《梁书》卷三十三有传;二人官阶高低皆正如小说中所云。又小说中云"魏兴和二年,遣崔敏、阳休之来聘。敏字长谦,清河东武城人"。今查《北齐书·阳休之传》云:"兴和二年,兼通直散骑常侍,副清河崔长谦使于梁。"[1] 又小说言及"大同中,盘盘国、丹丹国、扶昌国(疑应为"扶南国")、高昌国遣使献方物"。今查《梁书·诸夷列传》"丹丹国"条云"大同元年,复遣使献金、银、琉璃、杂宝、香药等物";"高昌国"条云"大同中,子坚遣使献鸣盐枕、蒲陶、良马、氎毺等物"。又杰公论高昌贡物一节所提及的地名"宕昌"亦见于《梁书·诸夷列传》;"泞林"见于"高昌国"条中。[2] 其余如南北烧羊山、无半、盐成、南平城、昌垒等今已无从查考,然唐人熟知高昌地名实不足为奇。此外,小说之"五色石"一节末尾云"帝遣推验,乃是普通二年,始平郡石鼓村,斗龙所竞之石,其瓯遭侯景之乱,不知所之"——今案《梁书》卷三《武帝本纪下》"普通二年"条下载:"八月丁亥,始平郡中石鼓村地自开成

---

[1] 《北齐书》卷四十二,中华书局 1972 年版,第 562 页。
[2] 《梁书》卷五十四,第 794、811、812、815 页。

井，方六尺六寸，深三十二丈。"①小说涉及梁代以前史实者则有二：一为黇公论礼一节中云"成王太平，周公辅政，越裳氏重译来贡，不闻爵命及之"。案《后汉书·南蛮西南夷列传》载："交趾之南有越裳国，周公居摄六年，制礼作乐，天下和平，越裳以三象重译而献白雉。"另杰公论女国时云"西南夷板楯之西，有女国"。案《后汉书》对"板楯蛮夷"叙之甚详，但不及女国事。②凡斯种种，皆为张说信手拈取前代史实以入小说之铁证。

志怪而杂以史实且又注意史实之确凿者，六朝时有南齐王琰之《冥祥记》，隋末唐初有王度之《古镜记》，盛唐则首推张说之《梁四公记》。《冥祥记》乃典型的释氏辅教之书，其以史实之精确来掩饰与冲淡内容之荒诞无稽，以期取信于人③；《古镜记》与《梁四公记》则已非辅道之文，但其作者均为史家，小说中历史细节之真实确凿乃首为史家意识之产物。此外或更出于小说家之复杂用心：在荒唐之言中杂入一些事实，可使故事显得虚虚实实，真真假假，扑朔迷离，斯亦为文之佳致乐事。小说从六朝志怪向唐代传奇过渡的重要变化之一即从专讲鬼怪过渡到演绎人事与纵谈鬼怪并存。《梁四公记》就是这样一个带有过渡性质的典型文本。小说者流向来被视作"丛残小语"、间巷闲谈而不为史学正统观

---

① 《梁书》卷三，第65页。
② 参见《后汉书》卷八十六，中华书局1965年版，第2835、2842页。
③ 参见曹道衡《论王琰和他的〈冥祥记〉》，《文学遗产》1992年第1期。

念极强的文士阶层所看重。《梁四公记》中杰公"尝与诸儒语及方域"一节中云:"朝廷闻其言,拊掌笑谑,以为诳妄。曰:'邹衍九州、王嘉拾遗之谈耳。'"这实际上说明:在唐代社会的文士阶层中这种轻鄙小说的观念乃是普遍存在的。初盛唐时期的作家或许有意要改变小说的传统面貌与低微地位,于是便将史传因素掺入小说之中,以冲淡其"诳妄"性质,使之向史传文体靠拢。中唐的不少传奇作品都在结尾处注明故事之来源,以明其非作者杜撰。而韩愈作《毛颖传》与《石鼎联句诗序》两篇传奇,即被张籍讥为"以驳杂无实之说为戏"[①]。张说之所以在《梁四公记》中嵌入大量确凿的历史事实,或许也是考虑到使其不要遭致朝野正统文士的讥嘲和挑剔。

(二)与汉魏六朝志怪之关联

从小说史的角度来看,汉魏六朝是志怪小说编撰的高峰时期,而唐代则是对志怪小说加以继承与发展的时期,中唐以后的传奇作者基本是将志怪故事作为素材、原型或情节框架来加以利用。六朝志怪大都只具备简单的故事梗概而缺乏细节血肉,这就为唐人的再度创作留下了广阔的天地。下面即以《梁四公记》为个案来说明张说是如何在汉魏六朝志怪的基础上来发挥其想象力的。

[①] 参见〔清〕董诰等编《全唐文》卷六八四,第 7007—7008 页。

张说在杰公这一人物身上着笔尤多，极力渲染此公"周游六合，出入百代"的神奇才能：他对高昌、扶桑、高丽、拂林、女国以及四方蛮荒之地的物产物性与人情风俗无所不知，如数家珍，令梁朝君臣惊讶不已；扶桑使者来梁，他"识使者祖父伯叔兄弟"；南海商人"赍火浣布三端"，杰公竟能识别其原料之差异；胡商卖碧玻黎镜，杰公亦知其乃色界天王之珍宝，并娓娓道出其在波罗尼斯国十几代帝王手中的坎坷遭遇；杰公又通龙性，掌握龙宫藏宝机密及制龙之术，指挥罗子春兄弟龙宫取宝，并能辨明各类宝珠的特性。以上诸端异才，皆先后得到验证。杰公胸次间包蕴着一个无尽的时空，显示出极其雄阔的气势。张说塑造的这一人物之原型可以追溯到东汉郭宪所撰《洞冥记》及晋代王嘉所撰《拾遗记》。如《洞冥记》卷二载逸人孟岐年约七百岁，语及周初事，了然如目前；又卷一、卷二、卷三、卷四，均载东方朔事迹，言其游乎无穷，智周万古[1]；王嘉《拾遗记》卷四载宛渠之民与始皇语及天地初开之时，了如亲睹[2]；杰公形象显系从上述三类人物经充实与夸大而来，二者之间的显著差别在于：孟岐、东方朔与宛渠之民的言谈只是被简单地加以记录，未被置入情节与场景之中，而杰公的言谈则都在情节发展之中得到了证实。这种"叙述——叙述的事实得

---

[1] 参见《汉魏六朝笔记小说大观》所收《汉武帝别国洞冥记》，上海古籍出版社1999年版。
[2] 参见王嘉撰、萧绮录《拾遗记》卷四，中华书局1981年版，第101页。

到证明"的叙事模式曾被广泛运用于释氏辅教之书中，如王琰的《冥祥记》等。另外，前文已经论及：杰公形象除具备荒诞不经的神仙性质外，还多了一些真实性。我们从唐代史书中也能找到类似的人物原型。据郑处诲《明皇杂录》"张果"条载，隐士张果自言数百岁，与玄宗公卿谈论，每云"余是尧时丙子年人"；又云曾侍汉武畋于上林，并见"始开昆明池"。[①]郑处诲所载应是当时的传说，我们不妨将其视作杰公故事在中唐之余绪。又《旧唐书·方伎列传》亦载张果事，盖取自《明皇杂录》而汰其神异色彩。此外，杰公形象的产生可能还有更直接的现实渊源。案《旧唐书·方伎列传》"孙思邈"条即载"思邈自云开皇辛酉岁生，至今年九十三矣，询之乡里，咸云数百岁人，话周、齐间事，历历如眼见"；又云"魏徵等受诏修齐、梁、陈、周、隋五代史，恐有遗漏，屡访之，思邈口以传授，有如目睹"。[②]以此观之，则闾公、杰公、黰公等人物形象的现实性又获得了更进一步的说明与确证。

在《梁四公记》中，"震泽洞"是一个较为独立与完整的故事单元，也是袭用和改造前代志怪故事与传说最为集中的部分。前文已述及"斗龙"及"龙宫取宝"两节对汉译佛典之袭用，此处只补充说明其与《大唐西域记》之关联。案

---

① 参见郑处诲《明皇杂录》卷下，第32页。
② 参见《旧唐书》卷一百九十一，第5106、5096页。

《大唐西域记》卷一"迦毕试国"条有"大雪山龙池及其传说"(标题依季羡林等校注之《大唐西域记校注》),其中载有详细的斗恶龙故事;卷三"乌仗那国"条有"蓝勃卢山龙池及乌仗那国王统传说",类似记载在该书中约有十处。[①]张说曾为此书作序,且甚见推重之意,故断言他受其影响并非无稽之谈。又"震泽洞"一节袭用六朝志怪故事处甚多:如篇首云"长城乃仰公"误堕深洞,得睹龙宫,食青泥味若粳米者而出。今查刘义庆《幽明录》载汉中有一妇人推夫坠入深穴,此人食穴底尘,如糠(同"粳")米香,缘穴而行,遇九都市。后出洞归洛以问张华,乃知"如尘者是黄河龙涎",九处都市乃仙馆。[②]又梁代殷芸《小说》载晋时有人误堕嵩高山北大穴中,穴多蛟龙,有物若青泥,食之了不复饥。此人半年后出洞归洛,问张华,华云"所食者龙穴石髓"。[③]"震泽洞"之开篇显然套用了这两则大致相同的传说。又该段杰公论洞穴所通诸处云云与今本《述异记》"洞庭山有宫"条及《玄中记》"蜀郡有青城山"条如出一辙[④]。显然,杰公之言又袭用了这两处传说。"震泽洞"的结尾处载杰公区分众珠之异,其鉴别"蛇鹤"二珠的一段细节则化自《搜

---

① 参见玄奘、辩机原著,季羡林校注《大唐西域记校注》,第145、289页。
② 参见《丛书集成新编》第八十二册,第13页。
③ 参见鲁迅辑《古小说钩沉》,人民文学出版社1959年版,第117页。
④ 分别见《丛书集成新编》第八十二册,第36页;及鲁迅辑《古小说钩沉》,第373页。

神记》卷二十中《鹤衔珠》与《隋侯珠》两则故事[1]。

鲁迅所谓"唐人始有意为小说",至此即可得到比较确切的说明:当张说创作《梁四公记》时,他把一些前代和唐代的历史人物和事件都搬到了梁朝,同时又大量借用前代小说等文献中的传说与故事,加以重组改编,跟前者相融合。这样一来,就把真实的人物事件与荒诞离奇的故事传说并置在一起,造成虚虚实实、虚实相生的艺术效果——这种做法所具备的明显的虚构杜撰性质,当时的读者应该是清楚的,作者自己当然就应该更清楚了。而这,难道还不是"作意好奇",不是"有意为小说"吗?

---

[1] 参见《搜神记》卷二十,《丛书集成初编》本,商务印书馆1959年版,第133页。

《游仙窟》的创作背景及文体成因新探

《游仙窟》是初盛唐时期著名文人张鷟（字文成）所作的一篇传奇小说，在唐代即传入日本，在中国本土反而失传了。一直到1928年，海宁陈乃乾始据日刻本排印刊行[1]，这篇小说才得以传播开来，并受到学界很大关注。迄今为止，研究论文已经非常之多，总的说来，所探讨的问题基本集中在以下两个方面：一是对作者张鷟生平的考证，这个问题目前似乎已没有多少探讨的余地[2]；二是对《游仙窟》文体特征及成因的分析[3]。现在学术界一般认为：该小说在文体上

---

[1] 参见李剑国《唐五代志怪传奇叙录（增订本）》对该小说的叙录，中华书局2017年版，第36、37页。并参李时人、詹绪佐撰《游仙窟校注》之"前言"与附录诸文，中华书局2010年版。

[2] 参见容肇祖《唐张鷟事迹考》，《岭南学报》第6卷第4期；李骞《试论游仙窟》，载所著《敦煌变文话本研究》，辽宁大学出版社1987年版；何满子《中国古代小说发轫的代表作家——张鷟》，《文学遗产》1988年第3期。

[3] 参见郑振铎《关于游仙窟》，《文学周报》第8卷第2期；刘开荣《从游仙窟说到唐代民间说唱文学的形成和发展》，《江海学刊》1961年第9期；张鸿勋《游仙窟与敦煌民间文学》，《关陇文学论丛》1982年第1期；李宗为《唐人传奇》，中华书局1985年版；程毅中《唐代小说史话》，文化艺术出版社1990年版；吴志达《中国文言小说史》，齐鲁书社1994年版；石昌渝《中国小说源流论》，三联书店1994年版；李时人、詹绪佐撰《游仙窟校注》之"前言"。

受到汉魏辞赋、六朝俗赋以及民间说唱文学（如变文、民歌）的影响。但这些观点长期以来得不到材料上的有力支持，比如变文的产生年代就一直难以确定，因此我们虽然认定《游仙窟》与变文在形式上极为接近，却无法说清二者之间相互影响的主从关系。本文拟从若干新的角度入手来重新探讨这个问题，并同时对该小说的时代背景及创作动机提出一些新的看法。

一

《游仙窟》以第一人称讲述"余"奉使河源，误入"神仙窟"，邂逅崔、王二女，一夜绸缪，天明离别之事。[①]题名中的"仙"字之意，陈寅恪先生早在《读〈莺莺传〉》一文中即已指出：

> 又六朝人已侈谈仙女杜兰香、萼绿华之世缘，流传至于唐代，仙（女性）之一名，遂多用作妖艳妇人，或风流放诞之女道士之代称，亦竟有以之目倡伎者。[②]

《游仙窟》的两位女主人公虽曰"神仙"，且被张鷟冠之

[①] 本篇凡引《游仙窟》，均依汪辟疆校录《唐人小说》，上海古籍出版社1978年版；同时参考李时人、詹绪佐撰《游仙窟校注》，不再一一另注。
[②] 陈寅恪《陈寅恪史学论文选集》，上海古籍出版社1992年版，第641—642页。

以崔、王二大姓氏（十娘乃博陵崔氏之旧族，五嫂乃太原公之第五女，均为当时显赫之大姓），但其真实身份应不出乎女道士或倡伎者之流。案唐代文人与伎女交游之风概盛于中晚唐，孙棨《北里志》和王定保《唐摭言》对此皆有大量记载，近人王书奴《中国娼妓史》与傅璇琮《唐代科举与文学》亦论之甚详。盛唐的情形也能从以上诸书中窥见大概。唯初唐文人与伎女交游的情况绝少见于史料记载及诸家论著，但这个问题却对我们理解《游仙窟》的主题思想及社会意义至关重要。现从初唐诗歌中引证若干材料，以对此一问题作初步推测。

初唐诗中屡见题为"观妓"的作品，如卢照邻《辛司法宅观妓》《益州城西张超亭观妓》，宋之问《广州朱长史座观妓》，张说《温泉冯刘二监客舍观妓》，这些作品基本上是以家妓或官妓为描写对象，内容都是颂美她们的容貌和歌舞，并不涉及文人与伎女私人交游的情况，与六朝时期的同类作品非常相似。但这只是初唐社会现实的一个局部。关于当时冶游风气之盛，我们完全可以从当时的其他诗歌中获得一个清晰的了解，如卢照邻《长安古意》云：

> 挟弹飞鹰杜陵北，探丸借客渭桥西。
> 俱邀侠客芙蓉剑，共宿娼家桃李蹊。
> 娼家日暮紫罗裙，清歌一啭口氛氲。
> 北堂夜夜人如月，南陌朝朝骑似云。

南陌北堂连北里,五剧三条控三市。①

正是在这样一种社会风气中,一些文人士大夫与歌伎有了非常密切的交往,并产生了十分复杂的情感纠葛。如宋之问曾作两组《伤曹娘二首》,兹各引其一如下:

凤飞楼伎绝,鸾死镜台空。
独怜脂粉气,犹着舞衣中。②

可怜冥漠去何之,独立丰茸无见期。
君看水上芙蓉色,恰似生前歌舞时。③

又骆宾王《忆蜀地佳人》:

东西吴蜀关山远,鱼来雁去两难闻。
莫怪常有千行泪,只为阳台一片云。④

唐代文人宦游之风亦盛,他们在游历中难免会有艳遇之事。然片时欢会,一旦分离,便造成了两地相思的痛苦,这从一些初唐诗人代女性所作的赠答诗即可看出:如骆宾王曾受托作《艳情代郭氏答卢照邻》,又作《代女道士王灵妃赠道士李荣》;刘希夷作《代秦女赠行人》等。这三首诗的主

---

① 《全唐诗》卷四十一,中华书局1992年版,第519页。
② 《全唐诗》卷五十三,第655页。
③ 《全唐诗》卷五十三,第656页。
④ 《全唐诗》卷七十九,第864页。

题非常一致：都是写被离弃的女性向情人诉说相思之情，并热切地期盼着彼此能够重温旧梦。这些诗歌中女主人公的身份大致也应包括在陈寅恪先生所说的"仙"的范围之内：妖艳妇人、风流女冠甚至烟花娼妓。骆宾王、刘希夷诗歌中所反映的情事已跟《游仙窟》极为接近，二者可以互相参证：《游仙窟》中的十娘、五嫂大致相当于诗题中所言及的"郭氏"及"秦女"。那么张鷟为什么偏偏要将二人说成是大家闺秀呢？这一安排应既与特定的时代背景相关，又有作者的特别用意。据唐人刘𬤇《隋唐嘉话》中卷载：

> 高宗朝，以太原王、范阳卢、荥阳郑、清河博陵二崔、陇西赵郡二李等七姓，恃其族望，耻与他姓为婚，乃禁其自姻娶。于是不敢复行婚礼，密装饰其女以送夫家。①

> 薛中书元超谓所亲曰："吾不才，富贵过分，然平生有三恨，始不以进士擢第，不得娶五姓女，不得修国史。"②

当时门第观念之重以及一般人对世族大姓之企羡大率如此。张鷟出身于一般地主家庭，且"性褊躁，不持士行，尤

---

① 刘𬤇、张鷟《隋唐嘉话·朝野佥载》，中华书局1997年版，第33页。
② 刘𬤇、张鷟《隋唐嘉话·朝野佥载》，第28页。

为端士所恶""语多讥刺时""言颇诙谐"①；又据他在《朝野佥载》中对自己言行的记载，我们可以断定张鹭确实是一个性情诙谐、喜欢讥讽时政、品评人物的文士。他与薛元超乃同时代人，据晚唐莫休符《桂林风土记》载："（鹭）弱冠应举，下笔成章，中书侍郎薛元超特授襄乐尉。"②薛元超"平生有三恨"的一番议论既被收入《隋唐嘉话》，在当时必为流传广远之名言，文成也自当有所耳闻。对当时的这种社会风气，他的看法究竟如何，固已无从确知，但从他的出身及官品之低微来看，他自然也同样无法高攀崔、王二族这般显赫世家的千金，而若论才情与聪敏，他又并不比那些堪与望族联姻的世族子弟要逊色多少。如斯种种，必令才名远播的张鹭从其狂傲的性情中油然生出一腔激愤，于是便将《游仙窟》的女主人公设为崔、王二姓之女，并让她们与"自己"诗酒狎昵、一夜风流。这种处理手法以幻想的方式消弭了他与大族之间的差距，同时也嘲笑了七大世族"耻与他姓为婚"的偏执行径。

二

《游仙窟》情节简单，篇幅却颇为庞大。全篇从形式来

---

① 《旧唐书》卷一百四十九，中华书局1991年版，第4023页。
② 《丛书集成新编》第九十四册，台湾新文丰出版公司1985年版，第135页。

看，基本上都由人物对话与场景描写构成。人物对话部分又包含大量诗歌的赠答唱和，从而形成这篇小说文体上的重要特色（即韵散交错），这使学者们对其成因颇费猜详：张鷟为什么要在对话中使用如此多的诗歌呢？以往研究者多致力于从文体本身的发展历史去寻找原因。比如程毅中先生即指出："像《游仙窟》这样大量地用诗唱和，恐怕还是模仿民间对歌的习俗。"① 石昌渝先生则云："敦煌石室所藏《下女夫词》用男女酬答方式写男女偶然的一次欢会，男女饮酒对诗，情渐绸缪，似与《游仙窟》同出一辙。男女酬答以言情，是南方民歌中古老的传统，乐府诗中的吴声《子夜歌》就是这类民歌，这个男女赠答的方式至今还保留在南方少数民族的民歌中。"② 如果说，《游仙窟》中的赠答诗在具体的修辞手法如双关、谐音等方面受到南朝民歌的影响，那么这是毫无疑问的，但小说中大规模以诗酬答的形式是否模仿民间对歌习俗，则的确还需要进一步证明。《下女夫词》据李正宇先生的研究，乃是为张淮深的某位公子结婚时专门编撰的迎亲礼赞词，时间约在884—894年之间。③ 张鸿勋先生对《游仙窟》与《下女夫词》中"以诗相调"的手法作了详细

---

① 程毅中《唐代小说史话》，第105页。
② 石昌渝《中国小说源流论》，第166页。
③ 参见李正宇《下女夫词研究》，《敦煌研究》1987年第2期。

对比，指出二者在此一方面"极其近似"。①迎亲礼赞的习俗，或许在唐代民间长期存在，但初唐时这种礼赞仪式的具体形式如何，现在已无从知晓。不过，考虑到民俗礼仪有稳定传承的特点，其形式跟晚唐时代大概相差也不会太远。因此，张先生的上述判断应该是比较可信的。不过，《游仙窟》形式特征的形成不一定只受到某个单一原因的影响。

在故事中采用韵文互相赠答的形式早在汉译佛经中即可见到。西晋竺法护所译《生经》中约有十余则故事都采用五、七言偈颂进行问答，如卷一"佛说分卫比丘经第二"，猕猴与鳖以五、七言偈相问答；"佛说野鸡经第六"，写野猫向野鸡求爱，野鸡机智地戳穿了野猫用花言巧语掩盖着的险恶用心，他们的问答也采用了五言偈的形式；又卷三"佛说蛊狐乌经第二十五"，写狐狸、乌鸦彼此吹捧对方，一仙人闻听后加以斥问，乌鸦进行反击。此则故事在形式上极具代表性，故节引如下：

> 乃往过去久远世时，黄门命过，亲里即取弃樗树间。彼时蛊狐乌乌，来食其肉。时共相嗟叹，树间乌为狐说偈曰："君体如师子，其头如仙人。脂犹鹿中王，善哉如好花。"于是蛊狐即于树间以偈赞曰："谁尊在树上，其慧第一最。其明

---

① 参见张鸿勋《游仙窟与敦煌民间文学》，载《关陇文学论丛》第一集，甘肃人民出版社1982年版，第200页。

焰十方，如积紫磨金。"……（仙人）以偈问曰：
"吾久见所兴，至此俱两舌。自藏于树间，俱食于
人肉。"于时乌嗔恚，以偈报仙人："师子及孔雀，
共食于禽肉。于彼髡灭头，次第而求活。"仙人以
偈答曰："楔树臭下极，一切鸟所恶。众鹿所依
因，弃死黄门身。汝辈下贱物，俱来聚会此。食
于黄门身，自称为上人。"……①

　　类似的例子在《生经》中还有许多，不必一一征引。可见，如果要追溯《游仙窟》"以诗相调"手法在形式上的来源，恐怕还是在汉译佛经里面。而与《游仙窟》同时或稍后出现的变文在文体上的散韵组合的特征也来自佛经。但这种形式层面上的前后启示与传承关系或许也只是影响因素之一，应该还有更现实的力量促使张鷟在他的作品中采取那样一种特定的形式。窃以为，要而言之，《游仙窟》长篇以诗赠答体制的形成应与初唐社会的三大风气密切相关：一、嘲谑之风；二、酒筵游戏之风；三、咏物诗的盛行。而且，这三方面的因素往往还是互相结合在一起、难以截然分开的。

　　初唐诗坛上承齐梁余绪，咏物诗创作的风气依旧十分盛行。举凡宫廷应制、游览送别、文会宴集、干谒求官等各种场合的题咏赋诗，都离不开咏物这一特定的诗歌体式。如《唐诗纪事》卷四云（又见于《隋唐嘉话》卷中），李义

---

① 《大正新修大藏经》第三卷《生经》，日本大正一切经刊行会1924年版，第89页。

府初遇，以李大亮、刘洎之荐，太宗召令咏乌，义府应声即曰："日里飏朝彩，琴中伴夜啼。上林如许树，不借一枝栖。"太宗非常高兴，对他说："与卿全树，何止一枝。"①（这种以双关手法咏物的诗歌在《游仙窟》中约有三十首）正因为咏物诗在初唐社会中有非常重要的实用价值，所以在一些讲诗歌作法的书中才将其列于重要位置，如上官仪《笔札华梁》将咏物列为八阶之首。李峤作《百咏诗》，咏一百种事物，为初学写诗的人提供用典、语汇、对偶等技巧方面的样本和参考。②咏物才能的高低在一定程度上关系到个人在社交场合的名誉尊严以及仕途中的沉浮荣辱。张鷟正好生活在这样一个咏物诗风盛行的时代，他以才思敏捷而名噪于时，必然不会在这样一种风气中自甘沉寂。他流传至今的诗歌基本上保留在《游仙窟》中，其中咏物、咏人诗占了约三十首，这些诗歌的具体形式后文还将作进一步讨论。我们可以由此推断：《游仙窟》中咏物诗的大量使用乃是当时的诗歌风尚使然。

与咏物诗风相关联的嘲谑之风在隋唐两代也同样非常盛行。隋唐人侯白所撰《启颜录》专列"嘲诮"一门，《太平广记》收"嘲诮"故事五卷，张鷟《朝野佥载》卷四记载了

---

① 参见计有功著、王仲镛校笺《唐诗纪事校笺》卷四，巴蜀书社1989年版，第100页。
② 参见葛晓音《创作范式的提倡和初盛唐诗的普及》，收入《诗国高潮与盛唐文化》，北京大学出版社1998年版，第239—240页。

许多有关"嘲"的逸事,其中大部分都与隋唐人相关。"嘲"的主要形式是诗歌,其敏捷性与机智性关乎一个人明解辞章、巧慧辩捷的才能,在某些特定时刻还会影响一个人仕途的进退升降。如《朝野佥载》卷四记载了两则相似的故事:

> 隋牛弘为吏部侍郎,有选人马敞者,形貌最陋,弘轻之,侧卧食果子嘲敞曰:"尝闻扶风马,谓言天上下。今见扶风马,得驴亦不假。"敞应声曰:"尝闻陇西牛,千石不用鞦。今见陇西牛,卧地打草头。"弘惊起,遂与官。①

> 唐高士廉选,其人齿高,有选人自云解嘲谑,士廉时着木履,令嘲之,应声曰:"刺鼻何曾嚏,踏面不知嗔。高生两个齿,自谓得胜人。"士廉笑而引之。②

又侯白《启颜录》"嘲诮"卷载:国初(唐初)有人姓裴,宿卫考满,兵部试判,为错一字落第。此人即向仆射温彦博处披诉。彦博当时共杜如晦坐,不理其诉。此人自云:"解作文章,兼能嘲戏。"彦博即令嘲竹,此人应声嘲曰:

> 竹,风吹青肃肃。陵冬叶不凋,经春子不熟。

---

① 刘𫗧、张鷟《隋唐嘉话·朝野佥载》,第86页。
② 刘𫗧、张鷟《隋唐嘉话·朝野佥载》,第86页。

虚心未能待国士，皮上何须生节目？①

彦博大喜云云，即令送吏部与官（此则故事或乃后人增入，非侯白原撰）。从以上所引诸例可以看到嘲谑的若干特征：一、使用双关、谐音手法；二、具有咏物诗的特征；三、有对答的形式。在隋唐笔记资料中，明确指出为嘲戏故事者甚多，但也有一些标明为"咏"的诗实际上也是与嘲谑行为相关的。如《朝野佥载》卷四"张元一"条云：

> 周静乐县主，河内王懿宗妹，短丑；武氏最长，时号"大歌"。县主与则天并马行，命元一咏，曰："马带桃花锦，裙拖绿草罗。定知纱帽底，形容似大歌。"则天大笑，县主极惭。②

嘲戏诗的对答形式则更多地出现于酒筵游戏的场合。根据王小盾先生《唐代酒令艺术》一书的研究，唐初酒令著辞受到嘲谑诗的巨大影响，在许多场合嘲体诗甚至直接具备了嘲消与酒令的双层身份：当"嘲"被用为酒筵游戏，便成为酒令；如果再配入曲调，便成为著辞。初唐酒筵行令的风气十分流行，比如送酒歌舞、著辞歌舞、席间唱和等游戏方式皆风行一时。对此王小盾先生论之甚详，本文不再赘述。③

---

① 侯白《启颜录》，上海古籍出版社 1990 年版，第 28 页。
② 刘餗、张鷟《隋唐嘉话·朝野佥载》，第 88 页。
③ 参见王小盾《唐代酒令艺术》，东方出版中心 1996 年版，第 91—99 页。

《游仙窟》以诗酒酬答的方式铺衍成长篇，与上述三个方面的社会风气密切相关。整个小说约有三分之一的篇幅在描写酒筵的场景，其中描绘了送酒歌舞、文字令、双陆、围棋、唱和等多种行令方式。唱和诗二十余首，多取对答或同咏一物的形式，是典型的席间唱和游戏，起到了祝酒与活跃酒筵气氛的作用，同时也以双关手法含蓄地实现人物间情感的交流。游园阶段的彼此唱和仍然是席间诗歌与文字游戏的延伸，也是与那一个唱和成风的时代密切相关的。如果张鷟愿意，他完全可以利用酒筵与游园这两种形式将诗歌赠答的篇幅进行无休止的扩张。此外，整篇小说中的对话与唱和都包含明显的嘲戏意味，对此，小说中自有大量的提示，如：

　　五嫂为人饶剧，掩口而笑曰："娘子既是主人母，少府须作主人公。"……下官答曰："必其不免，只须身当。"

　　十娘弄曰："少府公非但词句妙绝，亦自能书；笔似青鸾，人同白鹤。"

　　十娘来语五嫂曰："向来纯当漫剧，元来无次第，请五嫂当作酒章。"

　　十娘曰："儿等并无可收采，少府公云'冬天出柳，旱地生莲'，总是相弄也。"

> 于时，日落西渊，月临东渚。五嫂曰："向来调谑，无处不佳，……"

类此者文中尚有多处，无须一一征引。窃以为，正是初唐社会的嘲戏风气促使张鷟在小说中大量使用嘲戏诗来表达男女主人公之间的调笑与情意。据《朝野佥载》可知，张鷟即是一个性喜嘲诮的人：他在该书中收载了大量他人彼此嘲戏的事迹，也记录了他自己嘲戏别人的若干故事。《旧唐书·张荐传》云"鷟下笔敏速，著述尤多，言颇诙谐。是时天下知名，无贤不肖，皆记诵其文"[1]；又云"新罗、日本东夷诸蕃，尤重其文，每遣使入朝，必重出金贝以购其文，其才名远播如此"[2]。从"无贤不肖，皆记诵其文"的情形推断，张鷟的文章当时大概也起到了范文的作用。据日本文献记载，《游仙窟》自开元年间传入日本以后，确曾被当作文章与诗歌写作的范本来使用[3]。如大伴家持《赠阪上大娘歌十五首》即仿《游仙窟》中诗歌而作。日本比较文学学者中西进《水边的婚恋》一书中也明确提到：当日本人在使用汉文这种外语写作时，《游仙窟》被作为范例供人学习和引用[4]。由以上种种情形来推测：或许正是由于当时人的推重

---

[1] 《旧唐书》卷一百四十九，第4023页。
[2] 《旧唐书》卷一百四十九，第4024页。
[3] 参见李剑国《唐五代志怪传奇叙录（增订本）》，第38、39页。
[4] 参见中西进《水边的婚恋——万叶集与中国文学》，四川人民出版社1995年版，第102页。

和需要促使张鷟写下这篇长文,并在文中插进了当时风行的各种文体,如骈文、书札、著辞、歌行、咏物诗、酒令、嘲戏诗等。他的本意或许并非在于创作一篇精美的小说,而只是借用一些现成的框架(如刘阮入天台的故事)以容纳他真正想要展示给世人的诗文歌赋。

通过上文的分析可以看到,《游仙窟》在内容和形式上的重要特征无一不与作者张鷟所处时代的风气息息相关,这篇小说取材于初唐人所熟悉的冶游生活,同时还受到嘲谑、咏物、酒筵行令、诗歌竞争等社会风气以及前代汉译佛经和赋体文学的深刻影响,从而形成了极为独特的长篇以诗相调的体制特征。除去这些与小说形式相关的外部原因,促成该小说文体形式的内在动因则在于作者张鷟强烈的逞才使气的愿望,这使他过分专注于表现自己在诗歌与骈赋方面的才能,却忽略了对小说叙事技巧的应有关注。

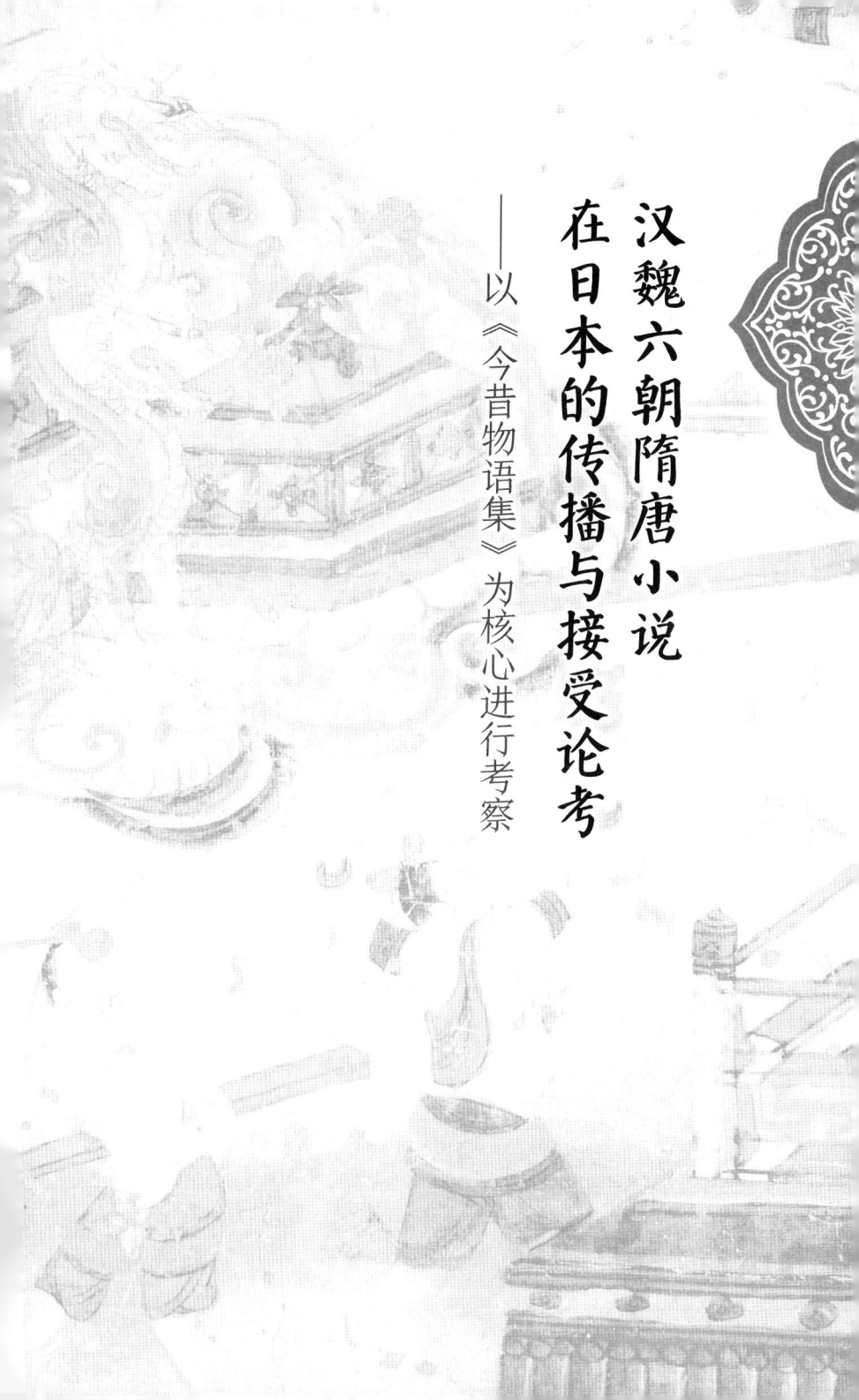

汉魏六朝隋唐小说在日本的传播与接受论考

——以《今昔物语集》为核心进行考察

中国魏晋隋唐小说在日本奈良、平安朝的传播与接受，一直受到学界的关注，相关的史实已经在相当程度上获得揭示。比如，从目录学的角度而言，九世纪末期藤原佐世的《日本国见在书目录》即已著录了《穆天子传》《山海经》《汉武故事》《神异经》《博物志》《神仙传》《搜神记》《王子年拾遗记》《续齐谐记》《旌异记》《冥报记》《（大唐）西域记》《朝野佥载》等十余种小说或具备小说性质的著作。[1]因为这一书目是在清和天皇冷泉院藏书经过火灾之后重新收集编纂而成的[2]，故而当时实际的小说类书籍数量应该远不止此数。平安后期（大约十二世纪中期）藤原通宪的《通宪入道藏书目录》中也可以看到《搜神后记》等小说类书籍。[3]平安末期由藤原成范所编《唐物语》也收录《列仙传》中的《箫史》、《汉武内传》中的《西王母》、《博物志》中的《娥皇女

---

[1] 参见《日本书目大成1》，日本汲古书院1979年版。
[2] 参见木宫泰彦著、胡锡年译《日中文化交流史》，商务印书馆1980年版，第197—198页。
[3] 参见《日本书目大成》。

英》、《幽明录》中的《望夫石》等故事。①此外，这一时期的一些小说或小说集本来在中国久已失传，后来在日本被发现，再回归中国，比如著名的唐临《冥报记》、张鷟的《游仙窟》(都是初唐作品)，六朝时期的《观世音应验记》皆属此类。②其次，如果从接受与影响的角度而言，如《冥报记》对日本最早佛教说话集《日本灵异记》(即《日本国现报善恶灵异记》)写作的直接促成③，《法苑珠林》《冥报记》《搜神记》对《今昔物语集》(此书成立于平安后期)、唐传奇对《源氏物语》的影响等，经过日本学者的大量研究，都已经为学界所熟知。从以上所论列的材料来看，魏晋隋唐小说进入日本的一个重要渠道乃是小说集的传入。《游仙窟》虽然是单篇作品，可能也是随着张鷟的其他文集一起传入日本的。不过，在前面提及的《唐物语》中载录了一段关于张鷟本人以及《游仙窟》的介绍性文字，可见其人其文在当时被重视的程度，因此，《游仙窟》作为单篇作品传入日本也并非完全不可能。另外，还有一个可能的重要传播途径则是以类书如《艺文类聚》(《日本国见在书目录》中已经著录此书)和《太平广记》等为媒介。关于《太平广记》在平安后期进

---

① 参见《物语注释十二种》，日本国学院大学出版部1910年版。
② 由孙昌武辑为《观世音应验记(三种)》，中华书局1994年版。
③ 该书著者景戒在序中提到"昔汉地造《冥报记》、大唐国作《般若验记》"，他因此而发心作《日本国现报善恶灵异记》，又称为《日本灵异记》，日本小学馆1975年版，第55页。

入日本的情况目前还基本上只能停留于推测。这部收录大量魏晋隋唐小说的大型类书在日本文献中被明确引用见于十二世纪末期成立的《明文钞》。①但也有日本学者猜测《太平广记》很可能在十二世纪初期就已经传到了日本：记录当时饱学名臣大江匡房1104—1111年间谈话的《江谈钞》引用的一些唐代故事跟《太平广记》有关联。因此，可以推想大江匡房的藏书有可能包含《太平广记》。②综上所述，我们可以发现这么一个情况，那就是：传入日本并且有明确文献记载的魏晋隋唐时期的作品集（或单篇作品）主要集中于初盛唐以前，中晚唐时期出现的大量志怪传奇作品或作品集进入日本的轨迹反倒显得隐晦不明（除非凭借可能在北宋后期传入日本的《太平广记》）。不过，隐晦不明也并不意味着完全无迹可寻。如果我们从平安时期的物语或说话集中去仔细搜求，还是能够发现不少这方面的线索。在此，笔者主要以平安时代末期成书的大型佛教说话集《今昔物语集》（大约编成于十二世纪中叶）为对象加以考察，以追寻当年魏晋隋唐（尤其是唐代）小说传入日本并发生演变的轨迹。

《今昔物语集》共三十一卷（但卷八、卷十八、卷

---

① 参见周以量《〈太平广记〉在日本的流布与受容》，载《和汉比较文学》第26号，2001年版。
② 大曾根章介《平安时代的说话与中国文学》，参见《大曾根章介日本汉文学论集》第三卷，汲古书院1999年版；另参见王晓平《日本中国学述闻》，中华书局2008年版，第312页。

二十一缺），从卷一到卷五属于"天竺"部，收录古代印度故事，以佛教题材为主；从卷六到卷十（卷八缺）属于"震旦"部，收录中国故事，分为佛法、孝养、国史三大类；其余二十一卷都属"本朝"部，收录日本故事，分为佛法、世俗、宿报、灵鬼、恶行、杂事等六大类。从日本学者对《今昔物语集》的整理研究来看，故事的出典研究占据很大比重。从大正年间（1913、1914、1921年）陆续出版的芳贺矢一的《考证今昔物语集》到当代各种"日本古典文学大系"或"日本古典文学全集"所包含的《今昔物语集》，都专门指明其中故事的出典。比如最近（1999—2002年）小学馆出版的"新编日本古典文学全集"中的《今昔物语集》（只包括本朝部，一共四册）则在每册末尾专门用表格详细罗列"出典·关连资料一览"，标明每一个故事的出典情况，全面吸收前人研究成果，最为详备。从表格前的凡例来看，所谓"出典"，乃是指故事的直接出处；"同话·关连资料"是指同文性或同文倾向很强的文献；"类话·其他"则指故事题材具备部分类似性的文献。对于后两个方面，不管其时代早于或晚于《今昔物语集》，皆予以收入。从这些表格所公布的结果来看，"本朝"部仍有相当数量故事的出典、同话还没有着落。本文的考察主要集中于"本朝"部这些出典尚无着落的故事，试图从魏晋隋唐时代的小说（也包含一些汉译佛典）中去寻找它们的源头。

一、精怪变形骗人的故事[1]

《今昔物语集》卷第二十第三话　天狗于树梢化佛的故事

故事大意：从前，在京城，一棵柿子树上突然有佛出现，放射出璀璨的光芒，落下各色鲜花，京城的各色人等云集参拜。当时有个叫光大臣的人（他是深草天皇之子），贤明智慧，听说此事，深表怀疑，他认为真佛不会如此突然出现于树梢，这必定是天狗所为。于是他带着侍者前去观看，果然看到树上有一尊放着金光的佛。他坐在车里，盯着佛一眨不眨地看。过了一个时辰，突然一只巨大的鸢折断翅膀，从树上跌落在地。孩子们很快将它打死。大臣说：那果然不是真佛。人们不明真相，每天到此参拜，真是愚蠢。

此故事与《太平广记》卷四四七的《僧服礼》一文非常接近：

> 唐永徽中，太原有人自称弥勒佛。礼谒之者，见其形底于天，久之渐小，才五六尺，身如红莲花在叶中。谓人曰："汝等知佛有三身乎？其大者为正身。"礼敬倾邑。僧服礼者，博于内学。叹曰："正法之后，始入像法。像法之外，尚有末

---

[1] 本篇凡引《今昔物语集》中故事，标题均依金伟、吴彦译《今昔物语集》，万卷出版公司2006年版。

法。末法之法，至于无法。像法处乎其间者，尚数千年矣！释迦教尽，然后大劫始坏。劫坏之后，弥勒方去兜率，下阎浮提。今释迦之教未亏，不知弥勒何遽下降？"因是虔诚作礼，如对弥勒之状。忽见足下是老狐，幡花旌盖，悉是冢墓之间纸钱尔。礼抚掌曰："弥勒如此耶？"具言如状，遂下走，追之不及。（出《广异记》）[1]

可以看到：这两则故事的基本情节都是精怪变成佛，很多人被迷惑，前往参拜。这时出现一个聪明或者很有学问的人对此表示怀疑。这个人也去观看，结果发现佛果然是精怪所化。这二者之间的相似性乃是极其明显的，造成这一结果的原因可能是《广异记》中这则故事影响了《今昔物语集》中这一故事（当然不一定是直接影响）。不过，《今昔物语集》中这个故事已经完全日本化，不必说地点、人物了，其中的天狗这一形象便是日本特有的怪物。我们注意到：那个假佛在光大臣的注视下变成一只巨大的鸢跌落在地，似乎"天狗"这一妖怪的原形乃是鸢这一类猛禽。另外，《太平广记》卷四四七的《大安和尚》（出《广异记》）也是与此相似的故事：武则天时，有女人自称"圣菩萨"，能知人心所在。武则天召其进宫，前后所言皆验，宫中敬事之。有个大安和尚进宫，则天让他与"菩萨"相见。大安让"菩萨"观其心

---

[1] 《太平广记》，中华书局1961年版。

之所在,前两次"菩萨"都说对了,但第三次却说错了。这时大安对她加以诃责,这"菩萨"便变成一只牝狐逃走了。这个故事的情节跟前面两个故事也是很类似的。

此外,承刘勇强先生赐告,玄奘的《大唐西域记》卷第五"钵逻耶伽国"的"天祠及传说"记载了这样一则故事:

> 城中有天祠,莹饰轮焕,灵异多端。依其典籍,此处是众生植福之胜地也。能于此祠捐舍一钱,功逾他所惠施千金。复能轻生,祠中断命,受天福乐,悠永无穷。天祠堂前有一大树,树叶扶疏,阴影蒙密。有食人鬼依而栖宅,故其左右多有遗骸。若人至此祠中,无不轻舍身命,既怵邪说,又为神诱,自古迄今,习谬无替。近有婆罗门,族姓子也,阔达多智,明敏高才,来至祠中,谓众人曰:"夫曲俗鄙志,难以导诱,吾方同事,然后摄化。"亦既登临,俯谓友曰:"吾有死矣!昔谓诡妄,今验其实,天仙伎乐依空接引,当从胜境捐此鄙形。"寻欲投身,自取殒绝,亲友谏谕,其志不移。遂布衣服,遍周树下,及其自投,得全躯命。久而醒曰:"惟见空中诸天召命,斯乃邪神所引,非得天乐也。"

勇强先生认为这一故事与"天狗于树梢化佛的故事"也有相似处,甚至比"僧服礼"更明显。这一说法是很有道理的：比如故事里提到天祠堂前有一大树、邪神幻出天仙伎乐、众人被迷惑、婆罗门族姓子最终醒悟等因素，都与"天狗于树梢化佛的故事"存在着形式或细节上的相似。如果考虑到《大唐西域记》最晚在九世纪末期就已传到日本（《日本国见在书目录》已著录此书），这一天祠传说对天狗化佛的故事产生影响是很有可能的。但是，天祠传说与天狗化佛故事也有一些重要差异：比如天祠传说缺乏精怪变形的因素，而且婆罗门族姓子虽然"明敏""多智"，却也是一名被迷惑者，若非亲友救助，他连命都丢了。因此，即使承认天祠传说对天狗化佛故事有影响，也并不能否认"僧服礼"这类故事所可能施加的影响。或许，比较稳妥的看法乃是：天狗化佛故事是在同时受到若干影响的情形下出现的。

第十二话　伊吹山三修禅师为天狗迎走的故事

故事大意：从前，在美浓国伊吹山有位三修禅师，学识浅薄，不习经文，只会念唱阿弥陀佛佛号。有一天，当他正在念佛时，空中突然有声音对他说：由于他长期虔诚念佛，明日将来迎接他。第二天，禅师沐浴净身，燃香散花，让弟子们跟他一起念佛。后来看到西山顶上的松林间渐渐发出光芒，金光闪闪的佛如同月亮一般冉冉升起，众菩萨奏响了美妙的音乐。紫色的祥云越来越浓，观音手捧紫金莲台走到禅师面前，将圣人迎往西天去了。七八天以后，禅师的弟子们进山砍柴，突然听到从一棵繁茂的大杉树上传来叫声，过去一看，原来是禅师被剥光衣服，捆住手脚，吊在树上。弟子们上树解救他，他却说：佛让他在此等候，很快就来接他。弟子们不顾他的反对，将他救回僧房。禅师神志不清，几天后便死了。这位圣人虽然信仰坚定，但由于缺乏智慧而为天狗所耍弄。

第十三话　爱宕护山圣人被野猪谋算的故事

故事大意：爱宕护山有位圣人常年奉持《法华经》，但他没有智慧。在山的西边住着一个猎人，他很尊敬这位圣人，经常给他送生活用品。有一次，圣人悄悄对猎人说：可能因为我多年奉持《法华经》，最近每晚普贤菩萨都会出现。他让猎人留下来拜见菩萨。猎人问圣人的侍童，侍童说他也看到过菩萨。当天晚上，猎人跟着圣人一起等待。到后半夜，东边的山峰上空出现了满月般的光亮，只见白色的菩萨骑着白象从空中降下。僧人哭着恭敬礼拜，但猎人心想：自己从不念经，居然也能看见菩萨，真是怪事。于是他张弓搭箭，向着菩萨一箭射去。光亮一下子就消失了，听到向山谷逃窜的声音。第二天，他们循着地上的血迹一路找去，发现一头野猪胸口中箭死在地上。虽为圣人，没有智慧也会被欺骗。

这两个故事都是讲述修行僧被变化成菩萨的精怪所戏弄，就其类型而言，跟前面所论及的三个故事可以归入同一系列。但其细节有些独特之处：首先精怪都是利用修行僧的盲目虔信心理对其进行欺骗；其次，精怪所变成的菩萨都是当面突然出现。这样的细节在唐代的同类型故事中也可以见到。比如《太平广记》卷四四九的《汧阳令》(出《广异记》)云：

> 唐汧阳令，不得姓名。在官，忽云："欲出家。"念诵恳至。月余，有五色云生其舍。又见菩萨坐狮子上，呼令叹嗟云："发心弘大，当得上果。宜坚固自保，无为退败耳。"因尔飞去。令因禅坐，闭门，不食六七日。家以忧惧，恐以坚持损寿。……

后来汧阳令的家人向著名道士罗公远求助，才知道那菩萨是本领高强的天狐所变。罗公远与天狐斗法，好不容易才将其制服。类似的情节还可见于《太平广记》卷四五一的《长孙甲》(出《广异记》)一文：

> 唐坊州中部县令长孙甲者，其家笃信佛道。异日斋次，举家见文殊菩萨，乘五色云从日边下。须臾，至斋所檐际，凝然不动。合家礼敬恳至，久之乃下。其家前后供养数十日，唯其子心疑之，入京求道士为设禁，遂击杀狐。令家奉马一匹，钱五十千。后数十日，复有菩萨乘云来到，家人敬礼如故，其子复延道士，禁咒如前。尽十余日，

菩萨问道士："法术如何？"答曰："已尽。"菩萨云："当决一顿。"因问道士："汝读道经，知有狐刚子否？"答云："知之。"菩萨云："狐刚子者，即我是也。我得仙来，已三万岁。汝为道士，当修清净，何事杀生？且我子孙，为汝所杀，宁宜活汝耶？"因杖道士一百毕，谓令曰："子孙无状，至相劳扰，惭愧何言。当令君永无灾横，以此相报。"顾谓道士："可即还他马及钱也。"言讫飞去。

《今昔物语集》卷二十的第十二、十三两话跟以上两文的部分细节显然很相似，尤其是精怪利用人对佛教的虔诚信仰进行戏弄以及假菩萨乘云（或乘狮子、白象）降临这两个方面基本相同。另外，还可以看到，以上列举的这些作品中有四篇都包含被骗者与聪明人（即没有上当者）的对比，这也是一个重要的相似点。《太平广记》卷四五〇的《唐参军》（出《广异记》），讲述千年老狐变成佛，乘五彩云从天而降，欺骗僧人；同卷的《代州民》（出《广异记》）则讲述狐精变成菩萨驾着五色云降临代州民家，让人供养，并与其女私通。此外,《太平广记》卷四四八《叶法善》（出《纪闻》）、卷四四九《焦练师》（出《广异记》）、卷四四五《杨叟》（出《宣室志》），也都是精怪（狐狸和猿）变成僧人或太上老君骗人的故事，这里不再赘述了。

《今昔物语集》卷第二十七第十三话　近江国安义桥鬼啖人的故事（鬼变为某人的弟弟后将某人杀死）

故事大意：从前，近江国守府中有个年轻人跟同伴打赌，说他敢一个人骑马走过据说正在闹鬼的安义桥。他骑着国守借给他的一匹枣红马，来到处于乡野的那座桥上，看到一个女子靠着桥栏立在那里，心里觉得她肯定就是鬼，便打算骑马逃跑。那个女子立刻随后追赶。年轻人回头一看，看见女子已经变成一个令人恐怖的厉鬼。他不顾一切地逃跑了。鬼在后面说："好吧，以后总能遇见你。"过了一段时间，这人家中出现凶兆，阴阳师让他在某一天关门禁忌。这人有个同胞弟弟，随同陆奥守去赴任，把他们的母亲也带去了。禁忌这天，弟弟突然归来，报告母亲去世的噩耗。这人没有办法，只好开门让弟弟进来。兄弟二人相对哭泣交谈。这人的妻子在帘内听两人谈话。不知何故，两人突然扭成一团，打起架来。哥哥把弟弟压在下面，叫喊妻子快拿大刀来。妻子感到诧异，没去拿刀。结果弟弟挣脱出来，一口把哥哥的脖子咬断，然后逃跑了。妻子发现弟弟原来正是丈夫以前在安义桥遇到的那个鬼。

这个故事的后半部分（即鬼变成弟弟将那人杀死这一段）无疑乃是来自唐代传奇中的某些作品。比如《太平广记》卷四五三《王生》（出《灵怪录》）、卷四四八《何让之》（出《乾䐇子》）、卷四五四《张简栖》（出处缺），都具备基本相同的结尾。这里只举《王生》一篇为例来加以论证：

杭州有王生者，建中初，辞亲之上国。收拾旧业，将投于亲知，求一官耳。行至圃田，下道，寻访外家旧庄。日晚，柏林中见二野狐倚树如人立，手执一黄纸文书，相对言笑，旁若无人。生乃叱之，不为变动。生乃取弹，因引满弹之，且中其执书者之目，二狐遗书而走。王生遽往，得其书，才一两纸，文字类梵书而莫究识，遂缄于书袋中而去。其夕，宿于前店，因话于主人。方讶其事，忽有一人携装来宿，眼疾之甚，若不可忍，而语言分明，闻王之言曰："大是异事，如何得见其书？"王生方将出书，主人见患眼者一尾垂下床，因谓生曰："此狐也。"王生遽收书于怀中，以手摸刀逐之，则化为狐而走。一更后，复有人扣门，王生心动曰："此度更来，当与刀箭敌汝矣。"其人隔门曰："尔若不还我文书，后无悔也！"自是更无消息。王生秘其书，缄縢甚密。行至都下，以求官伺谒之事，期方赊缓，即乃典贴旧业田园，卜居近坊，为生生之计。月余，有一僮自杭州而至，缞裳入门，手执凶讣，王生迎而问之，则生已丁家难已数日，闻之恸哭。生因视其书，则母之手字云："吾本家秦，不愿葬于外地。今江东田地物业，不可分毫破除，但都下之业，可一切处置，以资丧事。备具皆毕，然后自来迎接。"王生乃尽货田宅,不候善价,得其资,备涂刍之礼,无所欠少。既而复篮舁东下,以迎灵舆。及至扬州,遥见一船子,上有数人,皆喜笑歌唱。渐近视之,则皆王生之家人也。意尚谓其家货之,今属他人矣。须臾。又有小弟妹搴帘而出,皆彩服笑语。惊怪之际,则其家人船上惊呼,又曰:"郎君来矣,是何服饰之异也?"王生潜令人问之,乃见其母惊出。生遽毁其缞绖,行拜而前。母迎而问之,其母骇曰:"安得此理?"王生乃出母送遗书,乃一张空纸耳。母又曰:"吾所以来此者,前月得汝书云,近得一官,令吾尽货江东之产,为入京之计。今无可归矣。"及母出王生所寄之书,又一空纸耳。王生遂发使入京,尽毁其凶丧之具。因鸠集余资,自淮却扶侍,且往江东。所有十无一二,才得数间屋,至以庇风雨而已。有弟一人,别且数岁,一旦忽至,见其家道败落,因征其由。王生具话本末,又述妖狐事,曰:"但应以此为祸耳。"其弟惊嗟,因出妖狐之书以示之。其弟才执其书,退而置于怀中,曰:"今日还我天书。"言毕,乃化作一狐而去。

近江国安义桥鬼啖人的故事在叙事逻辑以及结尾情节两个方面都跟此文如出一辙,应该受到其直接影响。

第二十九话　雅通中将家同形乳母二人的故事

故事大意：从前，在一个叫源雅通的中将家，乳母抱着两岁幼儿在外面玩耍。突然来了一个长得跟乳母一样的女子，跟乳母抢夺幼儿。中将心想其中一个一定是狐，便操刀靠近，一个乳母消失了。幼儿和乳母都昏倒在地。

第三十九话　狐变人妻形来家的故事

故事大意：从前，京城一个杂役的妻子傍晚出去办事，很久都不回来。杂役正在觉得奇怪时，妻子进来了。可过了一会儿，又进来一个妻子，两人长得一模一样。杂役心想：其中一定有一个是狐狸变的。他觉得后面进来的一定是狐狸，便举刀要砍，这个妻子哭喊起来。他又要砍前面进来的那个，那个也哭泣。后来他还是觉得先进来的妻子有点奇怪，便将她抓住。这个妻子变成狐狸逃跑了。故事的讲述者评论说：这个杂役办事欠考虑，他应该先把两个妻子都捆起来，终究能够将狐狸抓住。他没有将真正的妻子杀死，还算聪明。

这两个故事的基本情节都是讲述精怪变成某个生活中实有的人，然后与这个人同时出现在他的家人面前，令人真假难分，从而造成混乱。与此类似的情节最早出现于《吕氏春秋·慎行·疑似》中：

> 梁北有黎丘部，有奇鬼焉，喜效人之子侄、

昆弟之状。邑丈人有之市而醉归者，黎丘之鬼效其子之状，扶而道苦之。丈人归，酒醒而诮其子，曰："吾为汝父也，岂谓不慈哉！我醉，汝道苦我，何故？"其子泣而触地曰："孽矣！无此事也！昔也往责于东邑，人可问也。"其父信之，曰："嘻！是必夫奇鬼也，我固尝闻之矣！"明日端复饮于市，欲遇而刺杀之。明旦之市而醉，其真子恐其父之不能反也，遂逝迎之。丈人望其真子，拔剑而刺之。丈人智惑于似其子者，而杀其真子。夫惑于似士者，而失于真士，此黎丘丈人之智也。

以后这一情节类型在魏晋隋唐的志怪故事中屡次出现。比如《搜神记》（卷十八）中的《吴兴田父》（又见《太平广记》卷四四二）：说吴兴有两个男子在田里劳作，狸精变成二人父亲，对他们又打又骂。他们回家后说起，才知并非父亲，而是鬼魅。后来父亲担心鬼魅又去困扰儿子，便亲自去田里，两个儿子以为鬼魅又来了，便将父亲打死埋了。那精怪变成二人之父回到家里。过了一年，有个法师到他们家来，才发现那父亲是老狸变的（顺便说一句，《吕氏春秋》和《搜神记》都被著录于《日本国见在书目录》，前者入"杂家"类，后者入"杂传家"类）。《太平广记》卷四四七《张简》（出《朝野佥载》）：说唐代国子监助教张简曾为乡学讲

《文选》。有一次，有个野狐化成他的模样，讲了一纸书而去，随后真正的张简来了，弟子们都觉得很奇怪。张简说：刚才来的一定是野狐。他讲完课回到家里，看到妹妹坐在那里络丝。妹妹进去给他热菜，等了很久都不出来。张简进去责怪妹妹，妹妹说：我根本没有看见兄长回来，刚才你看到的那个我一定是野狐变的。下次看到了，就把它杀掉。第二天，张简回到家，又看到妹妹坐在那里络丝，妹妹对他说：那个精怪刚才跑到屋后去了。张简拿起一根棍子去寻找，正好见到真的妹妹从厕所出来，但他以为是精怪，便将她打死了。那个络丝的妹妹却变成野狐逃走了。《太平广记》卷四三八《李义》(出《大唐奇事》)则是说一个黑犬精变成李义死去的母亲回到家中，谎称是李母复活，李义奉养这位母亲数年。后来真母屡次托梦，他才知道奉养在家的是个犬精。这些故事的情节跟《今昔物语集》中这两个故事应该也有密切关系，后者极可能从前者受到启示，吸收了其基本构思，然后进行了改写。在中国的故事中，精怪变成某人的家人，导致混乱并造成了严重后果。但日本的故事则没有造成类似后果。因为二者还是有一个差别：在中国故事中，精怪所变成的"某人"并没有跟那真正的某人一同出现在家人面前，因此才更容易造成迷惑，导致严重后果；而在日本故事中，两个同样的人则是同时出现在家人面前，这样反而不会导致杀死真人的后果。在《今昔物语集》之后数百年出现的

《续狂言记》中有一则叫"狐狸洞"的"狂言"[①]，其大意是：主人派大管家去看守山田，叮嘱他当心狐狸精出来骗人，大管家很害怕地去了。一会儿，主人又派二管家去陪大管家，大管家以为是狐狸变形骗人，便把二管家捆在柱子上。一会儿之后，主人又亲自去看，大管家又以为是狐狸精来骗他，便把主人也绑在柱子上。在大管家取刀要来杀他们时，两人好不容易挣脱了绳子，说明了真相。这篇狂言故事就其题材而言，跟"吴兴田父"更为接近，可能也是受到这类故事的启发而创作出来的。我们可以看到：这篇狂言也没有采取中国式的故事结局。而从叙述与阅读的效果而言，中国式结局显然更为巧妙，也更为惊人。那么，为什么日本这些同类型故事没有采取同样的结局，是为了特意跟与其有渊源关系的中国作品显示出差异吗？

第三十二话　民部大夫赖清家女子的故事

故事大意：从前，民部大夫赖清去了自己在木幡的领地。他的一个侍女参川留在京城。一天，赖清身边的一个仆人前来传达赖清的命令，让参川赶快去山城的一户人家，说是赖清已离开木幡，借住在此。侍女抱着五岁的儿子急忙赶去，赖清的妻子热情地招待了她。侍女跟她们一起忙活了几天。这时女主人突然派她到木幡的家去说一件秘密的事，说

[①] 参见周作人译《狂言选》，中国对外翻译出版公司2001年版。

在那边只留了一个人看守屋子。侍女到了木幡一看，却发现家里人很多，别的侍女们也都在，主人也在。大家对她说：曾派人到京城去叫她，可是她的邻居说她已经来木幡两三天了。侍女听了这话，感到十分惊讶。于是主人赶紧派人随她去山城那个地方察看，结果只见一片荒野，看不到一个人影。她五岁的儿子独自躺在茅草中哭泣。想来这些都是狐精干的，正因为是狐，孩子才平安无事。

第四十一话　高阳川狐变女乘马臀的故事

故事大意：从前，在高阳川这条河边有个狐精变成的少女，经常请求骑马经过的人让她骑在马屁股上。泷口的侍卫在一起谈论此事。一个有勇有谋的侍卫说他一定可以抓住那个狐女。别人都不相信。第二天傍晚他独自来到高阳川，果然有个漂亮少女要求骑在马上。侍卫一等她骑上来，立刻便用事先准备好的绳子将她绑在马鞍上，然后准备返回京城，去找其他侍卫。他经过西大宫大路时看到东面燃起很多火把，有好几辆车鱼贯而过，还有人开路。他知道这一定是达官贵人，便掉头从西大宫大路南下，朝二条大路走去，又向东从东大宫大路到土御门，他事先让其他侍卫在此等候。他将少女从马上解下来，抓住手腕，带进屋里，大家都在这里等候。少女哭着请求将她放开，这个抓住她的侍卫不答应。其他侍卫搭上箭围住她说：放开吧，想跑就射她，一个人会射偏，这么多人没关系。这个侍卫于是放开手，这个少女立刻变成狐狸逃跑了。这时，其他的侍卫也一下子不见了，灯火也熄灭了，一片漆黑。侍卫环视四周，发现自己竟然置身荒野，他这才明白刚才见到的场面都是狐狸精捣的鬼。这一次被骗以后，过了两天，他再一次带着很多同伴来到高阳川，又将那个少女抓住，十分谨慎地将她带回侍卫的住地。他们将这个狐狸精烧烤折磨了一番之后，将它放走了。后来当他第三次到高阳川，那个少女再也不敢坐到马上来了。

这两个故事跟前面的故事相比，情节已经变得更加复杂了，尤其后一个故事十分生动有趣。这两个故事就其情节而言，仍然跟前面列举的作品一样属于精怪骗局类型，而且精怪都是变成受骗者所熟悉的人，从而让其上当。不过，在这里，狐精的变幻手段更加高明了，不是变成某一个人，而是变幻出一个场景和一群人。这一变幻的方式其实在唐代的精怪类作品中很常见，比如著名的传奇《任氏传》(参见《太平广记》卷四五二)、《计真》(《太平广记》卷四五四)、《张直方》(《太平广记》卷四五五) 等，其中的狐精都能变化出高门大户和一大群人。但是，日本古代的说话者将这一变幻因素移植到骗局类作品中，而且变化出的都是熟悉的场景和人群，这是一个创造性的改变。

我们还可以注意到这样一点，以上所列举的魏晋隋唐精怪骗局故事，出自《广异记》和《灵怪集》的最多，这两部小说集都出现于中唐初期，而且时代几乎同时。而《太平广记》中又收录了这两部小说 (尤其是《广异记》) 中的大量作品。这让我们猜测《广异记》很可能曾以小说集的形式传到日本，或者通过《太平广记》传入了日本。

二、使鹰男子梦中变成野鸡的故事

《今昔物语集》卷第十九第八话　西京使鹰者见梦出家的故事

　　故事大意：从前，西京有个使鹰捕猎的男子。他不仅自己十分热衷于使鹰，也教他的儿子们学习使鹰的方法。他家中养了七八只鹰和二十多只猎狗。他整天从早到晚脑子里都只想着鹰的事情，每年冬天和春天他都要捕杀大量的野鸡。就这样他进入了他的晚年。有一次这个男子受了风寒，难以入眠，天快亮时才迷迷糊糊睡着了，梦见自己带着妻子和儿子们住在嵯峨野上的一个大墓穴中。春天来了，天气温暖，他带着妻子和儿子们出去晒太阳，采摘野菜，不知不觉远离了栖身的墓穴。就在这时，太秦北边的森林传来很多人的说话声，铃声忽高忽低地响着。他听到这些声音，立刻感到恐惧不安。他登上高处眺望，发现来了一队使鹰打猎的人，手中擎着凶猛的鹰，牵着狮子一样的猎狗，骑着马往这边飞奔。他感到情况不妙，想招呼妻子和儿子们回去躲藏，但他们都分散在各处，无法招呼回来。男子只好躲在附近的草丛里。很快他就目睹了他的长子被鹰捕获，猎人将长子的脖子拧断，长子发出的悲鸣传来，令男子痛苦得几乎要晕过去，五脏六腑好像被刀割一般。接着,他的次子、三儿子和妻子都无一幸免,成为鹰和狗的猎物。最后,鹰和狗向着男子藏身之处冲过来,男子拼命向北山方向逃跑,躲进茂密的草丛中,尾巴露在外面,狗摇着铃铛向他靠近,当他心想"这下完了"的时候,梦醒了,发现自己浑身都是汗。他立刻领悟到:在梦中看到的正是自己长年使鹰狩猎的情景。这么多年来自己杀死了那么多的野鸡,它们感觉到的痛苦肯定也像我在梦中所感到的一样吧。他觉得自己犯了极大的罪孽。于是立即将所有的鹰和狗都放走了,又将驯养鹰和狗的用具全部烧毁,然后进入一个山寺出家了。这位男子后来修炼成了一位尊贵的圣人。

这是《今昔物语集》中极为独特也极为杰出的作品,关于这个故事的"出典"和"类话",日本学者均未予指出,而所指出的"同话"也都晚于《今昔物语集》。这个故事是一个非常高明的"出家谭",讲述一个痴迷于狩猎的男子如何放下屠刀、立地成佛的故事。所采取的叙述手法也十分精彩:这个男子病中梦见自己一家人都变成野鸡,然后亲身体会到了被猎杀的恐惧和痛苦。这一经历使他顿悟并痛改前非。这样一种讲故事的思路和叙述方法其实应该渊源于魏晋隋唐小说与佛典文学。首先,我们可以提及中唐传奇《张纵》(《太平广记》卷一三二,出自《广异记》)和《薛伟》(《太平广记》卷四七一,出自《续玄怪录》),二者情节基本相同,《薛伟》晚出,细节更为详尽,也更富于文采,显然是根据《张纵》一文改编而成。《薛伟》这篇作品讲述主人公病中梦见自己变成鱼之后，先是觉得很自由。但后来因为饥饿吞下钓饵，被人捕获。很快又被自己的同僚买走，即将做成鲙。当厨师用刀斩断鱼头时，他就从梦中醒来了。他把这个梦以及自己梦中的感受告诉同僚们，这些人从此终身都不再食鲙。这个故事在中国和日本都很受重视（上田秋成依据此文写成了《梦应鲤鱼》），但其传到日本的时间难以确定。笔者认为，从主题以及具体叙述手法来看，西京使鹰者的故事应该与此文有渊源关系，因此可以推断：《张纵》或者《薛伟》二文在平安时期应该就已传入日本。西京使鹰者的故事虽然效仿《薛伟》，而其叙事水平一点也不比《薛伟》逊色，而且具有自己的特色：这个故事中的梦境，基本上是被按照梦的自然状态呈现的。人们读这个故事，似乎在跟踪着这个梦的发展过程，或者说一直伴随着男子的梦，是站在男子的立场去感受和观察一切的，开始时并不知道男子一家人已经变成野鸡。随着梦的进一步发展，我们才逐渐发现他们变成了野鸡。因而梦中所发生的一切实际上又是从野鸡的视角来表现的，这就让读者也可以很容易设身处地去体会野鸡被猎杀的痛苦感受。但同时，故事中表现的心理活动又总是让人觉得是出自使鹰男子。于是，男子的视角和野鸡的视角便紧密重叠在一起，这暗示着人类跟动物的痛苦其实也是完全相通的。相比而言，《薛伟》的叙事则采取了另外一种方式：薛伟梦醒之后，亲口向同僚们讲述他的梦，这是一种转述的形式，读者可以清楚地知道薛伟如何在梦中变成鱼，又怎样遭遇鱼所会遭遇的痛苦经历。但那种跟梦境紧密相随的现场感与真切感就未能被营造出来。

人类在梦中变成动物的主题在中国文学中很早就出现了，比如《左传·哀公二十六年》说到宋景公的两个养子得和启争夺国君之位，"得梦启北首（头朝北）而寝于卢门之外，己为乌（乌鸦）而集于其上，咮（嘴巴）加于南门，尾加于桐门。曰：余梦美，必立"。后来得果然被立为国君。也就是说：得梦见自己变成了一只乌鸦站在启的身上。这只是被简单叙述的一个梦兆，并无复杂的叙事要素。这类故事中最著名的自然是《庄子·逍遥游》中的庄周梦蝶寓言，这个寓言众所周知，不必细述。到唐代，就出现了《太平广记》卷一三二的《张纵》、卷四七一的《薛伟》、卷二八二的《韩确》这些小说作品，表现人类梦见自己变成鱼。此外，笔者还在佛经里发现人类在梦中变成蚂蚁的故事，这个故事目前所见到的最早记载是北宋净源所集的《华严普贤行愿修证仪》"端坐思惟第十"：

> 经云：华藏世界有尘，一一尘中见法界。又此一尘，既是大法界心。于此一尘大法界内，复举一尘，亦皆全是大法界心。若横若竖，重重举之，重重法界。故清凉大师（唐代澄观——笔者注），于十地品疏，说帝网无尽一心也。一切众

生,从无始来,迷妄不知无尽法界,是自身心。于中本具帝网无尽色心功德,即与毗卢遮那身心齐等。却将自家无障碍佛之身心,颠倒执为杂染众生。譬如金轮圣王,统四天下,身智具足,富乐无比。忽然昏睡,梦为蚁子。于梦位中,但认己为蚁子,不觉本是轮王。①

从净源的叙述来看,这段话的直接来源应该是中唐著名僧人澄观的《华严经疏钞》,但笔者在各种版本的《华严经疏钞》中都没有找到这段文字。此后,辽代道殿的《显密圆通成佛心要集》卷上基本原封不动地引用了以上这段文字,包括金轮圣王的故事。②以后明清时代的一些僧人也都引用过这个故事,可能都是来自净源那段文字。从这些资料来看,这个金轮圣王(转轮圣王)梦中变成蚂蚁的故事都极其简单,看不出有复杂的故事情节。但是元代遗存的一部回鹘文写本佛教文献《说心性经》也引用了这个故事③,其原文如下:

……同样,诸法是不生的,心不是通过创造

---

① 《卍续藏经》第九十五册,台湾新文丰出版公司1976年版,第1064页下栏—1065页上栏。
② 参见《大正新修大藏经》第四十六卷,日本大正一切经刊行会1927年版,第991页上栏。
③ 参见杨富学《敦煌回鹘文佛教文献及其价值》对此经时代的考证,载《戒幢佛学》第二卷,岳麓书社2002年版,第111—119页。

而成的，它自己就是空的、光明的。犹如读许多经文，眼睛成了斜的，没有剩下看到的东西，同样诸法不生，心在全部经文中相同，没有别的经文。犹如金轮王睡着后梦见自己变成了蚂蚁，死而成为人，在达到五个愿望时，犯了罪，心中产生忏悔，作了和尚，积德行善，祈求佛、菩萨，因自己身体特别难受而醒来时，认为梦是反的，生就是死。这就是以前的辉煌的金轮王。同样，众生违背了以前的心，在轮回中生死，又起觉心，积德行善，修习善法，自己的心产生可怕的感觉。一切法不生之性达到心，以前主要的心就是佛，这心不是从任何地方来的。……①

这段文字中所引述的金轮王故事跟其他文献所引的颇有些不同：金轮王在梦中变成蚂蚁，然后又死去，转生为人，在实现五个愿望时犯了罪而心生忏悔，出家为僧，积德行善。后来因身体特别难受而从梦中醒来。从这中间透露出的蛛丝马迹（比如蚂蚁死后变成人、实现五个愿望、犯罪、出家等）可以推断：这个在引用时被简化的故事原本具备丰富情节，尤其是包含轮回转生、出家修行等与佛教有关的要素。因此，笔者估计这个故事另有来源，而且极有可能来自

---

① 按照张铁山《回鹘文佛教文献〈说心性经〉译释》引，该文载于《中国少数民族文学与文献论集》，辽宁民族出版社1997年版，第365页。

汉译佛经或者印度故事。若果真如此，那么其产生的时代就要更早了。而且，考虑到中日早期文化交流主要以佛教为载体这一因素，这个故事在比较早的时代随着佛经传到日本的机会也是可能存在的。

三、贺阳良藤进入狐穴的故事

《今昔物语集》卷第十六第十七话　备中国贺阳良藤为狐夫得观音助的故事

故事大意：从前，备中国贺阳郡苇守乡有一个贺阳良藤，家境富裕，好色淫荡。宽平八年（896年）秋天，他妻子去了京城。一天黄昏，他一个人在门外四处转悠，突然发现一个年轻美女。良藤被迷住了，邀请女子到自己家去。女子拒绝了，良藤又提出送女子回家。他跟着女子来到一所华丽的房子，发现她是这家的小姐。这家的男主人热情地邀请良藤住下。良藤跟女子结为夫妻，每天形影不离，将自己的家和孩子忘得一干二净。与此同时，在良藤家里，家人发现主人失踪，正到处寻找。但找遍所有他可能去的地方，都没有下落，大家急得束手无策。良藤在女子家里已经过了不少日子，女子怀孕足月，生下一个儿子，二人感情更加和睦。时间不停地流逝，一切都令人满意。另一边，良藤的兄弟和家里的儿子为了找到良藤，决定造一尊十一面观音像，天天对着佛像礼拜祈愿，念佛诵经，希望佛能帮助他们找到良藤的尸骸。这时在良藤那里突然出现了一个挂着拐杖的人，所有人看到这位来客都吓得纷纷逃窜。这人用拐杖顶住良藤的后背，将他从一个狭窄的地方拉了出来。在良藤的家里，正好是他失踪第十三天的黄昏，家人们正坐在那里谈论他。突然看到一只像猴子一样怪异的东西从对面仓库下面撅着屁股爬了出来。大家从声音听出是良藤，都惊讶地问他究竟是怎么回事？良藤说自己独自在家，总妄想跟不认识的女人同寝，结果做了一位高贵主人的女婿，还生了一个儿子，他打算让这个儿子继承家业。他的大儿子问这个儿子在哪里，良藤指着对面的仓库，家人们马上过去察看，一大群狐狸唰地一下四处逃窜。家人们恍然大悟，原来良藤被化成狐狸，做了狐女的丈夫，失去了正气，变得糊涂了。家人请来僧人和巫师祈祷消灾，他的正气逐步得到恢复。良藤在仓库下面住了整整十三天，而他觉得就像过了十三年。此外，仓库下横格距地面只有四五寸高，可良藤觉得又高又宽，他出出进进，觉得那是个很大的家。这些都是狐狸的勾当。那个挂着拐杖的人正是观音的化身。这个故事是由当时的备中守、现在的三善清行宰相讲述的。

其直接出典显然就是三善清行《善家秘记》中的贺阳良藤故事。[①]但二者之间还是有一些差别：首先，《善家秘记》乃是用地道的汉语文言文所写，而《今昔物语集》中的这个

[①] 参见和田英松纂辑、森克己校订《新订增补国书逸文》，日本国书刊行会1995年版，第322—323页。

故事则是用汉字夹杂假名所写的。其次，两个故事的叙述方式也不一样：前者（《善家秘记》）完全是由一个叙事者讲述的，将良藤自身的经历与家人寻找良藤的行动交错叙述；后者则是良藤失踪后蒙观音搭救，从狐狸巢穴出来后自述他的经历。再其次，两者的一些细节也不相同：前者（《善家秘记》）说良藤先是因为独居而心神狂乱，冥冥中与女子通信往来，后来突然失踪。第十三天时被观音救出，自述与某公主成婚生子。他自己觉得在那里生活了三年，但实际上只有十三天。后者的情节已如上述。特别要提到的一个差别是：前者说良藤觉得在狐穴过了三年，后者则说他觉得在那儿生活了十三年。另外，前者解释良藤之所以能出入只有四五寸高的地方时说其乃是"缩形出入其中"，而后者则说是良藤被化成狐狸了。

关于这两个故事跟中国小说的联系，笔者只看到佐野诚子、久岛留元两位学者曾指出：这个故事跟《任氏传》以及受到其影响的《日本灵异记》等一类表现异类恋爱的"狐妻谭"不同，反倒跟六朝志怪比较接近。[①]但究竟跟哪些作品接近，他们并未指明。但在引用富永一登氏的论文时提到了《搜神记》卷十八的《阿紫》。这篇志怪故事跟贺阳良藤的故事确实很相似（又见《太平广记》卷四四七）：

[①] 参见佐野诚子、久岛留元《三善清行〈善家秘记〉注解（其五）》，载《续日本纪研究》第371号，2007年12月版。

后汉建安中，沛国郡陈羡为西海都尉。其部曲士灵孝无故逃去，羡欲杀之。居无何，孝复逃走。羡久不见，囚其妇。妇以实对，羡曰："是必魅将去，当求之。"因将步骑数十，领猎犬，周旋于城外求索。果见孝于空冢中，闻人犬声怪避。羡使人扶以归，其形颇象狐矣。略不复与人相应，但啼呼索阿紫，阿紫雌狐字也。后十余日，乃稍稍了寤。云："狐始来时，于屋曲角鸡栖间作好妇形，自称阿紫，招我。如此非一，忽然便随去。即为妻，暮辄与共还其家。遇狗不觉。"云乐无比也。道士云："此山魅。狐者先古之淫妇也，名曰阿紫，化为狐。故其怪多自称阿紫也。"

经过对比可以看到：《善家秘记》中的贺阳良藤故事跟《阿紫》一篇的相似处在于，主人公都是先突然失踪，后来被找到后自述经历，原来是被狐女诱惑，去了狐穴。《今昔物语集》的良藤故事跟《阿紫》的相同之处则在于，主人公都变成狐狸，才得以进入狐穴。此外，两篇良藤故事都还具备一些《阿紫》所不具备的因素，比如良藤被女子派车接入狐穴，有人在门口迎接（《善家秘记》）；良藤跟狐女言谈调笑（《今昔物语集》）；他觉得在狐穴中待了好多年，实际上只有十三天；又比如主人公与狐女成婚生子、乐不思返等；——但这些细节可以分别在魏晋隋唐的其他遇鬼、遇精怪类志怪或传奇中找到。如《搜神记》卷十六的《驸马都尉》《崔少府墓》两篇都是讲述书生闯入墓穴，跟女鬼成婚，甚至生子；当进入变幻成高门大宅的墓穴时都有人在门口迎接；比如《任氏传》写郑六跟狐精女子第一次见面时也是互相调笑，终于被女子迷惑；再比如《南柯太守传》(《太平广记》卷四七四的《卢汾》跟《南柯太守传》很相似，但极简略）写淳于棼进入蚁穴时也是被车骑所迎去，他在蚁穴（大槐安国）中与公主成亲生子，建功立业，"若度一世"，实际上只不过梦中之一瞬耳。《南柯太守传》特别强调了两个不同的时间长度感的对比。这也是两则良藤故事所一再强调的，可以看出当时的日本说话作家对这样的时间长短对比表示出了特别的兴趣。笔者由此推断两篇良藤作品可能受到《南柯太守传》的直接影响。当然，这一特别的时间感的最初源头在于印度故事（比如印度梦幻故事）[①]，唐代的梦幻故事以及精怪故事对这一时间感予以继承（如《枕中记》《陈季卿》等），这一时间感通过唐代传奇又对日本说话文学产生了影响。另外，中国的这类传奇很注意营造那种梦幻般的感觉，或者通过这类作品表现人生如梦的主题，日本的这两篇作品都没有采取类似的主题，而是强调道德训诫（良藤好色淫荡，所以被狐精迷惑）和对于观音的信仰。

[①] 参见拙著《唐代非写实小说之类型研究》关于梦幻类型的论述，北京大学出版社2004年版。

通过以上讨论，笔者以为，日本古代说话故事跟魏晋隋唐小说的联系十分广泛深入，有时一篇说话会同时受到多篇志怪传奇的影响。这是因为当时（平安后期）的日本说话作家面对的乃是唐代以及唐以前的大量作品，因此同一篇说话可能既受到魏晋小说影响，同时又受到唐代传奇（甚至汉译佛典）影响，这并不应令人觉得奇怪。

四、龙女报恩故事

《今昔物语集》卷第十六第十五话　侍观音人行龙宫得富的故事

故事大意：从前，京城有一个贫穷的年轻侍从，虔诚地信仰观音，每个月的十八日他都持斋，并到各寺院礼拜诸佛。有一年的九月十八日，侍从去参拜寺庙，途中遇到一个人用棍子挑着一条蛇。侍从请求这人把蛇放掉，但这人无论如何都不同意。最后侍从只好用身上的棉衣换下这条蛇，并将蛇带到原来所在的池塘放了。然后他继续朝寺院走去，路上遇到一个十二三岁的美丽女子，向他感谢救命之恩，并说她父母邀请他去家里，要当面感谢。侍从这才明白女子是刚才那条蛇变的。女子带着侍从来到池塘边，让他闭上眼睛。等他睁开眼睛的时候，已经站在一座富丽堂皇的城门前面。侍从被女子引入雄伟的、装饰着各色珠宝的宫殿，接受女子父亲的感谢。这位父亲其实就是龙王，他招待侍从品尝美味佳肴之后，又送给侍从一块叫作如意珠的饼状金块，说这金块一辈子也用不完。然后女子将侍从送出龙宫。从此以后他变得很富裕，更加虔诚地信仰观音。这个故事不知发生在什么时代，人们一直这样传说。

关于这个故事，日本学者没有指明其出典。芳贺矢一在《考证今昔物语集》中指出《今昔物语集》卷三第十一话以及《浦岛子传》（日本早期民间传说，奈良时代即已见诸载籍，讲述渔夫浦岛子在海上捕获一龟，龟化美女，携其入蓬莱仙宫，结成夫妇）作为其类话。《今昔物语集》卷第三第十一话是"释种成为龙王女婿的故事"，这个故事出自玄奘的《大唐西域记》卷第三的"乌仗那国王统传说"，讲述释迦族的一名逃亡者途中被龙女所眷爱，进入龙宫与龙女成婚，后来得到龙王所赐宝剑，将乌仗那国王杀死，然后自己做了该国国王。这个故事跟上面这则说话确有一些类似，但实际上我们还可以找到更为直接的出处，那就是《摩诃僧祇律》卷第三十二"明杂跋除法之十"的商人救龙女故事：

  佛住舍卫城。南方国土有邑名大林，时有商人，驱八牛到北方俱哆国。复有一商人，共在泽中牧牛，时离车捕龙食之，捕得一龙女。龙女受布萨法，无害心，能使人穿鼻牵行。商人见之形相端正，即起慈心。问离车言，汝牵此欲作何等。答言，我欲杀啖。商人言勿杀，我与汝一牛，贸取放之令去。捕者不肯。乃至八牛，方言此肉多美，今为汝故，我当放之。即取八牛，放龙女去。时商人寻复念言，此是恶人，恐复追逐，更还捕取，即自随逐。看其向到池边，龙变为人，语商人言，天施我命，我欲报恩，可共入宫，当报天恩。商人答言不能，汝等龙性卒暴，嗔恚无常，或能杀我。答言不尔，前人系我，我力能杀彼，但以受布萨法故，都无杀心，何况天今施我寿命而当加害。若不去者，小住此中，我今先入，拼挡宫中。即便入去，是龙门边见二龙系在一处。见已商人问言，汝为何事被系。答言，此龙女半月中三日受斋法，我弟兄守护此龙女不坚固，为离车所捕得，以是故被系，唯愿天慈语令放我。此龙女若问欲食何等食者，龙宫中有食，尽寿乃能消者。有二十年消者，有七年消者，有阎浮提食，若索者当索阎浮提人间食。龙女拼挡已，即便呼入，坐宝床褥上。龙女白言，天今欲食何等食，为欲食一食尽寿乃至。答言，欲食阎浮提人间食。即持种种饮食与。问龙女言，此何故被系。龙女言，天但食用问为，不尔我要欲知之。为问不已，即语言，此人有过，我欲杀之。商人言，汝莫杀。不尔要当杀之。商人言，汝放彼者我当食耳。白言，不得直尔放之，当罚六月摈置人间，即罚六月人间。商人见龙宫中种种宝物庄严宫殿，商人问言，汝有如是庄严，用受布萨为。答言，我龙法有五事苦。何等五，生时龙，眠时龙，淫时龙，嗔时龙，死时龙。一日之中三过，皮肉落地热沙爆身。复问，汝欲求何等。答言，我欲求人道中生。所以者何，畜生道中苦不知法故，我已得人身应求何等。龙女言，出家难得。又问，当就谁出家。答言，如来应供正遍知今在舍卫城，未度者度，未脱者脱。汝可就出家。便言，我欲还归。龙女即与八饼金。语言，此是龙金，足汝父母眷属终身用不尽。语言，汝合眼，即以神变持着本国。行伴先至，语其家言，入龙宫去，父母谓儿已死，眷属宗亲聚在一处悲啼哭。时放牧者及取薪草人，见已先还语其家言。某甲来归，家人闻已，即大欢喜，出迎入家。入家已为作生会，作会时以八饼金持与父母。此是龙金，截已更生，尽寿用之不可尽也。唯愿父母听我出家，其父母不放。即便走诣祇洹精舍，比丘即度出家。①

---

① 东晋天竺三藏佛陀跋陀罗共法显译。收入《大正新修大藏经》第二十二卷，日本大正一切经刊行会1926年版，第488页下栏—489页上栏。另可参见《太平广记》卷四二〇《龙三》。

《今昔物语集》的那则说话显然就是这一故事的改编本，情节上有一些增删，将故事植入当时的日本生活背景，又结合日本自古以来即很盛行的蛇精化人传说，将龙女改成蛇女。其实汉译佛典中的龙往往就是蛇，所以这一改变反而恢复其原貌了。

五、女子贪金死后化蛇故事

《今昔物语集》卷第十四第四话　女依法华力脱蛇身生天的故事

故事大意：从前，圣武天皇召幸某女子之后，赐给她千两黄金。后来这女子临终留下遗言：让人们将这一千两黄金放入她的坟墓。人们按照她的话做了。当时东山附近有一座石渊寺，凡参拜的人都会死去，所以没有人前去参拜，人们都觉得这事不可思议。有一位吉备大臣想了解事情真相，便半夜时分独自一人进入该寺，在佛像前静坐。夜深时分突然起了一阵风，好像有什么怪物要出来了。大臣端坐念咒。只见一位美丽非凡的女子朝他走来，借着灯光望去，有些令人感到恐惧。女子坐下后对大臣说：自己长年来此佛堂，但人们见到她后便惊恐死去，大臣却一点也不害怕，让她很高兴。大臣问她有什么心愿，女子说她生前蒙天皇召幸，被赐千两黄金，死后将黄金葬入墓穴。因为对于黄金的这一执着，死后化为毒蛇，围在墓旁守护这些金子，无论过多少年，都无法摆脱蛇身，忍受着无尽的痛苦。所以她请求大臣将黄金挖出，用其中的五百两为她书写供养《法华经》，以解除她的痛苦。大臣答应了她的请求，女子高兴地离开了。此后大臣召集很多人掘开女子的墓穴，忽然看见土中盘着一条大蛇，见到大臣便爬走了。大臣取出黄金，全部用来书写供养《法华经》。后来大臣梦见那个女子穿着华美的衣衫走来告诉他，说她已经脱离蛇身转生兜率天。这件事确实发生过并被记录下来。

　　没有人指出这个故事的出典和同话。但有日本学者指出《今昔物语集》卷十四第一话"为救无空律师枇杷大臣写法华的故事"作为这故事的类话，该故事大意是：比睿山的无空律师一生勤勉修行，期待往生极乐。但因为偶尔得到一万钱，就藏在僧房天井上，准备将来作为自己的丧葬费。结果临终时将此事忘记了。死后转生为蛇，饱受痛苦。他向枇杷大臣托梦，请他用那些钱书写供养《法华经》，将自己从痛苦中拯救出来。大臣找到那些钱，发现钱上缠着一条蛇，见到人就溜走了。大臣用这些钱写经供养后，又梦见律师在梦中相告，说他已经往生极乐。其实，这故事的类话在《今昔物语集》中还可以找到好几个，比如：《今昔物语集》卷第二十第二十三话"比睿山横川僧转生为小蛇的故事"（比睿山僧人临终前突然看到旁边架子上的醋瓶，心想谁会来保存这个瓶子呢？结果死后就转生为一条小蛇，盘在瓶子里。他托梦给弟子，让他们用瓶子做布施供养经文，因此而往生极乐）。第二十四话"奈良马庭山寺僧依邪见转生为蛇的故事"（僧人因为执着于三十贯钱，死后转生为毒蛇；人们都说：如果他用这些钱来供养三宝，多积功德，怎么会转生为蛇呢）。卷第十三第四十二话"六波罗僧讲仙闻说法华得益的故事"（京城东边六波罗蜜寺僧讲仙在僧房前种了一棵橘树，经常护理欣赏此树，因为这点爱执之过，死后转生为蛇，住在那棵橘树下。他的灵前来请寺中僧人为他书写《法华经》供养，他因此得以脱离蛇身，往生净土）。第四十三话"女子死受蛇身闻说法华得解脱的故事"（从前，京西有户富贵人家的女儿，多才多艺，很受父母宠爱。这女儿生前极其喜爱红梅，达到痴迷的程度，结果后来不知为何烦恼而死，父母到红梅树下思念女儿，结果看到树下有一条小蛇。第二年春天这小蛇又出现了，缠在树上不肯离去，等红梅飘落的时候，又用嘴把花瓣堆积到一起。父母这才明白这蛇是女儿转生的，于是请来著名高僧，在树下讲《法华经》，那条蛇就在树下死去了。不久父母梦见女儿脱离蛇身，往生净土）。卷第十四第三话"纪伊国道成寺僧写《法华》救蛇的故事"（这是一个著名的故事：有一老一少两个僧人去熊野参拜，年轻的那个在途中被一位女子所爱恋，不愿放他离去。年轻僧人就骗女子说参拜完了再来相会。但他没有遵守诺言。女子万分愤怒，变成一条大蛇，用它的毒焰把年轻僧人烧成灰烬。年轻僧人死后也变成了蛇，他请一位法师为他们书写供养《法华经》的"如来寿量品"，最终得以脱离蛇身，往生善所)。这些类话的直接来源有的是《大日本国法华经验记》①(卷第十四第一话、第三话，卷第十三第四十二话)，有的出自《日本灵异记》(卷第二十第二十四话)，其余的出处不详。这些故事的基本情节和主题的相似性乃是显而易见的，尤其是因为对金钱的贪婪而死后转生为蛇的故事最为多见。笔者认为，其实这些故事都有另外一个共同的源头，那就是汉译佛典。比如《贤愚经》卷第三(一八)七瓶金施品第十八(丹本为二十三)中就记载着这样一个故事：

(一八)七瓶金施品第十八(丹本为二十三。以下引文头尾有删节)

佛告阿难：过去久远，无数无量不可思议阿僧祇劫。此阎浮提，有一大国，名波罗柰。时有一人，好修家业，意偏爱金。勤力积聚，作役其身，四方治生，所得钱财，尽用买金。因得一瓶，于其舍内，掘地藏之。如是种种，勤身苦体，经积年岁，终不衣食，聚之不休，乃得七瓶，悉取埋之。其人后时，遇疾命终。由其爱金，转身作一毒蛇之身，还其舍内，守此金瓶。经积年岁，其舍摩灭，无人住止。蛇守金瓶，寿命年岁，已复

---

① 此书约成于1040—1044年之间，分为上、中、下三卷，以汉语文言文撰写。收入《日本思想大系7》，井上光贞、大曾根章介校注，东京岩波书店1974年版。

向尽。舍其身已,爱心不息,复受本形,自以其身,缠诸金瓶。如是展转,经数万岁。最后受身,厌心复生。自计由来,为是金故,而受恶形,无有休已。今当用施快福田中,使我世世蒙其福报。思惟计定,往至道边,窜身草中,匿身而看,设有人来,我当语之。尔时毒蛇见有一人顺道而过,蛇便呼之。人闻唤声,左右顾望,不见有人。但闻其声,复道而行。蛇复现形,唤言咄人,可来近我。人答蛇言:汝身毒恶,唤我用为?我若近汝,傥为伤害。蛇答人言:我苟怀恶,设汝不来,亦能作害。其人恐惧,往至其所。蛇语人言:吾今此处,有一瓶金,欲用相托供养作福,能为之不?若不为者,我当害汝。其人答蛇:我能为之。时蛇将人,共至金所,出金与之。又告之曰:卿持此金,供养众僧。设食之日,好念持一阿输提来,取我舁去。其人担金,至僧伽蓝。付僧维那,具以上事,向僧说之。云其毒蛇,欲设供养,克作食日。僧受其金,为设美膳。作食日至,其人持一小阿输提,往至蛇所。蛇见其人,心怀欢喜。慰喻问讯,即盘其身,上阿输提。于是其人,以叠覆上,担向佛图。道逢一人,问担蛇人:汝从何来?体履佳不?其人默然不答彼问。再三问之不出一言。所持毒蛇,即便嗔恚,含毒炽盛,欲杀其人，还自遏折。复自思念：云何此人，不知时宜。他以好意，问讯进止。郑重三问，无一言答。何可疾耶？作是念已，毒心复兴，隆猛内发，复欲害之。临当吐毒，复自思惟：此人为我作福，未有恩报。如是再三，还自奄伏。此人于我，已有大恩。虽复作罪，事宜忍之。前到空处，蛇语其人：下我著地。穷责极切，嘱戒以法。其人于是，便自悔责。生谦下心，垂矜一切。蛇重嘱及：莫更尔耶。其人担蛇，至僧伽蓝，著众僧前。于时众僧，食时已到，作行而立。蛇令彼人次第赋香，自以信心，视受香者。如是尽底，熟看不移。众僧引行，绕塔周匝。其人捉水，洗众僧手。蛇怀敬意，观洗手人，无有厌心。众僧食讫，重为其蛇，广为说法。蛇倍欢喜，更增施心。将僧维那，到本金所。残金六瓶，尽用施僧。作福已讫，便取命终。由其福德，生忉利天。①

可以看到，以《今昔物语集》卷第十四第四话为代表的这一类故事的原型就在此处。另外，卷第十四第四话的前半部分类似于《冥报记》卷中《隋大业客僧》：

隋大业中，有客僧行至泰山庙，求寄宿。庙

---

① 元魏凉州沙门慧觉等在高昌郡译，收入《大正新修大藏经》第四卷，日本大正一切经刊行会1924年版，第369—370页。

令曰:"此无别舍,唯神庙庑下可宿,然而比来寄宿者辄死。"僧曰:"无苦也。"令不得已从之,为设床于庑下。僧至夜,端坐诵经。可一更,闻屋中环佩声。须臾神出,为僧礼拜。僧曰:"闻比来宿者多死,岂檀越害之耶?愿见护。"神曰:"遇其死时将至,闻弟子声,因自惧死,非杀之也。愿师无虑。"僧因延坐,谈说如人……①

因为生前恶业而死后转生为动物的观念渊源于佛教,这在印度、中国、日本的佛教故事中都已经屡见不鲜了。但中国和日本的这一类故事侧重点略有不同。中国的冥报类故事比较多地表现因为生前欠债或盗用他人之物而转生为牛或羊(参见《冥报记》中的《唐韦庆植》《隋洛阳人》《隋卞士瑜》《唐长安市里》等篇;另外,《太平广记》卷一三四所收录的十七则故事都属此类),因为贪吝执着而转生为蛇的故事笔者只见到一篇《华严和尚》(出《原化记》,《太平广记》卷九四引,云神秀弟子华严和尚道行高深,但因为一个沙弥吃饭时向他借钵,他先是吝惜不愿借,后来借给人家了,又一再催人归还。那沙弥不慎将钵打碎了,华严和尚竟嗔怒而死,死后变成大蟒,要吞食那个沙弥。幸亏神秀为之禁戒,令其脱离蛇身,转生为人)。日本的这类故事有一种题材为

---

① 方诗铭辑校《冥报记·广异记》,中华书局1992年版,第18页。另可参见《太平广记》卷九九。

中国所无，那就是因为对某事物（往往是无端的小事或无意义的事物）的爱执或牵念而死后转生为蛇，比如因对于醋瓶、橘树、红梅这类事物的爱执而导致转生为蛇。这表示世人必须破除任何贪恋执着才能修成善果，往生极乐，而这乃是非常符合佛教教义的。这也说明平安时代的说话作家（很可能是僧人）对这一佛教教义具有深刻的理解。

六、两相通梦的故事

《今昔物语集》卷第三十一第九话　常澄安永于不破关梦在京妻的故事

故事大意：从前，有个叫常澄安永的人，是某亲王的下级家臣。他去上野国为亲王收租，过了几个月才返回京城，在美浓国的不破关投宿。他有个年轻的妻子在京城，他对她十分想念。这天夜晚他睡着后，梦见有个人举着松明从京城方向走来，仔细一看，原来是一个年轻人带着他正思念着的妻子来了。他们进入了安永隔壁的屋子。安永十分吃惊，从墙缝偷看，见年轻人跟妻子坐在一起，妻子开始拿锅做饭，然后两人一起吃饭。吃完饭两人拥抱着睡下了。安永看了不由妒火中烧，跳了过去，见灯火灭了，人也消失了。这时，他从梦中醒来，心中感到万分不安，便昼夜兼程赶回家中，却见妻子安然无恙。妻子对安永说：昨天夜里做梦，梦见被一个年轻人带到一个陌生的地方，进到一个空屋子里，开始做饭，和年轻人吃完饭，两人躺下了。这时你突然出来了，年轻人和我都很惊慌。梦醒后正在为你担心的时候，你就回来了。安永说：我也做了同样的梦，所以急忙赶回来了。夫妻二人同时做了同样的梦，真是少有的事。是因为相互挂念才做了这样的梦吧？也许是魂来见到了吧？

第十话　尾张国勾经方梦中见妻的故事

故事大意：从前，尾张国有个勾经方，他有个相伴多年的妻子，还有一个相爱的女子，二人经常幽会。妻子对此嫉妒得发狂。有一次，勾经方有事上京城，临行前很想去见那个女子，但又害怕妻子吃醋，便撒谎说要到国守府去办事。经方跟那女子躺在一起说完话就睡着了，这时他梦见妻子飞快地跑到这里，破口大骂，插进两人中间。这时梦醒了。经方惶恐不安，急忙回到家里，一边收拾东西一边跟妻子说话。他看见妻子的头发一会儿唰地立起来，一会儿唰地落下，觉得很害怕。这时妻子说梦见他去跟那女人幽会了。两个人所说的话妻子都原原本本地复述出来，然后妻子说自己插进二人中间，二人都很惊慌。所有的情形都跟勾经方梦见的一模一样。他惊呆了，后来跟别人说起过此事。看来只要一心一意地想着，一定会做这样的梦。人们说：嫉妒罪孽深重，一定会转生为蛇。

关于这两个故事的"出典"和"同话"，整理研究《今昔物语集》的学者都未予指明。而他们所指明的"类话"

(《今昔物语集》卷二十八第十二话,卷二十九第十三、第十四话,卷二十七第二十话)都是关于嫉妒的妻子的故事,跟梦都没有关系。笔者只看到中村格在《魂的飞游与梦的世界》一文指出:白行简的《三梦记》的第一梦与此类似[①],这一说法虽早已提出,但并没有被《今昔物语集》的整理者们所注意并加以采纳。不过,笔者以为,中村格虽然指出了以上两话的出典,但他的这一说法并不十分准确。比较准确的说法应该是:以上两话乃是《三梦记》的第一梦与第三梦的结合体,是融合二者而写成的。兹先引《三梦记》第一梦、第三梦原文如下(第二梦略去)[②]:

> 人之梦,异于常者有之:或彼梦有所往而此遇之者;或此有所为而彼梦之者;或两相通梦者。天后时,刘幽求为朝邑丞。尝奉使,夜归。未及家十余里,适有佛堂院,路出其侧。闻寺中歌笑欢洽。寺垣短缺,尽得睹其中。刘俯身窥之,见十数人,儿女杂坐,罗列盘馔,环绕之而共食。见其妻在坐中语笑。刘初愕然,不测其故久之。且思其不当至此,复不能舍之。又熟视容止言笑,无异。将就察之,寺门闭不得入。刘掷瓦击之,中其罍洗,

---

[①] 参见《国文学 解释与鉴赏》第42卷10号,日本至文堂1977年版,第121页。
[②] 依《鲁迅辑录古籍丛编》第二卷《唐宋传奇集》,人民文学出版社1999年版,第99—100页。

破迸走散，因忽不见。刘逾垣直入，与从者同视，殿庑皆无人，寺扃如故，刘讶益甚，遂驰归。比至其家，妻方寝。闻刘至，乃叙寒暄讫，妻笑曰："向梦中与数十人游一寺，皆不相识，会食于殿庭。有人自外以瓦砾投之，杯盘狼藉，因而遂觉。"刘亦具陈其见。盖所谓彼梦有所往而此遇之也。

贞元中扶风窦质与京兆韦旬同自亳入秦，宿潼关逆旅。窦梦至华岳祠，见一女巫，黑而长。青裙素襦，迎路拜揖，请为之祝神。窦不获已，遂听之。问其姓，自称赵氏。及觉，具告于韦。明日，至祠下，有巫迎客，容质妆服，皆所梦也。顾谓韦曰："梦有征也。"乃命从者视囊中，得钱二镮，与之。巫抚掌大笑，谓同辈曰："如所梦矣！"韦惊问之，对曰："昨梦二人从东来，一髯而短者祝酹，获钱二镮焉。及旦，乃遍述于同辈。今则验矣。"窦因问巫之姓氏。同辈曰："赵氏。"自始及末，若合符契。盖所谓两相通梦者矣。

由此可以清楚地看到，白行简所讲述的第三梦乃是所谓"两相通梦者"，亦即两个人做了完全相同的梦（这类故事在魏晋隋唐小说中很常见）。《今昔物语集》中那两个故事显然也是夫妻两人做了完全相同的梦，这跟第三梦的类型是十分吻合的。但这两个故事的题材（尤其是常澄安永的故事）则跟第一梦相似：都是讲丈夫远行返家途中发生的事。但《三梦记》则是说妻子做了梦、丈夫在寺庙里看见了妻子的这个梦，这跟常澄安永的故事又不太一样。因此，我们应该说：常澄安永的故事乃是融合《三梦记》的第一梦与第三梦而写成的，勾经方的故事则主要接近第三梦。《三梦记》的第一梦是个极为奇特的故事，将虚幻的梦写成别人可以看到的景象，因此在唐代很受人关注，中唐时期还有两位文人专门模仿这个梦写作了两篇传奇：这就是《太平广记》卷二八一的"独孤遐叔"（出《河东记》）、卷二八二的《张生》（出《纂异记》），都表现外出归来的丈夫看到妻子的梦境。很显然，《三梦记》在平安时代也已经传入日本，日本的作家则对第三梦更感兴趣，因此加以模仿。

七、与诵经有关的前生谭

《今昔物语集》卷第十四第十五话　越中国僧海莲持法华知前世报应的故事

故事大意：从前，越中国有位僧人叫海莲，从年轻时就诵读《法华经》，他能背诵出自序品到观音品的二十五品，但剩下的三品却无论如何也记不住。有一天晚上，他梦见有个菩萨模样的人来告诉他：他前身乃是蟋蟀，居于僧房的墙中，听僧人念诵了《法华经》的卷一到卷七的经文，以及卷八的第一品。然后僧人去沐浴，回来倚墙小憩时正好压住了蟋蟀的头，蟋蟀就死了。因为听了二十五品经文的功德，所以今生得以转生为人，并出家为僧。因为前生没有听到其余三品，所以今生无法记住。僧人得知前生因缘之后，更加专心诵经修行。

此外，《今昔物语集》卷十四第十六话"元兴寺莲尊持法华经知前世报应的故事"，第十七话"金峰山僧转乘持法华知前世的故事"，第十八话"僧明莲持法华知前世的故事"，都讲述了跟第十五话大致相同的故事。日本学者已经指明这四个故事的出典都是《大日本国法华经验记》[①]，但没有人指出比这更早的渊源。根据笔者所见，这个故事类型的部分情节最早可能见于《冥报记》卷中的《隋崔彦武》[②]，今据《太平广记》卷三八七所载《崔彦武》(注出《冥杂录》)条引录如下：

> 隋开皇中，魏州刺史博陵崔彦武，因行部至一邑，愕然惊喜。谓从者曰："吾昔常在此中为妇人，今知家处。"因乘马入修巷，屈曲至一家，命叩门。主人公年老，走出拜谒。彦武入家，先升其堂，视东壁上，去地六七尺，有高隆处。客谓主人曰："吾者所读《法华经》并金钗五只，藏

[①] 这四个故事依次出自该书卷下第八十九、卷中第五十八、卷下第九十三、卷中第八十。
[②] 参见揭方诗铭辑校《冥报记·广异记》，第17页。

此壁中高处是也。其经第七卷尾后纸，火烧失文字。吾今每诵此经，至第七卷尾，恒忘失，不能记得。"因令左右凿壁，果得经函，开第七卷尾及金钗，并如其言。主人涕泣曰："己妻存日，常诵此经，钗亦是其物。"（"物"原作"处"，据明抄本改）彦武指庭前槐树："吾欲产时，自解发置此树空中。"试令人探树中，果得发。于是主人悲喜。彦武留衣物，厚给主人而去。

此文包含因前生因缘而忘记经文的情节，但尚未出现前生为动物、因闻诵经而今生转生为人的情节，也没有出现梦见菩萨告知前生因缘的情节。但这些情节到唐代僧详所撰的《法华传记》中就已经出现了（此书大概成于唐玄宗时期，但具体年代不详）。《法华传记》转引盛唐以前诸多有关《法华经》的资料，其中有些篇目即来自《冥报记》，如其卷七《隋魏州彦武（三）》即如此，而其卷九《长安县尉范良子（六）》就包含那些在《崔彦武》中尚未出现的内容[①]：

长安县尉范良，家大富无继子，祈长沙灵像，生一男子。生便发言，至三岁方辨世俗言词，识知书典文，人皆谓神儿。无师自然诵通《法华经》

---

① 《隋魏州彦武》《长安县尉范良子》两篇均见《大正新修大藏经》第五十一卷所收《法华传记》，日本大正一切经刊行会1928年版，第78、89页。

第三、第四两卷，余不能诵。父母亡死，厌世出家，名曰法辩。深解两卷义趣，余未明了。蔬食苦节，若诵若解。唯有二卷，不假功用。辩情怀疑网，欲知先业，祈誓多日，感梦云："前世罪业受鼠身，在逍遥园中，入翻经馆，闻《法华经》第三、第四，余未闻间，诸僧驱出。以彼闻法改报，生人间为男子。前已闻故，自然解了。余未闻，无宿因故，不能诵得，亦不解义。今身修行，将来得悟。勤行受持，暂时不废。亿亿万劫，得闻是经，努力莫空过。"辩流泪悔过自责矣。

前述《今昔物语集》卷十四的四则"前生谭"显然乃是模仿这个故事写成的。不过，《法华传记》这部书何时传来日本，目前还缺乏确切证据。但我们可以推测此书极有可能在平安时期已传入日本，并对《大日本国法华经验记》一书的写作产生过直接影响。这从二者的书名以及内容的相通性就可以看出来。但令笔者感到惊奇的是，日本学者似乎对《法华传记》这部书并未给予多少注意，与此有关的论著寥寥无几。最后，需要提及《日本灵异记》卷上"忆持法华经现报示奇表缘第十八"这一则故事[①]，其基本情节模仿《崔彦武》，但具备《崔彦武》文所没有的梦告前缘的情节，由此似乎可以猜测这一故事的作者已经看到过《法华传记》中

---

① 参见田中祝夫校注译《日本灵异记》，日本小学馆1975年版，第101页。

的《范良子》故事。

八、为学习魔术或幻术接受考验的故事

《今昔物语集》卷第二十第十话　阳成院时代泷口金使出行的故事

故事大意：从前，阳成院天皇时代，一个泷口的武士往陆奥国运黄金，投宿在信浓国的郡司家里。武士趁着郡司离家的时候闯进郡司妻子的卧室，正要跟她亲热时，发现阳具不见了。武士大吃一惊，只得回到自己寝室。他让其他几位侍从去做同样的事，结果他们也都发生了同样的事。第二天，武士带着侍从离开郡司家时，郡司的仆人拿着一个纸包，将他们丢失的东西送还。从陆奥国返回的路上，武士又来到郡司家里，送给郡司很多礼物，请求郡司教给他偷取阳物的方法。郡司答应了，让武士守戒精进七日，然后带他来到一条河边，对他说自己去河的上游，让武士看到有任何东西从河上漂来时，不管是神是鬼，都要一把抱住。过了一会儿，河上游处的天空出现阴云，雷声轰鸣，风雨大作，河水上涨，一条一抱粗的大蛇漂来，两眼如铜碗一般闪闪发光，脖子呈红色，后背闪着蓝光。武士看到这恐怖的景象，吓得一下趴在草丛里。这时郡司出现了，问武士抱住了吗？当得知武士因害怕没有抱住大蛇时，郡司说：如果这样，那你没法学会这法术。不过，可以再试一次。不一会儿，武士又看

到一头凶猛的野猪飞跑过来,石头乱滚,冒着火星。武士虽然很害怕,但还是一把抱住野猪。这一瞬间,他发现自己抱住的原来是一段三尺长的松木。郡司因此教给他把一样东西变成另一样东西的法术。比如可以将鞋子变成小狗或鲤鱼。后来天皇闻听此事,还把武士召去,跟他学法术。不过,故事的讲述者反对人们学习这种违背佛法的外道邪术。

日本学者指出此话类似唐代小说《杜子春》[①],窃以为不仅仅如此。从郡司以幻术考验武士的方面而言,确实有些类似《杜子春》。不过二者还是有所不同:《杜子春》中的幻境乃是妖魔鬼怪制造的真正的幻术,而泷口武士故事中的幻术其实是一种障眼法,即看起来是某个东西的事物,其实却是另外一个东西,比如看起来是头野猪,其实却是一根松木。这种障眼法应该是来自魏晋道教传说。如《神仙传》中的《壶公》(《太平广记》卷十二,出自《神仙传》),讲述仙人壶公为了让费长房顺利离家学道,给了他一根青竹杖,放在床上后悄然离家。家人则看见长房尸体在床,哭着将其埋葬,后来才发现埋的是一根青竹杖。壶公也设置了一些可怕的场景对费长房进行考验,比如把他放到老虎群里,又带他到一个石洞,在他头顶用茅草绳悬一块巨石,很多蛇来咬绳子,但他都不害怕。最后让他吃屎,他表示为难,于是未能

[①] 《太平广记》卷十六载,注出《续玄怪录》。但有中国学者认为当出自《玄怪录》,参见李剑国《唐五代志怪传奇叙录》,南开大学出版社1993年版,第612页。

学得仙道。又如《蓟子训》(《太平广记》卷十二)中,仙人蓟子训故意失手摔死邻家的婴儿,邻家不敢表示悲哀,把死婴儿埋了。几天后,蓟子训给他们抱回一个活婴儿。这家人去打开棺材一看,发现里边是个泥孩儿。至于考验的情节,还可以在《张道陵》(《太平广记》卷八)、《李八百》(《太平广记》卷七)中看到,有些考验也是通过幻术来实行的。这些故事可能都对泷口武士的故事发生过影响。

《今昔物语集》卷第二十第九话　祭天狗法师令男习术的故事

　　故事大意:从前,京城有位以幻术为业的法师,他能将木屐或草鞋变成小狗,或从怀里变出一只狐狸,或者从马的屁股钻进去,再从口里爬出来。法师隔壁的一个年轻男子找到他,恳求他教自己学习这种法术。法师没有立即答应他,而是让他先在七天内严守禁忌、努力精进,然后准备一个干净的新木桶,装上什锦斋饭,跟法师去一个清静神圣的地方,才能学习法术。到了第七天,男子按照法师吩咐的做好准备,临行前,法师告诫他如果诚心想学法术,那么去的时候身上绝不可以带刀具。男子口头上很爽快地答应了,可心里却想:不让带刀真是很奇怪。如果因为不带刀而发生什么怪事,岂不是很愚蠢?于是他偷偷将一把小刀磨快,藏在身上。法师带着男子向着遥远的山里走去,来到一座威严的寺院前面。一个年老的尊贵僧人出来迎接他们,他接过男子手中的木桶，然后问道：是不是带了刀呀？男子说：绝对没带。老僧叫来一位年轻僧人，让他搜查男子。男子心想：如果搜出刀，他们会杀死我，同样是死，不如拽上这老僧一起死。于是，当年轻僧人走上前来的一刹那，男子突然从怀中拔出藏着的利刃，朝站在台阶上的老僧刺去，可老僧倏地一下就不见了。男子再一看，连僧房也不见了。他惊异地环顾四周，发现自己站在一间宽敞的佛堂中，带他来的那位法师拍着手，后悔不已地说：你到底是把我给毁了呀！男子仔细打量四周，发现自己并没有离开京城多远，而是站在一条（指京都的街道）和西洞院交会的大峰寺。男子茫然地回家，法师也哭着回去了，不久法师就死去了。像他这样修习幻术的人实际上犯了深重的罪孽。

这个故事跟前述武士的故事非常类似，都是讲一个人为了学习幻术而接受考验的事，但考验的具体方式颇为不同。在这里，法师一再叮嘱男子遵守不要带刀的禁戒，然后带着他去一个所谓清静神圣之所。但男子没有遵守禁戒，当他担心受到惩罚而进行反抗时，眼前的情景突然消失了，发现自己还待在一个熟悉的所在。因为他不受禁戒，不但没有学到法术，法师也因此而死去了。日本学者指出这故事的类话为《今昔物语集》卷二十七第十八话"鬼现板形来人家杀人的故事"，讲述一个木板形的怪物将武士压死的事，跟这个学幻术的故事其实并无明显相似之处。笔者以为：这个故事（即《今昔物语集》卷第二十第九话）倒是很类似《杜子春》①,即都是主人公为了达到某一目的需要遵守某个禁忌(杜子春被要求一夜中遇到任何情况都要保持沉默),接下来便要接受幻境的考验(杜子春经受了一系列更为复杂可怕的幻境的考验),但他没能经受住这些考验,于是幻境消失,他才发现原来面对的考验全都是虚幻的。但这时已经造成无法挽回的严重后果。这一基本情节框架的最早渊源在于《大唐西域记》卷七的《烈士池》,在唐代小说中有不少类似的模仿改写之作(除《杜子春》之外,还有《萧洞玄》《韦自东》《顾玄绩》等②),而且禁忌与幻境的具体内容都大体接近原作,但叙事技巧发生了很大变化。《今昔物语集》的这个故事跟《烈士池》或《杜子春》相比,除整体情节框架类似之外,变化则更大,连禁忌与幻境的具体内容都不一样了。不过,这个故事中进入和脱离幻境的过程更像做梦和梦醒的过程,尤其是进入幻境时令人不知不觉:我们完全不知道那个男子跟着法师一路行走,从什么时候开始进入了幻境,直到最后我们才知道他进入了幻境。这一感觉特别奇妙(从这一角度而言,前述《今昔物语集》卷第二十七第四十一话可视为此话的类话)。这跟魏晋隋唐的梦幻类志怪传奇颇有些类似(梦幻类作品笔者在拙著《唐代非写实小说之类型研究》中进行过专门探讨,请参见,此处不再赘述)。不过尽管如此,《今昔物语集》的这则故事还是具备明显的

---

① 参见《太平广记》卷十六,源于《大唐西域记》卷七《烈士池》。
② 依次见于《太平广记》卷四四、卷三五六,《酉阳杂俎》续集卷四"贬误"。

创造性。后来日本现代作家芥川龙之介的小说《魔术》也写到过类似幻境，那里边的魔术师是个印度人，这个印度人让作为主人公的"我"不知不觉进入了幻境，又忽然脱离了幻境。芥川曾深受《今昔物语集》影响，但在他看来，那种奇妙幻术的发源地似乎是在印度。

通过以上的论考，我们可以看到：除去日本学者已经指明的那些作品之外，《今昔物语集》中还有一些故事接受过魏晋隋唐小说的直接或间接影响。这种影响关系往往并不那么明显，而且缺乏文献上的明确依据，需要通过对故事情节以及表现手法的仔细比较和分析才可以被发现。这些影响有时发生在整体故事情节层面，更多的则是发生在一些情节要素层面。而且这种影响一般都与变异相伴随，也就是说，那些来自魏晋隋唐小说的情节因素已经融入了日本的历史与文化背景之中，这正如盐溶于水之后，要再将水中的盐离析出来，是一件颇不容易的事。此外，通过以上论考，我们还可以大胆地猜测：在当年的中日文化交流史上，志怪传奇这一类作品曾经以某种方式大量传入日本，只不过跟在中国一样，它们并没有获得多大的重视，因而也没能留下足够的文献记载，以致我们今天只能从受过它们影响的日本文学作品中去捕捉其吉光片羽了。最后，通过对那些彼此类同的中日小说作品的比较研究，我们还可以进一步考察两个民族不同的艺术思维方式与审美观念，但这一问题已非本文所能容纳，只能另作讨论了。

试论日本文学中『变形』题材作品的因袭与创造
——兼论其与中国古代『变形』题材小说的关联

一、引言

在"变形"母题这一特定领域，日本文化和文学跟中国文化和文学有着极大的相似处，比如关于变形的两种最基本的类型——由人变成动物以及由动物变成人，两国的情况即十分相似：两类变形形式都曾大量存在，而且后者（由动物变成人）在数量上占了绝对优势。而其他文化圈（比如欧洲、南亚、中亚）则主要只存在从人向动物变形这一种类型，另一种类型则比较少见。对此中日两国学者的看法基本是一致的（日本学者的研究可参见中村祯里的《日本人的动物观——变身谭的历史》）。日本变形母题故事或作品跟中国的这种类似性在一定程度上与其受到中国变形母题的影响有关，对此中村祯里教授在《日本人的动物观》一书中即曾多次提及。比如她在该书第二章的"概要"部分指出："在八世纪初期，还不存在秉持狐狸始祖传说的大豪族，但最晚到九世纪初，跟狐通婚的异类婚姻谭在日本出现了。这一机缘的出现，可能是由于有的地方豪族从大陆归化移居日本。"①接着该书又指出:"此后的中古时期(794—1192,大致为平安时代),中国的狐妖谭明显混入,日本中部的狐妖故事达到最高潮。"②该书第三章"概要"部分论及日本中世(1192—1603,大致相当于镰仓、室町、安土桃山时代)说话时则又指出:"(日本的)变形故事,在继承日本古代神话以及中古时传入日本的佛教说话传统之后逐步开始自立。因此,与变形有关的动物的种类也变得多样化。变成人的动物如狸、老鼠、鸟、蛤蜊等登场了。人所变成的动物,除马、鸟、虫子跟以前相比显示出更大势力之外,黄鼠狼、老鼠、鼹鼠等新面孔也出现了。"③中村教授的这些论述揭示出一些重要的历史事实,但因为她的论述颇为分散而且比较关注某些特定方面,容易让人发生误解,或者说她的论述本来就有些不够全面。事实上,从奈良、平安时代开始,陆续传入日本的中国变形故事或作品远不止狐妖谭或者佛教说话,而是包括非常丰富的种类,这从《善家秘记》《日本灵异记》《今昔物语集》等日本古代文献中即可找到大量证据(参见拙文《汉魏六朝隋唐小说在日本的传播与接受论考》)。而日本变形题材文学的逐步自立则未必要等到中世时期才实现。在笔者看来,所谓文学的自立跟接受外来影响并不矛盾,在接受

---

① 中村祯里《日本人的动物观——变身谭的历史》,东京海鸣社1984年5月版,第115页。
② 中村祯里《日本人的动物观》,第116页。
③ 中村祯里《日本人的动物观》,第182页。

外来影响的同时所表现出来的独创性都可被视为文学自立的表现。事实上，日本的变形题材文学从平安时代以来（以《今昔物语集》为代表），在接受中国影响的同时也表现出明显的独创性。在此，笔者所感兴趣的也正是这样的独创或自立。而且，十分独特的一点还在于：变形题材文学这一传统在日本连绵不绝，一直延续到现代，成为日本现代文学史上比较引人注目的现象。而在变形文学传统原本十分深厚的中国，自从进入民国以后，这一传统却逐渐式微，在现代文学中基本消失了。我们很难用西方现代科学理念的影响来解释这一现象，因为在日本也发生过同样的历史进程，比如日野岩教授的《动物妖怪谭》一书即运用现代科学的眼光去重新审视日本古代的动物或人类变形传说，对其加以科学的解释。①但这并没有妨碍现代日本作家继续运用变形这一古老题材进行再创作。造成中日之间这一差异的原因究竟何在，笔者目前尚觉难以解释。

二、日本古代"变形"题材作品的因袭与创造

关于日本古代的变身（即变形，本文将同时使用这两个术语）谭以及变形观念，日本学者已有过十分细致的研

---

① 参见《动物妖怪谭》，1979 年有明书房改订再版（1926 年养贤堂初版），第 26、27 页。此外，作者还在每一节末尾对各种传说中的妖怪加以科学的解释。

究，在此笔者仅依据中村祯里教授的《日本人的动物观——变身谭的历史》以及冈田充博教授的《〈板桥三娘子〉考（五）——日本の変身譚のなかで》对其主要观点加以概述[①]：在日本古代早期文献中，从人向动物的变形占大多数。但后来从动物向人的变形大大地增加了，甚至超过了从人向动物的变形。上古的动物神和人格神有时包含精灵的要素，其变形与后代单纯以人和动物为主人公的变形有本质不同。早期作为少数派的从动物向人的变形基本上都是动物为了与人类通婚而发生的，变形的雄性动物主要限于蛇，雌性动物主要限于鳄（都是爬行类动物），这是日本这一类变形的基本特征。这些主要记载于《古事记》《日本书纪》中的变形神话中的动物（或动物型的神）都还未丧失其神性。后来从中产生出大量表现异类婚姻谭的说话和故事（昔话）。早期作为多数派的从人向动物的变形则呈现出多样化的形态，人变成的动物种类涉及蛇、龙、鳄、龟、猪、熊、犬、鸟等，其变形的意味则包括异化（一般指人在非正常死亡后变成蛇、鳄鱼等动物）、升华（人死后变成天鹅等鸟类，中村教授认为这几乎是日本独有的变形类型）、加害（为了给人以危害而变成动物）、利便（为了获得某种便利而变成动物，比如为了能在河里游动而变成鳄鱼，或为了能在海里载人而变成海龟）、授益（为了援助他人或给他人以某种好处而变

[①] 冈田充博教授的论文载于《东洋古典学研究》第16集，2003年10月版。

成动物)、显示原形(亦即原形本为动物者恢复原形)等六类。在日本的这些变形类型中,蛇的地位十分显著,这也是日本变形的特征之一,表明日本古代存在过对蛇的信仰。不过,在《古事记》《日本书纪》《风土记》等文献中没有见到可以支持这些变形现象的自然观以及宗教意识的记载,因此还难以获得对当时日本民间变形观念、变形原理的具体认识。在《古事记》的序文中,可以看到运用"混元""阴阳""气"等理论来解释天地开辟等事件的初步尝试,但这一来自中国的理论并不能继续透彻解释后来众多的神灵变形故事。进入中古时期以后,《日本灵异记》《大日本国法华经验记》《今昔物语集》等说话集收载了大量变身谭。依据佛教思想所编撰的这类说话集,自然如实地反映出佛教的轮回转生与因果报应观念。以这一时期代表性的说话集《今昔物语集》为例,其中从动物向人变化的故事,近半数是因为佛教的利益或善行而发生的。人变成动物的情形则除一例外,全都由于佛教的罪业所致。变形故事受到轮回果报思想的吸引,这在中日两国乃是共同的。《今昔物语集》之后的各物语集所收录的变形谭大多重复以前的那些故事,报应转生故事仍占大多数,从人向动物变化的故事也占大多数。进入室町时代以后发生了一些新的变化:动物变人的故事中出现了报恩谭;人变动物的故事中出现了人类由于妄执、怨恨等恶念而变形的例子。近代以来,随着佛教说话集的衰退,从中国传来的怪异谭盛行,动物变人的故事遂开始占据压倒性优势。以上主要对日本学者变形研究的代表性观点予以撮要论述。从这一概述可以看到，日本学者的研究比较注重从人类学、民俗学、思想史视角以及史学立场来探讨变形问题的历史演变，对这一问题的变化过程及其观念背景描述得颇为清晰，但其具体观点也不无可商之处（比如人类由于妄执、怨恨等恶行而变成动物的故事在《今昔物语集》中可以找到很多例子，而不是直到室町时代才出现的新变化），而且也不免还有一些疏漏。另外，一个比较重要的遗憾则在于：从文学角度对变形这一问题所作的讨论似乎还并不多见。有鉴于此，笔者将在这里根据有限的见闻提供一些个人的看法，并对与变形有关的人类想象力的问题进行粗浅的探讨。

关于变形观，除以上所提到的日本学者的看法之外，其实在日本古代的变形物语中也有过一些论述。这些论述所表达的变形观跟神话时代已有很大差异，应该是完全后起的，其中可能包含了来自中国文化的影响因素，但也表现出一些比较独特的内涵。比如《今昔物语集》卷第二十六第十七话讲述了著名的"芋粥故事"：当年的利仁将军邀请一名五位（日本古代官阶）侍从到他远在敦贺的家里喝芋粥，在路上抓到一只狐狸，利仁嘱咐狐狸去家里报信，让家人来迎接客人。利仁说：狐狸能变化，今天一定能去报信。后来果如其言，狐狸附身于利仁的夫人，向家人报告了迎接客人的消息。在这里，没有出现变形之事，但提到了狐狸能变化，而且利仁利用了能变化与具备灵性的狐狸作为报信的使者，这一点说明来自中国的狐妖谭所包含的变化观念在当时已深入人心，成为物语中重要的情节要素。《今昔物语集》卷第二十七第六话讲述京都东三条一个铜提变成高三尺的胖五位频频出来行走，故事的结尾说道：人们从这件事了解到，物精可以变成人。同卷第十九话讲述某大臣上朝归来的路上看到一个小油瓶蹦跳，从门上的钥匙孔进入一户人家，把一个年轻姑娘杀死了。故事的结尾说道：这样的怪物会变成各种形状。这一物精或怪物可以变形的观念很可能来自中国汉魏时代一些文献的记载[1]，在日本一直到镰仓、室町时代还可以看到与此几乎完全相同的说法。比如大约制作于十四世纪前半期的《土蜘蛛草纸（绘卷）》描述平安中期著名武将源赖光带领渡边纲等武士去山野镇压妖怪土蜘蛛，夜宿一处荒芜的庭院，目睹了各种恐怖的妖怪变化。日本学者小松茂美根据绘卷上的图画和文字对其中一段场景进行了如此解说："赖光静心瞑目，于是听到击鼓一般轰响的足音，看去原来是些异类、异形如潮水般涌来。鸡女、牛男、狐女、獏等，都带着让人恐怖的表情。""器物经过百年就获得精灵，迷惑人心，令人失神发呆。角盥、葛箱、杵等，都现出异样的肢体。""赖光透过灯光看去，它们的眼睛都闪闪发亮。正在这时，响起一阵类似尖叫的哄笑，这些怪物一瞬间全都消失

---

[1] 在《搜神记》等文献中有极为类似的说法，可参见拙文《中国古代小说"变形"母题的源流及其文学意义》，发表于《中国古代小说研究》2008年第3辑，人民文学出版社2008年12月版。

了。"从绘卷第十六纸上所绘六种器物精怪的图形来看，其中有四种精怪的头和身体都呈现出动物模样，而且能直立行走；其中有三种具备器物的特征，比如有一个怪物的手、脚、身躯都像人，头则是一个长着人类五官的扁平的箱子（大概是葛箱）；还有一个牛首怪物则头顶一个有三条腿的器具。①这一绘卷所表达的器物经过百年就能成精变形、扰乱人心的观念与前述《今昔物语集》中所表达的观念乃是一脉相承的，都基本上沿袭了中国汉魏六朝时代的同一观念。但在这里颇为独特的一点则是：那些器物精怪的变形被以图画的形式描绘出来了，可以让人十分直观地看到当时日本人心目中的精怪变化究竟表现为何种具体情形。也许是因为采取图画这一特殊媒介的缘故，其精怪所变化出的"异形"并非如物语中所表现的那样完全是人类的形象，而是混杂着器物与人类两者特征的奇特形态，只有如此，才能让人一看即知其为器物精怪。在中国古代著名的《白泽精怪图》上，所描绘的各种动物精怪则依然是动物本来的形象，这样就难以让人知道那是精怪，更难以了解其变形的情况了。但是中国战国时代出现的《山海经》所记载的各种奇怪动物则往往融合了动物与人类的特征而成，其图像自然也是如此。另外，在日本大约成立于1254年前后的物语集《古今著闻集》里，专门设立了"变化"类，收录了二十四则故事（参见该书卷十七"变化第廿七"），包含各种鬼怪精灵的变化，其中也

---

① 参见小松茂美编纂《续日本绘卷大成19》，日本中央公论社1984年版。

包含动物变成人的故事。该书对"变化"所作的解释是"千变万化，未始有极。虽说（鬼怪）自古以来扰乱人心，但难以让人相信（真有其事）"。虽然说"难以让人相信真有其事"，但此书还是对那些变化或变形的故事描写细致，充满兴趣，好像把它们当成真事一样，这似乎表现出一种犹疑矛盾的心态。①

在变化的具体形式上，日本奈良、平安时期的物语文学除了表现出与中国的志怪传奇类同的一面之外，也表现出了自己的独特性。比如《日本灵异记》上卷第三十则故事"非理夺他物为恶行受报示奇事缘"，讲述奈良时期的膳臣广国死去三日，去往度南国（类似于地狱），见到生前作恶、死后在冥府受各种痛苦折磨的妻子和父亲。父亲对他说：自己刚死的那一年的七月七日变成大蛇到他家，被他用棍子挑起来扔掉；翌年五月五日又变成赤犬到他家，被他唤来别的狗轰走；今年正月一日又变成狸到他家，饱尝了各种祭祀供品，才把肚子吃饱了。父亲叮嘱广国为自己造佛写经施舍以赎罪。这则表现佛教因果报应观的说话表现死者竟然连续三年变成不同动物前往儿子家里觅食，这是十分奇特的死后变身谭，在中国志怪传奇中笔者没有见过类似故事，在日本说话中似乎也不多见。《今昔物语集》卷第三十第十四话"某男妻化弓后又化鸟飞去的故事"里的变形则显得更为神秘：

---

① 参见《古今著闻集》（日本古典文学大系 84），橘成季编著，永积安明、岛田勇雄校注，东京岩波书店 1966 年版。

从前某国某郡有个男子梦见自己心爱的妻子对他说要离开他去远方，但她会留下一件礼物，就让这礼物代替自己陪伴他。男子醒来，发现妻子果真不见了，只有枕头上放着一张弓，他猜想这就是妻子的礼物，便经常将其立在近处，用手抚摸。过了一个月，这张弓突然变成白色的鸟飞走了。男子随后追赶，一直追到纪伊国，那只鸟又变成了人。男子为此咏了一首和歌，但不明白这歌是什么意思。最后故事的讲述者说：关于这个故事还想知道得更多一些，这虽然不是真实的故事，可古书上就是这样写的（日本学者已经指出这个故事出自《俊赖髓脑》，此书成立于1111—1114年之间）。这个故事确实非常独特，某男的妻子不知何故，竟然连续变成弓、鸟、人，以这种特殊的方式离开了丈夫。在这里，人竟然还可以变成弓这类无生命之物！这类变形日本学者以前并不特别注意，但类似的例子却可以找出不少：比如《古事记》中卷讲述大物主神变成丹涂矢撞击美人势夜陀多良比壳的阴部，美人将矢拾回放在床边，矢变成美丈夫，与其成婚；又如《日本书纪》卷一讲述素戈呜尊在出云国降服八岐大蛇前，将即将被大蛇吞食的少女奇稻田姬变成爪栉（细齿梳子或篦子），插在自己的发髻上；再如《常陆国风土记》记载了男女二童子皆化为松树的一件异事[1]。这类由人格神

---

[1] 参见植垣节也校注、译《风土记》（新编日本古典文学全集），日本小学馆1997年，第400页。

或者人类变成无生命之物的故事在中国唐代以前的文献中主要都是讲述人类变成石头[①]，唐以后才产生了通过法术将人变成青草的例子（如《大唐三藏取经诗话》中的猴行者将一女子变成了青草），或者神魔妖怪变成物品等（《西游记》与《聊斋志异》中均有这类例子，都是用法术造成变形，跟日本的这类变形故事还是有些不同）。另外，日本还有动物变成无生命之物的变形故事：比如《丰后国风土记》记载的白鸟（天鹅）化为饼又化为芋草的故事[②]；《今昔物语集》卷第二十七第三十七话讲述的狐狸变成大杉树，结果被人射杀的故事。这类变形也比较奇特，但在以后的日本文学中似乎没有再获得进一步的发展。

在日本变形题材的说话或者故事中，最为独特、最具日本特色的或许要数天狗这一妖怪及其变形了。中村祯里教授的《日本人的动物观》一书完全没有涉及天狗这一怪物，这是因为该书讨论的都是现实中实际存在的动物的变形，而天狗这一类似动物而又并非动物的奇特妖怪无法纳入其讨论框架。对天狗最详尽的探讨莫过于知切光岁的《天狗的研究》

[①] 清代马骕撰《绎史》卷十二转引战国文献《随巢子》佚文记载了大禹妻涂山氏化石的传说。《汉书·武帝纪》"颜师古注"也引述了这一故事，注出《淮南子》，但今传《淮南子》中不见此则故事。南朝宋刘义庆《幽明录》记载了武昌阳新北山望夫石的传说，这一传说在很多地方都有流传。另，《太平广记》卷三九八的《僧化》《石女》《人石》均为人类化石的故事。

[②] 参见植垣节也校注、译《风土记》，第284页。

一书①，此外，日野岩教授的《动物妖怪谭》也列出专节比较详细地对天狗的历史加以论述。从此二书的研究可知，天狗跟日本文化的各个领域（包括文学、历史、雕塑、宗教、民间信仰）都存在着极其广泛而深刻的联系，本文无法对此进行全面介绍，只能局限在文学领域来作粗浅的论述。②

天狗这一名称应该始出于中国古代文献（如《史记》《山海经》），在日本则最早见于《日本书纪》舒明天皇九年（637年）的一条记载，其中以天狗指类似流星的大星。此后两百多年间这一名称再未出现，直到平安中期的物语文学如《源氏物语》《宇都保物语》《荣华物语》《增镜》中才又出现，这时天狗已经成为山中的木灵或小妖精一类地位很低的怪物，但其何时从流星变成了妖精，则缺乏明确的文献记载。到平安后期的《今昔物语集》中，天狗已经从不被人注意的小妖精变成了具备浓重人类气味的妖怪，其形象跟以前相比，也变得面目全新了，有关的传说也插上羽翼四处流传。《今昔物语集》一共记载了十一则天狗故事（有一则原文已佚），其内容各异，天狗或成为佛教修行者的障碍，或给人类带来灾祸，或在具备法力的高僧与智者面前吃尽苦头，或者被比其更厉害的魔怪击败、杀死，总之，它们还未能成为统治魔界的威严的大头目。此后的很多物语集也在一

---

① 此书1975年9月由东京大陆书房出版。
② 有关论述主要参考知切光岁的《天狗的研究》一书，东京大陆书房1975年版。

定程度上重复着《今昔物语集》中的天狗故事。但经过平安末期源氏、平氏两个武士集团的血腥战乱之后，出现了《保元物语》《平治物语》《源平盛衰记》等诸多战记物语，在这些战记物语（尤其是《源平盛衰记》）中，天狗变得极其活跃，关于它们的故事也极多。天狗积极地参与两大集团的争战，表现出对战乱的极大爱好。到室町时代，则出现了以推翻镰仓幕府的战乱为背景的《太平记》物语（大约成立于1371—1372年），这是一个关于天狗说话的大宝库，其中天狗的活跃程度居于战记物语之首。

与以上历史进程相伴随的，则是天狗形象及其变化能力的演变：在《今昔物语集》中，天狗的形象并不那么明晰，故事讲述者大都只提到天狗这一名称，而并不具体描写天狗的外形，只偶尔提到其有翅膀（比如《今昔物语集》卷第二十第六话讲述天狗附身于一女人去骚扰某禅师，结果被此禅师以法力束缚，只得向禅师求饶，说它的翅膀被折断了，又说它经常飞过僧房上空）。《天狗的研究》一书则指出：天狗的前身乃是久历岁月的猛禽之类，《今昔物语集》中出现的天狗，可以变成鸢或鹰这类巨大的猛禽，跟背负翅膀的鸦天狗（小天狗）酷似。而在镰仓时代出现的《天狗草纸》等绘卷上，就绘有鸦天狗的形象。后来出现的鼻子很高的大天狗则要到室町时代后期才出现。[1] 据笔者查阅成于镰仓时代

---

[1] 参见知切光岁《天狗的研究》，第133页。

末期的《天狗草纸》[1]，看到其中的三井寺卷Ａ描绘的正好是《今昔物语集》卷第二十第十二话"伊吹山三修禅师为天狗迎走的故事"，但该故事原文并没有描写天狗的外形，只提到它们变成了佛和菩萨，来迎接三修禅师，后来却把禅师抛弃在山野里的大杉树上。而绘卷则描绘菩萨们托着禅师在天空飞行的时候，突然变成长着尖嘴和翅膀的鸦天狗，看上去既像鹰，又像人。关于天狗的变化能力，《今昔物语集》卷第二十的几个天狗故事分别提到它们可以自由随意地变成鸢、鹰、佛、法师、菩萨等动物或人，可以攫取人类在天上飞行。更为奇特的则是：除了天狗可以变成人或动物外，人类也可以变成天狗。比如《保元物语》《源平盛衰记》都记载了平安末期的崇德上皇在失势贬到赞岐后因极度愤怒而化成了天狗；《源平盛衰记》又提到那些无道心的骄慢的僧人死后会堕入魔界，变成天狗（头为天狗，身体是人，背上生翅），当时很多名僧都被列入了天狗的名单。知切光岁在《天狗的研究》一书中指出：《源平盛衰记》的编纂者中有当时京都比睿山的僧人，他们有感于其时佛教界的堕落腐败，便通过这样的说法来表达心中的忧愤。[2]

如果跟中国的精怪或妖精相比，可以看出日本天狗的特殊之处：这一妖怪的原形并非生活中原有的动物或人，而是

---

[1] 现存七个卷子，分藏于兴福寺、东大寺、延历寺、三井寺等处，参见《续日本绘卷大成 19》。

[2] 参见知切光岁《天狗的研究》，第139页。

一种既像鸟类也像人类的复合型怪物,这一怪物跟人类或其他动物之间可以互相转化。在中国古代,复合型怪物主要见于《山海经》,但它们并不能随意变形(龙或许是一个例外,但龙跟天狗有着本质不同,这里暂且不论);后来可以随意变形的精怪、妖魔的原形也大都是生活中原有的动物(如《西游记》《聊斋志异》中的精怪妖魔便都是如此)。

如前所言,天狗这一妖怪的性格也很特别:它们喜欢战争,喜欢火灾、喧哗、骚动、不和睦,喜欢幸福的人遭遇不幸,喜欢给人类制造各种麻烦或障碍,甚至带来灾祸,而且复仇心重。但是,在战乱中它们有时也会站在正义的一方,协助他们击败敌人。《今昔物语集》所收载的天狗故事就表现了上述性格中的一些成分。因此,知切光岁在《天狗的研究》中指出:《今昔物语集》的天狗说话具备寓言的性质,是一种小规模的庶民的恶作剧。① 这些"恶作剧"中,有几个表现天狗变成佛或菩萨欺骗戏弄民众的故事,有可能受到中国魏晋隋唐志怪传奇的影响。② 而且,天狗性格以负面因素为主这一点,跟中国相当一部分精怪的性格也比较相似,跟神魔小说中的妖魔更为接近。不过,像《西游记》中那样的妖魔鬼怪出现的时代比日本的天狗要晚一些。此外,日本的天狗跟中国的精怪、妖魔有一个很重要的差异则在于:天

---

① 参见知切光岁《天狗的研究》,第157页。
② 详细的论证请见拙文《汉魏六朝隋唐小说在日本的传播与接受论考》,刊于《中国古代小说研究》2011年第4辑。

狗在说话文学中的表现跟日本的历史与宗教有着极为密切的联系（战记物语中的天狗说话即这方面的显例），并成为批判现实社会的极为有力的手段。而中国的精怪、神魔小说虽然跟历史演义也有一定关联（最典型的大概就只有一部《封神演义》了），但彼此的联系并不多么深，而在批判现实或者人性方面则采取了与日本颇为不同的方式。这一问题牵涉的面比较广，在此不能多谈。总之，以笔者的浅见，天狗这一妖怪的各种特征及其文学表现，或许最能表现日本文化与文学在很多方面的特点，最能表现日本人在幻想力方面的特点，也最能观察日本与中国文化和文学的特殊联系以及明显差异，但限于笔者的学力，这一问题只能留待以后再进行深入讨论了。

以奈良、平安时代的物语文学作为主要考察对象的话，可以看到其变形题材说话跟中国魏晋隋唐志怪传奇中同类题材的密切联系，这一点已毋庸赘言。不过，笔者更关注处于不同环境中的不同民族和文化如何以其独特的想象力来发展变形这一相同的母题，并如何对其加以独特的文学表现。

首先，就变形的物类及其变化方式而言（这里主要谈其他物类变成人类的情形），在中国魏晋隋唐的志怪传奇中已经出现了大量各种动植物变形的故事，变形方式也千变万化，以至于唐以后的作者很难再花样翻新了。但在日本说话文学中，却能看到一些独特的物类及其变形，这除了上文提到的那些例子之外，据笔者所见，还有如下几种：

（一）《纪家怪异实录》记述大学助纪百枝宅正对皇嘉门，此门匾额的题字乃某大师的笔墨，其"门"字字形如力士之跋扈。纪百枝一日昼寝，似乎梦见一力士站立枕上，挥拳将打，百枝惊见，力士即飞还而为额字。百枝从此得病，不久死去。后来住进此宅的几个人都遭到同样的厄运。①这个故事写到匾额上的一个字竟然成精变作了力士，这是十分特别的想象。这一变形类型笔者在中国的志怪传奇中没有看到过，后来经过反复搜检，在唐代僧详编纂的《法华验记》卷第五"唐并州释僧衍（十）"中看到：释僧衍因长年累月念诵《法华经》，结果梦见自己生出羽翼，去往西方宝地，看到《法华经》上的文字——变成丈六佛身。②这个佛教神异故事不一定对纪百枝的故事发生过影响，而且两者的主题也全然不同：匾额上大师的题字变成了精怪，是在赞颂书法艺术的神奇魅力，而佛经文字变成佛身，乃是颂扬和鼓吹佛教徒的虔诚信仰。中日两国的这两个故事极可能影响到了日本僧人镇源编纂的《大日本国法华经验记》③卷下第一百一十则故事，此文讲述肥后国某官人因公外出迷途，夜晚误入一罗刹舍中，不由惊慌逃窜，罗刹随后追赶，官人失足坠入一

---

① 参见和田英松纂辑、森克己校订《新订增补国书逸文》，日本国书刊行会1995年版，乃以1940年版本为底本影印并进行增补，第317页。
② 参见《大正新修大藏经》第五十一卷，日本大正一切经刊行会1928年版，第68页。
③ 此书收入《日本思想大系7》，井上光贞、大曾根章介校注，东京岩波书店1974年版。

地穴，罗刹在洞口叫喊。此时，地穴中有人斥责罗刹，罗刹惊走。官人询问此人为谁，此人云己是《法华经》上的"妙"字。因过去有一位圣人在此附近山峰建佛塔，放置《法华经》一部，后来此塔破毁，经文随风飘散，唯有"妙"之一字犹留此处，度诸众生。天亮后，官人见到一个童子，领他回到自家宅第。童子嘱咐官人受持《法华经》之后，便升空消失了。这个故事产生的时代晚于前两个故事，同样表现文字变成人，但已经完全将其当作实际的情节来加以叙述，跟前二者相比有了很大不同，让人感觉十分新奇。对《法华经》的信仰在日本平安时代一度极为盛行，僧人们曾以各种幻想类物语来宣扬此经的神奇效力，但想象最独特的还是要数这个故事了。

（二）《今昔物语集》卷第二十七第五话"冷泉院水精成人形被捕的故事"，讲述在阳成天皇曾居住过的冷泉院，有个三尺高的老翁夏天夜晚出来摸人的脸，有个胆大的人用麻绳把他绑住了，拿灯来照，发现是个穿着浅黄色衣服的小老翁，老翁用微弱的声音请求人们端来一盆水，他伸长脖子看水里的身影，说自己是水精，然后落入水中不见了。盆里的水增多了，涨到盆沿，麻绳也沉到了水里。这一故事所描写的水精的变形以及逃跑、消失的方式也很有趣，仿佛这个水精是一块冰，融化在水里了。这故事所要表现的大概也是这样一种奇妙的趣味。

（三）《今昔物语集》卷第二十八第三十九话"寸白信浓

守消失的故事①"，讲述有个得了绦虫病的女人生了个儿子，儿子长大后做官，当上了信浓守。他前去赴任的时候，迎接的宴会上摆了很多用胡桃做的食物。国守觉得浑身难受。座中一个年老的人见此情景，发生怀疑，便在酒里掺上胡桃汁，让人向国守敬酒。国守迫不得已，颤抖着端起酒杯，说道：其实我是绦虫男，已经忍受不住了。说完化成水消失了，连尸体都没有留下。人们这才知道，国守原来是绦虫变的（胡桃油可以防治绦虫病有科学依据）。故事结尾讲述者说：绦虫也能变成人，听了此事的人都忍不住笑，这可真是件稀奇的事。在众多的变形故事中，这个故事确实显得非常"稀奇"。绦虫可以变成人，这个人还做到国守这样高的官职，在中国的变形故事中，完全找不到相似的类型。笔者也完全难以理解这样的变形故事何以会出现。

在日本古代物语文学中，《今昔物语集》具备很高的叙事艺术，这已是日本文学史上公认的事实。具体到变形题材的说话，也同样如此。在此主要着眼于这类说话与中国古代志怪传奇的联系与差异来加以讨论。

首先，令笔者印象极为深刻的乃是《今昔物语集》中的一些说话已经完全从妖怪的视角来讲述故事了，比如该书卷第二十的第一话"天竺天狗闻海水音渡此朝的故事"、第二话"震旦天狗智罗永寿渡此朝的故事"、第十一话"龙王被

---

① 故事中的"寸白"即绦虫。

天狗捕获的故事"，都是从天狗或者龙王的角度来讲故事，甚至直接描写它们的心理活动。比如其中"龙王被天狗捕获的故事"讲述有一天赞岐国那珂郡万能池的龙王变成小蛇盘踞在堤边晒太阳，这时住在近江国比良山的天狗变成鹰在水池上空盘旋，看到这条小蛇，便迅速俯冲下来，抓住小蛇飞向天空。龙虽然力量很大，但由于猝不及防，没有一点招架的能力。天狗打算把蛇撕碎吃掉，可是龙的力量很大，无法撕碎，只好把它叼回比良山，关进狭小的洞穴里，一滴水也没有，龙无法动弹，也无法飞上天，只能等死。这时天狗想去比睿山抢个僧人回来，便趁着夜色来到山谷，蹲在树上观察动静，正好看到一个僧人端着水瓶出来小便，便从树上飞下来，抓住僧人，连人及水瓶带回比良山，关进龙所在的洞穴。龙看到僧人瓶中有水，便让僧人给它一滴水，随后立刻变成童子，踢破洞口。这时电闪雷鸣，龙背着僧人逃离了洞穴。龙打算报复天狗，到处寻找其下落，发现天狗变成了一个卑俗的法师，在京城四处劝化募捐。龙立刻从空中落下去，将其踢死了，天狗变成了断翅的臭烘烘的老鹰，被路人踢来踢去。这个故事主要从天狗和龙的视角来讲述（也包含了第三者全知视角），虽然有个僧人也参与其中，但僧人的视角反而被忽视了。在中国和日本，大量精怪或妖怪变形的故事一般都会采取从人类视角叙述的方式来展开情节，这是最为自然的叙事手段，因为妖魔鬼怪总是只有侵入人类世界之后才会跟人类发生联系，并被人类所注意。而妖魔鬼怪的世界则是人类所无法进入并真正了解的，故叙述者很难从它们的角度来叙事。而且，很显然，如果要从妖怪的角度叙事，需要更强大的想象力，难度也比较大。在中国古代小说中，能从妖魔鬼怪角度叙事的小说主要是《西游记》，比如描写妖魔们的洞穴生活或为非作歹，有时就是从妖魔的角度来写的。但这一角度的运用却并不彻底，因为这个时候往往会同时写到孙悟空变成飞虫进入洞穴或者描写猪八戒、唐僧等人被绑在洞里，作为旁观者偷看妖魔的隐秘生活；有时也运用了全知全能的视角来描述妖魔世界。显然，作者吴承恩觉得完全从妖魔角度描写它们的洞府情形还是不够自然的。因此，《今昔物语集》中这三篇作品就显得很特别，不过，这样的叙事角度在日本说话文学中运用得也并不普遍，笔者也没有找到更多的其他例子。此外，这篇作品还有一个值得注意之处在于：变形的因素成为构成情节的重要成分，如果没有变形，则龙（小蛇）不会被变成鹰的天狗抓走，龙也无法从洞穴逃脱，这一故事也就根本不存在了。

其次，《今昔物语集》的变形说话在叙事上的创造还表现在对来自中国的变形题材的发展运用。有不少在中国志怪传奇里十分简单的变形故事传入日本后变得细腻复杂起来，或者变得更具备文学的意味了。由于这方面例子比较多，这里只能择要加以论述。比如在据称为陶渊明所撰的《搜神后记》（卷十）中记载了这样一个故事：

吴末，临海人入山射猎，为舍住。夜中，有一人，长一丈，着黄衣，白带，径来谓射人曰："我有仇，克明日当战。君可见助，当厚相报。"射人曰："自可助君耳，何用谢为。"答曰："明日食时，君可出溪边。敌从北来，我南往应。白带者我，黄带者彼。"射人许之。明出，果闻岸北有声，状如风雨，草木四靡。视南亦尔。唯见二大蛇，长十余丈，于溪中相遇，便相盘绕。白蛇势弱。射人因引弩射之，黄蛇即死。日将暮，复见昨人来，辞谢云："住此一年猎，明年以去，慎勿复来，来必为祸。"射人曰："善。"遂停一年猎，所获甚多，骤至巨富。数年后，忽忆先所获多，乃忘前言，复更往猎。见先白带人告曰："我语君勿复更来，不能见用。仇子已大，今必报君。非我所知。"射人闻之，甚怖，便欲走。乃见三乌衣人，皆长八尺，俱张口向之，射人即死。

而《今昔物语集》卷第二十六第九话"加贺国蛇蜈相争行人助蛇住岛的故事"跟上引的故事极其相似，讲述加贺国七个渔民出海打鱼，被狂风刮到一个遥远的小岛，一个年轻的男子出来接待他们，说那狂风是他刮的，他正跟住在附近一个岛上的敌人交战，希望渔民们能帮他战胜敌人。男子还说：自己和敌人都不是人类。他的敌人将从海上进攻，他自已将从岛上下来迎击,当他战斗到坚持不住的时候,请渔民们拿箭射他的敌人。第二天,渔民们看到海面上和岛上都刮起了狂风,一条十多丈长的蜈蚣从海上游来,岛上的树林里则钻出来一条同样长的大蛇,双方很快扭成一团,开始血腥的厮杀。渐渐地,大蛇受了很多伤,力气不支,渔夫们冲上去,把箭射进蜈蚣的躯体。蜈蚣死了,蛇回归树林,很快又变成了那个男子出来了,脸上的伤口还流着血。他用树枝点火将蜈蚣的尸体烧成了灰烬。为了感谢渔夫们的帮助,他邀请他们带着家眷到这个岛上来定居,这就是猫岛的来历(猫岛乃今天日本石川县北面海上的奥岛)。猫岛的居民每年一次到加贺国的熊田宫神社祭祀那条大蛇,但他们总是半夜时分去祭祀,祭完后就走了,行踪很隐秘。有日本人和唐人到过那海岛,但他们都不提那岛的情况。

这个故事跟《搜神后记》那个故事的相似性乃是极其明显的,日本学者已经指出二者之间存在类话关系。而在笔者看来,这个故事表现蛇和蜈蚣的争斗(《搜神后记》是表现两条蛇的争斗,这是二者的一个重要差异),跟中国古代的观念有很深的联系:《庄子·齐物论》中曾提到过"民食刍豢,麋鹿食荐,蝍蛆(蜈蚣)甘带(蛇),鸱鸦耆鼠","蝍蛆甘带"即指蜈蚣喜欢吃蛇。东晋葛洪《抱朴子·内篇·登涉》以及北宋彭氏的《墨客挥犀》都提到蜈蚣如何制服大蛇(蜈蚣制服蛇类的说法从生物学上可以得到确证）。①《今昔物语集》这个故事应该是融合《搜神后记》中那个故事和有关蜈蚣制服大蛇的说法而成，当然其中也结合了日本民间的蛇类信仰，并完全跟日本的环境、生活与风俗紧密融合，在叙事上则大量增加细节，结构变得更为完整精密，篇幅也较原作增加了大约七倍，成为一篇完全日本式的文学作品。

还有一个类似的例子也可以在此提出来加以讨论。平安时代僧人镇源所撰《大日本国法华经验记》卷下第一百二十九"纪伊国牟娄郡恶女"条记载了如下这样一个故事，其大意为：

> 从前，有一老一少两个僧人前往熊野参拜，途中投宿于牟娄郡一个独身女人家。半夜时分，女主人来找年轻僧人，向他示爱求欢。僧人大惊拒绝，女人死缠不放。最后僧人只好骗女人说：等我从熊野回来，一定再来找你。于是女人放僧人去了熊野。等到僧人约定的归期，女人不见僧人到来，便去向路人打听。有个僧人告诉她：那两个人已从别的路走了。女人一听，万分愤怒，立即回到家，关在屋里，变成一条五寻大蛇，追

---

① 参见王明《抱朴子内篇校释》卷十七，中华书局1985年版，第306页。"蜈蚣伏蛇"一则见于《墨客挥犀》卷三，参见《侯鲭录·墨客挥犀·续墨客挥犀》，中华书局2002年版，第309页。

赶两个僧人。两人跑到道成寺，向寺僧求救。寺僧便让年轻僧人藏在一口大钟下，然后紧闭堂门。大蛇追到道成寺，以尾击破寺门，进入堂内，缠住大钟，又以尾叩击钟上的龙头，达两三个时辰。众僧从窗户看见大蛇两眼流出血泪，举颈吐舌，然后离去。大钟被蛇的毒焰烧得直冒烈火。众僧泼水浇灭火焰，移开钟一看，年轻僧人已被烧成了灰烬。后来老年僧人梦见一条大蛇前来，说它就是那个年轻僧人，已成为那恶女的丈夫，并变成了蛇身，痛苦万分。它请求老僧为它们书写《法华经》，以脱离苦海。老僧照办了，后来又梦见一僧一女前来道别，说它们已经脱去蛇身，分别生往忉利天和兜率天。

《今昔物语集》卷十四第三话"纪伊国道成寺僧写《法华》救蛇"基本完整演绎了上述故事，但改用由汉字混合片假名的古日语来叙述（《大日本国法华经验记》用的是汉语文言体），并增加了一些细节，最后带上了一个"佛告诫切莫近女色"的结尾。此后这个故事又历经演变，大约在十五世纪初期（1427年）变成了两卷本的绘卷，并带有说明文字，讲述了故事大意。其内容也发生了一些变化，但基本情节未变。后来这个故事又继续演变成能乐、净琉璃（一种流行于日本江户时代的说唱艺术）、歌舞伎剧等，在日本十分著名。在这个故事中,最为核心而奇特的情节自然是女子变成大蛇,缠住大钟,将大钟内的僧人烧成灰烬这一部分内容。这一情节在中国古代文献中也有记载,目前能够见到的最早资料是元代无名氏《湖海新闻夷坚续志》前集卷二"报应门""冤报"类的《击犬受报》一文:

> 昔有寺僧,蓄一犬,爱之。一日远出,行者击杀此犬,埋于后园。僧归,寻不见,行者以死告。僧于所埋处寻看,则犬已化为巨蛇矣,眼犹未开。主僧急令行者诵经释冤。忽主僧感梦,知有冤报,遂用钟盖此行者于中。其蛇冉冉而来,昂头于僧之前,遍寻此行者,绕钟三日而去。及揭视,行者已死,惟存枯骨而已。①

这个故事的记载年代要晚于《大日本国法华经验记》中的道成寺故事大约两百年。而二者在蛇缠水缸或大钟(水缸和大钟为性质接近的容器)令僧人丧命这一点上基本一致。所不同者在于道成寺故事中大蛇由女人变成,僧人因为违背誓约而被烧成灰烬;元代故事中的大蛇则由狗变成,僧人因杀狗获报应,被变成枯骨。从二者核心情节的惊人相似可以判断它们应该出自相同的源头,否则不可能连细节都如此相似:比如二者都与僧人有关,僧人为逃避蛇的追捕都躲到

---

① 无名氏《湖海新闻夷坚续志》,中华书局1986年版,第123页。

钟（或缸）的下面，故事发生地点都在寺庙，也都表现了佛教的因果报应观念等。但二者之间的相互关系究竟如何，现在还难以做出明确判定。不过，据笔者调查，发现这个故事类型在中国民间流传十分广泛，而且一直到现在都还在很多地方流传着。[①]但要说到叙事艺术的高明与文学意味的浓厚，这些传说都不如日本的道成寺故事。中国的这类传说都是表现蛇类的报仇行为，没有出现女性化蛇的因素。而道成寺故事则将女人化蛇与蛇缠大钟两个要素结合到一起，成为一个极其出色的创造。在这个故事的前半部分，女人以其炽烈的情欲纠缠年轻的僧人，让他实在无法摆脱，不得不借说谎来逃脱这一纠缠。当女人得知僧人逃走、自己感情被欺骗，其炽烈情欲引发炽烈仇恨，而其情欲也仍未减弱（即使死后变蛇也要成为夫妇），两种情绪交织纠结，在心中翻腾蹦跳，这一心理通过喷吐着毒焰的大蛇来加以象征并予以具体化，乃是再合适不过的了。而且蛇这一意象，更多地代表着那种刻骨的怨毒和纠缠，所以后文接着叙述蛇缠大钟乃是上述情节最为合理的发展。因此，这一故事运用变形母题，将人类炽烈情欲与刻骨仇恨的纠结关系赋予文学化的象征形象，乃是对宗教教义与民间动物复仇观念的引申和突破。就其技巧而言，前后乃是浑然一体的。因此，道成寺故事可以说是将

[①] 参见拙文《"蛇缠水缸（或钟）致人死命"类型故事的源流及其意义》，载《民族文学研究》2010年第2期。

宗教因素、民间因素与文学性因素完美融合的典型范例。

在一定的意义上我们或许可以认为：使原本属于奇异现象与民俗信仰范畴的变形母题象征化、文学化，并成为表达手段的，正是佛教徒宣扬教义的强烈需要。道成寺的故事所包含的女人变成蛇这一因素在日本文化中有很深渊源。中村祯里教授在《日本人的动物观》一书中指出：到八世纪前半期，对作为农耕神的蛇的信仰的盛期过去了。这一动物作为死灵象征的形象被强化。到九世纪，人因恶报转生为动物，尤其是转生为蛇的故事，乃是将蛇视为死灵象征的日本思想和海外传来的佛教转生谭相结合的产物。① 道成寺的故事正是佛教利用女人变为蛇的因素来告诫佛教徒不要接近女色，是一种典型的佛教譬喻手段。《今昔物语集》中有大量的说话都包含女人或僧人因为生前贪恋某物（如贪恋梅花、桃树、黄金、醋瓶）而导致死后变成蛇的情节。因生前的贪嗔痴念或恶言恶行而死后转生为动物，乃是佛教最为重要的信念之一，也是劝谕世人行善的重要手段。但反复运用同样的方式进行劝谕，未免令人生厌，至少从文学上来说没有表现出任何新意。但《今昔物语集》的一些说话在运用变形题材进行劝谕方面表现出了很好的创造力。比如该书卷第十九第八话"西京使鹰者见梦出家的故事"便是一篇极其出色的作品：从前西京（即古代日本首都京都）有个酷好使鹰猎杀野

---

① 参见中村祯里《日本人的动物观》，第69、116页。

鸡的男子受了风寒，结果夜里梦见自己带着妻子儿女们住在嵯峨野的墓穴中。春天来了，他们一起到野外采野菜。男子发现来了一队使鹰打猎的人马。他眼睁睁地看着自己的儿子和妻子都被鹰和猎人残酷地杀死，感到撕心裂肺的痛苦。最后他自己也被鹰和猎犬追赶，无路可逃，只好钻进草丛，眼看就要被猎狗捕获的那一刹那，梦醒了。原来这男子在梦中变成了野鸡，亲身体验到了那些被他猎杀的野鸡的痛苦，于是感到自己犯了极大的罪孽。他把鹰和猎狗全部放走，剃度出家为僧，后来成为品行高贵的圣人。这也是一个佛教的劝谕型故事，十分高明地运用了人在梦中变成动物的情节，获得了很强的说服力，也很有新意。这一故事在中国古代存在不少类似作品，最著名的乃是唐代的《薛伟》一文，讲述薛伟昏迷中梦见自己变成了鱼，结果被人钓起来，又被他的同僚买走，要做成鲙吃掉。当鱼头被剁掉的那一瞬，他从梦中醒来，向同僚们讲述了自己的梦境以及被宰杀的痛苦，大家听了之后，从此终生不再食鲙。[1]笔者认为，西京使鹰男子梦见自己变成野鸡的故事受到过唐代《薛伟》这类作品的影响，二者的基本构思是很相近的，只是具体叙述方式不一样：《薛伟》一文采取当事人梦醒后追述梦境的写法，故梦境感不明显。西京男子一文则直接模仿梦境，极具切身感和

---

[1] 参见《太平广记》卷四七一。拙文《汉魏六朝隋唐小说在日本的传播与接受论考》也论及此篇。

现场感，使读者跟故事中人物也更贴近，更能直接感受到他的恐惧和痛苦。而且此文的心理描写和细节描写也十分细腻，尤其是连续描写使鹰男子三个儿子被猎杀的场景，不但不显得累赘重复，反而令人感到男子的痛苦在不断加剧，这手法就相当高明了。

在日本奈良、平安朝以及镰仓时代的变形物语中还出现了一些武士降服变形的精怪的故事。在中国唐宋以前的志怪传奇里出面降服精怪（尤其是狐精）的大多是方士或者僧人——这一类故事在日本也大量存在，但作为普通人的武士降服精怪的故事则似乎是日本的特色。而且，这一类故事在叙事上都颇有趣味，值得在此略作探讨。《今昔物语集》中的此类故事可以卷第二十七第四十一话的"高阳川狐变女乘马臀的故事"为代表：从前，在高阳川这条河边有个狐精变成的少女，经常请求骑马经过的人让她骑在马屁股上。泷口的侍卫在一起谈论此事。一个有勇有谋的侍卫说他一定可以抓住那个狐女。别人都不相信。第二天傍晚他独自来到高阳川，果然有个漂亮少女要求骑在马上。侍卫一等她骑上来，立刻便用事先准备好的绳子将她绑在马鞍上，然后准备返回京城，去找其他侍卫。他经过西大宫大路时看到东面燃起很多火把，有好几辆车鱼贯而过，还有人开路。他想这一定是达官贵人，便掉头从西大宫大路南下，朝二条大路走去，又向东从东大宫大路走到土御门，他事先让其他侍卫在此等候。他将少女从马上解下来，抓住手腕，带进屋里，大家都在这里等候。

少女哭着请求将她放开，这个抓住她的侍卫不答应。其他侍卫搭上箭围住她说：放开吧，想跑就射她，一个人会射偏，这么多人没关系。这个侍卫于是放开手，这个少女立刻变成狐狸逃跑了。这时，其他的侍卫也一下子不见了，灯火也熄灭了，一片漆黑。侍卫环顾四周，发现自己竟然置身荒野，他这才明白刚才见到的场面都是狐狸精捣的鬼。这一次被骗以后，过了两天，他再一次带着很多同伴来到高阳川，又将那个少女抓住，十分谨慎地将她带回侍卫的住地。他们将这个狐狸精烧烤折磨了一番之后，将它放走了。后来当他第三次来到高阳川，那个少女再也不敢坐到马上来了。这是一个十分精彩的狐精变形故事，虽然其中的一些重要因素（如狐精变幻出大队人马以及众多侍卫的场景来骗人等）都带有中国精怪骗局类故事的痕迹，但从整体上来说，这是一个全新的故事，表现普通人与精怪的较量，精怪最终被人制服，篇幅虽短，情节却颇为曲折，充满意外和悬念。笔者注意到，在这故事中出现的狐精用来欺骗侍卫的那个像梦一般的虚幻场景特别受到日本文学家的喜爱，在很多作品（包括《今昔物语集》以及后来现代作家芥川龙之介的小说）中都曾出现过。这类场景在中国六朝志怪和唐代的梦幻类传奇中也曾频繁出现，在狐精类传奇里则偶有所见，但用于狐精骗局者则似乎未见。这类场景让故事主人公以及读者都感觉像是在做梦，具有奇特的意趣，这正好也是这篇讲述侍卫制服狐精的物语令人印象十分深刻的一点。像这类武士制服精怪的物语在镰仓时代前期成立的《古今著闻集》中也记载了一些，比如卷十七"变化"类的第六〇三话"萨摩守仲俊捕住水无濑山中古池之鬼怪"极其细致地描述了仲俊深夜在古池边松树下抓住变成老女的狸精的经过，第六〇七话"斋藤助康下到丹波国生擒老狸"则讲述斋藤助康出猎时夜宿古堂，遇上大雪风寒，捕获变成巨大老法师的老狸的故事。这些故事都用极细致的叙事笔法营造出浓厚的诡异气氛，在这气氛中又渗透着对人类勇气和力量的赞颂，这与中国魏晋隋唐时代的精怪变形故事相比，表现出十分不同的取向。

以上主要对日本奈良、平安时代的变形物语在文学上的独创性加以探讨。探讨这一问题，势必无法回避中国魏晋隋唐志怪传奇这一重要参照系，只有通过对两者的比较，才可以更清楚地看出中日两国在变形题材文学领域的联系以及各自的特点，从而看到变形这一母题在不同民族文学表现中的丰富的"变形"。

三、日本近现代"变形"题材作品的因袭与创造

上一节对变形物语所作的探讨主要局限于古典文学的领域。而在日本文学史上，变形母题贯穿古今，成为连接古典文学与现代文学的一条纽带，在欧洲文学中也同样如此，但唯独作为变形题材小说一大渊薮的中国文学中没有发生类似现象。日本现代文学中的变形题材作品数量并不算太多，但

其跟中国古代变形故事的联系反而更加密切了。这是因为这些作品大都隶属于一般认为创始于十八世纪（江户时代）的"翻案小说"这一文学脉络。所谓的"翻案"乃是指直接借用中国古代小说的现成题材、情节，加以改写，创作出新的作品。以笔者所见，这至少包含以下两种基本的"翻案"方式：一是只借用中国小说的题材和大致情节，而将故事背景、人物和主题都加以改变，比如江户时代著名作家上田秋成《雨月物语》中的《梦应鲤鱼》与《蛇性之淫》，现代作家太宰治的《清贫谭》《鱼服记》即属此类；一是借用原有人物、故事场景，但改变部分重要细节，从而改变主题，现代作家中岛敦的《山月记》与太宰治的《竹青》即属此类。这里所列举的六篇作品全都采用了变形题材，变形母题也成了这些近现代小说的重要组成部分，但其表达功能和文学内涵都发生了一些变化，在现代作家的小说中尤其如此。而且，现代的文学批评家对于这些变形因素的意义也提出了各种不同的解释，这让我们看到了同样的文学要素在不同时代、不同的文学形态中所呈现出的不同的理解方式。可以说，正是通过现代作家和批评家的共同努力，变形这一古老的故事母题才真正完成了其文学化的进程，并显示出其在新的文学时代继续生存繁衍的能力。在此将通过一些例子来分析以上这一进程是如何逐步完成的。

上文提到的上田秋成的《梦应鲤鱼》乃是一篇在日本文学史上发生过深远影响的翻案小说，这篇小说所依据的主要改编底本是中国唐代的传奇《鱼服记》[1]（《鱼服记》原名《薛伟》）以及明代冯梦龙的《薛录事渔服证仙》[2]，此外也可能还吸收了中日两国笔记资料中的一些其他素材。这一点日本学者已经考证得比较清楚，故无须再论了。[3]《薛伟》或《鱼服记》的大致内容为：中唐时期蜀州青城县主簿薛伟因病昏睡二十日后忽然醒来，向他的同僚们讲述：自己梦中热极逐凉，跑到城外江中游泳，觉得极其畅快，便想变成鱼。不料河伯竟然真派人将他变成一条赤鲤，并叮嘱他不要吞人钓饵，从此他便三江五湖，四处遨游。后来，因实在忍不住饥饿，吞下熟识的渔人的钓饵，被钓起来。接着又被自己的同僚买走，准备拿去做成鲙。薛伟看到自己的同僚们或在吃桃，或在下棋，又看到厨师准备杀鱼。他多次大声呼喊求救，但这些人都置若罔闻。最后，在被厨师剁掉鱼头的一刹那，薛伟从梦中醒来。他跟人讲述了梦中见闻，一一获得大家的证明。大家都说曾看到鱼嘴在动，但并没有听到声音。同僚们听完薛伟的梦，把正要吃的鲙都扔掉了，此后终生不再食鲙。薛伟的病也好了，后来做到华阳县丞，死于任上。在唐代传奇中还有与此相似的故事，都是讲述人类梦中

---

[1] 收录于明代陆楫等编纂《古今说海》"说渊部"，嘉靖年间刊行。
[2] 《醒世恒言》第二十六卷。
[3] 参见斋藤纯《梦应鲤鱼》考（《〈夢応の鯉魚〉考》），载《日本文学 语言与文艺》（《国文学 言語と文芸》）1960年3月号，明治书院刊；以及井上泰至《雨月物语论——源泉与主题》（《雨月物語論——源泉と主題》）第四章第二节"《梦应鲤鱼》试论"（"《夢応の鯉魚》試論"）。

变成鱼，而且梦中经历的事情也都被现实印证了。在笔者看来，这篇作品乃是一篇利用变形换位的方式让人们体验动物被宰杀的痛苦，从而劝人不要杀生的劝谕类小说。当然，这篇小说也非常细腻地描绘了人类变成鱼类后在水中肆意遨游的自由感，反衬出人类自身的局限性，这样的解读也是植根于中国文学语境中的自然而然的结果。①此外，我们还可以从中读出人类如果拘泥于形骸阻隔，不能有效交流、不能理解他人痛苦的严重后果。除此之外，要对其主题作更多的挖掘恐怕就有些牵强或者求之过深了。上田秋成的《梦应鲤鱼》以此故事为蓝本，但进行了一些重要改动：这篇物语的主人公被设置为平安时代三井寺僧人兴义，善绘画。常泛舟于琵琶湖上，施钱给渔父，将他们捕获的鱼放回湖中，为的是独自欣赏群鱼嬉戏之态，然后细加描绘，天长日久，其妙笔愈加传神了。一日，兴义又专心于构思作画，不觉入睡。梦中在水域与群鱼共同嬉戏，醒后将所见一一绘出，题曰《梦应鲤鱼》。②许多人闻讯纷纷前来求取此画，但兴义只赠给些山水花鸟，他逢人便戏言：岂能将我老僧所奉养之鱼送给那些杀生食鱼之辈。这戏言跟画一样广为人知。接下去的

---

① 参见拙著《唐代非写实小说之类型研究》关于此文渊源的考论，北京大学出版社2004年版。
② 据斋藤纯《〈梦应鲤鱼〉考》指出："梦应"这一词语可能来自《太平广记》卷二一四《贯休》，其中说到"或曰贯休梦中所睹觉后图之，谓之应梦罗汉"，是指他梦中见到罗汉，醒后画之。

其他内容跟《薛伟》一文大体相似，只存在具体细节上的一些差异，比如当兴义在水中畅游，不由得想变成鱼的时候，河伯派人传旨，说他平素放生积善甚多，特赐金色鲤鱼服一袭，于是他变成了金色鲤鱼，在琵琶湖中四处遨游，享受着优美的景色（这一段景物描写极美），觉得心旷神怡。但此文结尾部分跟《薛伟》有很大不同：说到兴义病愈之后得享天年，临终时将平生所绘之鲤投入湖中，画中之鱼皆脱纸而去。他的弟子成光继承师傅妙技，名声更高，所绘之鸡令生鸡见了竟以足蹴之。在笔者看来，上田秋成的这些改动自然是极其高明的：主人公兴义是一位喜欢画鲤鱼的僧人，经常赎取渔父捕获的鱼放生，又曾入梦与群鱼共戏，醒后所绘鲤鱼更臻于化境。有了这样重要的铺垫，后文描写他梦中变成鱼就显得顺理成章，而且以梦中经历劝化众人也很吻合主人公与作者共有的僧人身份。可以说，这一改动增强了小说情节内在的因果关联，使全文变得严丝合缝、合情合理。这一特点在《薛伟》中显然是缺乏的，以此反观《薛伟》，我们就会觉得它设置一个青城县主簿作为主人公有些太随意了，而且，薛伟梦中变成鲤鱼而不是其他动物，也没什么特别的理由。不过，这也正显示出唐代传奇没有经过太多人工雕琢的朴拙之美，这也是众多后起的翻案之作所难以企及的。大概正是由于上田秋成对原作所作的这些改变，致使后来的日本学者对此文的解读也显得比较特别，至少跟笔者的理解颇为不同，这种因解读者所处文化和历史语境的不同所造成的理解上的分歧，也算是题中应有之义吧。

中村幸彦在"日本古典文学大系"《上田秋成集》的"解说"中提出应把《梦应鲤鱼》视为寓意小说，认为其主题乃是艺术家跟现实生活的关系问题，"艺术的三昧境正是变成鱼游泳时的兴义，一旦因为饥饿觅食而遭遇人类的香饵，便吃尽现实的苦头。创作这篇作品时候的兴义，刚刚因为火灾而家财尽失，从以前的学问文艺的三昧境中脱离出来，第一次直面现实生活。这样的经验和反省，必定集于其一身"。[①]这一理解把兴义变成鲤鱼后的自由状态看作艺术三昧境的象征，这从物语文本中是可以找到依据的：兴义曾在作画时入梦，与群鱼共同嬉戏，但这时他还没有变成鱼。第二次昏睡入梦时则变成了鱼，在琵琶湖中自由自在地游来游去，享受着无限美景，这确实可以被人很自然地理解为进入绘画艺术极境时与外物完全同化、泯绝物我界限后的心理状态。这也表明兴义的艺术造诣已经达到了更高的境界。中村氏更进一步结合上田秋成的生平经历，将整个变形之梦视为沉浸于艺术学问的忘我之境的兴义与无情的现实生活的第一次正面相遇，这也是比较平实妥帖的看法。胜仓寿一则在其《〈梦应鲤鱼〉主题》(《〈夢応の鯉魚〉の主題》)[②]一文中通过跟《渔服记》的对比指出，该物语的主题包含两个方面：一是通过

---

① 参见《上田秋成集》(日本古典文学大系56)，东京岩波书店1959年版，第13页。
② 《文艺研究》(《文芸研究》)第67集，1971年3月版。

变成鱼后虽然自由却无法抵挡香饵诱惑而坠入险境这一点认识到：鱼所拥有的自由乃是抵挡诱惑、保护自身的自制心所需要倚靠的一个支点。曾经作为自由象征的鱼的生活，乃是本能跟自制心的连续的纠结，要获得身体的自由与安全，就必须战胜这种本能。变成鱼亲身体验到这一点的兴义，第一次对鱼的生活有了深入理解，这使他对鲤鱼的描绘臻于神妙之境。二是作为一个本应已解脱一切烦恼的僧人的兴义，却败给了自己的本能，被渔父钓起而直面死亡的危险，在此兴义第一次觉察到潜伏在自己内心深处的弱点。兴义所体验到的痛苦，正是自身败给本能而遭受的佛的惩罚。认识到自己心底潜藏的弱点，意味着作为佛教徒的兴义的领悟力的加深。这一解说不能说毫无道理，但也颇有些以偏概全、曲为之解的嫌疑，似乎是把佛教的教义拿来硬套到作品之上。其基本思路也是将变形的情节视为象征，只不过对其意义的理解跟中村氏有所不同。《薛伟》和《梦应鲤鱼》两文中，都有河伯叮嘱主人公不要吞诱饵的话，以及主人公面对诱饵的心理描写，在《薛伟》这样的古代作品里我们一般不会将其解读为本能与自制心之间的争斗，在《梦应鲤鱼》里则是否可以这样解读，笔者尚存疑虑，总觉得那样做的话，虽然不是不可以，但总有点不自然。浅野三平在《秋成的形象》（《秋成のキー イメージ》）①一文中则将"变形（变身）"

---

① 《日本文学 解释与鉴赏》（《国文学 解釈と鑑賞》），1976年7月号。

作为关键意象来分析《梦应鲤鱼》的含义，他指出："变形"或许是人类心底隐秘的愿望，特别是对于生活在德川幕府统治时代的文人而言，变形的梦或许是作为一个透气孔存在于心底的。这个梦在《梦应鲤鱼》中获得了升华。对于生活在压抑的江户时代、暗地里怀着"变形"梦想的文学爱好者而言，秋成的这篇作品可能正好是一个拯救。这一说法比较含蓄，仔细体会，可能是将"变形"视为自由、解放、逃离的象征，或者象征着从压抑的现实生活的脱离。这一说法富于历史感，也有其很大的合理性。

在上田秋成之后不到两百年，日本现代著名作家太宰治创作出短篇《鱼服记》（1933年发表）。这篇小说的标题直接袭用《古今说海》的《鱼服记》，但内容却极不一样，讲述的是日本津轻梵珠山中烧炭人的女儿斯娃（スワ）在与世隔绝的贫穷生活中青春觉醒，感到人生的无意义，又遭到醉酒的父亲的侮辱，于是跳进瀑潭，变成了一条小鲫鱼。作为斯娃变形的前奏，小说中还记载了斯娃儿时听父亲讲的八郎变成大蛇的民间故事（曾流传于日本东北地区）。关于这篇作品的写作动机，太宰治自己在一封信中曾谈及："《鱼服记》听说是收入中国古书中的一个短篇的题目。日本的上田秋成将其翻译后，改题《梦应鲤鱼》，收入《雨月物语》卷二。我在那段悲伤的生活期间读了《雨月物语》（以下是太宰治对《梦应鲤鱼》一文内容的概述，此处从略）。我读了这篇作品（指《梦应鲤鱼》），也想变成鱼。如果变成鱼，我认为就可以讥笑那些过去曾经侮辱欺凌过我的人们了吧。但无论如何，我的企图似乎是失败了。讥笑别人这类想法，可能终究不是什么好主意。"①很可能因为受到太宰治这段自述的影响，日本学者对这篇小说的题材以及主题进行了这样的论述："太宰治通过《梦应鲤鱼》，从中国怪异谭《古今说海》的《鱼服记》采取了'人类化鱼说'的主题，以津轻深山中烧炭姑娘斯娃作为主人公，并在这一心象身上凝聚了他自身的厌世思想，写成了回荡着奇幻悲哀旋律的小说，这一旋律乃是以斯娃的精神化作小小鲫鱼逍遥徜徉于自由天地作为其核心内容的。"②作为一生自杀次数颇多（1929、1930、1935、1937、1948年先后五次自杀，最后一次死了）的作家太宰治，在写作《鱼服记》之前已经有过两次自杀未遂的经历，而且根据其年谱，在这几年里他的生活也经历了诸多变故（包括婚姻、私情、家族、政治、诉讼等很多方面），因此在小说中流露出厌世以及逃避思想乃是很自然的，而斯娃变成小鲫鱼在瀑潭中自由徜徉的艺术设计正好成为表达这一思想的有效载体。

不过，对于这篇小说的结尾，太宰治曾经有过另外一种设想："（在此我就《鱼服记》稍作说明。）从一着手时我便

---

① 1933年3月25日"海豹通信"第七封信。收入《太宰治全集》第十一册，筑摩书房1998年5月—1999年5月版。
② 参见铃木二三雄《太宰治与中国文学（一）——关于〈鱼服记〉》[《太宰治と中国文学（一）——〈魚服記〉について》]，收入《日本文学研究资料丛书·太宰治Ⅱ》，有精堂1985年版，第281页。

开始考虑结尾。就是这一句:'三天里,斯娃的死尸惨不忍睹地漂浮在村子的栈桥下。'我后来把它删掉了。因为我绝望地感到,凭我的力量,我是无法飞跃至那种匪夷所思的真实的。我太滑头了。我是那种与其远猎荒鹫,莫若近取屋檐小雀的省事主义者。如果删除这一句,更容易予人作品没有破绽的感觉的话,那么即使因此让作品的趣味远远变小,还是不动声色地删去了。这种态度并不好。即令因此作品的结构变差,而被所谓的批评家不分青红皂白地抨击,作者的意图也必须竭尽全力地予以明示。我深深地后悔。"[1]对于太宰治的上述自述以及小说结尾的寓意还有学者进行过别的解释,在介绍这一解释之前,必须再补充一些这篇小说中的重要细节:当斯娃在初雪之夜纵身跳入瀑潭后,最初她以为自己像传说中的八郎那样变成了一条大蛇,心想自己再也不用回到烧炭窝棚去了,顿时感到十分畅快。但后来发现自己变成了小鲫鱼,便在水潭四处游动,或追赶小虾,或隐身苇丛,或啜食苔藓。有一阵子,小鲫鱼一动不动,似乎在沉思着什么,随即扭动着身子一直向着瀑潭游去,转瞬间,就团团打着转,如同树叶一般被吸进了水底。

日本学者赤木孝之在他的《〈鱼服记〉论》中对太宰治略显含糊的自述以及作品的寓意进行了详细分析,他认为:

---

[1] 出自太宰治1933年的一封信,收入《太宰治全集》第十一册,筑摩书房1956年版,第20页。

太宰治为了逃离令他受尽欺凌、让他感到厌恶的现实生活，便幻想着像上田秋成那样逍遥于"艺术的三昧境"。他在《鱼服记》中反复描写的瀑潭正象征着那样一个艺术世界，斯娃所变成的鱼则可被视为艺术家的象征。但他向往的乃是完全称心适意的逍遥，因此他描写斯娃希望变成能够排除一切障碍的大蛇，而不是可能被人钓起的小鲫鱼。变成鲫鱼对他而言，乃是并不彻底的一次变形。正因为此，变成小鲫鱼的斯娃进行了"第二次自杀"（指鲫鱼被吸进瀑潭深处。但笔者没有看到其他学者对这一细节作如此理解）。这也暗示着自杀对太宰治具有很强的吸引力。在太宰治看来，如果能够在艺术三昧境中彻底地逍遥，他就可以轻视那些每日沉溺于龌龊的日常琐事并曾侮辱凌虐过自己的人。但是那些人所加予他的愁苦如此之深，以至于他最终无法投入那样一个艺术世界，所以他说"那样一个企图似乎是失败了"。至于他最初设计的那个结尾的用意，赤木孝之氏认为那大概是要表达向曾侮辱凌虐过他的人们的复仇之意。也就是说，曾经经历变形的斯娃，再度恢复人类的姿态，是要诉说因为人们的侮辱所加予的忧愁之深而致使其无法沉浸于艺术世界的强烈愤恨，是要揭发那些曾经侮辱过自己的人。但是太宰治担心这一意图表现得过于明显而将其删除了。在太宰治所强烈意识到的那些侮辱过自己的人里包含了家乡的母亲和长兄，若如此，他原来设计的这一句结尾就恐怕会成为对家乡亲人的直接告发，因此就被删去了。[1]

在笔者看来，太宰治所设计的两个不同的结尾正好涉及对于变形这一题材意义的理解：如果以斯娃变成小鲫鱼结尾，那么就是以这一变形所象征的对于自由生活的幻想结束作品，留下一个略微带些亮色的结尾，她对贫困、野蛮而又无意义的人生想要彻底地逃离，逃离后终究还是有去处可以托身。如果以被他删掉的那一句结尾，则象征的意味就丧失了，变形成为斯娃的错觉。最终她的悲惨的尸体会揭露现实的残酷与她无法逃脱的悲惨命运。

太宰治这篇作品写得十分含蓄空灵，从环境、人物到情节都极富于象征意味。然而，我们可以看到，上述各种对其象征义的发掘，或者从上田秋成的《梦应鲤鱼》获得暗示，或者从太宰治的自述与生平经历得到启发，从作品本身则难以找到十分明显的线索，这一点是跟《梦应鲤鱼》颇为异趣的。或许，这就是作为现代小说的《鱼服记》跟古典作品《梦应鲤鱼》的巨大差异，也正因为《鱼服记》的题材与主题来自《梦应鲤鱼》，所以它才可以被写得很含蓄、空灵，而又仍然很容易被理解。

太宰治确实是一个富于创造力和想象力的作家，他从日本与中国的古典作品中敏锐地发现了具备悠久活力的题材因素（这包括"变形"），然后将其变成现代主题的表达手

---

[1] 参见赤木孝之《太宰治　彷徨的文学》，东京洋洋社1990年版，第140—143页。

段（当然，在这一方面他受到过他所崇拜的文坛前辈芥川龙之介的启发，这一点已经有很多日本学者都提到过了）。除了《鱼服记》之外，他在1941年和1945年还先后发表翻案小说《清贫谭》和《竹青》，分别取材于蒲松龄《聊斋志异》中的《黄英》和《竹青》两篇作品。对自己的这样的创作方式，太宰治曾在《清贫谭》的开头进行过如此说明："（读完《黄英》后）我尝试写下那些幻想情节。也许这种行为被认为是偏离了写作的本质而将遭人非议。但对我而言，与其说《聊斋志异》里的故事是古典文学，还不如称之为故乡的传说。作为二十世纪日本作家的我，便以此说为蓝本，任由幻想驰骋其间，一抒己怀之后，还向读者宣布这是我最新的作品，而不觉得犯了什么滔天大罪。我的新体制，似乎在这种浪漫主义的挖掘之外，就别无他物了。"[1]可以看到，在这类翻案作品中，太宰治加入了自己的很多幻想成分，使之成为抒发自己心志的新作品，他并不认为这种做法违背写作的本质，这倒是十分现代的看法。在上述他的两篇标准翻案作品里，相对而言，《竹青》更符合他在《清贫谭》开头所表达的这一准则。

在笔者看来，《清贫谭》对《黄英》的变动并不太多，变形这一因素在小说中的意义也不太明显。日本学者对其主题的看法没有什么分歧，主要也是从寓意角度来立论，比如

---

[1] 此处借用了一位台湾译者的译文，并作了一些改动。目前尚未查到该译者名字。

认为其中的种菊意味着创作，那种锲而不舍地经营作品的方式是马山才之助的方式，背负着悲剧性宿命的天才之道则是陶本三郎那样的方式。黄英则对于太宰治而言，乃是自然的智慧与朝向永恒的祈祷。而那种不为金钱而种菊的纯粹性则是一心为作品而生存的"清贫"的魅力。小说结尾陶本三郎所变化而成的"醉陶"之菊则是作为作家的太宰治所梦想的"不朽的名作"。[1]此外，菊花在中国文化中本身就象征着安于清贫的节操，所以也可以将菊精陶本家姐弟二人视为清贫的人格化，马山才之助跟二人之间的争执可以视为作家对于坚守清贫这一行为的不同态度的思考，其最后的结论大概是：安于清贫固然可贵，但通过自己的天赋才能去改变清贫的处境亦未尝不可。这一点应该也是题中应有之义，可以很容易看出来。

太宰治的《竹青》一文则十分出色地利用了变形这一因素来改造蒲松龄的原作，值得加以详细讨论。蒲氏原作讲述主人公鱼容下第归来，饿甚，暂憩吴王庙廊下，入梦变为乌，随群乌觅食于行舟。吴王又以雌乌竹青为配，彼此很恩爱。一日鱼容为飞矢所伤，终日而毙，忽如梦醒。三年后，鱼容又过故所，复与竹青相见，竹青已为汉江神女，携鱼容返汉阳。两月后，鱼容思归，竹青以黑衣相赠，嘱以如

---

[1] 参见大野正博《〈聊斋志异〉"黄英"的研究——从与太宰治〈清贫谭〉的比较考察其作意》，载于《集刊东洋学》1971年25号，第35、36页。

相念，则披衣可至。鱼容归家数月，苦思汉水，披衣则化为乌，飞抵汉水，则竹青方临褥，产一子。此子成人后，送归湖南奉养正妻和氏。鱼容终留汉阳不返。这篇作品在蒲松龄众多名作之中并不特别引人注目，但太宰治通过日文译本阅读了此文，某根心弦被强烈触动，于是对其加以改写，成为一个比原作更为出色的故事：主人公仍然是鱼容，本是世家子弟，自幼向学，但父母早逝，由亲戚们轮流抚养成人，一贫如洗。他的酒鬼伯父强迫他娶了自己家的又黑又瘦的婢女为妻。这个女子比他大两岁，不学无术，对鱼容的学问表示完全的蔑视，经常让他干一些脏活。鱼容实在忍无可忍，把妻子揍了一顿，满怀信心去赴乡试，结果名落孙山。他觉得无脸回家，便来到洞庭湖畔的吴王庙，又累又饿，坐在廊下，诅咒世道的不公，悲叹命途的坎坷，觉得不如一死了之。精神恍惚之中，看到空中飞翔的群乌，不禁羡慕它们的幸福。这时来了一个黑衣男子，号称吴王使者，说吴王看到他厌恶人世、羡慕群乌，要把他补入黑衣队。于是鱼容立刻变成了一只乌鸦，飞到空中，与群乌一起接食舟人抛给的羊肉，很快肚子就吃饱了。不久，吴王又派一只漂亮的雌乌竹青做他的妻子，竹青很温顺，两人十分恩爱，鱼容感到自己半生的不幸都烟消云散了。但有一天当鱼容去行舟的帆樯上玩耍时，被士兵用箭射中胸脯，竹青眼疾手快将他衔到吴王庙廊上。然后与群乌扇起巨浪，将那艘船颠覆了。鱼容被竹青的呼唤叫醒，发现自己仍然是躺在吴王庙廊下的穷书生。

他万分失落地回到家里,冷酷的妻子立刻吩咐他去干重活。他很怀念跟竹青一起度过的幸福时光,后来又实在无法忍受旁人对他的蔑视,又把妻子揍了一顿,再一次去赴乡试,结果又落榜了。他怀着万分悲痛之心来到吴王庙,放声哭泣,又拿出所有的钱买来羊肉,给鸦群享用,希望能再见到竹青。但羊肉全被吃光了,竹青也没有出现。他万分绝望,想效法屈原投湖自杀。正在这时,竹青突然出现了。原来她已经成为汉水的神鸟,刚听到伙伴们的通报,从汉阳赶来。竹青邀请对故乡充满畏惧的鱼容一起去汉阳,但鱼容却希望带着竹青返乡,好在故乡亲人面前炫耀一番,认为借此获得他们的尊敬,乃是人生最大的幸福、最终极的胜利。但竹青嘲笑他这是乡愿的想法,鱼容只好接受她的邀请,两人变成乌鸦,趁着夜色飞往汉阳。天亮时,到达汉水孤洲上的家,受到热烈的招待。鱼容看到窗外汉阳的美丽春色,不知为何想念起家中的妻子。竹青趁机指出鱼容其实并不能割舍结发之妻,跟她一同分担劳苦、共同生活乃是他真正的理想,并劝他立刻回家。鱼容万分狼狈,进行争辩,但竹青向他严肃地说明了全部的真相:当初吴王派竹青相随鱼容,是为了搞清楚他是不是真的羡慕乌鸦,其实神最讨厌变成禽兽后体验到真正幸福的人类,因此一度为了惩罚他,便让他被箭射伤,回到人世。后来,他又请求回到鸟的世界,神又决定试探一下,让他在长途的旅行中体验到各种快乐,并沉醉于其中,看他是不是完全忘记了人世。如果忘记的话,将给予他更为可怕的惩罚。而现在，鱼容并未忘记人世，他通过了神的考试。竹青又劝谕他说：人生就要在人类的爱憎中去承受痛苦，不能逃避。只能长久地忍耐和努力。学问那东西过得去就行了，过分地炫耀自己的脱俗乃是卑怯的表现。要更加直面人生，爱惜它，为它而愁苦，一生都专心致志于其上。神最喜爱的就是这样一种人类的姿态。因此，竹青请鱼容乘上为他准备的船返回故乡。竹青说完这些话，突然随着那些楼台、庭园一起消失了，只剩下鱼容呆立在中流的孤洲之上。他乘舟回到故乡的渔村，垂头丧气、提心吊胆地回到家里，却发现出来迎接自己的竟是漂亮的竹青，他惊呆了，脱口叫了一声"竹青"，但这个"竹青"却很诧异地对他说道："你在说什么呀？你到底去了什么地方？当你不在的时候，我大病了一场，发着可怕的高烧，没有人照顾我，我十分地想念你，为自己以前把你当蠢物的那些错事而后悔不已，你不知道我多么地盼着你回来。我一直高烧不退，这时全身肿得发紫，我觉得这是对我的报应，我曾那么粗暴地对待你那样的好人，自然会遭到报应啦。就在我静静地等死的时候，肿起的皮肤破裂，流出很多绿水，立刻感到身体变得很轻松，早上一照镜子，发现我的脸完全变了，变得这样地美丽，我高兴得把病呀什么的全都忘了，从床上跳起来，立刻开始收拾屋子，这样的话，你就会回来吧？我好高兴哪！请你宽恕我吧。我不只是脸变了，身体也都完全变化了，从此以后我的心也改变了。过去做的坏事都随着那些绿水一起流走了。请你把过去的事情忘掉，宽恕我，让我一辈子都待在你的身边吧。"一年以后，他们生了一个漂亮的儿子，鱼容给儿子取名"汉产"，他没有告诉最爱的妻子取名的理由。这与他对神乌的思念一起，成为心底的秘密。以前经常炫耀的那些"君子之道"他也不再挂在嘴边，像以前那样默默地继续过着贫困的日子，不再对亲戚们的不敬感到多么在意，作为一个极平凡的农夫埋没在尘俗之中。以上的概述省略了大量精彩的对话与景物描写，这些景物描写绝大部分来自太宰治深厚的汉文学素养，对此日本学者已经做过十分翔实的考证[1]，在此不必一一赘述。

从小说的情节来看，太宰治对蒲松龄原作的最大改变有两处：一是鱼容的妻子在原作中没有被特别强调，在太宰治这里却被设计成又黑又瘦又粗鲁无知的婢女，但最后却令人惊异地变得跟漂亮温顺的竹青一模一样，这是跟鱼容变成乌鸦的变形不太一样的人类自身内部的变形；二是鱼容在原作中最终留在汉阳，跟竹青生活在一起，没有再返回人世，但在太宰治这里，竹青主要作为神的使者，以试探鱼容是否真正对人世厌倦，并劝导他要对人生采取宽容、积极、乐观的态度，最终迫使他回归人世，以普通人的身份与妻子平静地度过一生。从这样的改变可以看出，这两篇同名的小说在主

---

[1] 参见铃木二三雄《太宰治与中国文学（二）——〈清贫谭〉与〈竹青〉》[《太宰治と中国文学（二）——〈清貧譚〉と〈竹青〉》]，收入《日本文学研究资料丛书·太宰治Ⅱ》。

题上已经完全不同，对此笔者不拟在此多作讨论，而主要对第一个方面稍加探讨。在这两篇小说里，变形的因素运用得比较特别：首先是鱼容在吴王庙入梦变成乌鸦，后来则是神乌竹青在现实中变成美女，又与鱼容一起变成乌鸦飞往汉阳，人类与乌鸦之间可以随意自由地变化。蒲松龄对鱼容变成乌鸦后与群乌一起逐舟觅食作了描写，太宰治则变本加厉，对鱼容两次变成乌鸦后的生活作了极其详细的描写，尤其是他与竹青在秋风袅袅的洞庭湖上"散步"以及月夜一起从长江上空飞往汉阳的过程被描写得十分优美迷人，而且是从鸟类和作为人类书生的鱼容的双重视点来写，表现得很高明，颇富想象力，这实际上也是在表现人类对于自由的向往。变为鱼或者鸟类（或其他能飞的动物）在中国古代文人心目中就是被当作脱离人身羁绊、获得自由的象征[1]，在这里自然也可以这样来理解。不过，太宰治很明确地将鱼容两次变成乌鸦的变形当成神对他的"考试"（"試験"）来看待，变成乌鸦意味着对人类的厌弃，而神却是很讨厌那些变成禽兽体验到幸福而忘却人世的人。鱼容因此遭到被箭射伤的惩罚。日本学者也指出第一次的变形之梦启示鱼容他不可能在"异界"生存与自立。[2]在通过第二次变形进入异类的世界之后，竹青看出鱼容并未真正忘记人世的妻子，于是趁势对

---

[1] 参见拙著《唐代非写实小说之类型研究》对梦中变形亚型的讨论。
[2] 参见池川敬司《读太宰治〈竹青〉》（《太宰治〈竹青〉を読む》），载于《太宰治研究12》，和泉书院2004年版，第76页。

他进行劝导,告诉他神所欣赏的人类对于生活的态度应该是什么,也告诉他正因为他变形后体验到异类的幸福的同时并未忘记人世,所以才幸免于神对他的更严厉的惩罚。有日本学者把鱼容的第二次变形也看作是梦境[1],对此笔者不敢苟同。第二次变形不管太宰治还是蒲松龄都是当作现实来表现的,太宰治最后写到竹青说完那番劝谕的话之后突然随着楼台、庭园从鱼容面前消失了,这并不意味着那一切都是梦,顶多只能视为竹青所设置的幻境。太宰治的《竹青》最令人意外的乃是结尾鱼容妻子的"变形":她得了一场怪病之后,竟然脱胎换骨,变成了跟竹青完全一样的美人。这个设计很富于创造性,但笔者以为这一设计的根源还是在于《聊斋志异》,这一点没有看到日本学者指出来。在《聊斋志异》中,类似的变换容貌的情节不止一处,比如卷七的狐精故事《小翠》的结尾部分写到狐女小翠不愿意久留于人类世界,但又担心深爱她的丈夫元丰太难过,于是渐渐地改变容貌,变得跟以前完全不一样了。这时小翠以自己不育为由劝元丰纳妾,元丰答应了,娶了钟太史之女。成亲那天,他发现此女竟然跟小翠后来所变化而成的样子一模一样。这时他发现小翠也永远地离去了。元丰虽然难过,但"幸而对新人如觌旧好焉"。这时他才明白小翠早就知道他将娶钟氏,便预先变成钟氏模样,"以慰他日之思"。笔者相信太宰治在读《聊斋

---

[1] 参见池川敬司《读太宰治〈竹青〉》,载于《太宰治研究 12》,第 81 页。

志异》时看到了这个故事,也一定受到了启发,便在《竹青》结尾运用了类似情节,使这篇小说获得了一个特别巧妙而又完美的结局,没有这一结局,这篇小说将会是不完整、不自然,并令人感到遗憾的。虽然太宰治在基本构思上受益于蒲松龄,但他的具体表现手法又颇为现代:他不像蒲松龄那样描写鱼容妻子被超自然力量改变容貌,而是描写她因病改变容貌,这是既现实又奇幻的表现手法。这一手法具有很强烈的象征意味,对此日本学者有很独到的分析:《竹青》结尾鱼容妻子的变形,与其视为妻子的变化,不如从鱼容这一方来理解,看作是现实世界初次通过他妻子明白地表示出鱼容在完全接受现实之后所带来的价值观以及对事物看法的转换。简而言之,就是丑妻也能看起来如同竹青那样美丽。这样一种转换也带来了更为亲密的夫妻关系,让他们去构筑幸福的家庭和生活。鱼容所希望的幸福生活的姿态在此呈现出来了。[1]这一说法是完全可以被接受的。不过,完全从鱼容一方来理解结尾妻子变形的意义也未必很全面,以患病而导致容貌改变象征着妻子痛改前非、洗心革面,这一点也不应被忽视,这正是现代小说比较典型的技法。

　　从为数不多的与变形题材有关的翻案之作可以看出,日本作家似乎对人类变成动物的类型更感兴趣。从变形母题的历史发展来看,人类变成动物主要包含异化与升华两种意

---

[1] 参见池川敬司《读太宰治〈竹青〉》,载于《太宰治研究12》,第82、83页。

味，而尤以前者占多数，这反映出人类对自身处境的不满。而升华其实也可以被视为人类对自身生存状态不满的一种表现。不过，前者更多地带有反省与批判色彩，后者则更多地带有幻想与逃避倾向。在文学史上，这两种倾向乃是并存的。不过到了现代，通过人类变形表现异化主题的情形更受关注了。西方文学暂且不说，日本文学中最典型的例子则是中岛敦的《山月记》(发表于作者逝世后的1942年)。《山月记》主要是以《古今说海》所载《人虎传》为蓝本改写而成的，同时也参照过《太平广记》所载的《李徵》一文。[1]而《人虎传》本来就应是以《李徵》为底本加以改动的（或许二者就是异文关系），增加了一些内容，人物的名字也被改变。[2]中岛敦则又对《人虎传》加以创造性改写[3]，使其主题

---

[1] 《李徵》载于《太平广记》卷四二七，注出《宣室志》；《人虎传》收入《古今说海》"说渊部"。

[2] 对此，日本学者进行过详细考证，可参见上尾龙介《人虎传山月记》（《人虎傳と山月記》），载于《中国文学论集》1974年4月号，九州大学中国文学会发行。富永一登《〈人虎传〉系谱——从六朝化虎谭到唐传奇小说》（《〈人虎伝〉の系譜——六朝化虎譚から唐伝奇小説へ——》），载于《中国中世文学研究》第13号，1978年9月版。坂口三树《李徵之变——〈人虎传〉与原文有关的笔记摘要（《李徵の変容——〈人虎伝〉本文の生成に関する覚書——》），载于《中国文化（研究与教育）》[《中国文化（研究と教育）》]第64号，2006年版。

[3] 关于《山月记》与《人虎传》的比较研究，日本学者已经作过大量工作，比较有代表性的论文、论著：坂口三树《李徵的转生——从与〈人虎传〉的比较看〈山月记〉的近代性》（《李徵の転生——〈人虎伝〉との比較から見た〈山月記〉の近代性》），载于《中国文化》第65号，2007年版；藤村猛《中岛敦研究》，溪水社（广岛）1998年版。

变得更为复杂,也更具现代性了。为了便于对《山月记》进行分析,在此先对其内容加以概述,并顺带指出其与《人虎传》的主要差异:

小说主人公陇西李徵才情颖异,天宝末年进士及第,补江南尉,但因其性情狷介,自视甚高,不甘心做一名卑微的小吏。不久辞官归里,终日沉溺于诗词歌赋,断绝与外界的交往。他一心想成为名垂青史的诗人(《人虎传》无此细节),但文名尚未远播,生活的困窘却与日俱增。他渐渐地变得焦躁不安,相貌也变得冷峻峭刻,脸颊深陷,只有双眸依旧炯炯有神(《人虎传》无此细节)。后来因妻儿老小的生计所迫,只得重新效力官场,担任一名地方小吏,这既是因为他对自己所选择的诗歌之路有些绝望,也因为昔日同年、同僚都已经官居高位,让他很不服气。但他在官场总是郁郁不乐,狷狂的个性日益难以自制(《人虎传》无此细节)。一年后因公外出,旅宿汝水河畔时,终于发狂,遁入山野,从此下落不明。第二年,出身陈郡的监察御史袁傪奉诏出使岭南,途经商于地界时,不顾驿站官吏劝阻,乘着残月登程,在林间为一只猛虎袭击,但眼看猛虎就要扑到袁傪时,却突然返身躲入草丛。接着从草丛里传来一个人反复念叨"好险哪、好险哪"的话,袁傪听出这是当年好友李徵的声音,万分惊讶地加以询问,于是二人隔着草丛开始了长篇对话,李徵十分详尽地坦露了自己变成老虎的经历和感受:在当年的那个夜晚,李徵听到门外幽暗处有谁在呼唤他的名字，于是不知不觉跟着声音跑了出去，像在梦中一样忘记自我地奔跑着，在奔跑过程中发现自己变成了一只猛虎，不禁感到茫然和恐怖。他不知道为什么会发生这样的事，但又觉得有时候我们不需要判明真相，只能温顺地接受强加给我们的命运，不需要追寻理由地活下去，这就是我们作为生物的命数。他本来想立刻去死，但这时一只兔子从他眼前跑过，他体内的"人"立刻消失得无影无踪。当"人"的感觉再次在体内苏醒的时候，他的嘴巴已经沾上了兔子的鲜血，周围散落着兔子的皮毛。这是他身为老虎的最初的经验，从此以后的所作所为，令他不忍提及。只不过，每日里必定会有几小时恢复人的意识。复苏的时候，跟以前一样，可以说人话，也具备复杂的思维能力，可以背诵"四书五经"的章句。以人类心灵的尺度，审视自己变为老虎之后的残虐的行径。他反思自己的命运时，是悲哀、恐惧、慨叹的。可恢复为人的时间随着岁月的推移日渐缩短。到后来，虽然偶尔还会奇怪自己变成老虎，但居然也会想到自己以前为什么会是人。或许再过一些时日，身体里的人性将会完全消失于身为野兽之后的习性之中吧。最终将彻底忘记自己的过去，完全作为一只老虎疯狂地生存。即使再次遇到袁傪，也无法辨识，将其吞噬也不会感到愧悔。兽也罢，人也罢，究竟应该如何区分呢？刚刚意识到这类问题，旋即又可能会忘记，难道自己不是一开始就认定自己应该是如今的模样吗？或许，自身里面的人类之心消失殆尽，反倒会是他的"福分"吧。

可是他的人类之心现在却对此感到无比的恐惧。这样的痛苦没有谁能够体会,除非别人也变得跟自己一样(《人虎传》无此细节)。说到这里,变成老虎的李徵向袁傪提出一个请求,请他把自己为之付出毕生心血,以至心神迷狂、家产尽失的一些诗文记录下来,传诸后世,如果不这样做的话,将会令他死不瞑目。李徵又说自己为此感到羞愧,因为纵然变成老虎,他也仍然梦想着自己的诗作被长安城里的风流雅士传诵,这是他卧在石窟岩洞里所做的梦。袁傪一面感慨李徵的才华,一面又隐约感觉李徵的诗在那非常微妙之处,似乎又缺点什么(《人虎传》无此细节)。拂晓将至,李徵又继续向袁傪剖白自己的心迹:其实自己遭此厄运,也不是全然意外。当他为人的时候,刻意回避与人的交往,导致他人都认为自己狂妄自大,但那其实是一种近乎自卑的羞耻心在作怪。曾经被人呼为故乡鬼才的自己,一心想成就诗名,却又不愿意拜师求教,也耻于与诗友切磋诗艺。固守高洁,不愿与流俗为伍,渐渐远离世间,疏远人事,而这完全是怯懦的自尊心与自大的羞耻心所导致的。每个人都应该是驯兽师,而那猛兽就是各自的性情。而他自己的猛兽就是妄自尊大的羞耻心,是猛虎,这使自己蒙受损失,空耗了仅有的才华,也伤害了妻儿朋友。结果,自己的外形与内心变得如此地相称。而今,变成了老虎,他才终于明白了一切。一旦想起这些,他就感到烧灼心胸的痛苦。为了排遣这种伤痛,他只能爬上山顶,向着空谷和月亮咆哮,但是兽类、山峦、明月和露珠全都无法理解这种痛苦,就如同为人时,无人洞晓他那容易受伤的内心一样(《人虎传》无此细节)。转眼黎明将至,分别在即,李徵又请求袁傪将来照顾自己的妻儿,让他们免受饥寒之苦。对自己这一举动,他又加以自责说:如果自己果真是人的话,应该先请求此事,可惜他关心一己的诗名远甚于饥寒交迫的妻儿,因此沦落兽道不足为怪。最后,李徵再次提醒袁傪归途不要经过此地,以免自己不识老友发动袭击。袁傪与李徵道别之后,驱马登上山顶,回望二人相遇之处,看到一只猛虎跃出草丛,向着残月咆哮数声,又转身隐入了草丛[①]。

从以上概述可以看到,中岛敦这篇翻案之作极为充分地发掘了变形题材的表达潜能,使其内涵变得非常丰富。通过人化虎的题材表达对人性的思考这一主题其实并不新鲜,在中国古代的《僧虎》这篇故事中即可以看到非常近似的写法:一个僧人戏披虎皮拦路抢劫,结果后来真的变成了虎。有一次他捕获一个僧人,将之分裂而食时良心发现,忽然又变成人。他向一位高僧忏悔自己的罪过,高僧说:生死罪福,皆由念作。刹那之间,即分天堂地狱,岂在前生后世耶。尔恶念为虎,善念为人,岂非证哉。[②]这已经在利用变形题材象征性地表达对于人性的理解:为人、为兽其实也就

[①] 参考梁艳萍译文,译文来自网络,笔者根据日文原著对此译文进行了局部修改。
[②] 参见《太平广记》卷四三三,注出《高僧传》,但笔者在现存《高僧传》中没有找到这个故事。

在善、恶一念之间而已，善念萌生就为人，恶念发动即为兽。只不过表达得比较简单而已。中岛敦的《山月记》则通过变成老虎后的李徵之口对自己身上人性与兽性的消长更替进行了极为深刻生动的描述，表现出人性的复杂一面，这在小说中已经表达得十分充分，不必在此再加以复述了。而从日本学者对《山月记》的研究，笔者发现李徵变虎的原因和意义被予以了特别的关注。概而言之，这些原因共包括三方面：（1）命运说；（2）性情说；（3）非人性说。日本学者反复讨论这三者何者为重，何者为轻[①]，窃以为这一比较似无太大意义，化虎在这篇小说中只是一个表达手段，作者借此对人性加以探讨，不妨认为李徵身上那种过于自尊与自卑、对于名誉的过分执着以及因此对于妻儿的疏忽都是偏离正常人性的部分，也都是他性情中潜藏着的一只"猛虎"，而这在很大程度上都是天赋的人类情性所决定的，不是个人所能选择、所能控制的。当李徵还是人类的时候，他甚至对这些自身性格的弱点根本没有意识到，直到他变成了老虎，才开始反思自己为何遭此厄运，这时他才意识到自己身上那些属于兽性的因素，因此变形是他进行自我反省、自我否定的重要机缘。这一点，日本学者也指出过了。[②]应该说，小说表现出这一点乃是极其尖锐的：当人类被异化成自己的异类

[①] 参见藤村猛《中岛敦研究》，第36—40页。
[②] 参见藤村猛《中岛敦研究》，第68—70页。

时,或者说自我被改变得面目全非的时候,或许才能获得一个可以清醒而痛切地审视过去自我的立场或角度。还有学者注意到李徵性格中自闭的特点,认为小说所表现的老虎的"咆哮"乃是"自闭的咆哮",李徵始终封闭在自我内心深处,没有获得一个可以进行真正有效交流的"他者",因此无法获得拯救,而他的诗歌在那"微妙之处"所缺少的东西也正是因为缺乏这种交流所导致的生命力的丧失。[①]自闭的性格以及与此相伴随的"怯懦的自尊心与自大的羞耻心"确实是李徵性格中被着力表现的内容,李徵在尚为人类时不屑与流俗为伍,渐渐地远离世间、疏远人事,并不觉得有与他人交流往来的必要。当他一旦变成老虎,与人世的隔绝达到最极端的状态时,他才反省过去,伤痛懊悔,希望有人能理解他的痛苦,但即使他"捶胸顿足地狂怒咆哮、呼天抢地地哀婉嗟叹",身边的万物都不可能对此有任何领会。在这里,变形成为最极端的自闭性格的象征,这也是《山月记》中最撼动人心的一个设计了。

在日本学者对《山月记》寓意的讨论中最富于建设性的乃是提出此文在一定意义上可被视为作家的自况。从中岛敦的年谱来看,1941年6月他向自己此前任职的横滨高等女学校提出辞呈,决定"终止教师生涯、打算进入作家生活"。

[①] 参见田中实《自闭的咆哮》(《自闭の咆哮》),载于《日本文学》1994年第5号,第54、57页。

后来为了生计，又前往南太平洋密克罗尼西亚的岛国帕劳（Palau）担任南洋厅内务部地方课勤务。但他十分厌恶官吏生涯，经常去岛民部落旅行。后来因为健康状况恶化，于翌年3月回到东京，不久死去（享年三十三岁）。[①]《山月记》正好写作于这一时期，主人公李徵被设置成一个厌恶官场、为了诗歌而心神迷狂、连妻儿生计都不顾的贫穷诗人，即使变成猛虎也不放弃对诗歌的执着——"变形"将他的这种执着极大地予以强化了——但他的诗歌并未给他赢得他所向往的声名，而且在袁傪看来，他的诗也并未臻于神妙之境。因此，日本学者认为这一人物及其变形正表现了中岛敦对于自己从事写作的执着、犹疑、不自信，以及如何处理写作、生活与家庭之间关系的复杂心理（在笔者看来，也表现了作家自己的性格，比如对官场的厌恶等）。[②]由此，我们也可以理解为何中岛敦会对《人虎传》这一故事发生改写的兴趣。说起来，他与太宰治、上田秋成都有一个共同之处：那就是借他人之酒杯，浇自己之块垒。借用中国古代的变形故事，乃是为了自抒情志。他们在近代、现代文学的氛围中运用变形母题，使其完全成为文学象征的手段，让这一古老的母题焕发出新的意义。同时，人们对于变形母题与题材内涵的理解，也与古典时代有了很大差异，变得更为复杂和丰富。

---

① 参见《日本现代文学全集82》所附中岛敦年谱，讲谈社1964年版，第410—411页。

② 参见藤村猛《中岛敦研究》，第50、51页。

「鹤睫分光照始真，纷纷世上少全人」
——「使人现出原形的动物毛发」母题的分布及其演变

斯蒂·汤普森在《民间文学母题索引》一书的"D1821.3.10"记录了这样一个母题——"透过羽毛观看而获得神奇的视力",他所提供的代表性例证是英国学者所记录的一则印度故事[①]:

> 一个 Baiga 人的妻子总是跟他争吵,他只好离家去打仗。当他到达战场时,发现仗已经打完了,所有的人都已战死。这时 Rai Gidal(一种吃死尸的神,以秃鹫的形象出现)从天上飞下来,她没去吃那些完好的尸体,而去吃一具已经腐烂干枯的尸体。这个男子走过去问她这是为什么,她便让男子透过她的翅膀向战场眺望,他发现整个战场上

---

① Stith Thompson: *Motif-Index of Folk-Literature*. D1821.3.10 Magic sight by looking through feather."India: Thompson-Balys", Indiana University Press 1993, p.335. 其中的"India: Thompson-Balys"是指包含着这一母题的代表性故事,见于由 Stith Thompson 与 Jonas Balys 编纂的 *The oral tales of India*, Indiana University Press 1958。而根据 *The oral tales of India* 一书的指示,我们可以找到这一故事的原始出处:Verrier Elwin: *The Baiga*, London 1939, pp.175—176。

横卧着猪、狗、驴子、母山羊、青蛙等各种动物的死尸，却没有看到一个人。这时这个vulture（秃鹫）说道："我只吃那些来世将投胎转生为人者的尸体。"说着，她从翅膀上拔下一根羽毛送给他，他带着这根羽毛回到家里，透过羽毛看他的母亲、妻子和父亲，发现他们分别是母山羊、母狗和牛。于是他赶走了妻子，打算去找一个"人"来结婚。他来到集市，透过那根羽毛观察着每一个人，却没有看到一个真正的人。最后，他看到一个贱民的女儿来到集市，发现她是一个很可爱的人，便一把抓住她，说要跟她结婚。所有的人看到这一幕，都开始拼命地嘲笑。但他还是把这个女子带回家，他的父亲也透过羽毛看了她，发现她是个真正的人，就为两人举行了盛大的婚礼。这名男子跟这个女子在一起生活得很幸福。①

英国学者记录这个故事的目的乃是为了说明古代印度的Baiga人并无种姓歧视的观念，但对笔者来说，这一故事特别引人注目之处主要还在于其中所包含的奇特母题：透过秃鹫的羽毛可以看到人的原形或其三生的形象，这原形与三生形象大都是动物。动物原形（但具备人的表象）与所谓"真正的人"（即表里都是人）则又各自象征着一种负面与正面

---

① 本篇引文凡原为英文或日文者，均由笔者译出，并根据需要进行了缩略。

的价值评判。在这一故事与其各个变体中[①]，原形为动物的基本上都是身份高贵者（属于婆罗门等种姓），而"真正的人"则都是贱民，这自然不得不让人认为此类故事中包含着反对种姓制的明显意图。那么人类为何会在特定的观察方法下显现为动物？在上述故事中似乎主要暗含着"轮回说"这一理由，而其另一篇异文则十分明确地运用了"灵魂迁移说"来对之加以解释：

> 所有的印度人和桑塔尔（Santals）人都认为，是塔库尔（Thakur）创造了大地、天空、人类、动物、昆虫和鱼类。他根据所需数量创造出各类灵魂，并使这些灵魂不断地有时进入人类身体，有时进入动物的躯体。这就使得很多人会具备动物的灵魂。如果一个人具备人的灵魂，他就会生就温和的性格。而如果一个人具备猫或狗的灵魂，他的脾气就会很暴躁，喜欢跟人吵架。一个具备青蛙灵魂的人会表现得沉默而阴郁，而那些具备老虎灵魂的人则在争吵中从不服输，务必赢过他人而后快。有一个故事可以证明上述这些说法……

[①] 笔者还找到了该故事的两篇异文，它们的情节差别很小：1."The Brahmin and the vulture"，见 *Santal Folk Tales*，London，OSLO．1929，pp.89—95；2."The transmigration of souls"，收入 Cecil Henry Bompas，*Folklore of the Santal Parganas*，New Delhi，2001（London，1909，第一版），pp.267—269。

显然，这一解释显得比较客观一些，道德化的色彩也不明显。

除了汤普森，似乎再无人注意到上述这一奇特母题，也没有人指明其分布范围。汤普森的《世界民间故事分类学》、艾伯华的《中国民间故事类型》、丁乃通的《中国民间故事类型索引》与祁连休的《中国古代民间故事类型研究》都未提及或者收录包含这一母题的故事类型。直到最近，日本学者冈田充博教授的一项研究才揭示出这一母题在印度、中国、朝鲜以及日本的分布情况，并对其传播路线进行了初步推测①。冈田先生所提到的中国的例子是晚唐卢肇（约821—约879年）的《逸史》所记载的"鹤睫"故事：

> 李相公游嵩山，见病鹤，亦曰须人血。李公解衣即刺血。鹤曰："世间人至少，公不是。"乃令拔眼睫，持往东都，但映眼照之，即知矣。李公中路自视，乃马头也。至东洛，所遇非少，悉非全人，皆犬狨驴马，一老翁是人。李公言病鹤之意，老翁笑，下驴袒臂刺血。李公得之，以涂鹤，即愈，鹤谢曰："公即为明时宰相，复当上升。相见非遥，慎无懈惰。"李公谢，鹤遂冲天而去。②

---

① 冈田充博《日本故事"狼的睫毛"的原话》（《日本昔話"狼のまつ毛"の原話》），载《新汉字汉文教育》（《新しい漢字漢文教育》），2008年第46号，第16—27页。
② 《太平广记》卷四六〇，中华书局1961年版，第3768页。另，北宋张君房编撰《云笈七签》卷一一三上亦引此，标题作《李石》，文字也较为详细。

与卢肇大致同时的段成式的《酉阳杂俎》前集卷二"玉格"部也记载了一则情节与此颇为接近的故事，但其中没有包含关键性的"透过鹤睫看出人的原形"这一母题因素，而只是提到一个老翁告诉救鹤者须用三世为人者的血才能救治病鹤，并指点他去洛阳城里寻找三世都是人的胡卢生，请求他献血救鹤[①]。冈田先生认为：在中国，这一故事是孤例[②]，可能是受到印度故事影响之后所产生的一个变体，这一中国的故事先传入朝鲜，然后再传入日本；也有可能这一故事是随着《太平广记》的传播直接进入日本，并在日本发生变异；还有一种可能则是前述印度故事直接传入了日本。但对这最后一种可能性，冈田先生表示了比较谨慎的保留态度。

根据冈田先生所提供的资料[③]，我们可以对包含这一母题的故事在朝鲜、日本的分布与演变进行简要描述。

比中国的"鹤睫"故事的记载晚了将近四百年的朝鲜高丽王朝的"台山月精寺五类圣众"故事包含着跟"鹤睫"母题相似的"鹤羽"母题：

> 按寺中所传古记云：慈藏法师初至五台，欲

---

① 参见《太平广记》卷四六〇，第3767页。
② 笔者认为这一说法并不准确，理由详后文。
③ 2008年9月20日，在东京大学户仓英美教授主持的"第三次中国古典小说学习会"上，冈田教授作了题为《人看起来像动物的故事》（《人が動物に見える話》）的口头报告，提供了朝鲜、日本的大量有关资料。

睹真身，于山麓结茅而住，七日不见，而到妙梵山，创净岩寺。后有信孝居士者，或云幼童菩萨化身，家在公州，养母纯孝。母非肉不食，士求肉出行山野。路见五鹤射之，有一鹤落一羽而去。士执其羽，遮眼而见人，人皆是畜生，故不得肉，而因割股肉进母。后乃出家，舍其家为寺。今为孝家院。士自庆州界至河率，见人多是人形，因有居住之志。（中略）俄有五比丘到云："汝之持来袈裟一幅，今何在？"士茫然。比丘云："汝所执见人之羽是也。"士乃出呈，比丘乃置羽于袈裟阙幅中相合，而非羽，乃布也。（后略）①

这一"鹤羽"的母题巧妙地跟佛教的神异传说结合到了一起，并且含蓄地表达了一种对人性进行评判的儒家的价值观，这跟中国的"鹤睫"故事所表达的只有真人的血才可救治病鹤的观念颇为同调地肯定了真正的"人"的价值。

这一母题在朝鲜的重要变化或许应该体现在其中的"动物毛发"因素从"鹤羽"变成了"虎睫"（当然，这只是可能性之一）：二十世纪三十年代朝鲜民俗学者郑寅燮所编的《温突夜话》记录了一则"虎僧的睫毛"的故事②——讲述

---

① 参见〔朝鲜〕高丽王朝高僧一然（1206—1289年）著，〔韩〕权锡焕、〔中〕陈蒲清注译《三国遗事》"塔像"第四，岳麓书社2009年版，第331页。
② 参见〔朝鲜〕郑寅燮《温突夜话》，东京三弥井书店1983年日文版。此处所引述的故事采集于1917年。

一个旅人与一名僧人同行，僧人拔下自己的睫毛，让旅人用这睫毛遮着眼睛眺望远处田野里劳作的农人，他发现那些人原来大都是狗、兔、羊、豚、马、牛，其中只有一个人。又一看立在自己身边的僧人，原来竟是一只巨大的老虎。老虎向前跑去，那些狗、兔子、羊都吓得撒腿逃命。只有那个人，手握镰刀，跑过来要抵挡这只老虎，老虎吓得朝着旁边的山里逃走了。旅人把睫毛从眼睛上拿开，便看到那些狗、兔子、羊又变成了人，老虎也重新变成了僧人。旅人得知虎僧正奉命要去吃一只小狗，而这只小狗正是旅人的侄女，旅人为之求情，虎僧免其侄女一死。这是一个有趣但又并不包含明显道德教益的故事，大概只是因为有人对那一奇特母题颇感兴趣而编出了这样的故事。

冈田先生之所以推测这一母题有可能是从朝鲜半岛传入日本，乃是因为其中关键的"动物毛发"这一因素从中国的"鹤睫"变成了朝鲜的"鹤羽"与"虎睫"（朝鲜半岛多虎），然后又变成了日本的"狼睫"（日本无虎，但有狼）、"宝石"等因素。从迄今所见日本的相关故事来看，"狼睫"确实是颇为引人注目的要素，而包含这一要素的典型故事就是流传于日本秋田县的"狼的睫毛"：

> 有一个人无论怎样卖力地干活，家境也不见变好，心想还不如让狼给咬死算了。这样想着，他来到狼的巢穴。几匹狼大模大样地回来了，都

没有吃他就回洞里了。一匹最大的狼走过来了，他走过去对它说："请把我吃了吧。"这匹狼说："你是人，所以我不能吃你。你的老婆是一头牛，所以不管你如何劳动都没有用。只有跟人结婚，你才会发家致富。这是我的一根睫毛，你拿着它去看人，就知道他们都是什么了。请带上这个回家去吧。"这个人拿着狼的睫毛回家，一看他的老婆，发现她果真是一头牛。他大吃一惊，心想可不能再跟她待在一起了，便一个人跑到一个很大的町，发现只有一个卖炭的女人是人。他跟着她来到设有烧炭炉灶的家，请求在那里住上一晚。女人让他住下了。第二天清早，这人拿着狼睫毛去看烧好的木炭，发现全都是金子。他跟这个女人结了婚，变成了一个阔佬。①

属于"狼的睫毛"类型的故事在日本数量颇为可观，如果将它们跟前述印度故事相比，会发现彼此的情节模式惊人地相似，主要的差别则在于：日本故事中的男子在重新找到合适妻子的同时也获得了财富，而且这显然是故事的重要内容——男子受穷是因为他妻子不是真正的人，当赶走这妻子并找到真正的人结婚之后，他便摆脱了受穷的命运。这表现

---

① 参见稻田浩二、小泽俊夫编集《日本昔话通观》，日本京都同朋舍1982年版，第五卷（秋田）。

出十分实用的观念,道德教诫的意味似乎非常淡薄(当然,我们也可以认为其中包含着另一种道德观念)。

"使人现出原形的动物毛发"这一母题在中国其实并非孤立的存在。早期的文献记载固然只见到《逸史》所载的"鹤睫"故事,以及偶尔也会有人提到此则故事①,但其同类型故事很可能一直在中国民间流传不辍,因为我们在当代的民间故事中看到了含有这一母题的一些异文。其中最重要的例子当数《虎须》②,其主要故事情节为:

> 一个箭无虚发的猎人遇到了一头老虎,老虎向他求饶,表示自己不会吃人,因为它上辈子是人,死后投错了胎才变成虎。又说山里的各种动物也会投胎变成人,但只能是坏人。老虎送给猎人一根白色的虎须,让他把它揣在怀里,念三遍咒语,就可以看到一个人是什么东西变的。但不管看到什么都必须守口如瓶,否则会招来杀身之祸。猎人带着虎须,下山途中接连碰到打娘的逆

---

① 〔元〕方回《桐江续集》所载《再赠周国祥言相》云:"纷纷世上少全人,鹤睫分光照始真。李相头颅君莫笑,神仙犹现羽禽身。"见《四库全书珍本初集》集部"别集类"之《桐江续集》卷十,台湾商务印书馆 1969 年版,第 3 页 b 面。〔元〕惟则会解、〔明〕传灯疏《楞严经圆通疏》卷八云:"以此而为鹤睫以验,举世间人乎、非人乎,而无遗策矣。"冈田充博《日本传说"狼的睫毛"的原话》(《日本昔话"狼のまつ毛"の原话》)一文的注(14)提到了这一则材料。
② 参见薛天智《薛天智故事选》,《中国民间文学集成》沈阳市卷编委会 1988 年版,第 74—78 页。

子、卖假酒的店主及其帮凶，还有包庇店主的昏聩贪腐的县官，猎人用虎须分别看到他们是驴、王八、狗、狼变的。因为他忍不住说出了真相，被店主买通县官，要把他打入大牢。关键时刻，老虎跑来把他救走了。

这个故事在形式上采用了民间故事常用的三叠式结构与其他一些因素，跟印度、中国唐代、朝鲜与日本的故事都很不一样。其内容则跟轮回转世说结合在一起，而且蕴含着强烈的道德意义与批判色彩，尤其是其中讽刺贪官的部分很容易让人联想到《聊斋志异》中的《梦狼》等一类著名作品。把动物原形与恶劣的人性紧密联系在一起，也正是这个故事最引人注目之处。此外，值得特别注意的是，这一故事及其数则异文的采集地都是东北地区（沈阳、黑龙江、关东[①]），而且从种种迹象来看，这一类故事在这一地区的流传还显得比较活跃，这不禁让人想到冈田充博教授对包含"鹤睫"母题故事传播路线的推测（从中国传到朝鲜）：东北地区很可能正是这一路线上的重要一环。

---

① 南瓜哥哥，"东北民间故事"（笔者对其文字略有缩减）：人说龙鳞、凤羽、白虎须是咱东北老三宝，今天就说一个千年白虎须的故事，这个故事在民间广为流传。我听到的版本是这样的：北边（爷爷泛称黑龙江内崴子）一片老林子常年很少有人出没。这年冬天就有两个人，姑且唤作小关、小东，进山打野物，白雪地踩得咯吱吱地叫唤，忽然小关脚底一滑，腾地从脚底下蹿出一只通体雪白的大老虎，两个人跟白虎对峙起来，老虎看了看俩人，夺路就跑了，小关说这皮色得值不少钱啊！俩人毕竟是年轻，不知这白虎是何方神圣，心里尽琢磨着白色虎皮价值连城，（转下页）

流传于中国东北地区的这一故事母题中的"动物毛发"已经从"鹤睫"变成了"虎须",笔者看到的三则异文在这一点上都保持了一致。一直到当代仍在流传的"虎须"故事最终从民间口传形态进入了作家的创作:当代著名作家莫言在其长篇小说力作《檀香刑》(初版于2001年)的第三章"小甲傻话"中引述了这一故事的另一篇异文——"小甲"是这部长篇小说的重要人物,但他是一个只具备婴儿智力的成年人,是一个傻子,他从他"娘"的口中听到了这样一个故事(笔者对莫言的叙述有缩略):

> 老虎满嘴胡须中最长的那根是宝,谁得到它,就能看到人的本相。世上的人都是畜生投胎转世,谁得到了虎须,在他的眼里,就没有人啦,只看到大街小巷到处都是些牛呀,马呀,猫呀,狗呀。有个人闯关东时打死一只老虎,得到了一根虎须,

---

(接上页)于是心生歹念就追将开来,一眨眼白虎不见了,左右一巡视,原来老虎侧卧在河里光溜溜的冰面上,两人蹑手蹑脚近前一看,原来是老虎咽气儿了,一眨眼白虎又不见了,这一回是真的不见了。地上只剩下一根亮闪闪的虎须,小东捡起来正欲端详,忽感背后一阵凉风,回头一看,这一回头不打紧,一只恶狠狠的土狼吐着舌头扑过来,小东一躲,抽枪扣动扳机——啪——应声倒地,再一看中枪的哪里是土狼,正是自己的同伴小关!悲痛之余,小东忙去寻找刚掉落地上的那根虎须,冰面上别说虎须,连根虎毛都没有啊。小东回到村子后找老猎人询问,老猎人说,只有千年的老东北虎才能通体花白,但是时间不长就要幻化,变成山里的山神爷,那根白虎须是山神爷的宝贝,拿在手里就能看出人的本来面目。你看到的那只土狼就是小关的原形,他上辈子是狼,难怪这么大的贪念,连山神老爷的主意也敢打。网址:http://www.douban.com/group/topic/8668026/,2009-11-15。

带回家里，拿给他母亲看，结果一抬头，娘没有了，只有一匹老狗站在面前。这人吓得掉头就往外跑，在院子里跟一匹扛着锄头的老马撞了个满怀，老马嘴里还叼着一根旱烟管。这人正要跳墙逃跑，听到老马提着他的小名喝骂。这才知道是手里的虎须作怪，慌忙将虎须藏到不见天日的地方，这才看到爹不是马啦，娘也不是老狗啦。[①]

令人感到惊奇的是：在这个故事中，被看出动物原形的竟然是故事主人公的父母。这跟前述印度Baiga人的那则故事是相同的，而跟其他同母题的故事都不相同。至于这是出于纯粹的巧合，还是由于隐秘的传承所造成的，则还不得而知。但正是这样的内容给了莫言进行再创造的灵感。他接着在这部小说的第三章与第十七章模仿这一"虎须"故事设置了一个具备强烈讽刺意味的"类故事"结构：小甲把他"娘"讲的这个故事当了真，做梦都想得到一根虎须，因为他对于周围的人是什么变的这一点充满了无法遏止的好奇，尤其是想知道自己美貌的妻子孙眉娘是什么东西变的。有人便不怀好意地怂恿小甲去找孙眉娘要这根虎须，小甲便缠着妻子，让她给自己去找一根虎须。孙眉娘被逼无奈，只好从

[①] 参见莫言《檀香刑》第三章"小甲傻话"，上海文艺出版社2008年版，第58—59页。经笔者托友人向莫言本人求证，得知这个故事在小说中的转述基本保持了原貌。此外，莫言还补充了一些细节：传说这根虎须是轻易得不到的，老虎死后，这根虎须会自己钻进地里去。

自己下身拔下一根毛，骗小甲说是虎须（小说里提到有人说孙眉娘是"白虎"）。这根"虎须"一开始并没有表现出任何神奇的功能，但后来在一个特别的时刻，这根"虎须"突然显灵了，小甲万分惊恐地看到：孙眉娘是一条水桶般粗的大白蛇，他的当过刽子手的爹则是一头凶猛的黑豹，县里的衙役们是驴，师爷是刺猬，县官是白虎。即使他把虎须藏起来，也仍然可以看到这些人的本相。他很快便后悔得到了这根虎须，领悟到"人还是少知道点事好，知道得越多越烦恼。尤其是不能知道人的本相，知道了人的本相就没法子过了"。小说的第十七章，叙述小甲协助他父亲赵甲对攻击德国人的英雄孙丙（孙眉娘的父亲）施行残酷的"檀香刑"，小甲从镜子般的油锅里看到自己的本相是头老山羊，感到颇为失望。行刑前，赵甲把鸡血抹在小甲的眼睛上，小甲拼命地擦，眼睛越来越亮，在这一瞬间，虎须又一次大大地显灵了：刑场上所有的人，包括老百姓组成的看客，监斩官，德国人，袁世凯，全部变成了各种各样的兽头人身或人头兽身的怪物。而且，虎须"这次显灵很缠绵，怎么着也恢复不到正常的看法里了"。小甲"心中半是忧愁半是欢喜，忧愁的是眼前见不到一个人总是感到别扭，喜欢的是毕竟没有第二个人能够像他一样看到人的本相"。[1] 随着酷刑的施行，刑场上狂欢似的场面如同百兽率舞，看客们也在人与兽之间不

---

[1] 参见莫言《檀香刑》第十七章"小甲放歌"，第365页。

断变化着面相，小说对此作了十分细致的描写。不言而喻，莫言很敏锐地发现了"虎须"故事所隐含的批判人性之恶的因素，并将这一因素加以改造与扩展，与更宏大的叙事和更深广的主题相结合，从而把中国文学传统中所固有的人性剖析与人性批判的主题大大地深化了。

应该说，"使人现出原形的动物毛发"这一母题本来就隐含着对人类或人性的一种看法。但在印度、朝鲜、日本与中国唐代的那些故事中，对人性中所包含的动物性的批判、对人类身上所隐藏着的动物面相的揭示都不是这类故事最主要的目的。不过，印度文化与中国文化对人性与动物性的关系一直都有其独特的认识。这里只略谈一谈中国文化对此一问题的看法。最早最著名的有关论述自然要数孟子所云"人之所以异于禽兽者几希，庶民去之，君子存之"（《孟子·离娄下》），朱熹的注指出人与禽兽的这一点差异就在于"独人于其间得形气之正，而能有以全其性，为少异耳"，"众人不知此而去之，则名虽为人，实无以异于禽兽。君子知此而存之，是以战兢惕厉，而卒能有以全其所受之理也"。[1]清初著名作家蒲松龄所撰的《为人要则·正心》正好是就孟子与朱子的话加以引申，其云："几希者何物？即心中一点之正气也。无此一点，尚得为人乎哉！""然当其一念初萌，自己未尝不知其邪，便当急转，使之随起随消，此正人与禽兽分界

---

[1] 参见朱熹《四书章句集注》，中华书局1983年版，第293、294页。

之处，只在人之自定。"[1]蒲松龄创作的大量精怪小说所围绕的一个核心主题也正在于表现他对"人兽之辨"的看法。受到佛教思想很深影响的中国古代文人也曾通过小说表达类似的主题，比如《高僧传》中的"僧虎"一文，对动物性和人性的消长、较量也进行了描绘：当某僧人戏披虎皮拦路抢劫时，其人性消减，兽性滋长，于是变成了虎；成虎后藏身草莽，捕食狐兔，但其人性尚未彻底泯灭，当他某日即将食用一僧时，突然良心复萌，自责罪孽，于是复变为人。这一则变形故事具有十分鲜明的象征性，其意义大致正如文中所云"恶念为虎，善念为人""生死罪福，皆由念作。刹那之间，即分天堂地狱"。[2]著名长篇神魔小说《西游记》第七回赞颂孙悟空的诗云"光明一颗摩尼珠，剑戟刀枪伤不着。也能善，也能恶，眼前善恶凭他作。善时成佛与成仙，恶处披毛并带角"——所表达的也是完全相同的思想。由此看来，中国文化对于人性与动物性的基本看法是：认为二者处于动态的关系之中，其相互的转换只在于人之一念，即为人与为兽全在于人的自主抉择。而"使人现出原形的动物毛发"这一母题则主要指出人类中的很多成员乃是披着人皮的动物，只有少数是纯粹的、真正的人，所强调的是人的表象对其本质的遮

---

[1] 参见〔清〕蒲松龄著、路大荒整理《蒲松龄集》卷十，上海古籍出版社1986年版，第289页。
[2] 参见《太平广记》卷四三三，第3513页。笔者在今传各种版本的《高僧传》中均未查到此则故事，此依《太平广记》所载予以引述。

盖，而谴责与教诫的意味都比较淡薄。但这一母题在中国文化的土壤中历经演变之后，其主题最终被扩展了，增加了表现人性与动物性动态变化的内容，而原有的强调人的表象与本质对立的主题也同时被继承并强化了（如《檀香刑》）。这就使这一母题成为表现复杂人性的古老而又富于新意的文学手段，相比之下，法国启蒙思想家卢梭所说的"人一半是天使，一半是野兽"的名言也不免显得有些机械了。

"使人现出原形的动物毛发"这一母题最使人感兴趣的还在于：人类获得神奇的视力，从而得以看透他人本相，并作出正确的人生选择——毫无疑问，这一被反复运用、具备极强生命力的母题自然是表现了人类的普遍愿望与共同心理；这正如莫言笔下的痴儿小甲，他对于自己周围的人们在表象下所隐藏着的真实本相表现出无法遏止的好奇心，必欲得到一根"虎须"而后快。至于获得这一"透视"能力的途径则千变万化：西方故事的情况从斯蒂·汤普森的《民间文学母题索引》中可以窥知大概，但故事中的人物获得神奇视力后的情节发展并不主要着眼于看出人类的本相，则跟东方故事颇异其趣，故此处暂且存而不论。东方这类故事表现人类获得神奇视力的途径则有借助禽鸟的毛发、宝石、镜子、水面、疾病等各种方式。① 与此颇相类似的情形则是：在中国的精怪或神魔小说中，往往会出现能够识破精怪或妖魔原

---

① 乾隆年间王椷《秋灯丛话》卷二"古镜"：予邑农人柳某，耕田东郭外，得古镜。明晦各半，寒光刺骨。照之耕牛，皆具人形，已乃驴也。怪而碎之石。（转下页）

形的宝镜或具备特殊眼力的人物（如道士入山修行时所携带的古镜，《西游记》中托塔李天王的照妖镜、孙悟空的火眼金睛等），但中国的宝镜虽能使妖精现出原形，却不能赋予其持有者以神奇的视力，倒只有孙悟空的火眼金睛是他自身所具备的"神奇的视力"。另有一些具有民间传说色彩的故事也与"神奇的视力"有关：比如汉代郭宪的《洞冥记》提到一位九千余岁、"却食吞气"的黄眉翁"目中瞳子，色皆青光，能见幽隐之物"[①]；《红楼梦》第四十二回提到巧姐儿

(接上页) 乾隆年间袁枚《子不语》卷二十"镜水"：湘潭有镜水，照人三生。有骆秀才往照，非人形，乃一猛虎也。有老篙工往照，现作美女，云鬟牙珮。池开莲花，瓣瓣皆作青色。道光年间汤用中《翼駉稗编》卷五"瑞金奇案"：恽子居先生令江西瑞金。有疡医陈某，忽发狂疾，持菜刀奔署，杀毙皂役数人。迳入宅门，阍人夏贵被斫数段。又杀五六人，乃奔捕衙，杀毙五人。门子探视，甫伸颈，被斫，急以手按其头，阖屏入白杀人状。言毕，首堕。两署共杀二十四人。集多人擒询之，陈曰："今日饭后卧，忽有狰狞恶鬼数人，授以刀，入署杀牛马猪羊甚夥，不知其为人也。"刀极钝，切肉且不能入。家奴陆顺，时在恽署，见其行凶，躲鼓架下，陈竟未见。时子居先生方公出，幸免。处分后，陈定斩枭，未及正法，病死。〔日〕橘春晖《北窗琐谭》后编卷之三：（大意）有个叫久兵卫的人，在酷暑天气之役所去处理政务，忙了一整天，疲惫不堪，心情恶劣，傍晚时分回到家里。正要坐下来休息时，发现妻子的脸变成了牛，久兵卫大惊失色，正想着拔刀砍去，又发现旁边侍女的脸变成了红色的马，儿子的脸变成了鬼，家里其他人也变成了怪异的形状。他进入里边的屋子，拉上隔扇，躺下来，拿枕头捂住头，闭目养神。妻子看到丈夫神色有异，就在旁边关切地询问。久兵卫闭着眼睛斥退妻子，等心情平静下来，再睁眼一看，所有的人都恢复了正常的模样。他当初之所以看到那些异形，大概是因为天气很热，又终日劳苦，导致心热上升所致。《北窗琐谭》初版于1829年，收入《日本随笔大成》第2期第15卷，吉川弘文馆1974年复刊。以上材料均承冈田充博教授提供线索，特此致谢。

① 参见《汉魏六朝笔记小说大观》所收《洞冥记》卷一，上海古籍出版社1999年版，第124页。

发热时，刘姥姥说"只怕他身上干净，眼睛又净，或是遇见什么神了"——这反映的正是中国民间广泛存在的小孩子眼净可以看见鬼魅的观念[①]。

　　超凡入圣的孙悟空与黄眉翁、人类中的傻子与小儿、动物的毛发（这里最重要的因素应是"动物"，而非"毛发"）、止水、明镜、宝石等这些具备神奇视力或显形能力的人或物，他（它）们最重要、最明显的共同特征应该正是"净"（明净与纯净），如果说人类的凡胎肉眼已经无法"穿透"表象、无法洞见"幽隐"，那是不是正因为我们已失去了这"净"？

[①] 笔者的一位朋友井玉贵博士老家在山东临朐，承他见告：幼年时曾听他母亲讲过这样的故事——有大人抱着小孩经过坟地，小孩突然说看到有几个小孩子在坟地里玩耍。但大人什么都没看到。可惜他已经记不起这个故事的详细内容了。

『蛇缠水缸（或钟）致人死命』类型故事的源流及意义

日本平安时代（794—1192年）僧人镇源所撰《大日本国法华经验记》卷下第一百二十九"纪伊国牟娄郡恶女"条记载了这样一个故事，其大致情节是：

> 从前，有一老一少两个僧人前往熊野参拜，途中投宿于牟娄郡一个独身女人家。半夜时分，女主人来找年轻僧人，向他示爱求欢。僧人大惊拒绝，女人死缠不放。最后僧人只好骗女人说：等我从熊野回来，一定再来找你。于是女人放僧人去了熊野。等到僧人约定的归期，女人不见僧人到来，便去向路人打听。有个僧人告诉她：那两个人已从别的路走了。女人一听，万分愤怒，立即回到家，关在屋里，变成一条五寻大蛇，追赶两个僧人。两人跑到道成寺，向寺僧求救。寺僧便让年轻僧人藏在一口大钟下，然后紧闭堂门。大蛇追到道成寺，以尾击破寺门，进入堂内，缠住大钟，又以尾叩击钟上的龙头，达两三个时辰。众僧从窗户看见大蛇两眼流出血泪，举颈吐舌，然后离去。大钟被蛇的毒焰烧得直冒烈火。众

僧泼水浇灭火焰，移开钟一看，年轻僧人已被烧成了灰烬。后来老年僧人梦见一条大蛇前来，说它就是那个年轻僧人，已成为那恶女的丈夫，并变成了蛇身，痛苦万分。它请求老僧为它们书写《法华经》，以脱离苦海。老僧照办了，后来又梦见一僧一女前来道别，说它们已经脱去蛇身，分别升往忉利天和兜率天。①

平安末期出现的佛教说话集《今昔物语集》卷十四第三话"纪伊国道成寺僧写《法华》救蛇"基本上完整地演绎了上述故事，并增加了一些细节，最后带上一个"佛告诫切莫近女色"的结尾。②此后这个故事又屡经演变，大约在十五世纪初期变成两卷本的绘卷，并带有说明文字，讲述故事大意，其内容也发生一些变化，但主体情节未变③。后来这个故事又继续演变成能乐、净琉璃、歌舞伎剧等，在日本几乎家喻户晓。

这个故事最核心的情节是女子变成大蛇，缠住大钟，将大钟内的僧人烧成灰烬。在中国古代，也出现过包含这一情

---

① 此书约成于 1040—1044 年之间，收入《日本思想大系 7》，井上光贞、大曾根章介校注，东京岩波书店 1974 年版。

② 此书大约成于十二世纪中期，其中译本由金伟、吴彦翻译，沈阳万卷出版公司 2006 年出版。

③ 参见永藤美绪《今昔物语集中的变身故事》，载《日本文学志要》第 62 号，东京法政大学国文学会 2000 年版。

节的故事,笔者目前见到的最早记载是元代无名氏《湖海新闻夷坚续志》前集卷二"报应门""冤报"类的《击犬受报》一文[①]:

> 昔有寺僧,蓄一犬,爱之。一日远出,行者击杀此犬,埋于后园。僧归,寻不见,行者以死告。僧于所埋处寻看,则犬已化为巨蛇矣,眼犹未开。主僧急令行者诵经释冤。忽主僧感梦,知有冤报,遂用钟盖此行者于中。其蛇冉冉而来,昂头于僧之前,遍寻此行者,绕钟三日而去。及揭视,行者已死,惟存枯骨而已。

这个故事的记载年代要比《大日本国法华经验记》的道成寺故事晚了大约两百年。可以看到,二者在蛇缠水缸(钟跟水缸性质接近)令僧人丧命这一点上基本一致。由此可以判断它们应该出自相同的源头,或者存在相互影响的关系。

此后不久,笔者又在当代作家莫言的小说《幽默与趣味》中读到这样一则故事:

> 一个小孩子在田野里打死了一条小蛇,一群大蛇发现了,便追小孩,小孩跑回家,妈妈急中生智,将孩子倒扣在一口大缸里。蛇群追进家门,

---

① 参见无名氏《湖海新闻夷坚续志》,中华书局1986年版,第123页。这一材料蒙北大中文系王娟教授指教,特此致谢。

围着大缸转了几圈,便爬走了。小孩的妈妈揭开大缸一看,发现孩子已变成一堆枯骨。①

经朋友向莫言求证这一故事的来源,得知乃是莫言小时候听他母亲所讲述的。莫言是山东高密县人,很显然这个故事曾在高密一带流传。笔者由此猜测这个故事曾在中国民间广泛流传,但查阅艾伯华和丁乃通所著《中国民间故事类型索引》,却没有找到这个故事的任何线索。笔者又请教北大中文系民间文学研究专家陈连山教授以及其他友人,获得他们提供的一些重要资料(主要来自互联网),并承陈教授在"民间文学青年论坛"发帖求教,又从一些他的同行学者处获得了一些线索。分析这些线索,大致可以获得以下结论:一是有人小时候听人讲过类似的故事,这些人的故乡主要分布在河南省洛阳市、河南省驻马店市确山县、山东省潍坊市临朐县、山东省青岛市即墨区。山东临朐的井玉贵博士幼时曾经听母亲以及邻家老者讲过类似故事,并说这一故事表现了蛇隔着物体可以吸走人的元气这一观念。中国社会科学院的刘宗迪先生幼时也听过这个故事,从此落下怕蛇的病根。他是山东即墨人,即墨跟高密相邻,看来这一故事在那一带很流行。二是根据所获得的故事资料来看,这些故事的核心情节都有蛇缠水缸或钟、致人丧命的内容,但其他细节则多有不同,具备颇为丰富的异文。这些异文主要有以下数则,

---

① 《莫言文集》卷二,作家出版社1995年版,第449页。

其原文简短者在此引录全文,冗长者则引其概要:

(一)沪江博客:烛光晚餐带来的追忆[1]。

每年的五月是蛇成龙的时候,这个月一定不要害死蛇。以前有个男孩子,在五月害死了蛇,结果这条死蛇就天天跟着他,他去地里干活,蛇就出现在地里,他回家蛇就出现在家里,无论他在哪里,蛇一定在哪里出现。有一天,他母亲说:把他罩在缸下面两天,蛇就找不到他,就不会出现了。结果这条蛇就在罩他的缸子上围了几圈,然后消失了。等他母亲掀开缸子的时候,只剩下一堆骨头。

(二)吴嫡《半拉庙》[2],引文经笔者缩写(原文2656字)。

在辽宁省北镇市有一座庙,庙里只有两个和尚:一个是住持兼师父,一个是沙弥兼徒弟。住持在大殿给徒弟讲经时,一条金色小蛇也经常来听,被住持收为弟子。后来住持圆寂,徒弟与小蛇相依为命。有一天,一个从南方来的寻宝人到庙里投宿,他发现小蛇的眼睛是宝物,便想杀死小蛇,没想到小蛇有神力,竟然从他剑下逃脱了。很快,一条巨大的黑蛇前来报仇。商人求那徒弟将自己扣在一口铜缸底下,大黑蛇盘住铜缸达半个时辰。等它们离去后,徒弟搬开大缸,发现缸下只有一具黑色骷髅。北镇人从此对蛇有种特殊的敬畏,不吃蛇肉、不打蛇的习俗一直流传至今。

---

[1] 出自 http://blog.hjenglish.com/ellen/articles/907558.html,发布于2007年12月14日。
[2] 载《今古传奇·故事版》2008年第7期。

（三）小说《蛇》①。这篇以蛇为题材的小说提到这样一个故事，引文经笔者缩写。

……娘就是那次给石头讲了一个故事。说一个孩子去拔草，看到一条小蛇，用镰刀把它给砍成了几段，可是他刚砍完，小蛇的身子马上就又长在了一起，他就使劲地砍，怎么也不能把蛇砍断，最后他害怕了，就用脚踩住蛇，把小蛇狠狠地砍断，并把蛇身子丢得很远，他想这回它就不会合在一起了。他跑回家，跟他娘说了这件事。他娘说：坏了，傻孩子，你砍的是神蛇，我把你藏到水缸里别出声，娘叫你再出来。他娘把水缸里的水倒光，把孩子倒扣在水缸下。那条小蛇不久真来了，它来到水缸边围着水缸转了几圈就走了。娘等它走远看不见了，就把水缸翻过来，结果里面就剩下一堆骨头，孩子被蛇给吃了。这个故事很恐怖，让石头对蛇产生了恐惧。娘还给他说，以后不管谁打蛇，咱坚决不打，也不去看，小心被蛇找错了人找上你，被蛇找上的人，不死也要变成傻子。小蛇在石头的眼里变成了恶神，他从此对蛇敬而远之。

（四）吃素的狮子《无题》②。

有个小孩看到一条小蛇，就把它身上射满了箭。那条小

---

① 出自 http://www.pkucn.com/viewthread.php?tid=111687，"北大中文论坛"，发布于 2004 年 6 月 5 日。

② 出自 http://blog.readnovel.com/article/htm/tid_292302.html，发布于 2007 年 8 月 6 日。

蛇带着一身箭爬走了。这个孩子长到了二十岁，到了结婚那天，晚上好多人在闹洞房，人们突然看到来了一条碗口粗的大蛇，身上扎满了那种小孩子做的箭。新郎立刻想起以前的那条蛇了，就说箭是我扎上去的，它来找我报仇了。屋里人都慌作一团，新娘就说用缸把新郎扣住，蛇进来找不到，也许就走了。大家照做了。谁知道那条蛇进来，直接就盘到了缸上，过了约一刻钟，又慢慢爬走了。大家这才松了一口气，可是当人们把缸翻过来时，却看见缸里只剩下一具白骨了。

（五）黄景春（河南驻马店市确山县人，上海大学文学院民间文学专业教师）听过的故事①。

小时候听大人讲一个故事，大致情节是：一个人小时候打断一条蛇，喜鹊给接上了。到这个人结婚时，这条蛇找他报仇。前两次他都躲过去了，第三次没地方躲，就找到庙里一个白胡子老头。老头说只有一个地方可以试试，就把他倒扣在庙里的大钟底下过夜。夜里一阵黑风，蛇来到庙里，围着大钟转一圈就走了。第二天白胡子老头打开钟，只看到一堆白骨，就挖个坑埋了。

（六）散文《蛇》②。

……除了这条纸蛇，我就是在小人书上见过了，连在电

---

① http://www.pkucn.com/chenyc/viewthread.php?tid=10638&pid=58817&page=1&extra=#pid58817 "民间文化青年论坛"，发布于 2008 年 12 月 17 日。
② 载《中华散文》2006 年第 7 期，又见于 http://www.nbstar.net/thread-93077-1-2.html。

影上都没看过。但是这一点都不影响我对蛇的了解,我甚至知道许多别人不知道的事情,比如喜鹊是蛇的舅舅,蛇是喜鹊的外甥,如果蛇被人用锹铲断或者用刀砍断,然后又被挂在树上,喜鹊就会飞过来把它接起来,让它复活。我还知道有个人打死了一条蛇,后来这条蛇的丈夫过了十几年回来报仇,这个人躲进一座庙里向老和尚求救,和尚把他藏在一口大钟里,大蛇在这口大钟上盘绕了一整天才离开,和尚命人掀开大钟放那人出来,结果大钟下只剩下了一架森森白骨。

(七)宛陵生《灵蛇追命》,引文经笔者缩写[①](原文3693字,作者乃中国民间文艺家协会会员,安徽宣城人,自称此文乃是以儿时听一个老人讲述的故事为基础撰写而成)。

清光绪年间,皖南宣城东门有个开元寺,寺里住着一个法号叫恢宏的老和尚,他养了一条大黄狗,名叫佛缘。佛缘跟一条小白蛇成了好朋友。不久小白蛇长得跟水桶一般粗,有一丈多长。一天庙里来了一个行脚僧,他趁老和尚外出,将狗杀死煮了吃了,将皮毛、骨头埋在寺后。老和尚回来,找到埋狗骨的地方,看到上面盘着那条白蛇。蛇找行脚僧报仇,双方展开殊死搏斗,最后行脚僧力不能支,只好请求老和尚将自己扣在一口金钟底下。白蛇缠住金钟,三天三夜才离开。老和尚搬开金钟,只看见一片血迹、一堆白骨。这时

---

① 出自http://blog.myspace.cn/e/403091479.htm?block=latest,"宛陵生博客",发布于2008年12月18日。另,此文曾发表于《传奇·传记文学选刊》2004年第12期,题为《蛇缘》。

老和尚才想起问题一定出在金钟周围的透气孔上。可是，那条白蛇是如何通过那些豆粒大小的透气孔，把行脚僧弄得只剩下一堆白骨的呢？

（八）紫竹林中观自在《蛇王复仇杀店主——祸起特色菜》①，引文经笔者缩写（原文2118字，以第一人称讲述）。

我曾到邻村韦某开的"龙虎饭店"打工。饭店有一道菜叫"龙虎斗"，是将大蟒蛇与豹猫同烹，此菜成了招牌菜。一天，饭店收购了一条金色巨蟒，老板将它单独囚禁在大铁笼子里，不给吃不给喝，还时不时变着花招虐待它一番，每天当着它的面宰杀它的同类，还活剥蟒皮。后来，大蟒竟然从铁笼中逃走了。一天凌晨，我被一声惨叫惊醒。起来一看，只见几十条蟒蛇爬满了院子，它们把韦老板的房子围得水泄不通。过了很久，大蟒们终于从韦老板屋里撤了出来，在那条金色巨蟒带领下，很快消失在后山的丛林中。大家走进老板的屋门，到处都没有他的影子。后来我们不约而同注意到了墙角的大缸，缸壁有明显被勒过的痕迹。我们撬开缸盖，只见韦老板浑身扭曲，脸色青紫，暴眼突舌，惨不忍睹。大家猜测韦老板一见大蟒闯入，知道冲不出去，于是立即钻进缸中，并从里面拉紧了盖子。十几条大蟒围住大缸，用身子把缸盖死死堵牢，不透一丝空气，可怜的韦老板就被活活憋死在里面。这一恐怖事件很快不胫而走，当地再没

---

① 出自大连佛教网论坛：http://bbs.dl-fj.com/thread-18916-1-1.html，发布于2008年9月19日。

有人敢残杀蟒蛇了。(某网站曾引用这个故事,其"编者按"云:这个故事发人深省,告诉了人们一个道理,人应该与自然和睦相处,不然总有一天会遭到大自然的报复[①]。)

(九)新生《木鱼与木鱼椎》[②],引文经笔者缩写(原文1774字,为繁体字)。

从前有一个叫阿宝的农夫,住在光明寺前的村里,他常去寺里听老和尚说法。有一天,他看见一条蛇在吃青蛙,便一锄头砍下去,蛇疼得张开了嘴,青蛙保住了性命,蛇也没有死。七天以后的一个晚上,青蛙咯咯的叫声吵醒了阿宝,他看到前次救青蛙被打逃去的那条蛇正从帐顶的破洞中倒挂下来,要不是破洞很小,阿宝早被咬伤了。他拿起一根木棍将蛇打死了。一年以后,阿宝养了一只狗,狗长得聪敏灵慧,善解人意。有一天阿宝带着它去拜佛,被老和尚看见了,老和尚道:"它的前身是条蛇,被你打死,这一世要来跟你算账。"阿宝听了半信半疑。老和尚又道:"你回家以后记住,五月五日午时要扎一个草人,穿着你的衣服,放在你的床上,你自己一定要躲起来,千万别让你的狗看到。"到了五月五日,阿宝按老和尚的吩咐,藏在床后,半信半疑地守候着,他看到一只凶猛的狗冲破窗子,跳到床上,一阵乱咬乱抓,将草人弄得粉碎,躲在床后的阿宝因骇极而发

[①] 出自 http://essay.goodmood.cn/a/2006/0114/18_1338.html。

[②] 出自 http://club.fjdh.com/?uid-9409-action-viewspace-itemid-81936,"觉之路博客"。

怒，一棍将狗打死。第二年秋天，阿宝要上山打柴，经过光明寺，老和尚把他叫住说："如果有人叫你的名字，千万不要答应。"过了三个钟头，满身大汗的阿宝跑进光明寺，告诉老和尚自己看见了美人蛇，请他设法相救。老和尚便用一只大缸把他盖起来。第二天早晨老和尚到大殿一看，一条美人蛇盘住了整个大缸，已经死了，和尚把美人蛇与缸移开一看，阿宝已被毒蛇的毒气闷得变成了黑人，也死了。和尚将他们埋葬在一起，希望他们从此解冤归好。谁知结冤容易解冤难，不久以后，阿宝的骨堆上长了一棵树，美人蛇的骨堆上生出一条藤，藤将树一圈一圈地缠住。和尚为使后人知道一报还一报的厉害，便将阿宝的树雕成"木鱼"，将美人蛇的藤做成"木鱼椎"，使他们永远撞击着，发出"报应"的声音，在佛前警醒着世人。

从以上所列举的异文可以看到，这些故事具备如下一些特点：第一，全部异文在内容上可分成两大类，一类包含变形，或者女人变成蛇，或者犬变成蛇，然后对人类进行报复；一类不包含变形，报仇者是自然界的蛇。第二，受到人类伤害的蛇向人类报复与人类企图逃避报复的方法基本一致。第三，这个故事的一部分异文表现了佛教的因果报应观。第四，这个故事流行于中国广大区域（包括山东、河南、辽宁、安徽以及其他一些地区），时至今日，还有人利用其中最核心的情节来编写新的故事，宣扬人类不要伤害蛇或者不要触犯蛇的观念。第五，所有异文都强调蛇类强烈的报复意志与神秘恐怖的报仇方式。笔者相信,凡是听到这个故事的人,一定都是被这一情节所震慑,从而牢牢记住了它。第六,这个故事的各类形态都体现了佛教的报应观跟民众的共同生活直觉的融合,因此具备很强的生命力。以上这些特点的形成,或许经历长期的演变,或者包含深刻的心理动机,在此笔者试对其中若干重要方面加以探讨。

上述异文中,有关化蛇复仇的情节又包含三个小类:一是感情被欺骗的女人直接变成蛇,报复年轻僧人;二是被杀的犬变成蛇报复僧人;三是被打死的蛇先变成犬复仇未遂,被打死后,又变成美女蛇继续复仇。以这些异文出现的时代而言,道成寺故事最早,其中女人化蛇的场面被有意加以了隐藏(女人将自己关在屋里变成了蛇),不知是否死后化蛇(极可能是活着变成了蛇)。中国元代的"击犬受报"故事则言犬死后化蛇。就变形母题本身而言,人类死后化蛇的说法在日本出现比较晚。日本早期史籍《古事记》(约成于712年)和《日本书纪》(约成于720年)所记载的化蛇神话都是讲述某位神变成蛇,没有人变成蛇的说法。而蛇变成人跟人类通婚的故事在日本则比较多见,这被认为是作为山神和水田农耕神的蛇跟巫女的神婚仪礼被神话化之后的产物。但到八世纪前半期,对作为农耕神的蛇的信仰盛期已经过去,这一动物作为死灵象征的形象被强化了[①]。此后,人类死后化

[①] 参见中村祯里《日本人的动物观——变身谭的历史》,东京海鸣社1984年版,第2页。

蛇的故事开始逐渐出现，比较典型的有《日本灵异记》（成于810—824年，受到初唐《冥报记》的直接影响）中的几则故事，比如该书"上卷第三十"讲述某人生前作恶，死后入冥受苦，变成大蛇、赤狗、狸等到儿子家乞食；"中卷第三十八"讲述某贪僧死后化蛇。日本学者认为：以蛇作为死灵象征的固有传统加入佛教的六道轮回思想，形成了死后转生为蛇的故事[①]。我们可以看到：《日本灵异记》《大日本国法华经验记》《今昔物语集》中的人类化蛇故事都已经带上了鲜明的佛教色彩，道成寺传说自然也包括在内。

人类死后化蛇的故事在中国开始出现于六朝时期，一直到唐代，屡见不鲜，而且化蛇者的身份以僧人和女人为主（这是以《太平广记》所载蛇类故事进行统计后所得到的结论）。僧人化蛇的原因多为贪恋嗔怒，女人化蛇的原因多为嫉妒暴戾。而这些情感之所以成为人类变蛇的原因，乃是直接跟佛教的观念联系在一起的。北凉昙无谶译《大般涅槃经》卷二十四论及所谓"烦恼余报"时云："若有众生习近贪欲，是报熟故堕于地狱。从地狱出受畜生身，所谓鸽、雀、鸳鸯、鹦鹉、耆婆耆婆、舍利伽鸟、青雀、鱼鳖、弥猴、獐鹿"；"若有众生以殷重心习近嗔恚，是报熟故堕于地狱。从地狱出受畜生身，所谓毒蛇具四种毒：见毒、触毒、

---

① 参见中村祯里《日本人的动物观》，第275页。

啮毒、歔毒。师子、虎狼、熊罴、猫狸、鹰鹞之属。"①《法苑珠林》卷第九十七《送终篇》"受生部"在提到生死轮回时则指出："如淫欲盛，故生于鸽雀鸳鸯之中。嗔恚盛，故生于蚖蝮蛇蝎中。"②由此，我们可以推断：中国和日本的人类化蛇故事的根源都在于佛教的观念，即六道轮回与嗔恚化蛇二者的结合。在僧人之外，化蛇者以女性居多，这可能是中国故事所特有的现象，这一情形对日本可能发生过影响。道成寺故事的女子嗔恚化蛇情节或可归入这一范畴。元代的犬死后化蛇故事或许也可以用上述佛教观念加以解释③，但这一情节仍然有些令人感到奇怪。这个故事的犬化蛇这一部分内容在南宋洪迈的《夷坚志》甲志卷八"永福寺院犬"中即已出现了：当"伯僧（犬主）"发现被"仲僧"打死的犬正开始化蛇时，就对他说："犬虽异人，心与人同。汝与结冤非一日，适吾视其体，头已为蛇，会当报汝……"④虽然"仲僧"昼夜在佛前忏悔，最终还是被蛇所杀。"犬虽异人，心与人同"，乃是指犬跟人一样，懂得仇恨和报复。但

---

① 参见《大正新修大藏经》第十二卷，日本大正一切经刊行会1925年版，第507—508页。唐道世编撰的《法苑珠林》卷七十三"果报部"亦引此，见《大正新修大藏经》第五十三卷，日本大正一切经刊行会1928年版，第838—839页。
② 参见《大正新修大藏经》第五十三卷，第1001页。另请参见项裕荣《中国古代小说中"化形为蛇"情节的佛教源流探考》，载《浙江大学学报（人文社科版）》2005年第5期。该文也披露了一些人类化蛇故事的文献资料。
③ 前揭项裕荣文即持这一看法。
④ 参见洪迈《夷坚志》，中华书局1981年版，第67页。

并不能由此推出犬因为被杀而怀嗔恚，导致其变成蛇（有学者认为此犬化蛇也是因为心怀嗔恚。[1]犬无端被人欺凌和杀害，难道不应该嗔恚吗？佛教也并不全然反对这种理由充足的报复）。因此，这个故事令我们感到困惑的乃是：即使因为六道轮回而导致犬化为蛇，但它为什么一定要化成蛇才能报仇呢？这或许还是由于人类对于蛇这种动物的印象使然吧。这从民间故事中大量十分恐怖的蛇报仇的例子就可以得到一定的解释。比如很多地方都有这样的观念：打蛇的时候不能让蛇知道人的姓名，打蛇一定要打死，否则蛇会找人报仇；还有人打死一条蛇，从此他和家人迭遭厄运而死去等。上文所引异文中也有被触犯的蛇报仇的例子（如《木鱼与木鱼椎》）。总之，在民间的观念中，蛇是有仇必报、报则必遂的一个象征。这一点我们从这一故事类型的核心部分——"蛇缠水缸致人死命"也可以看出来。

这一核心成分差不多已经成为一个象征：愤怒的蛇乃是仇恨和怨毒的象征，无法逃脱报复的人类则成为作恶必遭报应的象征。这一成分是上引全部异文中最为恒定的因素，经过漫长的演变仍然稳定地流传至今。这段情节最早的记载乃是《大日本国法华经验记》的道成寺故事，其次是元代的"击犬受报"故事。此二者都与寺庙和钟有关联，自然跟佛教的信仰也有关联。细节上如此近似，说明它们之间应该存

---

[1] 前揭项裕荣文即持这一看法。

在着影响和被影响的关系。从时间次序来看，自然应该是道成寺故事影响"击犬受报"故事。[1] 如果考虑到当时中日两国的交流史，这一说法还能获得更多的支持。自从894年日本停止向中国派出遣唐使以后，日本人来中国的次数就很少了，而中国商人前往日本的机会却与日俱增。那些唐宋时代的商人有可能将日本的这一故事带回中国。其次，这一故事也可能通过朝鲜半岛进入中国东北（上引资料《半拉庙》正好流传于辽宁境内），然后从东北进入内地。中国现存这一故事的最早记载出现于元代，正与北方蒙古民族入主中原的时间相重叠。此外，还有一个极大的可能性，那就是这一情节乃是在中国和日本各自独立出现。之所以如此断言，乃是基于对人类面对蛇这一可怕动物的追逐时所会萌生的共同逃避心理的一个认识。我们可以设身处地地考虑一下：当面临蛇的疯狂追击时，是不是藏进那种密闭而坚硬的容器最能给人以安全感（反之，如果蛇被关在密闭的容器中，人类也才会有安全感，比如动物园的蛇）？在所有这些异文里，被蛇追逐报复的人都被藏进水缸或大钟，就是因为对于抵挡蛇这种动物的攻击，这两样容器最为安全有效。因为即使在庙里将门户紧闭也不一定管用，蛇那似乎像水一样流动而有弹性并且无声无息的柔软躯体似乎是无孔不入的。因此，水缸和

---

[1] 从这一故事类型的诸多异文在中国民间广泛流传这一点来看，这一故事在中国古代传入日本也不是全无可能：只不过其进入日本后较早被文献记载，而在中国则一直到元代才被记载下来。但这一观点目前还得不到更早的材料支持，只能聊备一说。

钟乃是当时人们所能找到的最为安全的避难所了。这一点从一些别的躲避蛇类攻击的故事也可以看到。比如《日本灵异记》中卷第八个故事讲述一个女子为了从一条大蛇口中救出一只青蛙，答应给蛇做妻子。到约定日期，蛇来娶亲。女子"闭屋塞穴，坚身居内"，蛇"以尾拍壁"，女子恐惧，只得逃往寺庙向一位高僧求救，受持"三归五戒"。回家路上她又救了一只大蟹。第二天晚上，蛇又来了，登上屋顶，拔草而入。幸亏所救大蟹相救，才把蛇夹死。这一故事被《大日本国法华经验记》卷下第一百二十三话所袭用，但女子为逃避大蛇抓捕，让人用厚木板制造一个坚固的仓室，躲在里边。蛇缠住仓室，用尾巴长久地敲击板壁。如果不是因为大蟹赶来相救，后果难以设想。上引中国资料《蛇王复仇杀店主——祸起特色菜》中的饭店老板遭到蟒蛇围攻时，也急中生智，躲进了大缸，不过最终还是被蛇憋死。从这些古今中外的类似故事可以看到，当面临蛇类的疯狂进攻时，人类所能想到的安全躲避场所往往是坚固的密闭式容器。

然而，在上引故事的各个异文中，我们都看到：即使是躲进这一类看似安全无比的容器里，人类也不能逃避心中燃烧着仇恨火焰的蛇的报复。这正是这一故事类型最奇异之点。那么蛇是怎样让躲在坚固水缸或大钟底下的仇人变成枯骨的呢？其中的奥秘几乎没有任何一个故事曾予以说明。道成寺的故事对大蛇缠住大钟的场景作了十分详细的描写，极尽夸张之能事，似乎年轻僧人乃是被蛇的怒火所烧死的。这些细节的设置其实来自《法华经·普门品》中的"蚖蛇及蝮蝎,气毒烟火燃"一语,这似乎给了钟内僧人之死一个具体的理由。但这样一来,民间传说的神秘性也就随之消失了。在中国民间流传的那些故事异文也大都不说明其原因,只有一例提到:这故事说明蛇隔着物体能吸走人的元气。但究竟如何吸走的,也无法作出具体解释。前引"资料(七)"则提到老和尚最后发现问题一定出在金钟周围的透气孔上。可是,那条白蛇是如何通过那些豆粒大小的透气孔,把行脚僧弄得只剩下一堆白骨的呢?叙述者似乎特意提出这一疑问,但又并不打算说明其真正原因。这也就是这一类故事永远笼罩着神秘氛围的根源。

在中国古代,曾经存在着大蛇可以用其气息将人或动物吹举或吸升的传说,比如《太平广记》卷四五六《天门山》(出《博物志》)、卷四五八《选仙场》和《狗仙山》(均出自《玉堂闲话》),都讲述大蛇吸人或动物,最终将其吃掉,只剩下一堆白骨。另外,蛇还具备将动物或人化成水的能力,比如《太平广记》卷四五八《李黄》(出《博异志》)讲述李黄被蛇精魅惑,身体化成了水;同卷《李舟弟》讲述李舟弟为治疗风疾而饮蛇酒,结果身体也化为水,只存毛发(出《唐国史补》);卷四五九《番禺书生》(出《闻奇录》)云某书生在山中看到大蛇以其烟气将大象肌骨化为水。这些故事都表明蛇类似乎具备一种将人或动物消弭于无形的可怕能力,但这能力从何而来,并且究竟是如何实现的,则诸文都语焉不详。这一能力与强烈的复仇意志相结合，让蛇这种动物令人极其生畏，从前引资料中可以看到，凡是听到这类故事的人都从此对蛇产生了强烈的畏惧心理。但我们如果仔细分析这一故事的全部异文，将会发现蛇类的报仇行动无一例外都是肇端于人类的错误行为，是因为人类伤害或冒犯了蛇（道成寺故事略有不同，另当别论），而蛇类无端攻击人类的例子几乎是不存在的。

与强烈复仇意识相联系的，乃是蛇类知恩图报或向善的品质。前引《半拉庙》故事中的小金蛇天天趴在蒲团上听老和尚念经，似乎天生具备佛性，跟两位僧人一直友好相处，面对想伤害它的人也没有表现出强烈的报复性。《灵蛇追命》中的灵蛇跟犬结下深厚友谊，为了报复杀犬的贪僧而顽强战斗、百折不挠，终于将僧人杀死。这一故事的蛇犬交谊的构思可能来源于宋元时代的犬化蛇报仇的故事，将报恩与报仇相结合，其前提乃是万物皆有灵性的古老信仰。这两个故事中还包含的一个潜在观念则是：蛇这类动物的身上虽然是善恶交织在一起的，但其恶之爆发乃是被人类的恶所激发出来的。明白这一点或者说拥有这一想象，对于人类的蛇类恐惧症多少是一种缓解与安慰。而且这其中也确实包含着前人对人与动物应该如何相处的真理性告诫。以上这些观念的产生与强化应该说都与佛教戒杀与报应的观念有关。而现实的佛教传教活动也仍然很注意利用蛇类复仇的故事来宣讲因果报应论，如上引《蛇王复仇杀店主——祸起特色菜》即被僧人在宣讲时引用①。这充分地说明这一故事类型在当下的现实意义。

这一故事类型在中日两国的各自演变也表现出不同特点。元代"击犬受报"故事将犬化蛇跟蛇缠大钟两个因素结合，除了表现佛教的观念之外，再无其他含义。道成寺故事将女人化蛇与蛇缠大钟两个要素结合到一起，则成为一个极其出色的创造。在那个故事的前半部分，女人以其炽烈的情欲纠缠年轻的僧人，让僧人实在无法摆脱，才不得不借说谎来逃脱这种纠缠。当女人得知僧人逃走、自己感情被欺骗，其炽烈情欲引发了炽烈的仇恨，而其情欲也并未减弱（即使死后变蛇也要成为夫妇），这两种情绪交织纠结，在她心中翻腾，这一心态通过喷吐着毒焰的大蛇来加以象征并具体化，乃是再生动传神不过的了。而且蛇这一意象，更多地代表着那种刻骨的怨毒和纠缠，所以接着叙述蛇缠大钟就是上述情节最为合理的发展了。因此，这一故事将人类（这里因为佛教教义的影响而表现为女人）炽烈情欲与刻骨仇恨的纠结赋予文学化的形象，乃是对宗教教义与民间动物复仇观念的发展和突破。就其技巧而言，前后乃是浑然一体的，并无将异质因素勉强拼凑在一起的人工的痕迹。因此，道成寺故事可以说是将宗教因素、民间因素与文学性因素完美融合的典型个例。这一故事在中国的演变则从宋元时期一直延续至

---

① 出自 http://read.goodweb.cn/news/news_view.asp?newsid=8076。

今，而且主要在民间流传，直到最近还有人在以编创的方式发表其异文，也为我们展示了民间故事传承演变的一个生动实例。因为长期流传于民间，所以其诸多异文都具备民间故事的一些特点：比如《半拉庙》中贪婪的南方商人欲杀蛇取宝的阴谋以及人蛇斗法的情节乃是极为常见的故事要素；《木鱼与木鱼椎》一文对木鱼与木鱼椎来历的交代则带有典型的解释某事物来历的特点，和尚指点用草人代替真人禳灾的方法也有类于民间巫术，结尾大蛇和阿宝死后坟墓上长出树和藤，可能取自东汉《孔雀东南飞》以及六朝时期韩朋故事的一些经典要素；"沪江博客"的故事则将五月蛇成龙的观念跟蛇报仇相结合；"爪哇岛"（大概是网络作者的笔名）的《蛇》讲述蛇被砍断的身体能够不断地自我接续，显然是一种流传于民间的原始观念；《蛇》这篇散文里则提到喜鹊是蛇的舅舅，能够将被人砍断的蛇接起来（黄景春先生儿时听到的故事也包含这一因素；在陕西一些地方还有壁虎可以让死蛇复活的说法）——这更具备民间故事的鲜明特点。《木鱼与木鱼椎》一文还有另一些特点值得特别提及：这篇故事采用的乃是三次轮回的结构——蛇被打死后变成狗，狗被打死后变成美女蛇，蛇缠大钟后死去，又成为藤，继续缠绕阿宝坟上长出的一棵树，表现出蛇类报仇意志的无比坚定和执着。这也跟道成寺故事一样，颇具象征意味。这一三世轮回的结构固然关乎佛教的思想观念，但跟民间故事的类似结构应该也有着密切的关联。这一结构在蒲松龄的《三生》这样的作品中也用到了(《聊斋志异》中有两篇以《三生》为题的小说),显示出民间故事对文人创作所产生的深入影响。

这一故事类型所表达的蛇类复仇与因果报应观念,其初衷殆在于制止人类伤害动物的残酷暴行,让人类与动物友好相处。它们所凭借的叙事手段主要是刻意去渲染蛇类复仇行动的执着与可畏。对那种神秘的报仇手段的想象既来自人类对蛇的直观感受,也来自于宗教文学的渲染与夸张。在某些时候,这种奇异的想象确实能够阻止人类对蛇类的侵害,如《蛇王复仇杀店主——祸起特色菜》那一可能是真实的故事跟这类神奇的叙事互相配合,更强化了这一来自民间的动物伦理观念。不过,纵然蛇类的报复能力令人恐惧,纵使这类故事在民间曾广泛流传,面对现在人类更为可怕的贪欲,蛇类正在节节败退。笔者在浏览各种关于蛇的故事时,也看到有人一边回忆当年某地到处是蛇的可怕场景,一边又在哀叹如今那里已经完全看不到蛇的踪迹了。既然连最具复仇能力、曾令人类如此畏惧的蛇类的境遇尚且如此,那么其他动物的处境也就可想而知了。

各文原始发表刊物

《"小说"观念的演变与汉唐小说的研究》,未发表;

《唐代小说繁荣的原因新探》:《国学研究》2021年第46卷;

《唐人小说的"事实性虚构"特征及其成因》:《国学研究》2012年第30卷;

《论唐代谐隐精怪类型小说的渊源与流变》:《唐研究》2000年第6卷;

《中国古代小说"变形"母题的源流及其文学意义》:《中国古代小说研究》2008年第3辑;

《中国古代复仇观及其在小说中的表达》:《民族文化研究》2014年〔韩国〕,韩文版;

《干宝的态度——释"亦足以明神道之不诬"》:《中国高校社会科学》2019年第3期;

《从"志怪"到"纪闻"——对牛肃〈纪闻〉的重新审视》:《中国高校社会科学》2021年第2期;

《从〈梁四公记〉看唐前期小说创作的自觉意识——兼论小说主题、创作背景及创作动机》:《北京大学学报》2001年第2期;

《〈游仙窟〉的创作背景及文体成因新探》:《山西师大学报（社会科学版）》2001年第1期;

《汉魏六朝隋唐小说在日本的传播与接受论考——以〈今昔物语集〉为核心进行考察》:《中国古代小说研究》2011年第4辑;

《试论日本文学中"变形"题材作品的因袭与创造——兼论其与中国古代"变形"题材小说的关联》:分成两部分分别发表于《汉语言文学研究》2010年第2期及《云南大学学报》2011年第4期;

《"鹤睫分光照始真，纷纷世上少全人"——"使人现出原形的动物毛发"母题的分布及其演变》:《民俗研究》2011年第4期;

《"蛇缠水缸（或钟）致人死命"类型故事的源流及意义》:《民族文学研究》2010年第2期。

已发表各文在收入本书时，从标题到内容都有不同程度的修订，凡跟原来版本存在不同之处的，请皆以此书为准。

后记

曾经有人问我：唐代小说为何写得那么漂亮，那么天然浑成？

这个问题我思考了很多年，一直没有找到合适的答案。相似的现象在其他文类中也存在，汉魏诗歌、晚唐五代词、元代前期的杂剧、宋元小说家话本，也同样是天然浑成的。看起来，在一种文类或文体发展的初期，创作者们多无所为而为之，便大都容易具备这一特点。唐代小说也同样如此。六朝志怪当然更早，风格古朴稚拙，文笔也隽永清峻，但还说不上有多漂亮，更谈不上是一种自觉的文学创造了。

但唐代小说确实漂亮，甚至有些华美，还有一种天趣，也有一种长久的新鲜感，借用前人对唐诗的形容，它们好像旦晚才脱笔砚一般新鲜。一千多年过去了，在小说这棵枝繁叶茂的大树上，它们依然是嫩绿的新叶。

说它们浑然天成，这是直观的感觉，令人惊异的是，仔细体会之下，它们的叙事技巧却又那么惊人地高明，而且不露痕迹，不动声色。相比之下，继承其衣钵的《聊斋志异》，也显得那刻意的智巧有点太外露了。简单来说，一个是天然之美，另一个则是人工之美，都臻于极境，本不应强分轩轾，但那区别还是很容易看出来。

还有我最近的领悟：唐代小说中隐藏着一双双赤子之眼。那些有名和无名的作者，都似乎是第一次睁开双眼打量这个世界，看到了那么多新奇的事物，然后用孩子的思维和方式把它们讲述出来。当我把这些故事基本原样转述出来的时候，竟然受到了这世上我最珍爱的一个小女孩儿的由衷的喜爱和赞叹！而其他时代的小说，我能如此转述出来并获得她赞叹的却很少。这背后的原因，我也还未能完全悟透。

由此再来审视我收入本书的这些论文，它们根本无法触及唐人小说那种无以言说的天然之美，和能够征服最纯洁心灵的神秘魅力。

有时甚至会有一丝负疚感：我之所谓研究，是不是对唐代小说的一种戕害和亵渎？它们本来大都是非功利的，出于一种纯粹的热爱而被创造出来，却不曾料想会遭到如此奇特的待遇吧。

但无论如何，我都应该感谢最初为我刊发这些论文的朋友和书刊。我的文章都过于冗长，又不愿意压缩和修改，故大都发表于那些能宽容我这奇怪癖性的刊物。我特别感激他们给我的宝贵的尊重和自由。

那些书刊，多未纳入期刊网之类的电子检索系统，这些论文星沉海底多年，本已甘于寂灭的命运。感谢文津出版社总编、老友高立志兄，慨然允诺为我出版这些艰涩乏味的文字，从而让它们得以从黑暗的海底浮出水面，接受海风的吹拂和烈日的炙烤。也要感谢文津的副总编兼本书责编许庆元女士，以她的明敏、敬业、耐心和细致为本书增色不少！

2024 年 1 月 5 日

于北大燕秀园寓所